高职高专高等数学
精品课程教材

高等数学

GAODENG SHUXUE

〈工科类专业适用〉
(第二版) 上册

吴洁 胡农 主编

高等教育出版社·北京
HIGHER EDUCATION PRESS BEIJING

内容提要

全书分为上、下两册共 10 章，上册内容包括函数与极限、导数与微分、导数的应用、不定积分、定积分及其应用等内容；下册内容包括多元函数微积分、无穷级数、常微分方程、拉普拉斯变换、矩阵及其应用等内容。在每一章中均编有“应用与实践”和“提示与提高”两节内容，其中“应用与实践”一节包括数学软件 Mathematica 的使用，以及高等数学在物理、机械、电子电工、信息技术等方面的应用；“提示与提高”一节在基本要求的基础上适当增加了内容、难度和技巧。这样安排既可以满足学有余力学生的需要，同时又可以培养其自学能力和综合素质。本书教学内容起点较低，其范围和深度有一定弹性，语言叙述简练、通俗，例题示范量较大。

本书可作为高职高专院校工科类专业高等数学通用教材，也可供相关科技人员参考。

图书在版编目(CIP)数据

高等数学. 上册/吴洁，胡农主编. —2 版. —北京：高等教育出版社，2011.8

工科类专业应用

ISBN 978 - 7 - 04 - 033072 - 4

Ⅰ.①高… Ⅱ.①吴…②胡… Ⅲ.①高等数学 - 高等学校 - 教材

Ⅳ.①O13

中国版本图书馆 CIP 数据核字(2011)第 158855 号

策划编辑 邓雁城　责任编辑 边晓娜　封面设计 张申申　版式设计 王艳红

插图绘制 黄建英　责任校对 杨雪莲　责任印制 尤　静

出版发行 高等教育出版社

社　　址 北京市西城区德外大街 4 号

邮政编码 100120

印　　刷 大厂益利印刷有限公司

开　　本 787 mm × 1092 mm 1/16

印　　张 14.75

字　　数 350 千字

购书热线 010 - 58581118

咨询电话 400 - 810 - 0598

网　　址 http://www.hep.edu.cn

http://www.hep.com.cn

网上订购 http://www.landraco.com

http://www.landraco.com.cn

版　　次 2006 年 9 月第 1 版

2011 年 8 月第 2 版

印　　次 2011 年 8 月第 1 次印刷

定　　价 24.50 元

本书如有缺页、倒页、脱页等质量问题，请到所购图书销售部门联系调换

物 料 号 33072 - 00

第二版前言

《高等数学》(工科类专业适用)出版已经4年多了，几年的教学实践说明，本书充分体现了高等职业教育的特点，满足了专业学习的基本要求，符合必需、够用的原则，激发了学生的学习兴趣，提高了课程的教学质量。

本次修订是在原教材的基础上，结合了这几年的使用情况，对原有教材的一些内容进行了必要的调整和完善，使之能够更好地适应教学的需要，以适应我国高等职业教育中数学教学改革与发展的要求。

此次修订主要的变动内容如下:

在每章的章首增加了“史海回望”的内容；在内容的引入和叙述中突出了数学建模的思想内涵；适当删减了“提示与提高”一节的部分内容，降低了教材的难度；修改、完善了原教材中部分质量稍差的图例；更正了原教材中的一些错误。

本书由吴洁和胡农担任主编，高建立、孙晓晔和刘振莉担任副主编。具体的编写分工如下：天津中德职业技术学院胡农和任晓华(第1,2章)、吴洁和张雅琴(第7,8章)，天津工程职业技术学院高秀英(第4章)、何芳丽(第5章)、李旸(第10章)、王勤(全书各章中的Mathematica软件使用)，天津电子信息职业技术学院高建立(第3章)、天津现代职业技术学院朱贵凤(第6章,其中该章的部分图形由天津现代职业技术学院许晶协助修改)，天津机电职业技术学院刘振莉(第9章)，天津电子信息职业技术学院孙晓晔参加了部分编写工作。全书统稿工作由吴洁完成。

在本次教材再版中，同行提出了不少宝贵意见，天津市教委高职高专处的领导也给予了大力的支持，同时得到高等教育出版社的具体指导和帮助，在此一并表示感谢。

编　者

2011年6月

第一版序言

高等职业教育是我国高等教育体系的重要组成部分，也是我国职业教育体系的重要组成部分。伴随着我国高等职业教育的迅猛发展，天津市的高等职业教育取得了长足进步。

近年来，对高等职业教育的研究与实践都取得了丰硕的成果，但高等职业教育课程改革仍是我国高等职业教育面临的重点与难点。高等职业教育的核心是培养学生的实践能力和创新精神。如何使接受高等职业教育的学生体现出高职教育的特性，以获得必备的素质与技能而获得用人单位与社会的认可，一直是我们长期研究的课题。数学教育在这个方面更为突出，高等职业教育数学教学课程改革，迫在眉睫，任重而道远。

数学是一门基础科学，许多科学技术成果、技术领域的重大突破，数学在其间都起到了重要的支撑作用。数学数字无处不在。在数学课程教学过程中展现数学在科学技术中的巨大作用和数学无处不在的巨大魅力，应是教学的重要目标之一。在教学过程中，应围绕着教学目的具体实施教学，不断修正教学活动中的表现方式、推理形式、教学技术乃至教学内容，充分展现高职教育的特色和优势。

数学不仅仅在理工学科领域中占有重要地位，在经济、管理、金融、人文科学等各个领域得到广泛的应用。通过该课程的教学，不但使学生具备学习所需要的基本数学知识，而且还使学生在数学的抽象性、逻辑性与严密性方面受到必要的训练和熏陶，使他们具有理解和运用逻辑关系、研究和领会抽象事物、认识和利用数形规律的初步能力。因此，高等数学教学不仅关系到学生在整个学习期间的学习质量，而且还关系到学生的思维品质、思辨能力、创造潜能等科学和文化素养。高等数学教学既是科学的基础教育，又是文化基础教育，是素质教育的一个重要的方面。进入信息时代，数学日益渗透到经济生活的每一个领域，数学素质成为高技能人才的基本素质。

提高学生的实践能力和创新精神，对数学教学而言，就要培养学生具有较强的直觉思维能力和应用数学的意识。在2004年和2005年，天津工程职业技术学院和天津中德职业技术学院的“高等数学”课程先后被评为天津市高等职业教育精品课程，高等数学的教育教学与改革有了进一步的提高。本着“必需、够用为度”的原则，在这两门精品课程的基础上，此套教材得以出版。该套教材尽量考虑到了各专业的不同特点，教学中需要针对不同专业的需要作一定的取舍；同时，也积极探索了通过数学实验来提高学生的实践能力和综合素质。

创新是民族进步的灵魂，是国家兴旺发达的不竭动力。胡锦涛同志指出：“建设创新型国家，关键在人才。要完善培养体系，从教育这个源头抓起，根据我国经济社会发展特别是科学技术事业发展的要求，继续深化教育改革，加强素质教育，努力建设有利于创新型科技人才生成的教育培养体系。”随着天津作为国家职业教育改革试验区建设的不断深入，天津市的高职教育发展的形势越来越好，社会认同度越来越高，办学思路也越来越清晰。衷心地希望高职教育战线的教师，从实施人才强国战略高度，进一步认清面临的形势与任务，加快培养高素质高技能人才，抢抓机遇，为高等职业教育跨越式发展做出贡献。

龙德毅

2006年7月

第一版前言

高等数学是高职高专院校学生的一门必修课，其思想和方法广泛应用于科学技术、社会经济等领域，对学生的专业学习、能力提高和职业发展有着极其重要的作用。

本书的编写借鉴了国外先进职业教育理念，体现了“实用、必须、够用”的原则，注重学生数学素养、基本计算能力和应用能力的培养。本书在编写思想、体例设计和内容安排上有以下特点：

1. 简化了语言叙述，删除了定理证明，加大了例题示范和习题数量，注重计算机和互联网的使用，以适应高职学生知识层次要求。

2. 内容编排按难易程度分为基础部分和提高部分。基础部分是高职高专学生的应知应会，满足专业学习的基本要求；提高部分是为了满足学有余力学生的要求，适当增加内容、难度和技巧，以培养其综合素质和自学能力。

3. 在每章中都编有“应用与实践”一节，内容包括高等数学的应用和数学软件 Mathematica 的使用方法等。教师可根据学生实际情况和学时多少有选择地讲授，以提高教学质量和效果。

全书分上、下两册共十章，上册内容包括函数与极限、导数与微分、导数的应用、不定积分、定积分及其应用等；下册内容包括多元函数微积分、无穷级数、常微分方程、拉普拉斯变换、矩阵及其应用等。每节后都设有习题，每章后都设有较基础一些的复习题[A]和较难一些的复习题[B]，书后附有习题参考答案。全书建议讲授 120～140 学时（其中全书的应用与实践、提示与提高部分建议有选择的讲授 20～30 学时）。

本书由胡农担任主编，吴洁、孙晓晔担任副主编。具体的编写分工如下：天津中德职业技术学院胡农和任晓华（第 1、2 章）、吴洁和张雅琴（第 7、8 章），天津工程职业技术学院高秀英（第 4 章）、何芳丽（第 5 章）、李旸（第 10 章）、王勤（全书各章中的 Mathematica 软件使用），天津电子信息职业技术学院高建立（第 3 章）、陈津（第 6 章），天津机电职业技术学院刘振莉（第 9 章），天津电子信息职业技术学院孙晓晔参加了部分编写工作。全书统稿工作由吴洁、胡农完成。

本书是在天津市教委高职高专处叶庆、杨荣敏老师的指导与组织下、在各参编院校领导的大力支持下，由多所高职院校的一线骨干教师共同编写的。本书承蒙天津师范大学许贵桥教授主审，并提了诸许多宝贵意见和修改建议。在编写过程中，得到了高等教育出版社的具体指导和帮助，在此一并致谢。

由于编者水平有限，书中错误或不当之处在所难免，敬请读者与同行指正。

编　者

2006 年 7 月

目 录

函数与极限

史海回望

数学从运动的研究中引出了一个基本概念——函数. 这个概念在17世纪到18世纪的200年中占据着数学中的显著位置. 意大利物理学家伽利略(G. Galileo,1564—1642)创立近代力学的《两门新科学》一书中从头至尾包含着这一概念;法国数学家笛卡儿(Rene Descartes,1596—1650)在他的解析几何中,已注意到一个变量对另一个变量的依赖关系;德国数学家莱布尼茨(Gottfried Wilhelm Leibniz,1646—1716)使用"函数"一词表示"幂",法国数学家柯西(Cauchy,1789—1857)引入"自变量"一词. 不过函数概念的清晰定义是由德国数学家狄利克雷(Dirichlet,1805—1859)于1837年完成的,这就是我们现在一直沿用的定义. 到18世纪的时候初等函数就被充分研究和认识了.

极限概念可以追溯到古希腊的穷竭法,古代中国也早有萌芽. 公元前4世纪《墨经》中就有了有穷、无穷、无限小(最小无内)、无穷大(最大无外)的定义和极限、瞬时等概念. 伟大数学家刘徽(生于公元225年左右)首创割圆术求圆面积和方锥体积,求得圆周率约等于3.141 6,他的极限思想和无穷小方法,正是世界古代极限思想的深刻体现.

实际上,人类得到明晰的极限概念,花掉了大约两千多年的时间. 到了17世纪,才有了比较明确的极限概念,但英国数学家、物理学家牛顿(Isaac Newton,1643—1727)等人所运用的极限概念仍然是建立在几何直观上的,只是一种直观性的语言描述,有时甚至是混乱的,无法给出极限的严密表述. 直到19世纪,以柯西为首的法国数学家创立了极限理论,德国数学家魏尔斯特拉斯(Weierstrass,1815—1897)等人做了进一步完善,用$\varepsilon-N$语言定义极限,才为微积分提供了严格的理论基础.

本章将在复习和加深函数有关知识的基础上着重讨论函数的极限,并介绍函数的连续性.

1.1 函数

函数是一种反映变量之间相依关系的数学模型.

在自然现象或社会现象中，往往同时存在几个不断变化的量，这些变量不是孤立的，而是相互联系并遵循一定的规律．函数就是描述这种联系的一个法则．比如，一个运动着的物体，它的速度和位移都是随时间的变化而变化的，它们之间的关系就是一种函数关系．

1.1.1 函数的定义

定义 1.1 设 x，y 是两个变量，D 是给定的一个数集，若对于 D 中的每一个 x 值，根据某一法则 f，变量 y 都有唯一确定的值与它对应，那么，我们就说变量 y 是变量 x 的函数，记作

$$y=f(x),\ x\in D.$$

式中 x 称为自变量，y 称为因变量，自变量 x 的变化范围 D 称为函数 $y=f(x)$ 的**定义域**，因变量 y 的变化范围称为函数 $y=f(x)$ 的**值域**．

为了便于理解，可以把函数想象成一个数字处理装置．当输入（定义域的）一个值 x，则有（值域的）唯一确定的值 $f(x)$ 输出（图 1.1）．

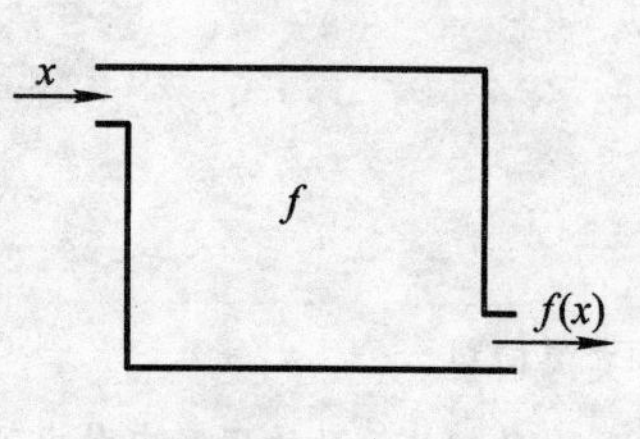

图 1.1

函数的定义域、对应关系称为函数的两个要素．

关于函数的定义域，在实际问题中应根据实际意义具体确定．如果讨论的是纯数学问题，则往往取使函数的表达式有意义的一切实数所组成的集合作为该函数的定义域．

例 1.1 求 $f(x)=\sqrt{4-x^2}$ 的定义域．

解 要使函数有意义，应满足 $4-x^2\geqslant 0$，即 $x^2\leqslant 4$，因此 $-2\leqslant x\leqslant 2$．所以，函数的定义域为 $[-2,2]$．

例 1.2 求 $f(x)=\dfrac{\lg(2-x)}{x-1}$ 的定义域．

解 要使函数有意义，应满足 $2-x>0$ 且 $x-1\neq 0$，即

$$x<2 \text{ 且 } x\neq 1,$$

所以，函数的定义域为 $(-\infty,1)\cup(1,2)$．

1.1.2 函数的表示法

常用的函数表示法有表格法、图像法、公式法三种．

1. 表格法

将自变量的值与对应的函数值列成表的方法，称为表格法．

例如，平方表、三角函数表等都是用表格法表示的函数关系．

2. 图像法

在坐标系中用图形来表示函数关系的方法，称为图像法．

例如，气象台用自动记录仪把一天的气温变化情况自动描绘在记录纸上（图 1.2），根据这条曲线，就能知道一天内任何时刻的气温了．

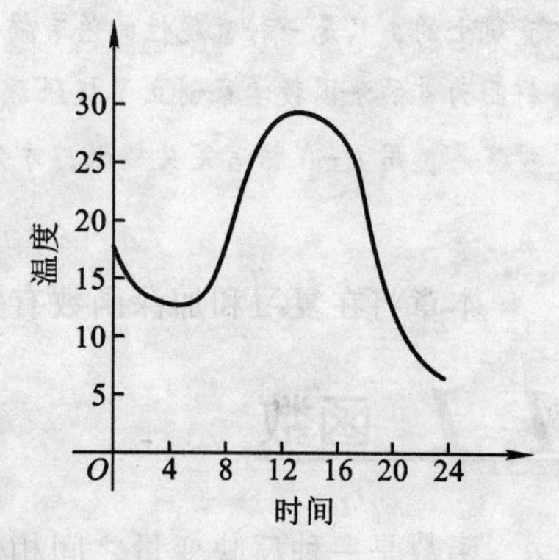

图 1.2

3. 公式法

将自变量和因变量之间的关系用数学式子来表示的方法，称为公式法. 这些数学式子也叫解析表达式，函数的解析表达式分三种，由此函数也可分为**显函数**、**隐函数**和**分段函数**.

(1) 显函数：函数 y 由 x 的解析式直接表示出来. 例如 $y=x^2-1$.

(2) 隐函数：函数的自变量 x 和因变量 y 的对应关系是由方程 $F(x,y)=0$ 来确定的. 例如 $y-\sin(x+y)=0$.

(3) 分段函数：函数在其定义域的不同范围，具有不同的解析表达式. 例如

$$y=\begin{cases}-x+1, & x\geqslant 0,\\ x+1, & x<0\end{cases}(\text{图 } 1.3);$$

再如符号函数

$$y=\operatorname{sgn}x=\begin{cases}1, & x>0,\\ 0, & x=0,\\ -1, & x<0\end{cases}(\text{图 } 1.4).$$

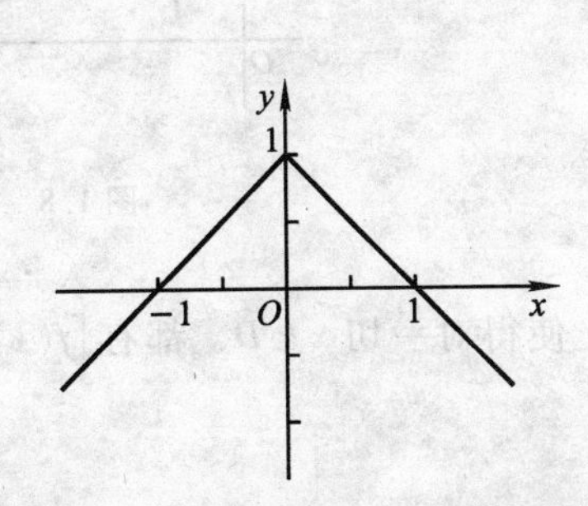

图 1.3

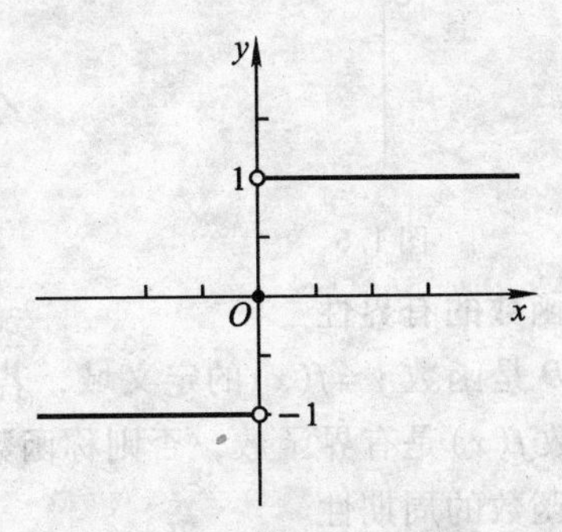

图 1.4

有些分段函数也用一些特殊的符号来表示，比如，整函数 $y=[x]$(图 1.5)，其中$[x]$表示不大于 x 的最大整数，如$[3.14]=3$；$[-0.2]=-1$(关于整函数的应用见本章的应用与实践一节).

需要注意的是：分段函数在整个定义域上是一个函数，而不是几个函数.

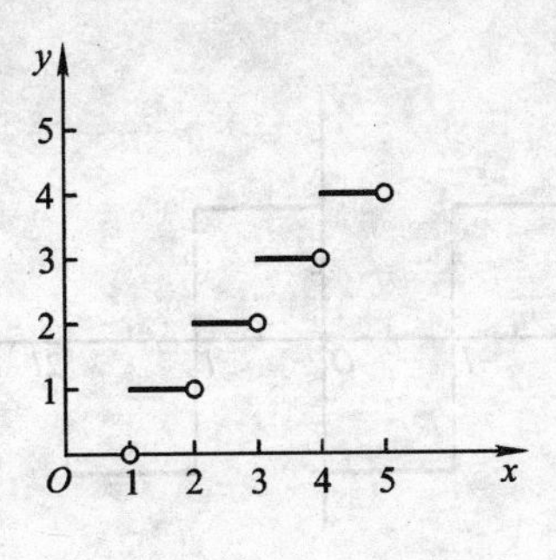

图 1.5

1.1.3 函数的几种特性

1. 函数的奇偶性

设函数 $y=f(x)$ 的定义域 D 关于原点对称，且对任意 $x\in D$ 均有 $f(-x)=f(x)$，则称函数

$f(x)$为偶函数；若对任意$x\in D$均有$f(-x)=-f(x)$，则称函数$f(x)$为奇函数. 偶函数的图像关于y轴对称(图1.6)，奇函数的图像关于原点对称(图1.7).

2. 函数的单调性

若函数$y=f(x)$对区间(a,b)内的任意两点x_1，x_2，当$x_2>x_1$时，有$f(x_2)>f(x_1)$，则称此函数在区间(a,b)内单调增加. 若有$f(x_2)<f(x_1)$，则称此函数在区间(a,b)内单调减少. 单调增加与单调减少的函数统称为单调函数.　　单调增加函数的图像是沿x轴正向逐渐上升的(图1.8)；单调减少函数的图像是沿x轴正向逐渐下降的(图1.9).

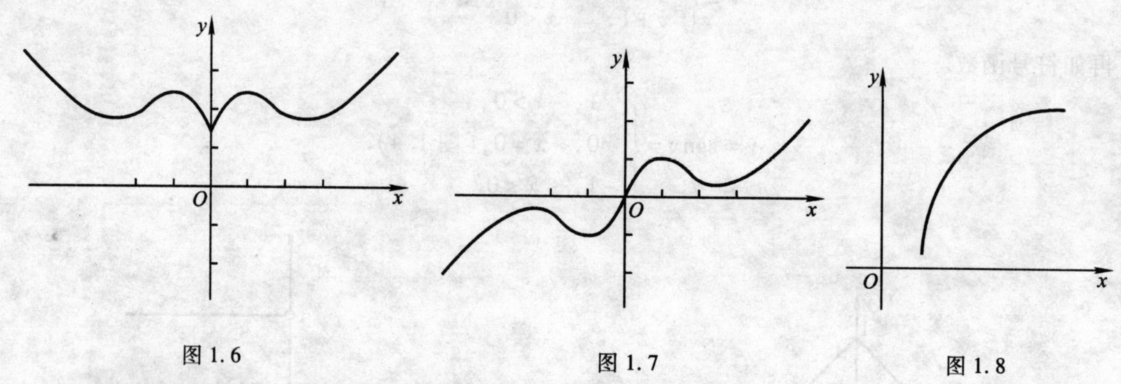

图1.6　　图1.7　　图1.8

3. 函数的有界性

设D是函数$y=f(x)$的定义域，若存在一个正数M，使得对一切$x\in D$，都有$|f(x)|\leqslant M$，则称函数$f(x)$是有界函数，否则称函数$f(x)$为无界函数.

4. 函数的周期性

对于函数$y=f(x)$，若存在常数$T>0$，使得对一切$x\in D$且$(x+T)\in D$，皆有$f(x)=f(x+T)$成立，则称函数$f(x)$为周期函数. 大家熟悉的三角函数就是周期函数，其实，在实际应用中会遇到许多周期函数，如电学中的矩形波(图1.10)、锯齿波(图1.11)等.

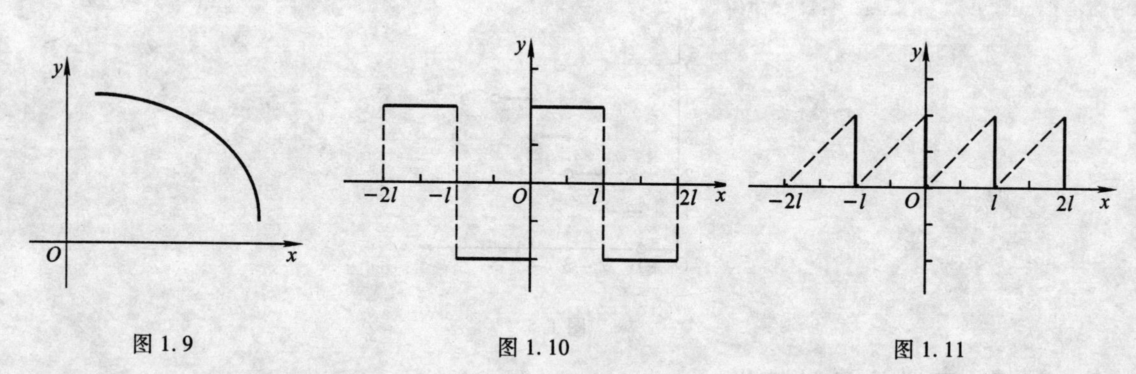

图1.9　　图1.10　　图1.11

例1.3　判断函数$f(x)=\dfrac{x}{(x-1)(x+1)}$的奇偶性.

解　因为

$$f(-x)=\frac{-x}{(-x-1)(-x+1)}=-\frac{x}{(x-1)(x+1)}=-f(x),$$

所以，$f(x)$是奇函数.

例 1.4 判断函数$f(x)=\frac{x\cos x}{1+x^2}$的有界性.

解 因为$1+x^2\geqslant 2x$，故

$$|f(x)|=\left|\frac{x\cos x}{1+x^2}\right|\leqslant\left|\frac{x}{1+x^2}\right|\leqslant\left|\frac{x}{2x}\right|=\frac{1}{2},$$

所以，$f(x)$是有界函数.

1.1.4 反函数

定义 1.2 给定函数$y=f(x)$，如果把y作为自变量，x作为函数，则由关系式$y=f(x)$所确定的函数$x=\varphi(y)$称为函数$y=f(x)$的反函数，而$y=f(x)$称为直接函数.

习惯上总是用x表示自变量，y表示函数，因此$y=f(x)$的反函数$x=\varphi(y)$通常也写成$y=\varphi(x)$，而$y=\varphi(x)$与$y=f(x)$的图像关于直线$y=x$对称.

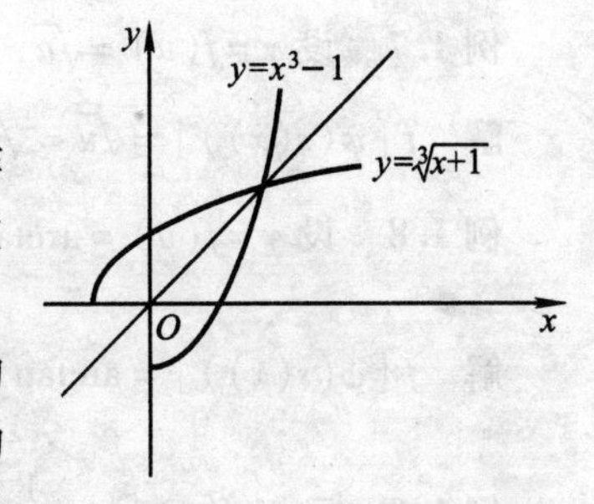

图 1.12

例 1.5 求函数$y=x^3-1$的反函数.

解 因为$y=x^3-1$，所以$x=\sqrt[3]{y+1}$，再改写为$y=\sqrt[3]{x+1}$(图 1.12).

1.1.5 基本初等函数

常数函数$y=C$(C是任意实数).

幂函数$y=x^\mu$(μ是任意实数).

指数函数$y=a^x$($a>0,a\neq1,a$为常数).

对数函数$y=\log_a x$($a>0,a\neq1,a$为常数,当$a=\mathrm{e}$时记为$y=\ln x$).

三角函数$y=\sin x$，$y=\cos x$，$y=\tan x$，$y=\cot x$，$y=\sec x$，$y=\csc x$.

反三角函数$y=\arcsin x$，$y=\arccos x$，$y=\arctan x$，$y=\operatorname{arccot} x$.

以上六种函数统称为基本初等函数.

1.1.6 复合函数

定义 1.3 如果y是u的函数$y=f(u)$，$u\in A$(定义域)，u是x的函数$u=\varphi(x)$，$x\in C$(定义域)，$u\in B$(值域)，其中$B\subseteq A$，当x在某一区间上取值时，相应的u值使y有意义，则称y是由函数$y=f(u)$和函数$u=\varphi(x)$构成的复合函数，记作$y=f(u)=f[\varphi(x)]$，其中x是自变量，u是中间变量.

有的复合函数是多重复合，有多个中间变量.

如前所述，若函数能被想象成一个数字处理装置，那么复合函数也能被想象成若干个简单的数字处理装置串联起来形成的一个复杂的数字处理装置(图 1.13)，其中$g(x)$既是第一台装置的输出，又是第二台装置的输入.

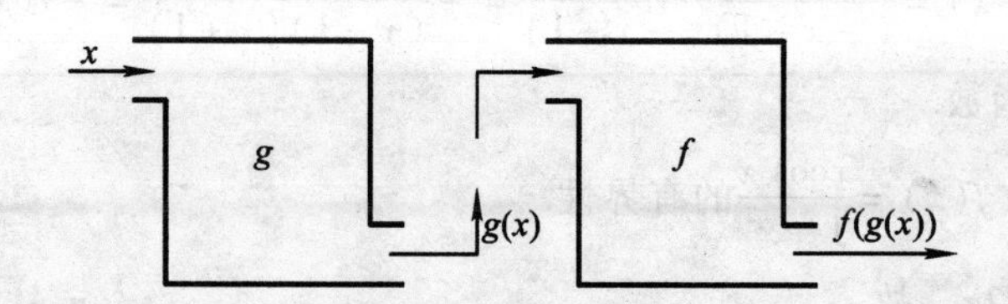

图 1.13

例 1.6　设 $y=f(u)=\sin u$，$u=\varphi(x)=x^2+1$，求 $f[\varphi(x)]$.

解　$f[\varphi(x)]=\sin u=\sin(x^2+1)$.

例 1.7　设 $y=f(u)=\sqrt{u}$，$u=\varphi(t)=e^t$，$t=s(x)=x^3$，求 $f[\varphi(s(x))]$.

解　$f[\varphi(s(x))]=\sqrt{u}=\sqrt{e^t}=\sqrt{e^{x^3}}$.

例 1.8　设 $y=f(u)=\arctan u$，$u=\varphi(t)=\dfrac{1}{\sqrt{t}}$，$t=s(x)=x^2-1$，求 $f[\varphi(s(x))]$.

解　$f[\varphi(s(x))]=\arctan u=\arctan\dfrac{1}{\sqrt{t}}=\arctan\dfrac{1}{\sqrt{x^2-1}}$.

例 1.9　已知 $f(x)=\dfrac{1}{\sqrt{x^2+1}}$，求 $f[f(x)]$.

解　$f[f(x)]=\dfrac{1}{\sqrt{f^2(x)+1}}=\dfrac{1}{\sqrt{\dfrac{1}{x^2+1}+1}}=\dfrac{\sqrt{x^2+1}}{\sqrt{x^2+2}}$.

例 1.10　分析函数 $y=\sin(x^2)$ 的复合结构.

解　所给函数由 $y=\sin u$，$u=x^2$ 复合而成.

例 1.11　分析函数 $y=\tan^2\dfrac{x}{2}$ 的复合结构.

解　所给函数由 $y=u^2$，$u=\tan t$，$t=\dfrac{x}{2}$ 复合而成.

例 1.12　分析函数 $y=e^{\arcsin\sqrt{x^2-1}}$ 的复合结构.

解　所给函数由 $y=e^u$，$u=\arcsin t$，$t=\sqrt{v}$，$v=x^2-1$ 复合而成.

例 1.13　分析函数 $y=\dfrac{1}{\ln(1+\sqrt{1+x^2})}$ 的复合结构.

解　所给函数由 $y=\dfrac{1}{u}$，$u=\ln t$，$t=1+\sqrt{v}$，$v=1+x^2$ 复合而成.

例 1.14　分析函数 $y=\sqrt[3]{\arctan\cos 2^{2x}}$ 的复合结构.

解　所给函数由 $y=\sqrt[3]{u}$，$u=\arctan t$，$t=\cos v$，$v=2^s$，$s=2x$ 复合而成.

定义 1.4　由基本初等函数经过有限次四则运算及复合所得到的函数称为初等函数.

例如，函数 $y=\sqrt{\dfrac{1+x}{1-x}}$，$y=\arcsin e^{\frac{x}{2}}$，$y=\lg(\sin x)$ 等都是初等函数.

习 题 1.1

1. 求下列函数的定义域.

(1) $y=\dfrac{1}{x^3-7x+6}$; (2) $y=\sqrt{x+1}$;

(3) $y=\dfrac{x}{\sqrt{x^2-1}}$; (4) $y=\dfrac{\sqrt{4-x^2}}{x^2-1}$;

(5) $y=\dfrac{1}{\ln\ln x}$; (6) $y=\arcsin\dfrac{2x^2+1}{x^2+5}$;

(7) $y=\sqrt{\ln(x-1)}$; (8) $y=\arccos\dfrac{2x+1}{5}+\sqrt{x+1}$;

(9) $y=\dfrac{\ln(x-3)+\ln(7-x)}{\sqrt{(x-2)(x-4)(x-6)}}$.

2. 已知$f(x)$的定义域为$(-2,3)$，求$f(x+1)+f(x-1)$的定义域.

3. 设$f(x)=\begin{cases}\sqrt{x-1}, & x\geqslant 1,\\ x^2, & x<1,\end{cases}$作出$f(x)$的图形，并求$f(5)$，$f(-2)$的值.

4. 设$f(\sin x)=\sin 3x-\sin x$，求$f(x)$.

5. 设$f\left(x+\dfrac{1}{x}\right)=\dfrac{1}{x^2}+x^2$，求$f(x)$.

6. 求下列函数的反函数.

(1) $y=\dfrac{1}{x^2}(x>0)$; (2) $y=\dfrac{1-x}{1+x}$; (3) $y=\dfrac{e^x-e^{-x}}{2}$.

7. 已知$f(x)$在区间$(-\infty,+\infty)$上是奇函数，当$x>0$时，$f(x)=x^2+1$，试写出$f(x)$在$(-\infty,+\infty)$上的函数表达式并作图.

8. 判断下列函数的奇偶性.

(1) $y=\dfrac{1}{x^5}$; (2) $y=\dfrac{e^x-e^{-x}}{2}$; (3) $y=\dfrac{x\cos x}{x^2+1}$;

(4) $y=e^{x^2}$; (5) $y=\ln(x+\sqrt{1+x^2})$.

9. 求下列函数的周期.

(1) $y=\sin\dfrac{1}{2}x$; (2) $y=2+\cos 3x$; (3) $y=\sin x\cos x$.

10. 设$f(x)=\dfrac{1}{1-x}$，求$f(f(x))$.

11. 分析下列函数的复合结构.

(1) $y=(1-x)^3$; (2) $y=\sin^2 x$; (3) $y=e^{\sqrt{2+x^2}}$;

(4) $y=\ln\arcsin\dfrac{1}{1+x}$; (5) $y=\arcsin\sqrt{\cos x}$; (6) $y=\ln\ln x$;

(7) $y=\tan^3(e^{3x})$; (8) $y=\arctan\sqrt{\ln(1+x^2)}$.

1.2 极限

极限是微积分的重要基本概念之一．微积分的许多概念都是用极限表述的，一些重要的性质和法则也是通过极限方法推得的，因此，掌握极限的概念、性质和计算是学好微积分的基础，下面先看两个引例．

确定圆面积就是一个求极限的过程．我国古代魏末晋初时期的伟大数学家刘徽用圆内接正多边形的面积来逼近圆面积．若用 S 表示圆的面积，S_n 表示圆内接正 n 边形的面积，显然，正多边形的边数 n 越多，正 n 边形的面积 S_n 就越接近于圆的面积 S(图 1.14)，当边数无限增加时，正 n 边形的面积 S_n 就无限接近于圆的面积 S.

图 1.14

下面用逼近原理具体计算一个曲边三角形的面积．

引例 计算由曲线 $y=x^2$ 和直线 $x=1$，$y=0$ 围成的曲边三角形的面积(图 1.15)

首先用 $0,\frac{1}{n},\frac{2}{n},\cdots,\frac{n-1}{n},1$ 把区间$[0,1]$分成 n 等份，每个小区间的长度为$\frac{1}{n}$，过各分点作垂直于 x 轴的直线段．将曲边三角形分成 n 个小曲边梯形，并在每一份上作出左上角碰到曲线的矩形，如图 1.16 阴影部分所示．每个小矩形的面积为

$$\frac{1}{n}\left(\frac{i-1}{n}\right)^2 \quad (i=1,2,\cdots,n).$$

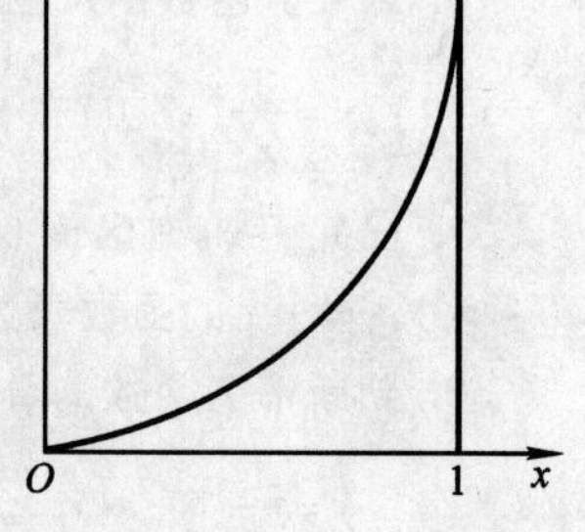

图 1.15

所有小矩形面积的和 A_n 可认为是所求曲边三角形面积 A 的近似值，即

$$\begin{aligned} A_n &= \frac{1}{n}\cdot 0+\frac{1}{n}\left(\frac{1}{n}\right)^2+\frac{1}{n}\left(\frac{2}{n}\right)^2+\cdots+\frac{1}{n}\left(\frac{n-1}{n}\right)^2 \\ &= \frac{1}{n^3}[1^2+2^2+\cdots+(n-1)^2] \\ &= \frac{1}{n^3}\frac{(n-1)n(2n-1)}{6}=\frac{1}{6}\left(1-\frac{1}{n}\right)\left(2-\frac{1}{n}\right). \end{aligned}$$

显然 n 越大，上式的近似程度越好(图 1.16)，当 n 无限增大时，$\frac{1}{n}$无限接近零．因此 A_n 无限接近$\frac{1}{3}$，$\frac{1}{3}$即为所求曲边三角形的面积．

上述解题过程就是应用极限的思想和方法进行计算的．下面引入极限的概念，首先讨论数列的极限，然后推广到一般函数的极限．

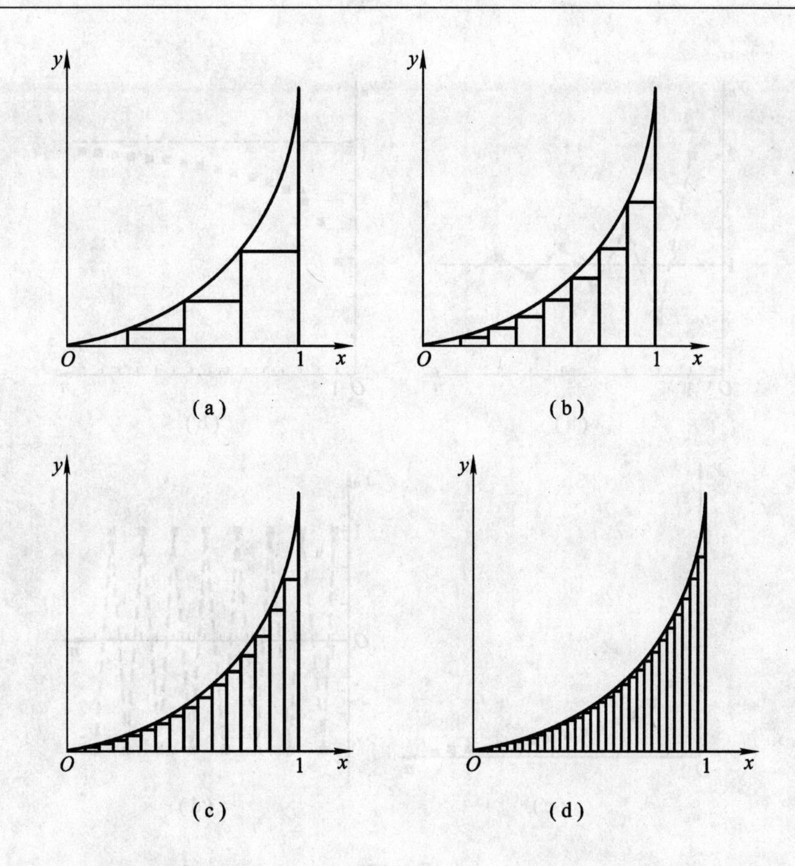

图 1.16

1.2.1 数列的极限

观察下面数列$\{y_n\}$的变化趋势(图 1.17)：

(1) $2,\frac{1}{2},\frac{4}{3},\frac{3}{4},\cdots,\frac{n+(-1)^{n-1}}{n},\cdots$;

(2) $\frac{1}{2},\frac{2}{3},\frac{3}{4},\frac{4}{5},\cdots,\frac{n}{n+1},\cdots$;

(3) $\frac{1}{2},\frac{1}{3},\frac{1}{4},\frac{1}{5},\cdots,\frac{1}{n+1},\cdots$;

(4) $1,-1,1,-1,\cdots,(-1)^{n-1},\cdots$.

从图 1.17 可以看出，当 n 无限增大时，数列(1)、(2)无限地趋近于 1，数列(3)无限地趋近于 0，这种现象就是下面给出的数列极限的定义所描述的现象.

定义 1.5 对于数列$\{y_n\}$，如果当 n 无限增大时，y_n 无限接近于某个常数 A，那么常数 A 就叫做数列$\{y_n\}$当 $n\to\infty$ 时的极限，记作 $\lim\limits_{n\to\infty}y_n=A$.

若数列$\{y_n\}$的极限为 A，我们也称数列$\{y_n\}$收敛于 A，并称之为收敛数列，否则称为发散数列，例如数列(4)就为发散数列，因为当 n 无限增大时，数列(4)没有无限地趋近于某一数值，而是在 1 和 -1 之间来回摆动.

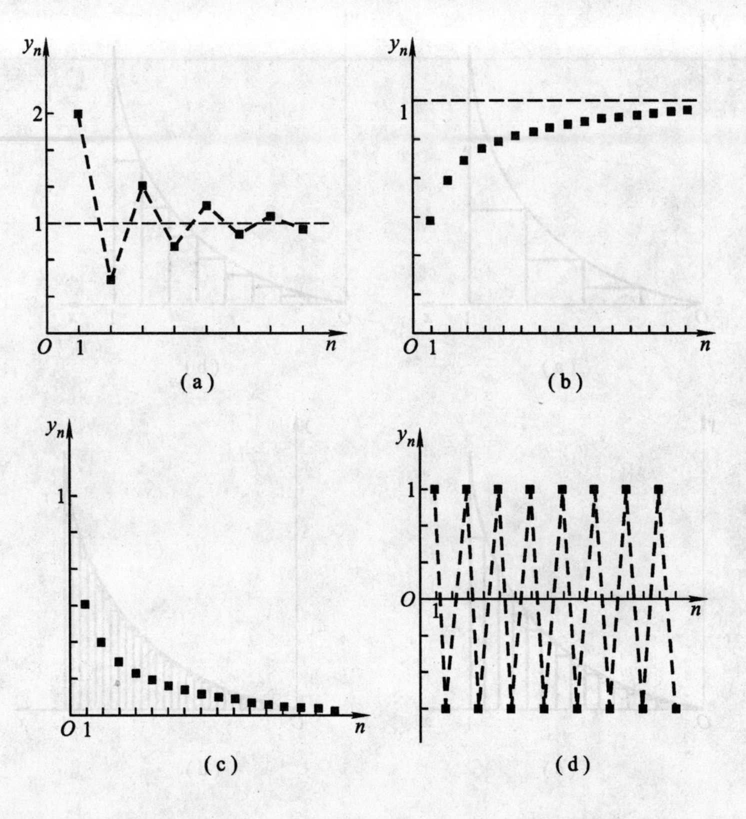

图 1.17

容易看出，**有极限的数列都是有界的**，但反之未必，例如数列(4)是有界的，但它没有极限.

有了数列极限的定义，上述数列(1)、(2)、(3)的极限可表示为

$$\lim_{n\to\infty}\frac{n+(-1)^{n-1}}{n}=1;\ \lim_{n\to\infty}\frac{n}{n+1}=1;\ \lim_{n\to\infty}\frac{1}{n}=0.$$

表 1.1 不加证明地给出几个常用数列的极限.

表 1.1

$\lim\limits_{n\to\infty}q^n=0(\lvert q\rvert<1)$	$\lim\limits_{n\to\infty}\sqrt[n]{a}=1(a>0)$
$\lim\limits_{n\to\infty}\sqrt[n]{n}=1$	$\lim\limits_{n\to\infty}\frac{a^n}{n!}=0$
$\lim\limits_{n\to\infty}\frac{\log_a n}{n}=0(a>1)$	$\lim\limits_{n\to\infty}\frac{n^k}{a^n}=0(a>1,k$ 是常数$)$

1.2.2 函数的极限

1. 自变量趋于无穷大时函数的极限

数列是一种特殊形式的函数，把数列极限的定义推广，可以得出函数极限的定义.

观察函数$f(x)=\dfrac{1}{x}$当x绝对值无限增大时函数值的变化趋势(图1.18)，从图中可以看出，当$|x|$无限增大时，函数值$\dfrac{1}{x}$无限逼近0. 下面给出函数极限的定义.

定义1.6 对于函数$y=f(x)$，如果当自变量的绝对值无限增大时，函数$f(x)$无限接近于某个常数A，那么常数A就叫做函数$f(x)$当$x\to\infty$时的极限，记作

$$\lim_{x\to\infty}f(x)=A \quad 或 \quad 当x\to\infty时，f(x)\to A,$$

其中$x\to\infty$叫做函数$f(x)$的极限过程.

定义中当自变量$x>0$无限增大时，函数$f(x)$的极限为A，记作$\lim\limits_{x\to+\infty}f(x)=A$；当自变量$x<0$而绝对值无限增大时，函数$f(x)$的极限为$A$，记作$\lim\limits_{x\to-\infty}f(x)=A$.

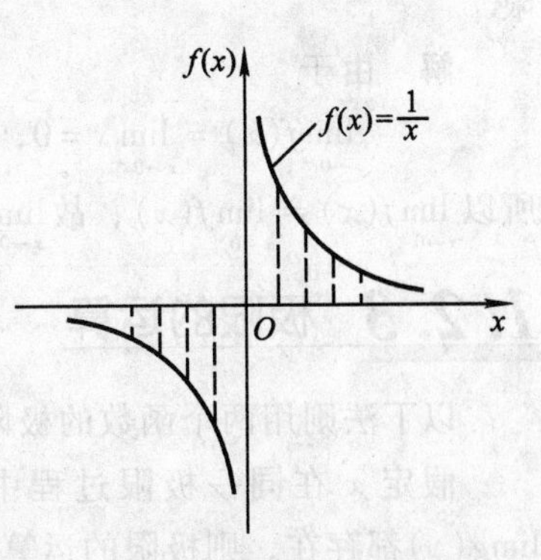

图1.18

2. 自变量趋于有限值时函数的极限

观察函数$f(x)=x^2$当x无限接近于0时，函数值的变化趋势，如图1.19(a)所示. 从图中可以看出，函数$f(x)=x^2$当自变量x_1比x_2更靠近0时，函数值$f(x_1)$比$f(x_2)$更接近0，可以想象，当自变量x无限接近于0时，函数的函数值无限地接近于0，类似地，函数$f(x)=\dfrac{x^3}{x}$当自变量x无限接近于0时，函数的函数值无限地接近于0，如图1.19(b)所示.

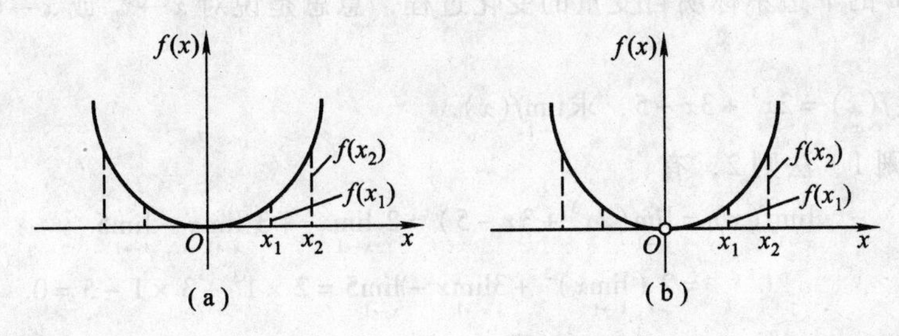

图1.19

定义1.7 对于函数$y=f(x)$，如果当自变量x无限接近于x_0时，函数$f(x)$无限接近于某个常数A，那么常数A就叫做函数$f(x)$当$x\to x_0$时的极限，记作

$$\lim_{x\to x_0}f(x)=A \quad 或 \quad 当x\to x_0时，f(x)\to A,$$

其中$x\to x_0$叫做函数$f(x)$的极限过程.

需要说明的是：(1)定义中$x\to x_0$的方式是可以任意的，既可以从x_0的左边也可以从x_0的右边或同时从两边趋近于x_0.

(2) 当$x\to x_0$时，函数$f(x)$在点x_0是否有极限与其在点x_0是否有定义无关.

(3) 此定义是描述性的.

定义1.8 如果自变量x仅从小(大)于x_0的一侧趋近于x_0时，函数$f(x)$无限趋近于A，则称A为函数$f(x)$当x趋近于x_0时的左(右)极限，记作$\lim\limits_{x\to x_0^-}f(x)=A$($\lim\limits_{x\to x_0^+}f(x)=A$).

定理 1.1　函数 $f(x)$ 在点 x_0 的极限存在的充分必要条件是 $f(x)$ 在点 x_0 的左、右极限都存在且相等.

例 1.15　讨论函数 $f(x)=\begin{cases}x, & x\geqslant 0,\\ x+1, & x<0\end{cases}$ 当 $x\to 0$ 时是否存在极限.

解　由于

$$\lim_{x\to 0^+}f(x)=\lim_{x\to 0^+}x=0,\quad \lim_{x\to 0^-}f(x)=\lim_{x\to 0^-}(x+1)=1,$$

所以 $\lim\limits_{x\to 0^+}f(x)\neq\lim\limits_{x\to 0^-}f(x)$，故 $\lim\limits_{x\to 0}f(x)$ 不存在(图 1.20).

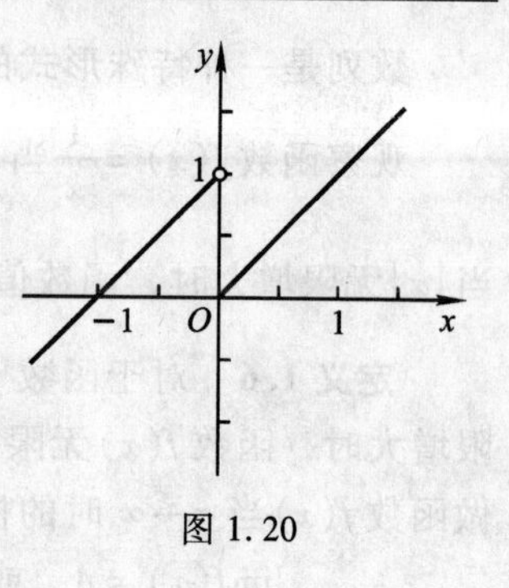

图 1.20

1.2.3　极限的运算

以下法则用两个函数的极限运算来说明，其结论对有限个函数的极限运算同样成立.

假定 x 在同一极限过程中，极限 $\lim f(x)$（此处省略了自变量 x 的变化趋势，下同）与 $\lim g(x)$ 都存在，则极限的运算有如下法则.

法则 1　$\lim[f(x)\pm g(x)]=\lim f(x)\pm\lim g(x)$.

法则 2　$\lim[f(x)\cdot g(x)]=\lim f(x)\cdot\lim g(x)$.

推论 1　$\lim[C\cdot f(x)]=C\cdot\lim f(x)$.

推论 2　$\lim[f(x)]^n=[\lim f(x)]^n$.

法则 3　若 $\lim g(x)\neq 0$，则 $\lim\dfrac{f(x)}{g(x)}=\dfrac{\lim f(x)}{\lim g(x)}$.

极限符号 lim 的下边不标明自变量的变化过程，意思是说对 $x\to x_0$ 或 $x\to\infty$，所建立的结论都成立.

例 1.16　设 $f(x)=2x^3+3x-5$，求 $\lim\limits_{x\to 1}f(x)$.

解　根据法则 1、法则 2，有

$$\begin{aligned}\lim_{x\to 1}f(x)&=\lim_{x\to 1}(2x^3+3x-5)=2\lim_{x\to 1}x^3+3\lim_{x\to 1}x-\lim_{x\to 1}5\\&=2\,(\lim_{x\to 1}x)^3+3\lim_{x\to 1}x-\lim_{x\to 1}5=2\times 1^3+3\times 1-5=0.\end{aligned}$$

例 1.17　设 $f(x)=\dfrac{x^2+x+1}{x+1}$，求 $\lim\limits_{x\to 1}f(x)$.

解　$\lim\limits_{x\to 1}f(x)=\lim\limits_{x\to 1}\dfrac{x^2+x+1}{x+1}=\dfrac{\lim\limits_{x\to 1}(x^2+x+1)}{\lim\limits_{x\to 1}(x+1)}=\dfrac{3}{2}$.

以上例题在进行极限运算时，都直接使用了极限的运算法则. 但有些函数做极限运算时，不能直接使用法则，例如求函数 $f(x)=\dfrac{x-1}{x^2-1}$ 在 $x\to 1$ 时的极限，因其分子、分母的极限都为零，所以不能直接使用运算法则.

若所求函数的分子、分母的极限都为零，这种极限形式称为未定式，形象地表示为“$\dfrac{0}{0}$”. 类似还有以下几种未定式：“$\dfrac{\infty}{\infty}$”、“$0\cdot\infty$”、“$\infty-\infty$”、“1^∞”、“0^0”、“∞^0”. 求这些未定

式的极限先要对函数进行变形整理，然后才可使用极限的运算法则.

例 1.18 求$\lim\limits_{x\to1}\dfrac{x^2-3x+2}{x^2+2x-3}$.

解 此题属“$\dfrac{0}{0}$”型，把分式的分子、分母因式分解，整理得

$$\lim_{x\to1}\frac{x^2-3x+2}{x^2+2x-3}=\lim_{x\to1}\frac{(x-1)(x-2)}{(x-1)(x+3)}=\lim_{x\to1}\frac{x-2}{x+3}=-\frac{1}{4}.$$

例 1.19 求$\lim\limits_{x\to0}\dfrac{(1+x)^3-1}{x}$.

解 此题属“$\dfrac{0}{0}$”型，把分式的分子化简，整理得

$$\lim_{x\to0}\frac{(1+x)^3-1}{x}=\lim_{x\to0}\frac{3x+3x^2+x^3}{x}=\lim_{x\to0}(3+3x+x^2)=3.$$

例 1.20 求$\lim\limits_{x\to0}\dfrac{\sqrt{5x+1}-1}{x}$.

解 此题属“$\dfrac{0}{0}$”型，把分式的分子有理化，整理得

$$\lim_{x\to0}\frac{\sqrt{5x+1}-1}{x}=\lim_{x\to0}\frac{(\sqrt{5x+1}-1)(\sqrt{5x+1}+1)}{x(\sqrt{5x+1}+1)}=\lim_{x\to0}\frac{5x}{x(\sqrt{5x+1}+1)}$$

$$=\lim_{x\to0}\frac{5}{\sqrt{5x+1}+1}=\frac{5}{2}.$$

例 1.21 求$\lim\limits_{x\to\infty}\dfrac{4x^2+1}{3x^2+2x-1}$.

解 此题属“$\dfrac{\infty}{\infty}$”型，在分式的分子、分母上同除以 x^2，整理得

$$\lim_{x\to\infty}\frac{4x^2+1}{3x^2+2x-1}=\lim_{x\to\infty}\frac{4+\dfrac{1}{x^2}}{3+\dfrac{2}{x}-\dfrac{1}{x^2}}=\frac{4}{3}.$$

例 1.22 求$\lim\limits_{x\to\infty}\dfrac{x^2+3}{x^3+2x}$.

解 此题属“$\dfrac{\infty}{\infty}$”型，在分式的分子、分母上同除以 x^3，整理得

$$\lim_{x\to\infty}\frac{x^2+3}{x^3+2x}=\lim_{x\to\infty}\frac{\dfrac{1}{x}+\dfrac{3}{x^3}}{1+\dfrac{2}{x^2}}=0.$$

例 1.23 求$\lim\limits_{x\to1}\left(\dfrac{1}{x-1}-\dfrac{3}{x^3-1}\right)$.

解 此题属“$\infty-\infty$”型，经过通分，整理得

$$\lim_{x\to 1}\left(\frac{1}{x-1}-\frac{3}{x^3-1}\right)=\lim_{x\to 1}\frac{(x^2+x+1)-3}{(x-1)(x^2+x+1)}=\lim_{x\to 1}\frac{x^2+x-2}{(x-1)(x^2+x+1)}$$

$$=\lim_{x\to 1}\frac{(x-1)(x+2)}{(x-1)(x^2+x+1)}=\lim_{x\to 1}\frac{x+2}{x^2+x+1}=1.$$

例 1.24 求 $\lim\limits_{x\to+\infty}x(\sqrt{1+x^2}-x)$.

解 此题属"$0\cdot\infty$"型，把因式$(\sqrt{1+x^2}-x)$有理化，整理得

$$\lim_{x\to+\infty}x(\sqrt{1+x^2}-x)=\lim_{x\to+\infty}\frac{x(\sqrt{1+x^2}-x)(\sqrt{1+x^2}+x)}{\sqrt{1+x^2}+x}$$

$$=\lim_{x\to+\infty}\frac{x}{\sqrt{1+x^2}+x}=\lim_{x\to+\infty}\frac{1}{\sqrt{\frac{1}{x^2}+1}+1}=\frac{1}{2}.$$

1.2.4 极限存在的两个准则和两个重要极限

准则 1 若对于 x_0 的某邻域[①]内的一切 x(可以不包含 x_0)，有 $g(x)\leqslant f(x)\leqslant h(x)$，且 $\lim\limits_{x\to x_0}g(x)=\lim\limits_{x\to x_0}h(x)=A$，则必有 $\lim\limits_{x\to x_0}f(x)=A$.

准则 2 单调有界数列必有极限.

下面我们用两个准则来计算两个重要极限：$\lim\limits_{x\to 0}\frac{\sin x}{x}$和$\lim\limits_{n\to\infty}\left(1+\frac{1}{n}\right)^n$.

1.
$$\boxed{\lim_{x\to 0}\frac{\sin x}{x}=1}\tag{1.1}$$

因为$\frac{\sin(-x)}{-x}=\frac{\sin x}{x}$，所以只需对于 x 由正值趋于零时(在第一象限)来讨论，先作一个半径为 1 的单位圆(图 1.21)，可以看出三角形 OAB 的面积、扇形 OAB 的面积及三角形 OAC 的面积是由小到大排列的，于是有

$$\frac{1}{2}\sin x<\frac{1}{2}x<\frac{1}{2}\tan x.$$

上式同乘$\frac{2}{\sin x}$得
$$1<\frac{x}{\sin x}<\frac{1}{\cos x},$$

所以
$$1>\frac{\sin x}{x}>\cos x.$$

又因为
$$\lim_{x\to 0}1=\lim_{x\to 0}\cos x=1,$$
所以，根据准则 1 可得

$$\lim_{x\to 0}\frac{\sin x}{x}=1.$$

此结果也可由图 1.22 直观看出.

① 开区间$(x_0-\delta,x_0+\delta)$称为点 x_0 的一个邻域，δ 称为邻域半径.

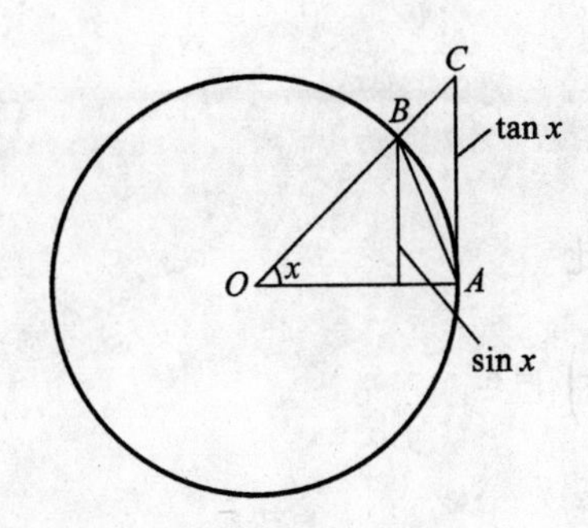

图 1.21

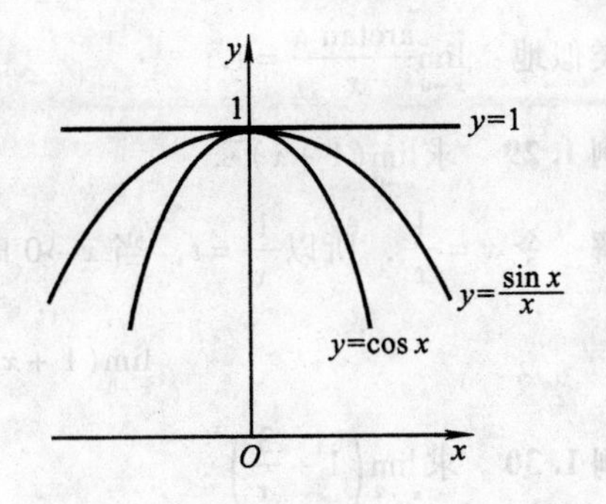

图 1.22

2.
$$\boxed{\lim_{n\to\infty}\left(1+\frac{1}{n}\right)^n=\mathrm{e}} \tag{1.2}$$

可以证明数列$\left\{\left(1+\frac{1}{n}\right)^n\right\}$单调增加并且有界，根据准则 2 可知$\lim\limits_{n\to\infty}\left(1+\frac{1}{n}\right)^n$存在，且$\lim\limits_{n\to\infty}\left(1+\frac{1}{n}\right)^n=\mathrm{e}$，e 是无理数，其值为 e = 2.718 281 828 459 0…，此结果可由图 1.23 直观看出.

可以证明此数列转换成函数$\left(1+\frac{1}{x}\right)^x$后极限仍是 e，即

$$\boxed{\lim_{x\to\infty}\left(1+\frac{1}{x}\right)^x=\mathrm{e}} \tag{1.3}$$

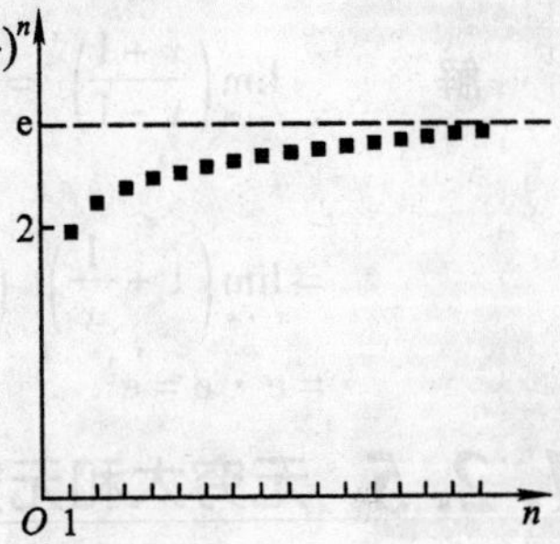

图 1.23

例 1.25 求$\lim\limits_{x\to 0}\dfrac{\tan x}{x}$.

解 $\lim\limits_{x\to 0}\dfrac{\tan x}{x}=\lim\limits_{x\to 0}\dfrac{\sin x}{x}\cdot\dfrac{1}{\cos x}=\lim\limits_{x\to 0}\dfrac{\sin x}{x}\cdot\lim\limits_{x\to 0}\dfrac{1}{\cos x}=1.$

例 1.26 求$\lim\limits_{x\to 0}\dfrac{\sin 4x}{x}$.

解 $\lim\limits_{x\to 0}\dfrac{\sin 4x}{x}=\lim\limits_{x\to 0}\dfrac{\sin 4x}{4x}\cdot 4=4\lim\limits_{x\to 0}\dfrac{\sin 4x}{4x}=4.$

例 1.27 求$\lim\limits_{x\to 0}\dfrac{\sin(a+x)-\sin(a-x)}{x}$.

解
$$\lim_{x\to 0}\frac{\sin(a+x)-\sin(a-x)}{x}=\lim_{x\to 0}\frac{2\cos a\sin x}{x}$$
$$=2\cos a\lim_{x\to 0}\frac{\sin x}{x}=2\cos a.$$

例 1.28 求$\lim\limits_{x\to 0}\dfrac{\arcsin x}{x}$.

解 令 $t=\arcsin x$，所以 $x=\sin t$，当 $x\to 0$ 时，$t\to 0$，因此，

$$\lim_{x\to 0}\frac{\arcsin x}{x}=\lim_{t\to 0}\frac{t}{\sin t}=\lim_{t\to 0}\frac{1}{\frac{\sin t}{t}}=1.$$

类似地：$\lim\limits_{x\to 0}\frac{\arctan x}{x}=1$.

例 1.29 求$\lim\limits_{x\to 0}(1+x)^{\frac{1}{x}}$.

解 令$x=\frac{1}{t}$，所以$\frac{1}{x}=t$，当$x\to 0$时，$t\to\infty$，因此

$$\lim_{x\to 0}(1+x)^{\frac{1}{x}}=\lim_{t\to\infty}\left(1+\frac{1}{t}\right)^{t}=\mathrm{e}.$$

例 1.30 求$\lim\limits_{x\to\infty}\left(1+\frac{3}{x}\right)^{x}$.

解 $\lim\limits_{x\to\infty}\left(1+\frac{3}{x}\right)^{x}=\lim\limits_{x\to\infty}\left[\left(1+\frac{3}{x}\right)^{\frac{x}{3}}\right]^{3}=\mathrm{e}^{3}$.

例 1.31 求$\lim\limits_{x\to 0}(1-2x)^{\frac{3}{x}}$.

解 $\lim\limits_{x\to 0}(1-2x)^{\frac{3}{x}}=\lim\limits_{x\to 0}\{[1+(-2x)]^{-\frac{1}{2x}}\}^{-6}=\mathrm{e}^{-6}$.

例 1.32 求$\lim\limits_{x\to\infty}\left(\frac{x+1}{x-1}\right)^{x}$.

解

$$\lim_{x\to\infty}\left(\frac{x+1}{x-1}\right)^{x}=\lim_{x\to\infty}\left(\frac{1+\frac{1}{x}}{1-\frac{1}{x}}\right)^{x}=\lim_{x\to\infty}\frac{\left(1+\frac{1}{x}\right)^{x}}{\left(1-\frac{1}{x}\right)^{x}}$$

$$=\lim_{x\to\infty}\left(1+\frac{1}{x}\right)^{x}\left(1-\frac{1}{x}\right)^{-x}=\lim_{x\to\infty}\left(1+\frac{1}{x}\right)^{x}\lim_{x\to\infty}\left(1+\frac{1}{-x}\right)^{-x}$$

$$=\mathrm{e}\cdot\mathrm{e}=\mathrm{e}^{2}.$$

1.2.5 无穷大和无穷小

1. 无穷大和无穷小的概念

定义 1.9 如果$\lim\limits_{x\to x_0}\alpha(x)=0$（或$\lim\limits_{x\to\infty}\alpha(x)=0$），则称变量$\alpha(x)$当$x\to x_0$（或$x\to\infty$）时为无穷小.

定义 1.10 如果当$x\to x_0$（或$x\to\infty$）时，变量$f(x)$的绝对值无限增大，则称$f(x)$当$x\to x_0$（或$x\to\infty$）时为无穷大，记为$\lim\limits_{x\to x_0}f(x)=\infty$（或$\lim\limits_{x\to\infty}f(x)=\infty$）.

显然，在同一变化过程中，如果$\lim f(x)=0$（$f(x)\neq 0$），则$\lim\frac{1}{f(x)}=\infty$，反之，如果$\lim f(x)=\infty$，则$\lim\frac{1}{f(x)}=0$.

需要说明的是：无穷小和无穷大都是变量，与很小或很大的常量有着本质的不同.

例 1.33 求$\lim\limits_{x\to\infty}\frac{x^4+2x-3}{x^3+5}$.

解 因为

$$\lim_{x\to\infty}\frac{x^3+5}{x^4+2x-3}=\lim_{x\to\infty}\frac{\frac{1}{x}+\frac{5}{x^4}}{1+\frac{2}{x^3}-\frac{3}{x^4}}=0,$$

所以根据无穷小与无穷大的关系有：

$$\lim_{x\to\infty}\frac{x^4+2x-3}{x^3+5}=\infty.$$

一般地，有

$$\lim_{x\to\infty}\frac{a_0x^m+a_1x^{m-1}+\cdots+a_m}{b_0x^n+b_1x^{n-1}+\cdots+b_n}=\begin{cases}\dfrac{a_0}{b_0}, & m=n,\\ 0, & m<n,\\ \infty, & m>n.\end{cases}$$

定理 1.2 $\lim f(x)=A$ 的充要条件是 $f(x)=A+\alpha(x)$，其中 $\alpha(x)$ 是无穷小.

此定理表明有极限的函数可以表示为它的极限与无穷小之和. 反之，如果函数可以表示为常数与一无穷小之和，则该常数就是函数的极限.

2. 无穷小的性质

（1）有限个无穷小的代数和仍为无穷小.

（2）有限个无穷小之积仍为无穷小.

（3）有界变量与无穷小之积仍为无穷小.

（4）无穷小除以极限不为零的变量之商仍为无穷小.

例 1.34 证明 $\lim\limits_{x\to\infty}\dfrac{\sin x}{x}=0.$

证 因为当 $x\to\infty$ 时，$\dfrac{1}{x}$ 是无穷小，且 $\sin x$ 是有界变量，所以，根据无穷小的第三个性质知：$\dfrac{1}{x}$ 与 $\sin x$ 的乘积仍是无穷小，即

$$\lim_{x\to\infty}\frac{\sin x}{x}=\lim_{x\to\infty}\frac{1}{x}\cdot\sin x=0.$$

此结果可由图 1.24 直观看出.

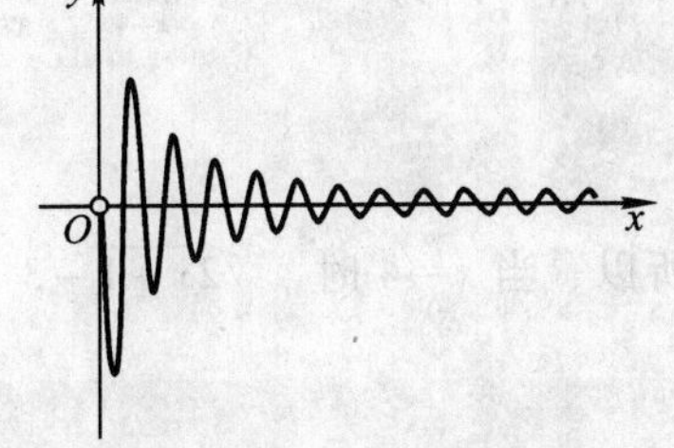

图 1.24

例 1.35 求 $\lim\limits_{x\to\infty}\dfrac{\arctan x}{x^2+1}$.

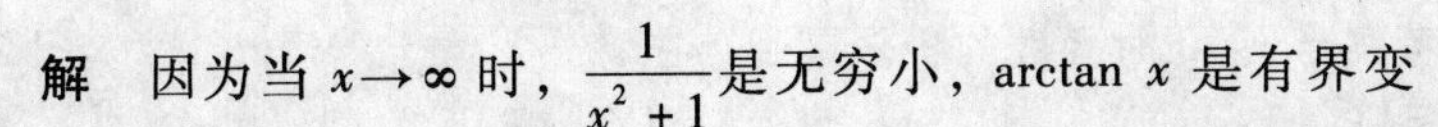

解 因为当 $x\to\infty$ 时，$\dfrac{1}{x^2+1}$ 是无穷小，$\arctan x$ 是有界变量，所以，根据无穷小的第三个性质知：$\dfrac{1}{x^2+1}$ 与 $\arctan x$ 的乘积仍是无穷小，即

$$\lim_{x\to\infty}\frac{\arctan x}{x^2+1}=0.$$

3. 无穷小的比较

极限为零的变量为无穷小，而不同的无穷小趋近于零的“快慢”是不同的，例如，当 $x\to 0$ 时，x^2，x^3 都是无穷小，但 $x^3\to 0$ 比 $x^2\to 0$ 快.

一般地，设 α 与 β 是同一变化过程中的无穷小.

（1）若 $\lim\dfrac{\alpha}{\beta}=0$，则称 α 是比 β 高阶的无穷小，记作 $\alpha=o(\beta)$.

（2）若 $\lim\dfrac{\alpha}{\beta}=\infty$，则称 α 是比 β 低阶的无穷小.

(3) 若$\lim \dfrac{\alpha}{\beta}=c\neq 0$，则称$\alpha$与$\beta$是同阶无穷小.

特别地，当$c=1$时，则称α与β是等价无穷小，记作$\alpha\sim\beta$.

下面给出几个常用的等价无穷小，即当$x\to 0$时，有

$$\boxed{x\sim\sin x\sim\arcsin x\sim\tan x\sim\arctan x} \tag{1.4}$$

可以证明：在同一变化过程中，若$\alpha\sim\alpha'$，$\beta\sim\beta'$，且$\lim\dfrac{\alpha'}{\beta'}$存在，则

$$\lim\frac{\alpha}{\beta}=\lim\frac{\alpha'}{\beta'}.$$

利用这一特性可以简化有些函数的极限运算.

例 1.36 求$\lim\limits_{x\to 0}\dfrac{\arcsin 5x}{\tan 3x}$.

解 由于$5x\sim\arcsin 5x$，$3x\sim\tan 3x$，故

$$\lim_{x\to 0}\frac{\arcsin 5x}{\tan 3x}=\lim_{x\to 0}\frac{5x}{3x}=\frac{5}{3}.$$

例 1.37 求$\lim\limits_{x\to 0}\dfrac{1-\cos x}{x^2}$.

解

$$\lim_{x\to 0}\frac{1-\cos x}{x^2}=\lim_{x\to 0}\frac{2\sin^2\dfrac{x}{2}}{x^2}=\lim_{x\to 0}\frac{2\left(\dfrac{x}{2}\right)^2}{x^2}=\frac{1}{2}.$$

例 1.38 指出当$x\to 4$时，无穷小$\sqrt{2x+1}-3$与$x-4$之间的关系.

解 因为

$$\lim_{x\to 4}\frac{\sqrt{2x+1}-3}{x-4}=\lim_{x\to 4}\frac{(\sqrt{2x+1}-3)(\sqrt{2x+1}+3)}{(x-4)(\sqrt{2x+1}+3)}$$

$$=\lim_{x\to 4}\frac{2x-8}{(x-4)(\sqrt{2x+1}+3)}=\lim_{x\to 4}\frac{2}{\sqrt{2x+1}+3}=\frac{1}{3},$$

所以，当$x\to 4$时，$\sqrt{2x+1}-3$与$x-4$是同阶无穷小.

习 题 1.2

1. 画出下列函数的图像并考察当$x\to 0$时函数的极限是否存在.

(1) $f(x)=\begin{cases}2x, & 0\leqslant x\leqslant 1,\\ 3-x, & 1<x\leqslant 2;\end{cases}$

(2) $f(x)=\begin{cases}-x+1, & x\geqslant 0,\\ e^x-1, & x<0;\end{cases}$

(3) $f(x)=\begin{cases}\sqrt{x}, & x\geqslant 0,\\ x^2+1, & x<0;\end{cases}$

(4) $f(x)=\begin{cases}\ln(x+1), & x\geqslant 0,\\ x, & x<0.\end{cases}$

2. 计算下列极限.

(1) $\lim\limits_{x\to 1}\dfrac{x^2+2}{x+2}$;

(2) $\lim\limits_{x\to 1}\dfrac{x^2-1}{x^2-5x+4}$;

(3) $\lim\limits_{x\to 1}\dfrac{\sqrt{4-x}-\sqrt{2+x}}{x^3-1}$;

(4) $\lim\limits_{x\to 2}\left(\dfrac{1}{x-2}-\dfrac{12}{x^3-8}\right)$;

(5) $\lim\limits_{h\to 0}\dfrac{(x+h)^3-x^3}{h}$;

(6) $\lim\limits_{x\to \frac{1}{3}}\dfrac{9x^2+3x-2}{9x^2-1}$;

(7) $\lim\limits_{x\to 0}\dfrac{x^3-x^2+4x}{x^2+x}$;

(8) $\lim\limits_{x\to 0}\dfrac{x}{\sqrt{1+x}-\sqrt{1-x}}$;

(9) $\lim\limits_{x\to 4}\frac{\sqrt{2x+1}-3}{\sqrt{x-2}-\sqrt{2}}$;　　(10) $\lim\limits_{x\to \frac{\pi}{4}}\frac{\cos x-\sin x}{\cos 2x}$;

(11) $\lim\limits_{x\to\infty}\frac{3x^2+4x+6}{x^2+x}$;　　(12) $\lim\limits_{x\to\infty}\frac{x^3+4x+1}{x^4+5x+4}$;

(13) $\lim\limits_{x\to\infty}\frac{3x+4}{\sqrt{x^2+x+1}}$;　　(14) $\lim\limits_{n\to\infty}\frac{(-4)^n+5^n}{4^{n+1}+5^{n+1}}$;

(15) $\lim\limits_{n\to\infty}\left[\frac{1}{1\cdot 2}+\frac{1}{2\cdot 3}+\cdots+\frac{1}{n(n+1)}\right]$;　　(16) $\lim\limits_{n\to\infty}\left(\frac{1+2+\cdots+n}{n+2}-\frac{n}{2}\right)$;

(17) $\lim\limits_{n\to\infty}\left(1+\frac{1}{3}+\frac{1}{9}+\cdots+\frac{1}{3^n}\right)$.

3. 计算下列极限.

(1) $\lim\limits_{x\to 0}\frac{2x}{\tan 3x}$;　　(2) $\lim\limits_{x\to\infty}x\cdot\tan\frac{1}{x}$;

(3) $\lim\limits_{n\to\infty}2^n\sin\frac{x}{2^n}$;　　(4) $\lim\limits_{x\to 1}\frac{\sin^2(x-1)}{x^2-1}$;

(5) $\lim\limits_{x\to 0}\frac{1-\cos 4x}{x\sin x}$;　　(6) $\lim\limits_{x\to 0}\frac{\cos 4x-\cos 2x}{x^2}$;

(7) $\lim\limits_{x\to 0}\frac{\tan x-\sin x}{x^3}$;　　(8) $\lim\limits_{x\to 0}(1+\tan x)^{\cot x}$;

(9) $\lim\limits_{x\to\infty}\left(1+\frac{2}{x}\right)^{3x}$;　　(10) $\lim\limits_{x\to 0}\left(1-\frac{1}{2}x\right)^{\frac{5}{x}+1}$;

(11) $\lim\limits_{x\to\infty}\left(1-\frac{3}{x}\right)^{2x}$;　　(12) $\lim\limits_{x\to\infty}\left(\frac{x}{1+x}\right)^{x}$;

(13) $\lim\limits_{x\to\infty}\left(1-\frac{1}{x^2}\right)^{x}$;　　(14) $\lim\limits_{x\to\infty}\left(\frac{x+2}{x+1}\right)^{x}$;

(15) $\lim\limits_{x\to 0}(1-2x)^{\frac{1}{x}}$;　　(16) $\lim\limits_{x\to 1}(3-2x)^{\frac{3}{x-1}}$;

(17) $\lim\limits_{x\to 1}x^{\frac{1}{x-1}}$.

4. 说明下列各对无穷小量之间的关系.

(1) 当 $x\to 0$ 时，$\sqrt{1+x}-1$ 与 x^2+x;　　(2) 当 $x\to 0$ 时，$\sin 3x-\sin x$ 与 x;

(3) 当 $x\to 0$ 时，$x^2\sin\frac{1}{x}$ 与 x;　　(4) 当 $x\to 1$ 时，$\tan(x-1)$ 与 x^3-x;

(5) 当 $x\to 0$ 时，$\sqrt{1+x^2}-\sqrt{1-x^2}$ 与 $\arctan x^2$.

1.3 函数的连续性

1.3.1 函数连续的定义

定义 1.11 设函数 $f(x)$ 在点 x_0 的某邻域内有定义，若极限 $\lim\limits_{x\to x_0}f(x)$ 存在，并且等于函数值 $f(x_0)$，即

$$\lim_{x\to x_0}f(x)=f(x_0),$$

则称函数 $f(x)$ 在点 $x=x_0$ 处**连续**，此时 x_0 称为 $f(x)$ 的**连续点**.

在上述定义中，若$\lim\limits_{x\to x_0^+}f(x)=f(x_0)$，则称$f(x)$在点$x=x_0$处右连续；若$\lim\limits_{x\to x_0^-}f(x)=f(x_0)$，则称$f(x)$在点$x=x_0$处左连续．若函数在区间$(a,b)$内每一点都连续，则称此函数在$(a,b)$内连续．如果函数在$(a,b)$内连续，同时在点$a$处右连续，在点$b$处左连续，则称此函数在$[a,b]$上连续．

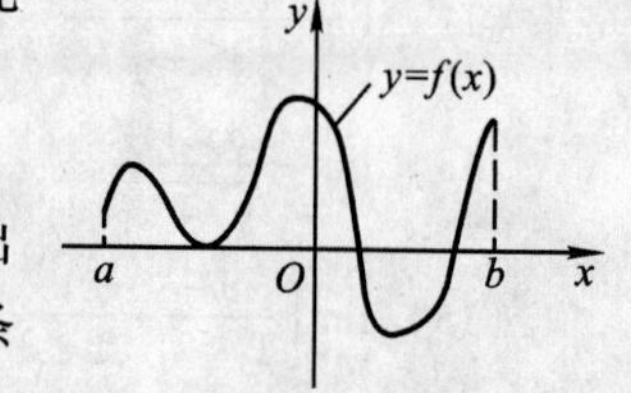

图 1.25

如果函数$f(x)$在点x_0处不连续，则称点x_0为$f(x)$的**间断点**．

函数的连续性可以通过函数的图像——曲线的连续性表示出来，即若$f(x)$在$[a,b]$上连续，则$f(x)$在$[a,b]$上的图像就是一条连绵不断的曲线(图 1.25)．

根据函数连续性定义可知，函数在点x_0处连续，必须同时满足下列三个条件：

(1) 函数$f(x)$在点x_0有定义；

(2) 极限$\lim\limits_{x\to x_0}f(x)$存在；

(3) $\lim\limits_{x\to x_0}f(x)=f(x_0)$．

上述三个条件中只要有一个条件不满足，函数$f(x)$就在点x_0处间断．

例 1.39 指出函数$f(x)=\dfrac{x^2}{x}$的间断点，并作出函数的图像．

解 因为$f(x)$在$x=0$处没有定义，所以$f(x)$在$x=0$处间断，其图像如图 1.26 所示．

例 1.40 指出函数$f(x)=\begin{cases}1, & x\neq 1,\\ \dfrac{1}{2}, & x=1\end{cases}$的间断点，并作出函数的图像．

解 因为

$$\lim_{x\to 1}f(x)=1,\ f(1)=\frac{1}{2},$$

所以$\lim\limits_{x\to 1}f(x)\neq f(1)$，故$f(x)$在点$x=1$处间断，其图像如图 1.27 所示．

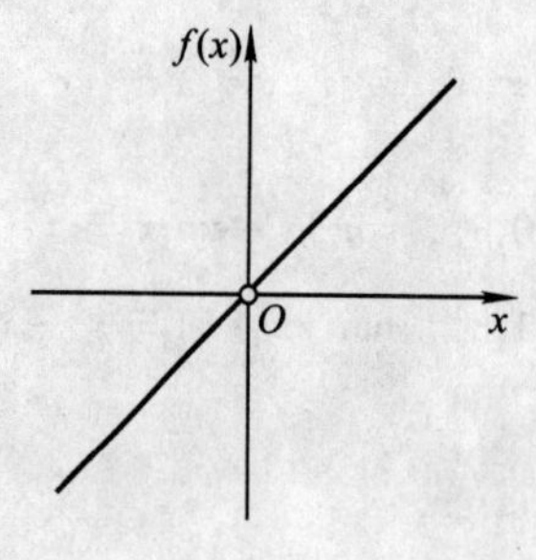

图 1.26

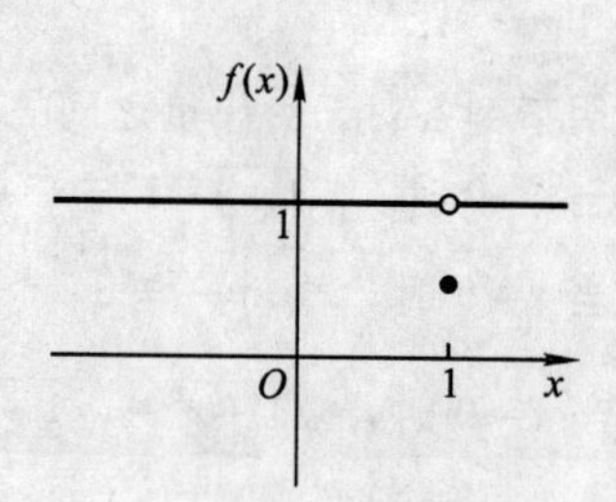

图 1.27

例 1.41 指出函数$f(x)=\begin{cases}-x+1, & x<1,\\ 1, & x=1,\\ -x+3, & x>1\end{cases}$的间断点，并作出函数的图像．

解 因为 $\lim\limits_{x\to 1^+}f(x)=\lim\limits_{x\to 1^+}(-x+3)=2$，$\lim\limits_{x\to 1^-}f(x)=\lim\limits_{x\to 1^-}(-x+1)=0$，

所以

$$\lim_{x\to 1^+}f(x)\neq\lim_{x\to 1^-}f(x),\ \lim_{x\to 1}f(x)\text{不存在}.$$

故$f(x)$在$x=1$处间断，其图像如图 1.28 所示．

例 1.42 指出函数$f(x)=\dfrac{x}{x-1}$的间断点，并作出函数的图像.

解 因为$f(x)$在$x=1$处没有定义，且$\lim\limits_{x\to 1}f(x)=\infty$，所以$f(x)$在$x=1$处间断. 用坐标平移的方法作函数

$$f(x)=\frac{x}{x-1}=1+\frac{1}{x-1}$$

的图像，其图像如图 1.29 所示.

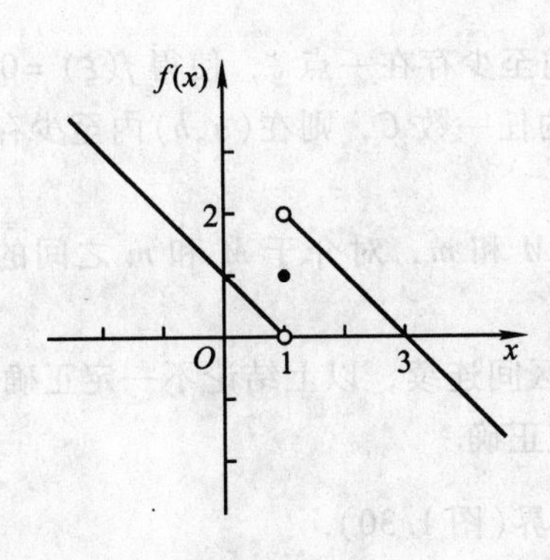

图 1.28

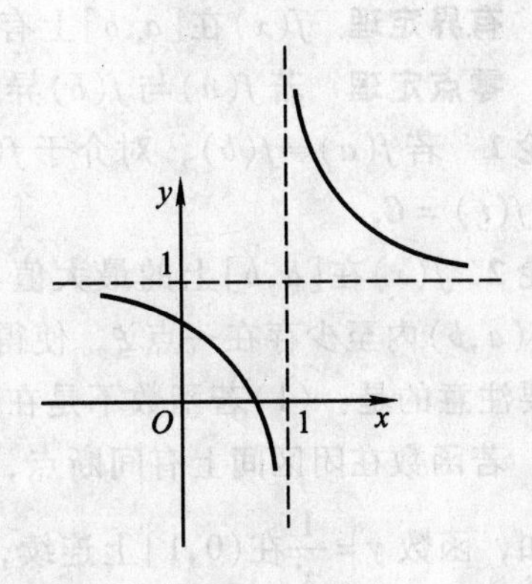

图 1.29

可以证明：初等函数在其定义区间内都是连续的. 因此若函数$f(x)$是初等函数，且点x_0是它定义区间内的点，则当$x\to x_0$时，函数$f(x)$的极限值就是$f(x)$在点x_0处的函数值，即

$$\lim_{x\to x_0}f(x)=f(x_0)=f(\lim_{x\to x_0}x).$$

上式为计算初等函数的极限提供了一种实用而又简便的方法. 例如，

$$\lim_{x\to 0}\sqrt{x^2-2x+5}=\sqrt{0^2-2\times 0+5}=\sqrt{5},$$

$$\lim_{x\to 0}\arctan(\mathrm{e}^x)=\arctan(\mathrm{e}^0)=\arctan 1=\frac{\pi}{4}.$$

例 1.43 求$\lim\limits_{x\to\infty}\cos(\sqrt{x+1}-\sqrt{x})$.

解 $$\lim_{x\to\infty}\cos(\sqrt{x+1}-\sqrt{x})=\cos\left(\lim_{x\to\infty}\frac{(\sqrt{x+1}-\sqrt{x})(\sqrt{x+1}+\sqrt{x})}{(\sqrt{x+1}+\sqrt{x})}\right)$$

$$=\cos\left(\lim_{x\to\infty}\frac{1}{(\sqrt{x+1}+\sqrt{x})}\right)=\cos 0=1.$$

例 1.44 求$\lim\limits_{x\to+\infty}[\ln(2x^2+3x)-\ln(x^2-3)]$.

解 $$\lim_{x\to+\infty}[\ln(2x^2+3x)-\ln(x^2-3)]=\lim_{x\to+\infty}\ln\frac{2x^2+3x}{x^2-3}$$

$$=\ln\lim_{x\to+\infty}\frac{2+\dfrac{3}{x}}{1-\dfrac{3}{x^2}}=\ln 2.$$

例 1.45 求$\lim\limits_{x\to\frac{\pi}{2}}(1+\cos x)^{2\sec x}$.

解 $\lim\limits_{x\to\frac{\pi}{2}}(1+\cos x)^{2\sec x}=\lim\limits_{x\to\frac{\pi}{2}}[(1+\cos x)^{\frac{1}{\cos x}}]^2=e^2$.

1.3.2 闭区间上连续函数的性质

设函数$f(x)$在闭区间$[a,b]$上连续，则

(1) **最值定理** $f(x)$在$[a,b]$上有最大值与最小值；

(2) **有界定理** $f(x)$在$[a,b]$上有界；

(3) **零点定理** 若$f(a)$与$f(b)$异号，则在(a,b)内至少存在一点ξ，使得$f(\xi)=0$.

推论 1 若$f(a)\neq f(b)$，对介于$f(a)$与$f(b)$之间的任一数C，则在(a,b)内至少存在一点ξ，使得$f(\xi)=C$.

推论 2 $f(x)$在$[a,b]$上的最大值与最小值分别为M和m，对介于M和m之间的任一数C，则在(a,b)内至少存在一点ξ，使得$f(\xi)=C$.

需要注意的是：(1)若函数不是在闭区间而是在开区间连续，以上结论不一定正确；(2)若函数在闭区间上有间断点，以上结论不一定正确.

例如，函数$y=\frac{1}{x}$在$(0,1]$上连续，但在$(0,1]$上无界(图 1.30).

再如，函数$y=\begin{cases}x^2, & -1\leqslant x<0,\\ 1, & x=0,\\ 2-x^2, & 0<x\leqslant 1\end{cases}$ 在闭区间$[-1,1]$上有间断点$x=0$，则它既取不到最大值也取不到最小值(图 1.31).

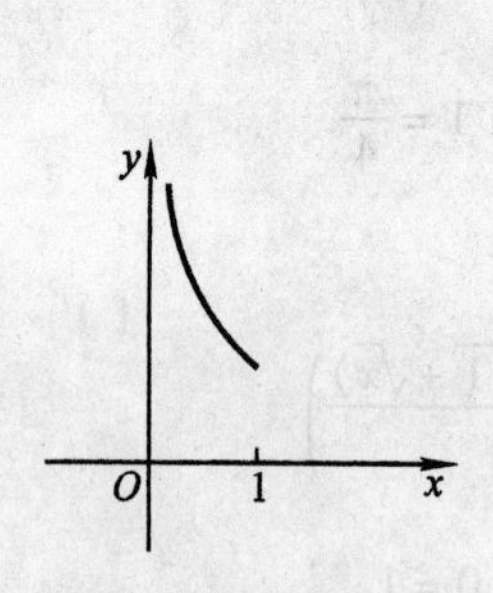

图 1.30

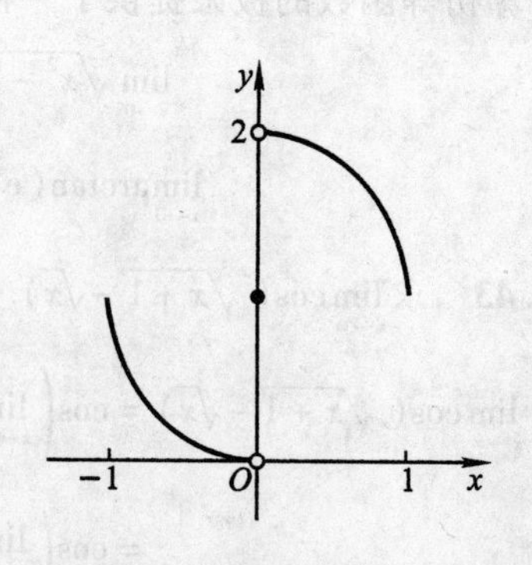

图 1.31

例 1.46 试证方程 $e^{2x}-x-2=0$ 至少有一个小于 1 的正根.

证 设$f(x)=e^{2x}-x-2$，因为$f(x)$在$[0,1]$上连续，且

$$f(0)=-1<0,$$
$$f(1)=e^2-3>0,$$

所以，由零点定理知，在$(0,1)$内至少存在一点ξ，使得$f(\xi)=0$，因此，ξ就为原方程的小于 1 的正根.

习 题 1.3

1. 设$f(x)=\begin{cases}x^2\sin\dfrac{1}{x}, & x>0,\\ a+e^x, & x\leqslant 0,\end{cases}$ 问 a 为何值时，$f(x)$ 在 $x=0$ 处连续.

2. 下列函数在 $x=0$ 处无定义，试定义 $f(0)$ 的值，使 $f(x)$ 在 $x=0$ 处连续.

(1) $f(x)=\dfrac{\sqrt{1+x^2}-1}{x^2}$；　　(2) $f(x)=\dfrac{1-\cos 4x}{x^2}$.

3. 求下列函数的极限.

(1) $\lim\limits_{x\to\frac{\pi}{2}}\dfrac{\sqrt{2}+\cos\dfrac{x}{2}}{1+\sin x}$；　　(2) $\lim\limits_{x\to 0}\arcsin\dfrac{1-x}{2+x}$；

(3) $\lim\limits_{x\to 0}e^{\frac{\ln(2+x)}{1+x}}$；　　(4) $\lim\limits_{x\to 0}\arctan\dfrac{x}{1-\sqrt{1+2x}}$；

(5) $\lim\limits_{x\to\frac{\pi}{4}}\dfrac{\cos 2x}{\sin x-\cos x}$；　　(6) $\lim\limits_{x\to+\infty}x(\ln(x+1)-\ln x)$；

(7) $\lim\limits_{x\to 0}(1+3\tan x)^{4\cot x}$.

4. 证明方程 $x\ln(2+x)=1$ 至少有一个小于 1 的正根.

5. 证明方程 $x^3-x-2=0$ 在区间 $(0,2)$ 内至少有一个根.

6. 设 $f(x)$ 在 $[0,2]$ 上连续，$f(0)=f(2)$，证明方程 $f(x)=f(x+1)$ 在 $[0,1]$ 上至少有一个实根.

1.4 应用与实践

1.4.1 应用

1. 数学模型——用数学方法解决实际问题

数学模型属于应用数学，它涉及纯数学与其他学科的交互作用，已成为应用数学的一大分支，正处于蓬勃发展的时期. 它的本义就是将各种各样的实际问题化为数学问题.

解决实际问题的步骤分为以下五个阶段：

(1) 科学地识别与剖析实际问题；

(2) 形成数学模型；

(3) 求解数学问题；

(4) 研究算法，并尽量使用计算机计算；

(5) 回到实际中去，解释结果.

数学家在第一阶段起不到明显的作用，起作用的通常是研究这类问题的科学家、工程师、医生，甚至是企业家. 正是这些人认识到了问题的重要性和与数学方法的可结合性. 由于近年来数学的应用已引起广泛的注意，所以常常是，在提出系统的理论以前，有关数据的收集和经验性的结论已完成，此时所欠缺的是数学家的介入，而数学家的介入将会使问题发生质的变化.

第二阶段是整个建模过程中最困难和最关键的部分. 它最富有创造性，常由具有数学知识的科学家参加，或由数学家与科学家共同参与. 模型的建立由仔细地理解问题，区分主次和选取合适的数学结构所组成. 模型有两个方面，一是数学结构，二是实际概念与数学结构间的对应. 在建模过程中，必须保留原始问题的本质特征，但要尽可能地简化. 注意，简化是基于科学而不是基于数学. 简化是必需的，以便使得到的数学体系容易处理，但又不能过分简化，以防数学定理不能提供实际情形的有效预测. 决定什么是重要的，什么是不重要的；哪些简化是合理的，哪些简化是不合理的，需要经验与技巧，需要科学家与数学家共同来完成.

基于对同一问题的观察和研究，提出的数学模型可能有几种不同的数学结构. 不同的数学结构可能反映问题的不同侧面. 例如，光的物理模型有两个：一个是波动说，一个是粒子说，它们的数学结构不同所反映的侧重点也不同.

第三阶段是求解数学问题. 这个阶段的研究在表面上与纯数学的研究没有区别，只是动机不同. 但是，这里的数学问题与实际问题有密切的联系，记住这一点很重要. 一旦所提问题由于数学自身的原因需要修改时，必须仔细分析修改后的问题与实际问题之间的关系.

看来简单的问题引出来的数学问题未必简单，有可能引出极难的数学问题. 常常，实际问题的研究为数学打开了一个全新的领域，导致了新数学分支的创立. 有时某些问题能自然地融合进我们熟悉的数学课题中，这自然很令人愉快.

第四阶段的计算是另一个重要的阶段. 为了获得对原问题的理解，计算的结果是不可少的. 由于实际问题的复杂性，大部分结果是不能借助手工来完成的，所以算法的研究以及使用计算机是必需的.

最后的阶段是依照原问题去解释和评价所得结果. 这时可能出现各种情况，我们需要作仔细分析，这就推动我们去进一步完善模型.

2. 实际问题建立函数关系举例

例 1.47 某健身中心对会员提供优惠，会员消费可打八折，但每年需交纳会员费 500 元. 写出会员一年内消费的钱与其实际受惠的钱之间的函数关系，并说明一年内至少消费多少才能真正受惠？

解 设某会员一年内消费 x 元，实际受惠 y 元. 根据已知，其消费时受惠 $0.2x$ 元，但因交纳了 500 元会员费，所以实际受惠 $(0.2x-500)$ 元，故

$$y=0.2x-500,$$

可以求出当 $x\leqslant 2500$ 时，$y\leqslant 0$，即消费 2500 元以下并不会真正受惠，必须消费 2500 元以上才能真正受惠.

例 1.48 境内信函每重 20g(不足 20g 按 20g 计算)需要付邮资 50 分，写出邮资与信函重量的函数关系.

解 信函重量用 x 表示，邮资用 y 表示. 根据已知得(图 1.32)

$$y=\begin{cases}50, & 0<x\leqslant 20,\\ 100, & 20<x\leqslant 40,\\ 150, & 40<x\leqslant 60,\\ \cdots & \cdots\end{cases}$$

例 1.49 脉冲发生器产生一个单三角脉冲，其波形如图 1.33 所示，写出电压 U 与时间 t $(t\geqslant 0)$ 的函数关系式.

解 当 $0\leqslant t\leqslant \frac{\tau}{2}$ 时，$U=\frac{E}{\frac{\tau}{2}}\cdot t$，即 $U=\frac{2E}{\tau}t$；

当 $\frac{\tau}{2}\leqslant t\leqslant \tau$ 时，$U-0=\frac{E-0}{\frac{\tau}{2}-\tau}\cdot(t-\tau)$，即 $U=-\frac{2E}{\tau}(t-\tau)$.

归纳上面讨论的结果得

$$U=\begin{cases}\frac{2E}{\tau}t, & 0\leqslant t\leqslant \frac{\tau}{2},\\ -\frac{2E}{\tau}(t-\tau), & \frac{\tau}{2}<t\leqslant \tau,\\ 0, & t>\tau.\end{cases}$$

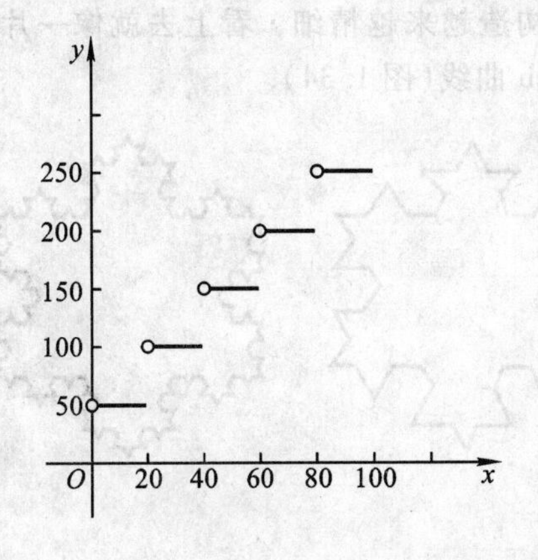

图 1.32

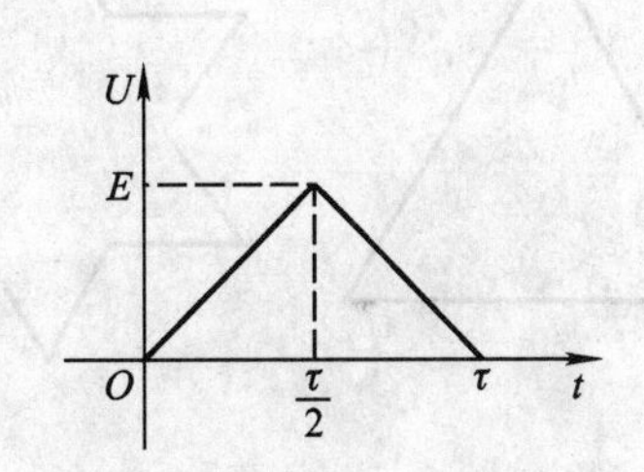

图 1.33

3. 你知道历史上的某一天是星期几吗？——整函数的应用

历史上的某一天究竟是星期几？这是一个有趣的计算问题，你们一定很想知道它的计算方法. 不过，要了解这一点，先得从闰年的设置讲起.

由于一个回归年不是恰好 365 天，而是 365 天 5 小时 48 分 46 秒，或 365.2422 天. 为了防止这多出的 0.2422 天积累起来，造成新年逐渐往后推移，因此每隔 4 年便设置一个闰年，这一年的二月从普通的 28 天改为 29 天. 这样闰年便有 366 天. 不过，这样补也不刚好，每百年差不多又多补了一天. 因此又规定：遇到年数为："百年" 的不设闰，扣回一天. 这就是常说的 "百年 24 闰". 但是，百年扣一天还是不刚好，又需要每四百年再补回来一天. 因此又规定：公元年数为 400 倍数者设闰. 这样补来扣去，终于刚好！例如，1976、1988 这些年数被 4 整除的年份为闰年；而 1900、2100 这些年则不设闰；2000 年的年数恰能被 400 整除，又要设闰，如此等等.

我们可以根据设闰的规律，推算出在公元 x 年第 y 天是星期几. 这里变量 x 是公元的年数；变量 y 是从这一年的元旦，算到这一天为止(包含这一天)的天数.

数学家已为我们找到了这样的公式(利用前面提到的整函数)：

$$n=x-1+\left[\frac{x-1}{4}\right]-\left[\frac{x-1}{100}\right]+\left[\frac{x-1}{400}\right]+y$$

按上式求出 n 后，除以 7，如果恰能除尽，则这一天为星期日；否则，余数为几，则为星期几.

例如 1961 年 6 月 24 日，容易算出 $x-1=1960$，而 $y=175$，代入公式得

$$\begin{aligned} n &= 1\,960+\left[\frac{1\,960}{4}\right]-\left[\frac{1\,960}{100}\right]+\left[\frac{1\,960}{400}\right]+175 \\ &= 1\,960+490-19+4+175=2\,610, \end{aligned}$$

而 2 610 除以 7，余数是 6，这就是说，这一天是星期六.

4. 你知道在分形几何中的 Koch 雪花吗？

1904 年瑞典科学家 Koch 描述了这样一段奇特而又有趣的事件：一个边长为 a 的正三角形，将每边三等分，以中间三分之一段为边向外再做正三角形，小三角形在三个边的出现使得原三角形变成了一个六角形，六角形共有 12 个边，再在六角形的 12 个边上以同样的方法，构造一个新的 48 边形. 如此无穷次做下去，其边缘的构造越来越精细，看上去就像一片雪花，所以也称为 Koch 雪花. 上述方法构造的曲线称为 Koch 曲线(图 1.34).

图 1.34

你想知道最终 Koch 雪花的面积和 Koch 曲线的周长是多少吗？让我们来算一算.

假设最初的正三角形边长为 1，则其周长为 $L_1=3$，面积为 $A_1=\frac{\sqrt{3}}{4}$. 在生成六角形时，新生成三角形的边长为原边长的$\frac{1}{3}$，新生成的三角形的面积为原三角形面积的$\frac{1}{9}$，因为共生成了三个新三角形，故

$$\text{总周长 } L_2=\frac{4}{3}L_1,\ \text{总面积 } A_2=A_1+3\cdot\frac{1}{9}A_1,$$

依此进行下去，得

$$L_3=\frac{4}{3}L_2=\left(\frac{4}{3}\right)^2L_1,$$

$$A_3=A_2+3\cdot\frac{1}{9}A_2=A_2+3\left\{4\left[\left(\frac{1}{9}\right)^2A_1\right]\right\},$$

$$\cdots\cdots$$

$$L_n=\frac{4}{3}L_{n-1}=\cdots=\left(\frac{4}{3}\right)^{n-1}L_1,$$

$$
\begin{aligned}
A_n &= A_{n-1} + 3\left\{4^{n-2}\left[\left(\frac{1}{9}\right)^{n-1} A_1\right]\right\} \\
&= A_1 + 3 \cdot \frac{1}{9}A_1 + 3 \cdot 4 \cdot \left(\frac{1}{9}\right)^2 A_1 + \cdots + 3 \cdot 4^{n-2} \cdot \left(\frac{1}{9}\right)^{n-1} A_1 \\
&= A_1\left\{1 + \left[\frac{1}{3} + \frac{1}{3}\left(\frac{4}{9}\right) + \frac{1}{3}\left(\frac{4}{9}\right)^2 + \cdots + \frac{1}{3}\left(\frac{4}{9}\right)^{n-2}\right]\right\} \\
&= A_1\left\{1 + \frac{1}{3} \cdot \frac{1-\left(\frac{4}{9}\right)^{n-1}}{1-\frac{4}{9}}\right\} = A_1\left\{1 + \frac{3}{5}\left[1-\left(\frac{4}{9}\right)^{n-1}\right]\right\}.
\end{aligned}
$$

其实我们所要求的就是当 $n \to \infty$ 周长 L_n 和面积 A_n 的极限. 于是

$$\lim_{n\to\infty} L_n = +\infty,$$

$$\lim_{n\to\infty} A_n = A_1\left(1+\frac{3}{5}\right) = \frac{2\sqrt{3}}{5}.$$

从上述结果可知雪花的面积大小依赖于最初的正三角形边长，Koch 曲线的周长是无限大的，而在有限的区域生成无限的长度，这与人们的直觉不相符合，成了一种反常现象. 直到 1975 年诞生了一个新的数学分支——“分形几何学”，才赋予了它深刻、丰富的内涵.

5. 美丽的函数图像——分形艺术奇观

分形诞生在以多种概念和方法相互冲击和融合为特征的当代. 分形混沌之旋风，横扫数学、理化、生物、大气、海洋以至社会学科，在音乐、美术间也产生了一定的影响.

分形艺术(Fractal Art)第一次引起公众注意的是《科学美国人》1985 年关于 Mandelbrot 集的一篇文章，到目前为止约有 20 年的历史. 分形艺术是以分形形状或集合——在所有尺度上的自相似性(图像的部分与整体相似)——为特征的一种艺术形式，是计算机进行反复数字处理的一个典型实例. 有些图像不是专门的分形，但由于利用了相同的基本生成源和生成步骤，而被纳入到分形艺术世界中. 分形所呈现的无穷玄机和美感引发人们去探索. 即使你不懂得其中深奥的数学哲理，也会为之感动. 分形使人们觉悟到科学与艺术的融合，数学与艺术审美上的统一，使昨日枯燥的数学不再仅仅是抽象的哲理，而是具体的感受；不再仅仅是揭示一类存在，而是一种艺术创作，分形(图 1.35)搭起了科学与艺术的桥梁.

图 1.35

习 题 1.4.1

1. 李小姐每小时打字 1 500 个，她打了一小时字后，就外出购物了两小时，回来后又继续打字两小时，写出李小姐打字的字数与时间的函数关系并作图.

2. 在公用电话亭打市内电话，每 3 分钟收费 0.4 元，不足 3 分钟按 3 分钟收费，写出打电话的收费与时间的函数关系并作图.

3. 某人准备从美国去日本旅游，将5 000美元以1/114.9的比率换成日元．但因故没有去成，只好又将换成的日元以117.6/1的比率换回美元，那么此人亏损了多少钱？

4. 计算香港回归日是星期几？

图1.36

5. 设有一个区间[0,1]，其长度1，把它三等分，每一小段长为$\frac{1}{3}$，然后把中间一段丢掉，余下两小段，再把这两小段每段三等分，除去中间一段，这时每段长为$\frac{1}{9}$，照此进行下去(图1.36)，那么丢掉的段总共长为多少？

1.4.2 实践

Mathematica 软件使用(1)

Mathematica系统是目前世界上应用最广泛的符号计算系统，它是由美国 WolframResearch公司开发的一套专门用于进行数学计算的软件．该系统用C语言编写，博采众长，具有简单易学的交互式操作方式、强大的数值计算功能、人工智能列表处理功能以及像C语言和Pascal语言那样的结果化程序设计功能．本教材主要介绍Windows环境下的5.0版本在高等数学中的简单应用，更详细的内容请参阅Mathematica使用手册．

1. 系统的启动

(1) 系统的启动．

如果已经安装好Mathematica 5.0，则可以单击快捷方式图标启动系统，如演示1.1所示．

演示1.1

执行后，显示窗口如演示1.2所示．

演示1.2

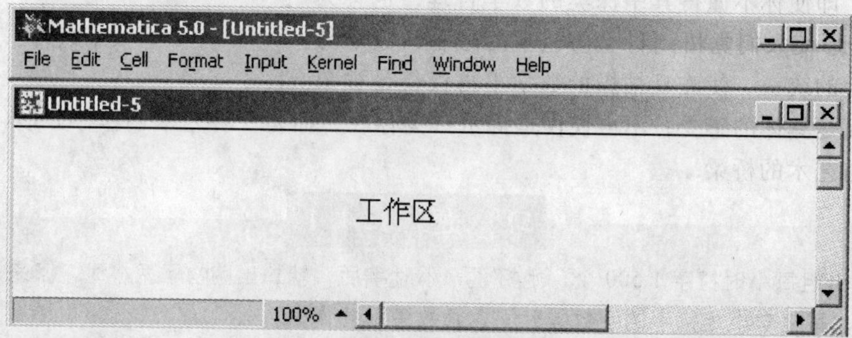

此时我们就可以在工作区中通过键盘输入计算命令了．

(2) 系统的常用菜单．

Mathematica 的菜单项包括 File、Edit、Cell、Format、Input、Kernel、Find、Window、Help 项. 下面介绍 File(文件)菜单项.

文件下拉菜单中的 New、Open、Close、Save 命令用于新建、打开、关闭及保存用户的文件，这些选项与 Word 相同，另外有几个选项是 Mathematica 特有的，其中最常用的是：

- ◆ Palettes 用于打开各种模板；
- ◆ Generate Palette from Selection 用于生成用户自制的模板；
- ◆ Generate Notebook from Palette 记录最近使用过的文件.

在操作过程中经常用到 File 菜单中的控制面板(Palettes)，其中共有 9 个选项(如演示 1.3).

演示 1.3

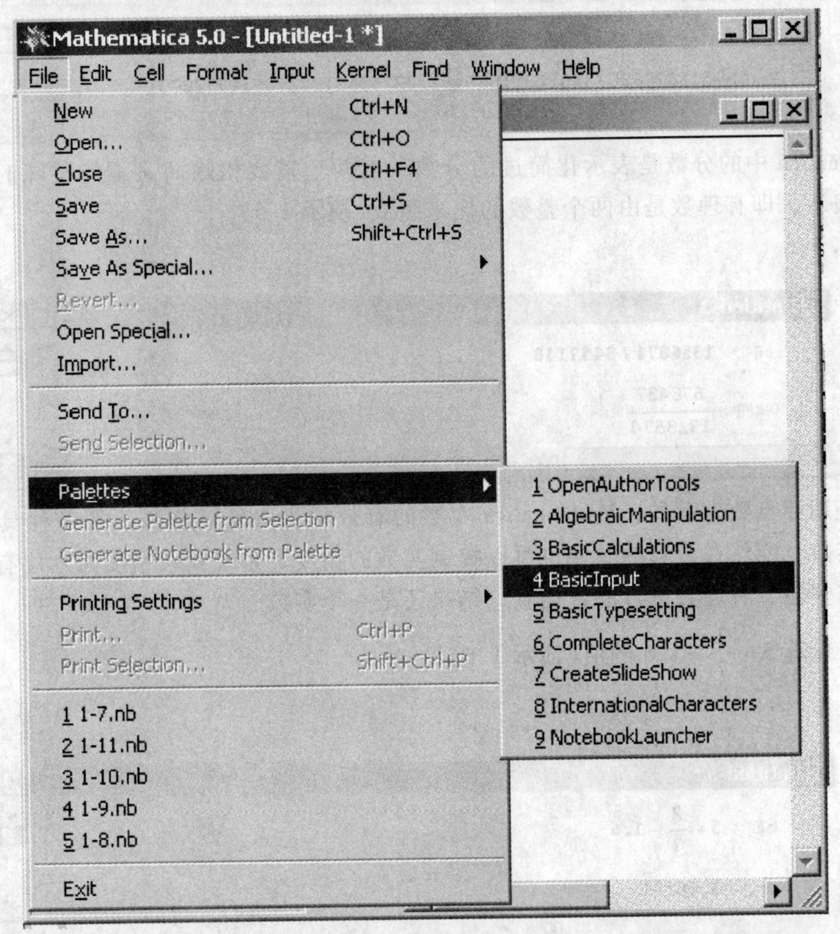

我们最常用的是第三项 BasicCalculations(基本计算模板)和第四项 BasicInput（基本输入模板）. 基本计算模板分类给出了各种基本计算的按钮. 单击各项前面的小三角，会显示出该项所包含的子菜单项. 再次单击各子项前面的小三角，则显示出子项中的各种按钮. 若单击其中的某个按钮，就可以将该运算命令(函数)输入到工作区窗口中，然后在各个小方块中键入数学表达式，即可进行计算.

2. Mathematica 中的数据、表达式及变量

（1）数据类型及其转换.

（a）数据类型.

Mathemateica 中的数值类型有整数、有理数、实数、复数四种. 只要你的计算机的内存足够大，Mathemateica 可以表示任意长度的精确实数，而不受所用的计算机字长的影响.

整数与整数的计算结果仍是精确的整数或是有理数.

例如，3 的 100 次方是一个 48 位的整数. 具体输入时，可按照一般数学表达的手写格式输入，然后按下 Shift + Enter 组合键得到输出结果（演示 1.4）.

演示 1.4

Mathematica 中的分数是表示化简过的分数. 当两个整数相除而又不能整除时，系统就用有理数来表示，即有理数是由两个整数的比来组成（演示 1.5）.

演示 1.5

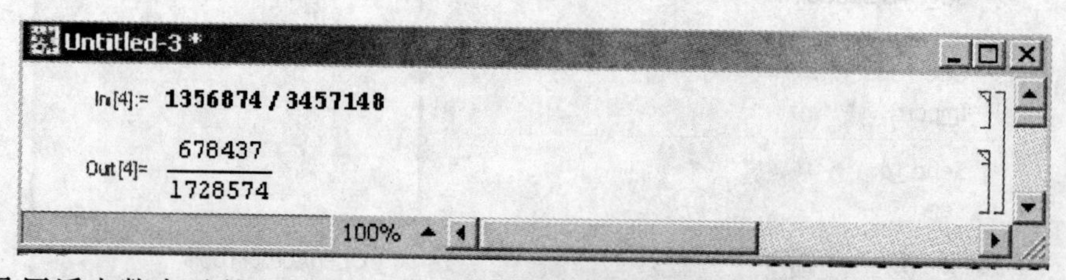

实数是用浮点数表示的，Mathematica 实数的有效位可取任意位数，是一种具有任意精确度的近似实数，当然在计算的时候也可以控制实数的精度，系统默认精度为六位有效数字. 实数也可以与整数、有理数进行混合运算，结果还是一个实数.

例如，计算 $5+\frac{2}{7}-1.6$ 的值（演示 1.6）.

演示 1.6

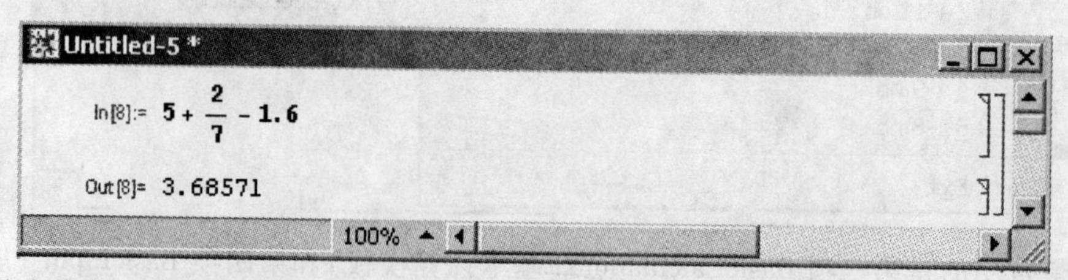

复数是由实部和虚部组成的，实部和虚部可以用整数、实数、有理数表示. 在 Mathematica 中，用“i”表示虚数单位.

（b）不同类型数据间的转换.

在 Mathematica 的不同应用中，通常对数字的类型要求是不同的. 例如在公式推导中的数字常用整数或有理数表示，而在数值计算中的数字常用实数表示. 在一般情况下在输出行

Out[n]中，系统根据输入行 In[n]的数字类型对计算结果做出相应的处理. 如果有一些特殊的要求，就要进行数据类型转换.

提供以下几个在 Mathematica 中的函数达到转换的目的(表 1.2).

表 1.2

函数名	功能
N[x]	将 x 转换成实数
N[x,n]	将 x 转换成近似实数，精度为 n
Rationalize[x]	给出 x 的有理数近似值
Rationalize[x,dx]	给出 x 的有理数近似值，误差小于 dx

例 (1) 将$\frac{13}{11}$转换成实数，结果分别保留 20 位和 10 位有效数字；

(2) 给出 1.181 818 182 的有理数近似值，误差小于 0.000 01；

(3) 给出 1.181 818 182 的有理数近似值，误差小于 0.1.

其结果见演示 1.7.

演示 1.7

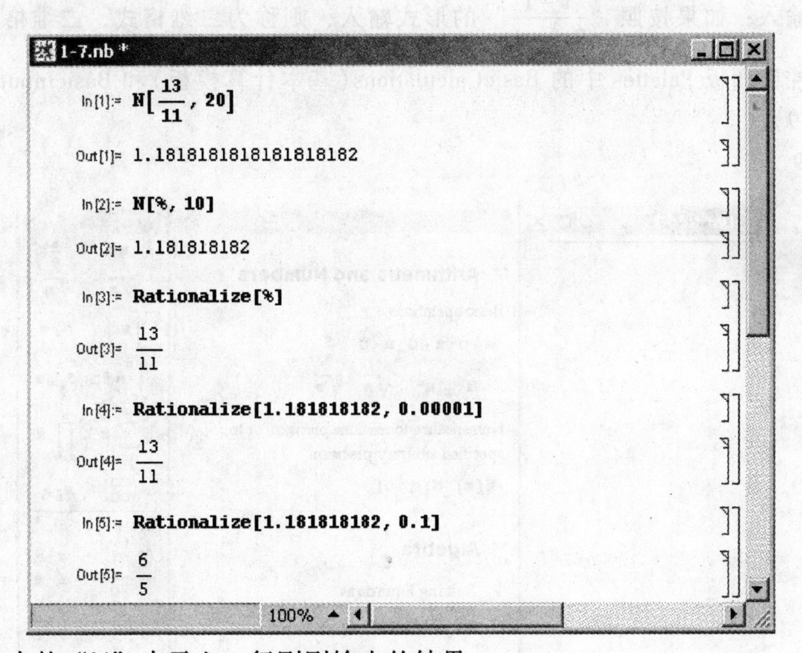

演示 1.7 中的“%”表示上一行刚刚输出的结果.

(c) 数学常数.

Mathematica 中定义了一些常见的数学常数，这些数学常数都是精确数(表 1.3).

表 1.3

符号	含义	符号	含义
Pi	$\pi=3.14159\cdots$	i	虚数单位$\sqrt{-1}$
E	$e=2.71828\cdots$	Infinity	正无穷大
Degree	$\pi/180$	- Infinity	负无穷大

数学常数可用于公式推导和数值计算中，在数值计算中表示精确值(演示 1.8).

演示 1.8

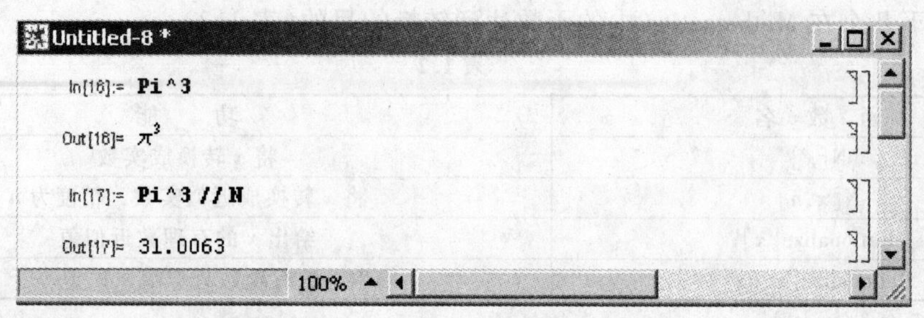

其中，“//N” 表示以实数形式输出，“N” 必须大写.

(2) 表达式.

(a) 表达式的输入.

Mathematica 符号计算系统中提供了两种格式的数学表达式. 对于表达式$\frac{x-1}{2x^2+1}$，如果按照“$(x-1)/(2x\hat{}2+1)$”的形式输入，则称为一维格式，其输入方法是，从键盘上选择相应的符号直接输入；如果按照“$\frac{x-1}{2x^2+1}$”的形式输入，则称为二维格式，二维格式表达式的输入，可利用控制面板 Palettes 中的 BasicCalculations(基本计算模板)和 BasicInput (基本输入模板)(演示 1.9).

演示 1.9

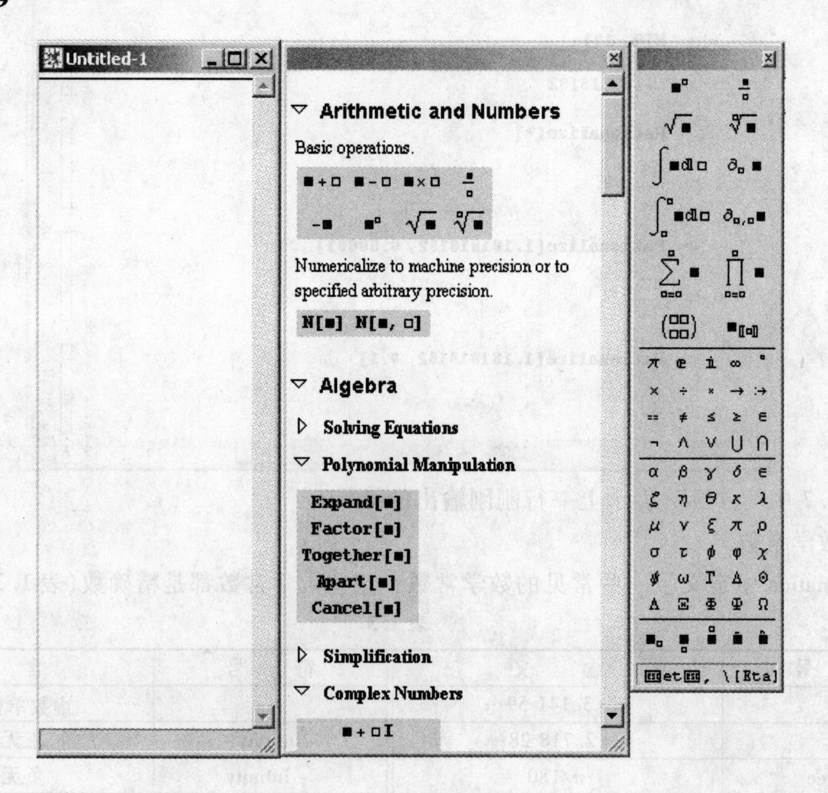

演示 1.9 中，左端为工作区，中间为基本计算模板，右端为基本输入模板. 从基本计算模板和基本输入模板中，选择不同的符号即可在工作区中输入各种不同的表达式.

(b) 表达式的计算操作.

输入要计算的表达式后，按 Shift + Enter 键即可得到计算结果.

例 (1) 计算 12 + 5；(2) 求 $(x+1)^6$ 的展开式.

其结果见演示 1.10.

演示 1.10

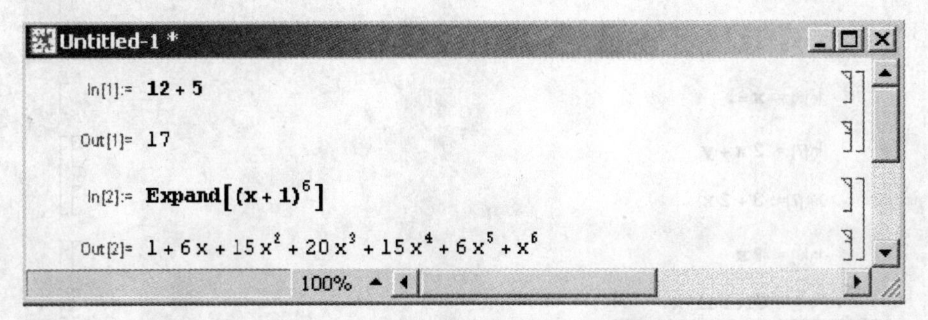

需要说明的是：次序标识“In[1]：=”和“Out[1]=”均由系统自动给出，计算时不必输入.

(3) 变量.

(a) 变量名.

Mathematica 中的内部函数和命令都是以大写字母开始的标示符，自定义的变量应该是以小写字母开始，后跟数字和字母的组合，长度不限.

变量命名时需要注意以下几点：

① 变量名不能以数字开头，不能使用“-”等符号. 如：c2b，strName，iNum 都是合法的，而 12b，t-a 是非法的；

② Mathematica 中的变量区分大小写；

③ Mathematica 中，变量不仅可以存放一个数值，还可以存放表达式或复杂的算式.

(b) 给变量赋值.

命令格式 1：**“变量 = 表达式”** 或 **“变量 1 = 变量 2 = 表达式”**.

执行时，先计算赋值号右边的表达式，再将计算结果送到变量中，其中“=”称为立即赋值号.

命令格式 2：**“变量：= 表达式”**.

执行时，系统不做运算，所以没有相应的输出，此时定义式右边的表达式不被立即求值，直到被调用时才被求值，其中“：=”称为延迟赋值号.

(c) 查询变量的值.

命令格式：**“? 变量”**.

(d) 清除变量的值.

命令格式：**“变量 =.”** 或 **“Clear[*x*]”**.

需要说明的是：“变量 =.”或“Clear[*x*]”命令使用后，没有输出结果. 一般地，在使用一些变量前，最好先清除一下，这可以避免变量的以前赋值影响以后的计算结果，例如演示 1.11.

演示 1.11

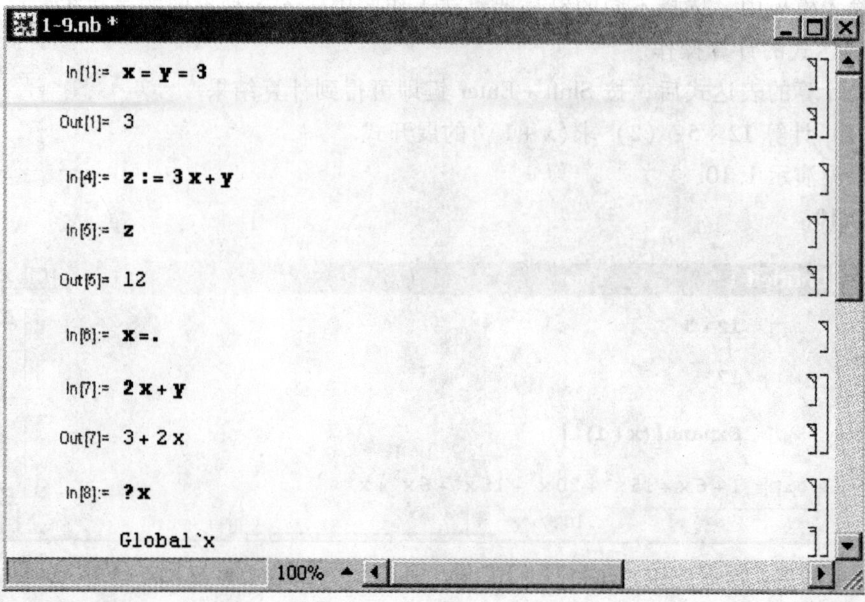

3. 用 Mathematica 作代数运算(表 1.4)

表 1.4

命令格式	功能
Expand[poly]	把多项式 poly 展开
Factor[poly]	对多项式 poly 因式分解
Simplify[poly]	把多项式 poly 写成最简形式

例 (1) 求$(x+1)^6$的展开式;

(2) 将表达式$(x-1)^3(x+1)^4(x^3+1)$化简;

(3) 将表达式(x^9-1)因式分解.

其结果见演示 1.12.

演示 1.12

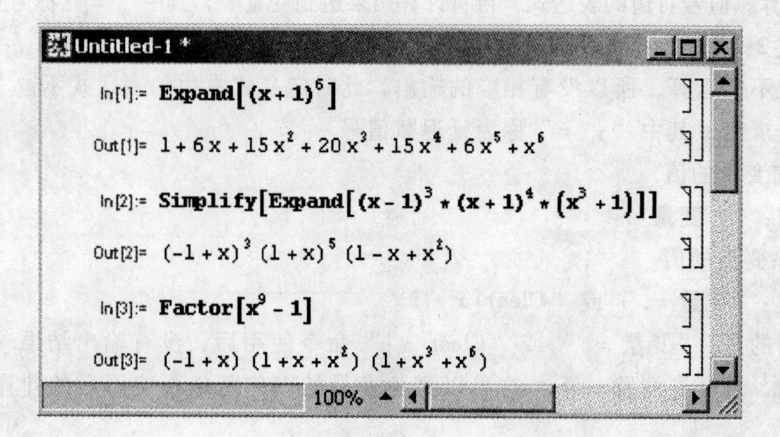

4. Mathematica 中的常用函数

Mathematica 系统中有几百个可直接调用的数学函数，下面给出一些常用函数的表示方法.

（1）数值函数.

◆Abs[x]　　x 的绝对值

◆Max[x_1,x_2,…]　　取 x_1,x_2,…中的最大值

◆Min[x_1,x_2,…]　　取 x_1,x_2,…中的最小值

◆N[expr]　　表达式的机器精度近似值

◆N[expr,n]　　表达式的 n 位近似值，n 为任意正整数

（2）基本初等函数.

◆Sqrt[x]　　$\sqrt{x}$

◆x^n　　幂函数

◆Exp[x]　　以 e 为底的指数函数

◆Log[x]　　以 e 为底的对数函数

◆Log[a,x]　　以 a 为底的对数函数

◆Sin[x]，Cos[x]，Tan[x]，Cot[x]，Sec[x]，Csc[x]　　三角函数

◆ArcSin[x]，ArcCos[x]，ArcTan[x]，ArcCot[x]　　反三角函数

需要说明的是，在 Mathematica 中，函数名和自变量之间的分隔符是用方括号“[ ]”，而不是一般数学书上所用的圆括号“( )”，例如，正弦函数表示为 Sin[x]. 三角函数的单位是弧度.

（3）命令函数.

例如，作函数图像的函数 Plot[f[x]，{x,$x$min,$x$max}]，解方程函数 Solve[eqn,x]，求导函数 D[f[x]，x] 等.

数学函数和命令函数统称为内建函数. 使用时应注意，Mathematica 中的命令严格区分大小写，一般地，内建函数首写字母必须大写，有时一个函数名是由几个单词构成的，则每个单词首写字母也必须大写，例如，求局部极小值函数 FindMinimum[f[x]，{x,x_0}]等.

（4）自定义函数.

（a）不带附加条件的自定义函数.

命令格式：“**f[x_]=表达式**”或“**f[x_]:=表达式**”.

执行时系统会把表达式中的 x 都换为 $f(x)$ 的自变量 x（而不是 x_）. 函数的自变量具有局部性，只对所在的函数起作用，函数执行结束后也就没有了，不会改变其他全局定义的同名变量的值.

例 定义函数 $f(x)=x^3+2\sqrt{x^2-1}+\sin x$，并求 $x=1,\ 1.5,\ \frac{\pi}{3}$ 时的值，然后求 $f(2x+1)$.

其结果见演示 1.13.

演示 1.13

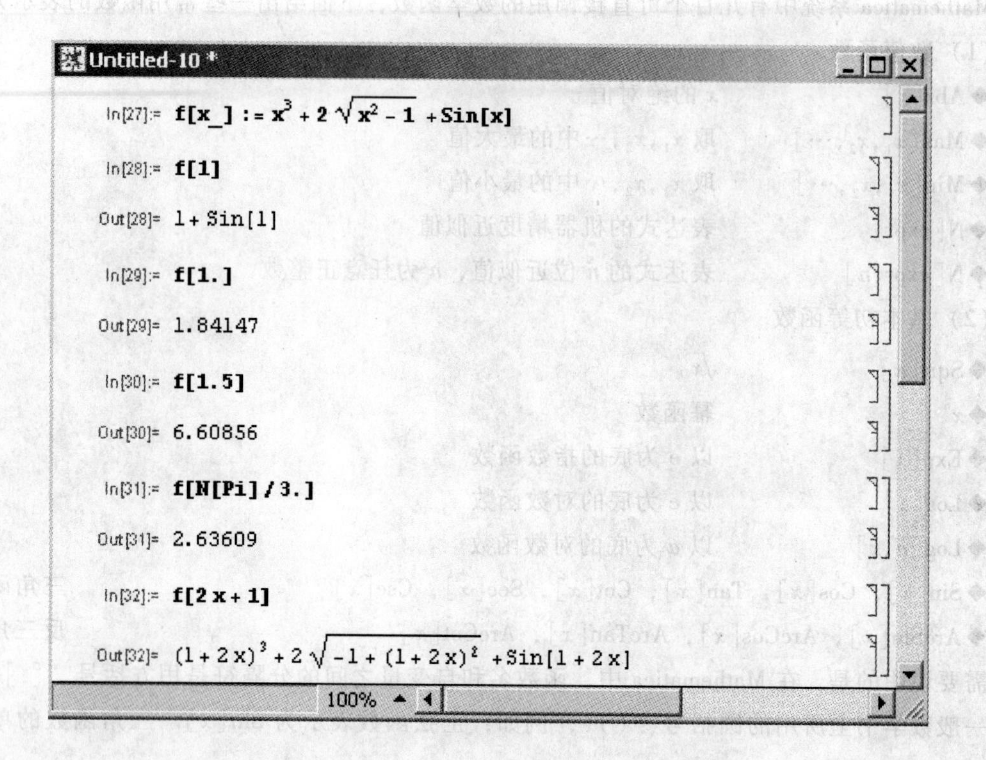

注　In[28]和 In[29]的区别，前者按整数计算，而后者按实数计算.

(b) 带有附加条件的自定义函数.

命令格式：“**$f[x\_]$：=表达式/；条件**”.

功能：当条件满足时才把表达式赋给 $f(x)$.

需要说明的是：

① 附加条件经常写成用关系运算符连接着的两个表达式，称为关系表达式，关系运算符有 ==（等于），!=（不等于），>（大于），>=（大于等于），<（小于），<=（小于等于）；

② 用一个关系表达式只能表示一个条件，如表示多个条件的组合，必须用逻辑运算符将多个关系表达式组织到一起，常用的逻辑运算符有 &&（与），‖（或），!（非）.

例　设有分段函数 $f(x)=\begin{cases} e^x\sin x, & x\leqslant 0, \\ \ln x, & 0<x\leqslant e, \\ \sqrt{x}, & x>e, \end{cases}$ 求当 $x=-100$，1.5，3，100 时的函数值，结果保留 20 位有效数字.

其结构见演示 1.14：

演示 1.14

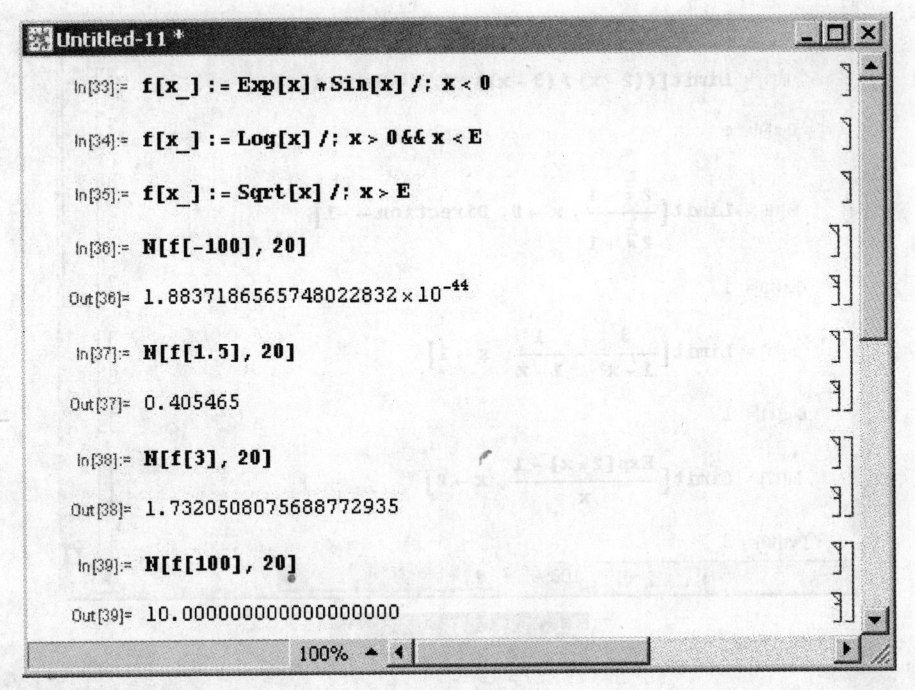

5. 用 Mathematica 求极限

用 Mathematica 求极限常用的命令格式和功能如表 1.5 所示.

表 1.5

命令格式	功能
Limit[$f[x]$, $x \to x_0$]	$x \to x_0$ 时函数 $f[x]$ 的极限
Limit[$f[x]$, $x \to x_0$, Direction→ -1]	$x \to x_0^+$ 时函数 $f[x]$ 的极限
Limit[$f[x]$, $x \to x_0$, Direction→1]	$x \to x_0^-$ 时函数 $f[x]$ 的极限

需要说明的是："$x \to x_0$" 中的箭头可用键盘上的减号和大于号输入，也可用系统自带的工具栏输入；趋向的点可以是常数，也可以是 $+\infty$ (Infinity) 和 $-\infty$ (- Infinity).

例 求下列函数的极限：

(1) $\lim\limits_{x \to \infty}\left(\dfrac{2-x}{3-x}\right)^x$；

(2) $\lim\limits_{x \to 0^+}\dfrac{2^{\frac{1}{x}}-1}{2^{\frac{1}{x}}+1}$；

(3) $\lim\limits_{x \to 1}\left(\dfrac{3}{1-x^3}-\dfrac{1}{1-x}\right)$；

(4) $\lim\limits_{x \to 0}\dfrac{e^{2x}-1}{x}$.

其结果见演示 1.15.

演示 1.15

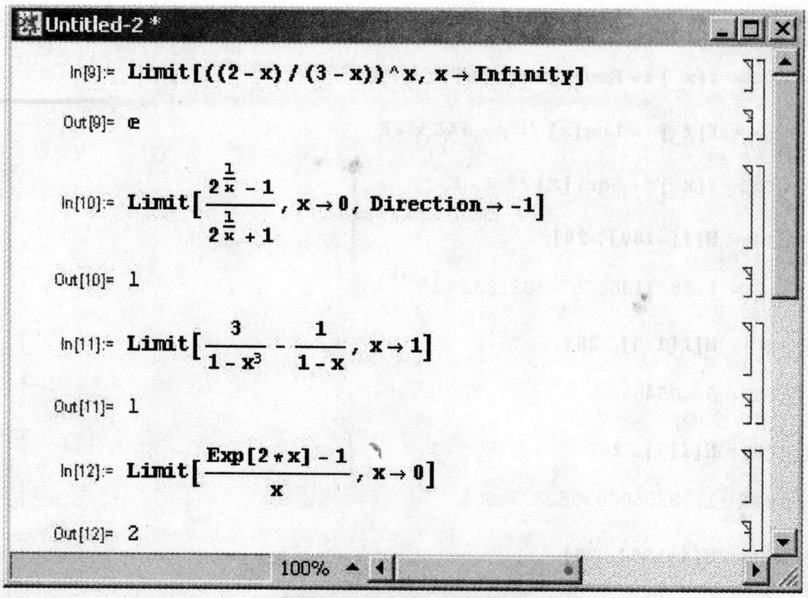

Untitled-2 *

```
In[9]:= Limit[((2 - x) / (3 - x))^x, x → Infinity]
Out[9]= e
```

In[10]:= $\text{Limit}\left[\dfrac{2^{\frac{1}{x}}-1}{2^{\frac{1}{x}}+1}, x\to 0, \text{Direction}\to -1\right]$

Out[10]= 1

In[11]:= $\text{Limit}\left[\dfrac{3}{1-x^3}-\dfrac{1}{1-x}, x\to 1\right]$

Out[11]= 1

In[12]:= $\text{Limit}\left[\dfrac{\text{Exp}[2*x]-1}{x}, x\to 0\right]$

Out[12]= 2

100%

习　题　1.4.2

1. 定义函数 $f(x)=x^2+\sqrt{x}+\cos x$，并分别求出 $x=1.3$，1，$\dfrac{\pi}{2}$时的函数值，最后再求 $f(x^2)$.

2. 设函数 $f(x)=\begin{cases}x^2, & x\leqslant 0,\\ x, & x>0,\end{cases}$ 求 $f(-1.5)$ 和 $f(2)$.

3. 将表达式 $(x-y)^3(x+2y^2)$ 展开，再还原成因子乘积的形式.

4. 将表达式 x^3+3x^2+4x+2 分解因式.

5. 设 $f(x)=\dfrac{\sin x+1}{x}$，求 $f\left(\dfrac{\pi}{2}\right)$，$f\left(\dfrac{\pi}{3}\right)$，结果以实数形式输出，并保留 8 位有效数字.

6. 设函数 $f(x)=\begin{cases}e^x\cos x, & x\leqslant 0,\\ \log_2 x, & 0<x\leqslant 2,\\ x^2-1, & x>2,\end{cases}$ 求 $f(-5)$，$f(1)$ 和 $f(3)$ 的值，结果具有 10 位有效数字.

7. 求下列极限：

(1) $\lim\limits_{x\to+\infty}\dfrac{\arctan x}{x}$；　　(2) $\lim\limits_{x\to 1}\dfrac{\sqrt{x+2}-\sqrt{3}}{x-1}$；

(3) $\lim\limits_{x\to 0^+}(1-2x)^{\frac{1}{x}}$；　　(4) $\lim\limits_{x\to+\infty}\left(1+\dfrac{2}{x}\right)^{x+2}$；

(5) $\lim\limits_{x\to 1}\dfrac{x^2-3x+2}{x^2-4x+3}$；　　(6) $\lim\limits_{x\to 0}\dfrac{1-\cos x}{x\sin x}$；

(7) $\lim\limits_{x\to 0^+}x^{\sin x}$；　　(8) $\lim\limits_{x\to+\infty}\left(\dfrac{\sin x}{x}\right)^{\frac{1}{x^2}}$.

1.5 提示与提高

1. 极限计算

(1) “$\frac{0}{0}$” 型.

(a) 用因式分解、有理化的方法变换求解.

例 1.50 求$\lim\limits_{x\to1}\frac{x^3+x-2}{\sqrt{x}-1}$.

解 此题属 “$\frac{0}{0}$” 型:

$$\lim_{x\to1}\frac{x^3+x-2}{\sqrt{x}-1}=\lim_{x\to1}\frac{(x^3-1)+(x-1)}{\sqrt{x}-1}=\lim_{x\to1}\frac{(x-1)(x^2+x+1)+(x-1)}{(\sqrt{x}-1)(\sqrt{x}+1)}\cdot(\sqrt{x}+1)$$

$$=\lim_{x\to1}\frac{(x-1)(x^2+x+2)}{(x-1)}\cdot(\sqrt{x}+1)=8.$$

(b) 用等价无穷小代换求解.

用等价无穷小代换可以简化某些函数的极限运算. 本章前面已给出几个常用的等价无穷小, 下面再给出几个.

当 $x\to0$ 时, 有:

$$\boxed{x\sim\ln(1+x)\sim e^x-1} \tag{1.5}$$

$$\boxed{\frac{1}{n}\cdot\alpha x\sim\sqrt[n]{1+\alpha x}-1} \tag{1.6}$$

$$\boxed{\frac{(nx)^2}{2}\sim1-\cos nx} \tag{1.7}$$

$$\boxed{\ln a\cdot x\sim a^x-1} \tag{1.8}$$

例 1.51 求$\lim\limits_{x\to0}\frac{e^{2x}-1}{\arcsin 3x}$.

解 由于当 $x\to0$ 时, $\arcsin 3x\sim3x$, $e^{2x}-1\sim2x$, 所以

$$\lim_{x\to0}\frac{e^{2x}-1}{\arcsin 3x}=\lim_{x\to0}\frac{2x}{3x}=\frac{2}{3}.$$

例 1.52 求$\lim\limits_{x\to0}\frac{\ln[1+\ln(1+2x)]}{\tan(\sin x)}$.

解 $\lim\limits_{x\to0}\frac{\ln[1+\ln(1+2x)]}{\tan(\sin x)}=\lim\limits_{x\to0}\frac{\ln(1+2x)}{\sin x}=\lim\limits_{x\to0}\frac{2x}{x}=2.$

例 1.53 求$\lim\limits_{x\to0}\frac{2x-\ln(1+x)}{x+\arctan x}$.

解 $\lim\limits_{x\to0}\frac{2x-\ln(1+x)}{x+\arctan x}=\lim\limits_{x\to0}\frac{2-\frac{\ln(1+x)}{x}}{1+\frac{\arctan x}{x}}=\frac{2-1}{1+1}=\frac{1}{2}.$

例 1.54 求$\lim\limits_{x\to 2}\dfrac{e^x-e^2}{\sin(x-2)}$.

解 由于当 $x\to 2$ 时，$x-2$ 是无穷小，因此

$$\lim_{x\to 2}\frac{e^x-e^2}{\sin(x-2)}=\lim_{x\to 2}\frac{e^2(e^{x-2}-1)}{x-2}=\lim_{x\to 2}\frac{e^2(x-2)}{x-2}=e^2.$$

需要说明的是：若式中含有指数差，一般需提出一个因子.

例 1.55 求$\lim\limits_{x\to 0}\dfrac{3^x+2^x-2}{x}$.

解 $\lim\limits_{x\to 0}\dfrac{3^x+2^x-2}{x}=\lim\limits_{x\to 0}\dfrac{(3^x-1)+(2^x-1)}{x}=\lim\limits_{x\to 0}\dfrac{3^x-1}{x}+\lim\limits_{x\to 0}\dfrac{2^x-1}{x}$

$$=\lim_{x\to 0}\frac{x\cdot\ln 3}{x}+\lim_{x\to 0}\frac{x\cdot\ln 2}{x}=\ln 3+\ln 2=\ln 6.$$

例 1.56 求$\lim\limits_{x\to 0}\dfrac{\sqrt[3]{8+x}-2}{x}$.

解

$$\lim_{x\to 0}\frac{\sqrt[3]{8+x}-2}{x}=\lim_{x\to 0}\frac{2\left(\sqrt[3]{1+\dfrac{x}{8}}-1\right)}{x}=\lim_{x\to 0}\frac{2\left(\dfrac{1}{3}\cdot\dfrac{x}{8}\right)}{x}=\frac{1}{12}.$$

例 1.57 求$\lim\limits_{x\to 1}\dfrac{\ln x}{\sqrt[5]{x}-1}$.

解 由于当 $x\to 1$ 时，$x-1$ 是无穷小，因此

$$\lim_{x\to 1}\frac{\ln x}{\sqrt[5]{x}-1}=\lim_{x\to 1}\frac{\ln[1+(x-1)]}{\sqrt[5]{1+(x-1)}-1}=\lim_{x\to 1}\frac{x-1}{\dfrac{1}{5}(x-1)}=5.$$

(2) “$\dfrac{\infty}{\infty}$”型.

一般方法是在分式的分子、分母上同除分式中变量的最高次幂.

例 1.58 求$\lim\limits_{n\to\infty}\dfrac{\sqrt[3]{27n^9+n}}{(2n+1)(n+2)^2}$.

解 此题属“$\dfrac{\infty}{\infty}$”型，在分式的分子、分母上同除 n^3 得：

$$\lim_{n\to\infty}\frac{\sqrt[3]{27n^9+n}}{(2n+1)(n+2)^2}$$

$$=\lim_{n\to\infty}\frac{\dfrac{\sqrt[3]{27n^9+n}}{n^3}}{\dfrac{(2n+1)}{n}\dfrac{(n+2)^2}{n^2}}=\lim_{n\to\infty}\frac{\sqrt[3]{\dfrac{27n^9+n}{n^9}}}{\left(\dfrac{2n+1}{n}\right)\left(\dfrac{n+2}{n}\right)^2}=\lim_{n\to\infty}\frac{\sqrt[3]{27+\dfrac{1}{n^8}}}{\left(2+\dfrac{1}{n}\right)\left(1+\dfrac{2}{n}\right)^2}=\frac{3}{2}.$$

需要说明的是：此类题型分式的分子、分母上若含有多项式的乘幂或连乘，这时不需把式子展开，只需把变量的最高次幂分解后除到每个因式中即可.

(3) “$0\cdot\infty$”“$\infty-\infty$”型.

一般方法是将其化为“$\dfrac{0}{0}$”或“$\dfrac{\infty}{\infty}$”进行运算(如例 1－23、例 1－24)，有时还需结合等

价无穷小代换求解.

例 1.59 求$\lim\limits_{x\to\infty}x\sin\dfrac{3}{x+1}$.

解 此题属"$0\cdot\infty$"型,可化为"$\dfrac{\infty}{\infty}$"型. 由于当$x\to\infty$时,$\dfrac{3}{x+1}$是无穷小,因此$\sin\dfrac{3}{x+1}\sim\dfrac{3}{x+1}$. 所以

$$\lim_{x\to\infty}x\sin\frac{3}{x+1}=\lim_{x\to\infty}x\cdot\frac{3}{x+1}=\lim_{x\to\infty}\frac{3}{1+\frac{1}{x}}=3.$$

例 1.60 求$\lim\limits_{x\to\infty}x^2\left(1-\cos\dfrac{2}{x}\right)$.

解 此题属"$0\cdot\infty$"型,可化为"$\dfrac{\infty}{\infty}$"型. 由于当$x\to\infty$时,$\dfrac{2}{x}$是无穷小,因此$1-\cos\dfrac{2}{x}\sim\dfrac{\left(\frac{2}{x}\right)^2}{2}$,故

$$\lim_{x\to\infty}x^2\left(1-\cos\frac{2}{x}\right)=\lim_{x\to\infty}x^2\frac{\left(\frac{2}{x}\right)^2}{2}=2.$$

(4)"1^∞"型.

对于此类函数的极限,一般方法是利用重要极限2进行求解(后面章节还将介绍其他方法).

例 1.61 $\lim\limits_{x\to0}\left(\dfrac{5^x+1}{2}\right)^{\frac{1}{x}}$.

解
$$\begin{aligned}\lim_{x\to0}\left(\frac{5^x+1}{2}\right)^{\frac{1}{x}}&=\lim_{x\to0}\left(1+\frac{5^x-1}{2}\right)^{\frac{1}{x}}=\lim_{x\to0}\left\{\left(1+\frac{5^x-1}{2}\right)^{\frac{2}{5^x-1}}\right\}^{\frac{5^x-1}{2x}}\\&=\exp\lim_{x\to0}\frac{5^x-1}{2x}=\exp\lim_{x\to0}\frac{\ln5\cdot x}{2x}\\&=e^{\frac{1}{2}\ln5}=e^{\ln\sqrt5}=\sqrt5.\end{aligned}$$

易错提醒 "1^∞"型未定式在计算时容易被认为结果就是1.

注 exp是"指数"的英文单词的前三个字母,它同样表示以e为底的指数函数. 例如$\exp(x)=e^x$.

(5)含有无穷多项和的函数的极限.

(a)通常用求和公式、交叉相消等方法求出n项和的表达式,然后再求极限.

例 1.62 求$\lim\limits_{n\to\infty}\left(\dfrac{1}{n^2}+\dfrac{2}{n^2}+\cdots+\dfrac{n}{n^2}\right)$.

解 $$\lim_{n\to\infty}\left(\frac{1}{n^2}+\frac{2}{n^2}+\cdots+\frac{n}{n^2}\right)=\lim_{n\to\infty}\frac{1+2+\cdots+n}{n^2}=\lim_{n\to\infty}\frac{\frac{n}{2}(1+n)}{n^2}=\lim_{n\to\infty}\frac{1+n}{2n}=\frac{1}{2}.$$

易错提醒　此题若这样计算

$$\lim_{n\to\infty}\left(\frac{1}{n^2}+\frac{2}{n^2}+\cdots+\frac{n}{n^2}\right)=\lim_{n\to\infty}\frac{1}{n^2}+\lim_{n\to\infty}\frac{2}{n^2}+\cdots+\lim_{n\to\infty}\frac{n}{n^2}=0$$

就错了，因为极限的运算法则只对有限项成立.

若不能求 n 项和的表达式，则应按题型特点采用不同的方法，其中有的可用后面讲的极限存在的准则1或定积分的定义(可参见第五章提示与提高1)等方法求解.

(b) 利用极限存在的准则1.

例1.63　求 $\lim\limits_{n\to\infty}\left(\dfrac{1}{\sqrt{n^2+1}}+\dfrac{1}{\sqrt{n^2+2}}+\cdots+\dfrac{1}{\sqrt{n^2+n}}\right)$.

解　此题是前面提到的不能求出 n 项和表达式的类型题，因

$$\frac{n}{\sqrt{n^2+n}}<\left(\frac{1}{\sqrt{n^2+1}}+\frac{1}{\sqrt{n^2+2}}+\cdots+\frac{1}{\sqrt{n^2+n}}\right)<\frac{n}{\sqrt{n^2+1}},$$

$$\lim_{n\to\infty}\frac{n}{\sqrt{n^2+n}}=\lim_{n\to\infty}\frac{1}{\sqrt{1+\frac{1}{n}}}=1,$$

$$\lim_{n\to\infty}\frac{n}{\sqrt{n^2+1}}=\lim_{n\to\infty}\frac{1}{\sqrt{1+\frac{1}{n^2}}}=1,$$

所以，由极限存在准则1得

$$\lim_{n\to\infty}\left(\frac{1}{\sqrt{n^2+1}}+\frac{1}{\sqrt{n^2+2}}+\cdots+\frac{1}{\sqrt{n^2+n}}\right)=1.$$

2. 无穷小的阶

设 α 与 β 是同一变化过程中的无穷小. 若 $\lim\dfrac{\alpha}{\beta^k}=C(C\neq0,k>0)$，则称 α 是关于 β 的 k 阶的无穷小.

例1.64　当 $x\to0$ 时，问 $f(x)=(\sqrt{1+3x^2}-1)^2$ 是 x 的几阶无穷小？

解　$\lim\limits_{x\to0}\dfrac{(\sqrt{1+3x^2}-1)^2}{x^n}=\lim\limits_{x\to0}\dfrac{\left(\frac{1}{2}\cdot3x^2\right)^2}{x^n}=\dfrac{3}{2}\lim\limits_{x\to0}x^{4-n}$.

为使极限值是非零常数，令 $4-n=0$，因此 $f(x)$ 是 x 的4阶无穷小.

3. 利用极限存在的准则2证明函数的极限

例1.65　已知 $a_1=2$，$a_{n+1}=\sqrt[3]{24+a_n}(n=1,2,\cdots)$，证明数列 $\{a_n\}$ 的极限存在，并求此极限.

证　因 $a_1=2<3$，假设 $a_n<3$，则

$$a_{n+1}=\sqrt[3]{24+a_n}<\sqrt[3]{27}=3,$$

故由归纳法知 $a_n<3(n=1,2,\cdots)$.

又因 $2<\sqrt[3]{24+2}$，即 $a_1<a_2$，假设 $a_{k-1}<a_k$，则

$$24+a_{k-1}<24+a_k,\ \sqrt[3]{24+a_{k-1}}<\sqrt[3]{24+a_k},$$

所以 $a_k < a_{k+1}$，故由归纳法知 $a_n < a_{n+1}(n=1,2,\cdots)$.

因此，由极限存在准则 2 知：数列 $\{a_n\}$ 单调有界，因此其极限存在，设 $\lim\limits_{n\to\infty}a_n = A$. 在等式 $a_{n+1}=\sqrt[3]{24+a_n}$ 两边取极限得

$$A=\sqrt[3]{24+A},\ A^3-A-24=0,$$

$$(A^3-27)-(A-3)=0,\ (A-3)(A^2+3A+8)=0,$$

所以 $A=3$，即 $\lim\limits_{n\to\infty}a_n=3$.

4. 函数的间断点

函数的间断点主要分为两类.

(1) $\lim\limits_{x\to x_0^-}f(x)$，$\lim\limits_{x\to x_0^+}f(x)$ 存在，则 x_0 为第一类间断点.

① 若 $\lim\limits_{x\to x_0^-}f(x)\neq\lim\limits_{x\to x_0^+}f(x)$，则 x_0 称为跳跃间断点(如例 1.41).

② 若 $\lim\limits_{x\to x_0^-}f(x)=\lim\limits_{x\to x_0^+}f(x)$，又有 $\lim\limits_{x\to x_0^-}f(x)=\lim\limits_{x\to x_0^+}f(x)\neq f(x_0)$（如例 1.40)，或 $f(x_0)$ 无意义(如例 1.39)，则 x_0 称为可去间断点.

(2) $\lim\limits_{x\to x_0^-}f(x)$ 和 $\lim\limits_{x\to x_0^+}f(x)$ 中至少有一个不存在，则 x_0 为第二类间断点.

若 $\lim\limits_{x\to x_0^-}f(x)=\infty$（或 $\lim\limits_{x\to x_0^+}f(x)=\infty$），则 x_0 称为无穷间断点(如例 1.42).

例 1.66 讨论函数

$$f(x)=\begin{cases}x\sin\dfrac{1}{x}, & x\neq 0,\\ 1, & x=0\end{cases}$$

在点 $x=0$ 处的连续性，如不连续，判断间断点的类型.

解 因为

$$\lim_{x\to 0}f(x)=\lim_{x\to 0}x\sin\frac{1}{x}=0,$$

而 $f(0)=1$，所以 $\lim\limits_{x\to 0}f(x)\neq f(0)$，因此，$f(x)$ 在点 $x=0$ 处不连续，且 $x=0$ 是函数 $f(x)$ 第一类可去间断点.

例 1.67 说明 $x=0$ 是函数 $f(x)=e^{\frac{1}{x}}$ 的第几类间断点.

解 因为

$$\lim_{x\to 0^+}f(x)=\lim_{x\to 0^+}e^{\frac{1}{x}}=\infty,$$

所以 $x=0$ 函数 $f(x)=e^{\frac{1}{x}}$ 的第二类无穷间断点.

例 1.68 说明 $x=0$ 是函数 $f(x)=\arctan\dfrac{1}{x}$ 的第几类间断点.

解 因为

$$\lim_{x\to 0^+}f(x)=\lim_{x\to 0^+}\arctan\frac{1}{x}=\frac{\pi}{2},$$

$$\lim_{x\to 0^-}f(x)=\lim_{x\to 0^-}\arctan\frac{1}{x}=-\frac{\pi}{2},$$

$$\lim_{x\to0^+}f(x)\neq\lim_{x\to0^-}f(x),$$

所以 $x=0$ 是 $f(x)=\arctan\dfrac{1}{x}$ 的第一类跳跃间断点(图 1.37).

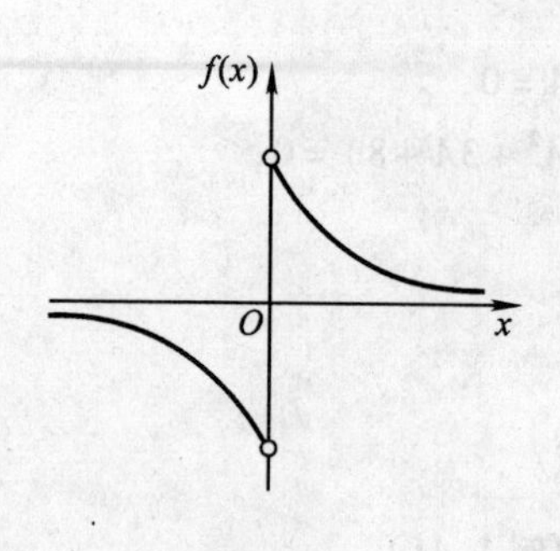

图 1.37

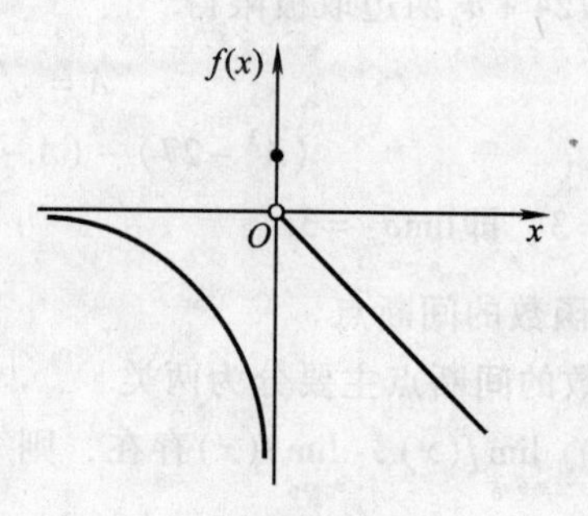

图 1.38

例 1.69 讨论函数 $f(x)=\lim\limits_{n\to\infty}\dfrac{1-x\cdot2^{nx}}{x+2^{nx}}$ 的连续性，若有间断点，指出其类型.

解 因为

$$当\ x>0\ 时，\lim_{n\to\infty}\frac{1-x\cdot2^{nx}}{x+2^{nx}}=\lim_{n\to\infty}\frac{\dfrac{1}{2^{nx}}-x}{\dfrac{x}{2^{nx}}+1}=-x,$$

$$当\ x=0\ 时，\lim_{n\to\infty}\frac{1-x\cdot2^{nx}}{x+2^{nx}}=\lim_{n\to\infty}\frac{1}{2^0}=1,$$

$$当\ x<0\ 时，\lim_{n\to\infty}\frac{1-x\cdot2^{nx}}{x+2^{nx}}=\frac{1}{x},$$

所以

$$f(x)=\begin{cases}\dfrac{1}{x}, & x<0,\\ 1, & x=0,\\ -x, & x>0.\end{cases}$$

因此在点 $x=0$ 处函数间断，此间断点是第二类无穷间断点(图 1.38)，函数的连续区间为 $(-\infty,0)\cup(0,+\infty)$.

易错提醒 由极限式定义的函数，通常需分段求解其表达式.

习 题 1.5

1. 已知 $\lim\limits_{x\to\infty}\left(\dfrac{x^2+1}{x-1}-ax-b\right)=0$，求 a 与 b 的值.

2. 设 $f(x)=\dfrac{ax^2}{2x^2+1}+bx-3$，当 $x\to\infty$ 时，a，b 取何值 $f(x)$ 为无穷小量.

3. 计算下列极限:

(1) $\lim\limits_{n\to\infty}\left(1+\dfrac{1}{n}+\dfrac{1}{n^2}\right)^n$；　　(2) $\lim\limits_{x\to0}(\mathrm{e}^x+\cos x-1)^{\frac{1}{\sin x}}$.

4. 用极限存在的两个准则求解下列各题.

(1) $\lim\limits_{x\to+\infty}(2^x+3^x+4^x)^{\frac{1}{x}}$;

(2) $\lim\limits_{n\to\infty}\left(\dfrac{1}{(n+1)^2}+\dfrac{1}{(n+2)^2}+\cdots+\dfrac{1}{(n+n)^2}\right)$;

(3) 设 $a_1>0$，$a_{n+1}=\dfrac{1}{2}\left(a_n+\dfrac{1}{a_n}\right)(n=1,2,\cdots)$，问数列$\{a_n\}$的极限是否存在，若存在，求 $\lim\limits_{n\to\infty}a_n$.

5. 利用等价无穷小求下列极限的值.

(1) $\lim\limits_{x\to0}\dfrac{\sin 3x}{\sin 2x}$;

(2) $\lim\limits_{x\to0}\dfrac{\ln(1+2x)}{e^x-1}$;

(3) $\lim\limits_{x\to0}\dfrac{\sqrt{1+\sin x}-\sqrt{1-\sin x}}{\tan 2x}$;

(4) $\lim\limits_{x\to0}\dfrac{\ln(1+\sin 2x)}{\arcsin(x+x^2)}$;

(5) $\lim\limits_{x\to0}\dfrac{\ln(1+3x)\arcsin 3x}{x\ln(1+x)}$;

(6) $\lim\limits_{n\to\infty}n^2\sin\dfrac{1}{3n^2+2n}$;

(7) $\lim\limits_{x\to0}\dfrac{\ln(1+\sqrt{\sin x})}{\sqrt{x}}$;

(8) $\lim\limits_{x\to0}\dfrac{\ln\cos x}{2\cos 2x-2}$;

(9) $\lim\limits_{x\to0}\dfrac{e^{3x}-1}{\sqrt{1+x}-1}$;

(10) $\lim\limits_{x\to0}\dfrac{e^{x^2}-1}{\cos x-1}$;

(11) $\lim\limits_{x\to0}\dfrac{(e^{2x}-1)(e^{3x}-1)}{\cos 2x-1}$;

(12) $\lim\limits_{x\to0}\dfrac{\sqrt[5]{243+x}-3}{x}$.

6. 设函数

$$f(x)=\begin{cases}\dfrac{1}{x}\sin x, & x<0,\\ a, & x=0,\\ 1+x\sin\dfrac{1}{x}, & x>0.\end{cases}$$

应怎样选择 a，才能使$f(x)$在其定义域内连续?

7. 指出下列函数的间断点，并判断其类型.

(1) $y=x\cos\dfrac{1}{x}$;

(2) $y=\dfrac{\sin x}{x}$;

(3) $y=\dfrac{x^2-3x+2}{x^2-4}$;

(4) $f(x)=\begin{cases}x^2+2, & x>0,\\ e^{2x}, & x\leqslant0;\end{cases}$

(5) $f(x)=\begin{cases}\dfrac{1}{x-2}, & x>0,\\ \ln(x+1), & -1<x\leqslant0;\end{cases}$

(6) $f(x)=\dfrac{1}{1-e^{\frac{x}{1-x}}}$;

(7) $f(x)=\dfrac{2^{\frac{1}{x}}-1}{2^{\frac{1}{x}}+1}$.

复习题一［A］

1. 填空题.

(1) 设$f(x)=\dfrac{\ln(1-x)}{\sqrt{16-x^2}}$，则$f(x)$的定义域是________.

(2) 设$f(x)=\dfrac{1}{x}$，则$f[f(x)]=$________.

(3) $\lim\limits_{x\to 0}\dfrac{\sqrt{4+x}-2}{x}=$________.

(4) $\lim\limits_{x\to\infty}\dfrac{(a-1)x+2}{x+1}=0$，则$a=$________.

(5) $\lim\limits_{x\to 0}\dfrac{\sin ax}{2x}=\dfrac{2}{3}$，则$a=$________.

(6) $\lim\limits_{x\to\infty}\left(1+\dfrac{a}{x}\right)^x=\mathrm{e}^2$,则$a=$________.

(7) 当$x\to 4$时，$\sqrt{x}-2$与x^2-16相比是________无穷小.

(8) 设$f(x)=\begin{cases}ax, & x<2,\\ x^2-1, & x\geqslant 2\end{cases}$在$x=2$连续，则$a=$________.

2. 选择题.

(1) $\lim\limits_{x\to\infty}\cos\dfrac{\sqrt{x+1}}{x}=$(　　).

A. 1　　B. 0　　C. ∞　　D. 不存在

(2) $\lim\limits_{x\to\infty}\left(1-\dfrac{1}{2x}\right)^x$的值为(　　).

A. e^2　　B. $\mathrm{e}^{-\frac{1}{2}}$　　C. $\mathrm{e}^{\frac{1}{2}}$　　D. e^{-2}

(3) 函数$y=\mathrm{e}^{|x|}$的图像是(　　).

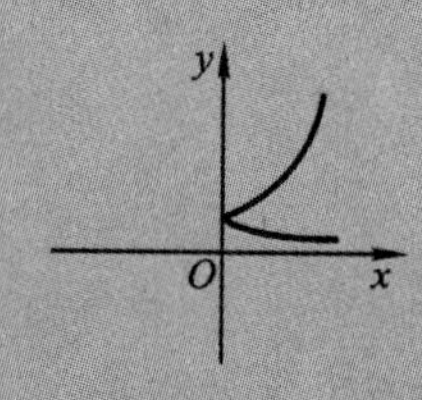

A

B

C

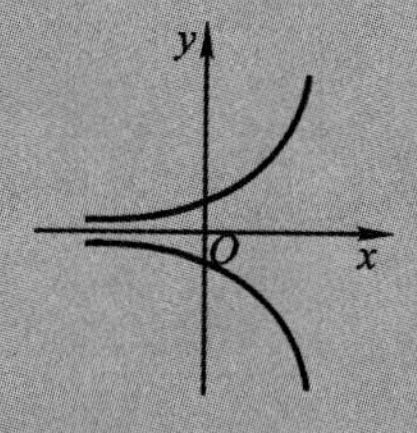

D

(4) 设函数$f(x)=\begin{cases}\dfrac{1}{2}x, & x\neq 2,\\ 1.5, & x=2\end{cases}$(图1.39)，则$\lim\limits_{x\to 2}f(x)=$(　　).

A. 2　　B. 1.5

C. 1　　D. 不存在

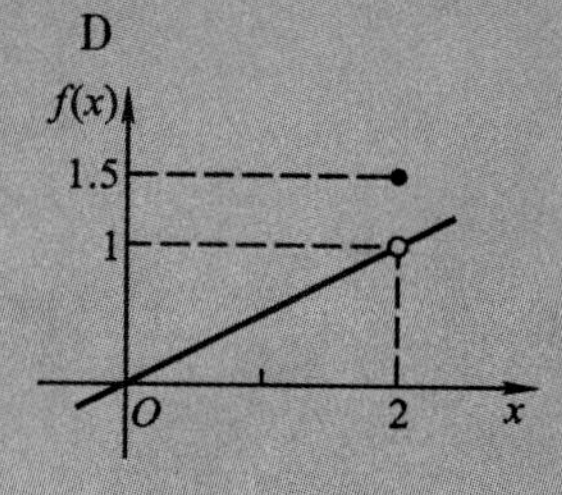

图1.39

(5) 设$f(x)=\begin{cases}\dfrac{x^2-9}{x-3}, & x\neq 3,\\ a, & x=3\end{cases}$在 $x=3$ 处连续，则 $a=($　　$)$.

A. 0　　B. 3　　C. 6　　D. 9

3. 计算下列极限.

(1) $\lim\limits_{x\to 5}\dfrac{x-5}{\sqrt{3x+1}-4}$;　　(2) $\lim\limits_{x\to 3}\dfrac{x^2-10x+21}{x^2-4x+3}$;

(3) $\lim\limits_{x\to\infty}\left(3+\dfrac{2}{x}-\dfrac{1}{x^2}\right)$;　　(4) $\lim\limits_{x\to\infty}\dfrac{x^2+3x+1}{3x^2+2}$;

(5) $\lim\limits_{n\to\infty}\dfrac{3^n+1}{3^{n+1}+2}$;　　(6) $\lim\limits_{x\to 0^+}\dfrac{x}{\sqrt{1-\cos x}}$;

(7) $\lim\limits_{x\to 0}\dfrac{x^2}{\sin^2\dfrac{x}{3}}$;　　(8) $\lim\limits_{x\to 1}\dfrac{\sin(x^2-1)}{x^2+x-2}$;

(9) $\lim\limits_{x\to 0}\dfrac{1+\sin 2x-\cos 2x}{1+\sin 4x-\cos 4x}$;　　(10) $\lim\limits_{x\to\infty}\left(\dfrac{x-3}{x}\right)^{3x}$.

4. 证明方程 $e^x=3x$ 至少存在一个小于 1 的正根.

5. 某火车站收取行李费的规定如下：基本运费为每 kg 0.3 元，当行李不超过 50 kg 时按基本运费计算，当超出 50 kg 时，超出部分按每 kg 0.45 元收费. 试求行李费 y(元)与质量 x(kg)之间的函数关系，并画出该函数的图像.

复习题一[B]

1. 填空题.

(1) 设 $f(x-3)=x^2+6$，则 $f(x)=$________.

(2) 若$\lim\limits_{x\to 2}\dfrac{x^2-3x+a}{x-2}=1$，则 $a=$________.

(3) $\lim\limits_{x\to 0}\dfrac{x\ln(1+x)}{\sqrt{1+x^2}-1}$________.

(4) 若$\lim\limits_{x\to 0}\dfrac{ax-\sin x}{x+a\sin x}=2$；则 $a=$________.

(5) 设$\lim\limits_{x\to 0}(1-2x)^{\frac{1}{x}}=\lim\limits_{x\to\infty}x\sin\dfrac{a}{x}$，则 $a=$________.

(6) 当 $x\to 8$ 时，$a(\sqrt{2x}-4)$与 $x-8$ 是等价无穷小，则 $a=$________.

(7) 设$f(x)=\begin{cases}e^{x-1}, & 0\leqslant x\leqslant 1,\\ a+\cos\dfrac{\pi x}{2}, & 1<x\leqslant 2\end{cases}$ 在 $x\in[0,2]$上连续，则 $a=$________.

(8) 函数 $f(x)=\dfrac{x^2-x}{x-1}$在 $x=1$ 处为第________类________间断点.

2. 选择题.

(1) $\lim\limits_{x\to 0}\dfrac{\ln(e^{2x}+e^{x}-1)}{x}=(\quad)$.

A. 1　　B. 2　　C. 3　　D. 不存在

(2) $\lim\limits_{x\to 0}\dfrac{f(x)}{x}=2$，则 $\lim\limits_{x\to 0}\dfrac{\sin 4x}{f(3x)}=(\quad)$.

A. 1　　B. $\dfrac{1}{2}$　　C. $\dfrac{2}{3}$　　D. $\dfrac{4}{3}$

(3) 当 $x\to 0$ 时，函数 $y=\tan 2x$ 与 $y=\ln(1+3x)$ 相比是(　　).

A. 高阶无穷小　B. 低阶无穷小　C. 等价无穷小　D. 同阶无穷小

(4) 设 $y=\begin{cases}\dfrac{e^{2x}-1}{x}, & x>0,\\ 2+\cos x, & x\leqslant 0,\end{cases}$ 则 $x=0$ 是 $f(x)$ 的(　　).

A. 连续点　B. 可去间断点　C. 跳跃间断点　D. 无穷间断点

3. 计算下列极限.

(1) $\lim\limits_{x\to 0}\dfrac{e^{\cos x}-e}{\cos x-1}$;

(2) $\lim\limits_{x\to\infty}x\sin\ln\left(1+\dfrac{3}{x}\right)$;

(3) $\lim\limits_{x\to 0}\dfrac{\sqrt{1+x\sin x}-1}{e^{x^2}-1}$;

(4) $\lim\limits_{x\to 0}\dfrac{(2^x-3^x)^2}{x^2}$;

(5) $\lim\limits_{x\to 0}\dfrac{\csc x-\cot x}{x}$;

(6) $\lim\limits_{x\to 0}\left(\dfrac{1+x}{1-2x}\right)^{\frac{1}{x}}$;

(7) $\lim\limits_{n\to\infty}(n^2+1)\ln\left(1+\dfrac{2}{n}\right)\ln\left(1+\dfrac{3}{n}\right)$;

(8) $\lim\limits_{x\to\infty}\dfrac{(2x+3)(x+4)^4}{(2x+1)^2(x+2)^3}$;

(9) $\lim\limits_{n\to\infty}\sqrt{n}(\sqrt{n+1}-\sqrt{n})$;

(10) $\lim\limits_{x\to\infty}(\sqrt[3]{x^3+x^2+x}-x)$.

4. 已知 $\lim\limits_{x\to+\infty}(\sqrt{1+x+4x^2}-ax-b)=0$，求 a 与 b 的值.

5. 设 $f(x)=x^2+2x\lim\limits_{x\to 1}f(x)$，其中 $\lim\limits_{x\to 1}f(x)$ 存在，求 $f(x)$.

6. 已知 $f(x)$ 在 $x=0$ 处连续，且 $\lim\limits_{x\to 0}\dfrac{f(x)}{x}=1$，求 $f(0)$.

7. 证明方程 $x^3-5x^2+7x-2=0$ 在区间 $(0,2)$ 内至少有一个根.

8. 讨论函数 $f(x)=\lim\limits_{n\to\infty}\dfrac{1-x^{2n}}{1+x^{2n}}$ 的连续性，若有间断点，指出其类型.

9. 有 45 000 人口的某社区内，发生了流行性感冒，其传播规律为 $y(t)=\dfrac{45\,000}{1+a\cdot e^{-45\,000kt}}$，其中 $y(t)$ 是时刻 t(单位:星期)后的患流感的人数，a，k 是正常数，照此规律，你能推算出 10 星期后将有多少人患流感吗？如果流感无限期地发展下去，最终将有多少人患流感？

导数与微分

史海回望

微积分学是微分学(导数)和积分学的统称，是17世纪数学史上最主要的成绩，堪称人类智慧最伟大的成就之一.

16世纪的欧洲处于资本主义萌芽时期，生产力得到很大的发展，生产和技术中大量的问题，只用初等数学的方法已无法解决，迫切需要数学突破只研究常量的传统范围，进而提供能够用以描述和研究运动、变化过程的新工具，这是创立微积分的社会背景，在此时期数学也从“常量数学”进入了“变量数学”时代. 变量数学以17世纪法国数学家笛卡儿建立解析几何为起点，随后才有了微积分学的勃兴. 有数十位科学家为微积分的创立做了开创性的研究，不过微积分成为数学的一个重要分支还数英国数学家牛顿和德国数学家莱布尼茨的贡献最大.

1665年5月20日，在牛顿手写的一页文件中开始有“流数法”(微分法)的记载，微积分的诞生也以这一天为标志. 牛顿关于微积分的著作很多写于1665—1676年间，但这些著作发表很迟. 如果说牛顿从力学中导出“流数法”，那莱布尼茨则是从几何学上考察切线问题得出微分法的. 他的第一篇微分学论文刊登于1684年的《教师学报》上，这比牛顿公开发表微积分著作早三年，这篇文章给一阶微分以明确的定义. 另外莱布尼茨在表述中采用的数学符号既简洁又准确，完美地揭示出微积分的实质，是数学史上最杰出的符号创造者之一.

尽管牛顿的研究比莱布尼茨早10年，但论文的发表要晚3年，由于彼此都是独立发现的，曾经长期争论谁是最早的发明者其实毫无意义，然而令人遗憾的是牛顿和莱布尼茨的晚年就是在这场不幸的争论中度过的.

在自然科学的许多领域中，当研究运动的各种形式时，都需要从数量上研究函数相对于自变量的变化快慢程度，如物体运动的速度；而当物体沿曲线运动时，还需考虑速度的方向，即曲线的切线问题，所有这些在数量关系上都归结为函数的变化率，即导数. 这一章，我们从几个实际问题入手，引入导数概念，然后介绍导数的基本公式和运算法则.

2.1 导数的概念

2.1.1 引例

微分学的最基本的概念——导数，来源于实际生活中两个朴素的概念：速度与切线.

1. 变速直线运动的速度模型

设一物体作直线运动，用 s 表示一物体从某一时刻开始到时刻 t 作直线运动所经过的路程，则 s 是时刻 t 的函数 $s=s(t)$. 现在来确定物体在某一给定时刻 t_0 的速度.

当时刻由 t_0 改变到 $t_0+\Delta t$ 时，物体在 Δt 这段时间内所经过的路程为

$$\Delta s=s(t_0+\Delta t)-s(t_0),$$

因此在 Δt 这段时间内，物体的平均速度为

$$\bar{v}=\frac{\Delta s}{\Delta t}=\frac{s(t_0+\Delta t)-s(t_0)}{\Delta t}.$$

若物体作匀速运动，平均速度 $\bar{v}$ 就是物体在任何时刻的速度 v，若物体的运动是变速的，则当 Δt 很小时，$\bar{v}$ 可以近似地表示物体在 t_0 时刻的速度，Δt 越小，近似程度越好，当 $\Delta t\to 0$ 时，如果极限 $\lim\limits_{\Delta t\to 0}\frac{\Delta s}{\Delta t}$ 存在，则此极限为物体在 t_0 时刻的瞬时速度，即

$$v=\lim_{\Delta t\to 0}\frac{\Delta s}{\Delta t}=\lim_{\Delta t\to 0}\frac{s(t_0+\Delta t)-s(t_0)}{\Delta t}.$$

2. 电流强度模型

在交流电路中，电流大小是随时间变化的. 设电流通过导线的横截面的电量是 $Q(t)$，它是时间 t 的函数. 现在来确定某一给定 t_0 时刻的电流强度.

当时间由 t_0 改变到 $t_0+\Delta t$ 时，通过导线的电量是

$$\Delta Q=Q(t_0+\Delta t)-Q(t_0),$$

因此在 Δt 这段时间内，导线的平均电流强度为

$$\bar{I}=\frac{\Delta Q}{\Delta t}=\frac{Q(t_0+\Delta t)-Q(t_0)}{\Delta t}.$$

显然，Δt 越小，$\bar{I}$ 就越接近 t_0 时刻的电流强度 I，当 $\Delta t\to 0$ 时，如果极限 $\lim\limits_{\Delta t\to 0}\frac{\Delta Q}{\Delta t}$ 存在，则此极限为导线在 t_0 时刻的电流强度，即

$$I=\lim_{\Delta t\to 0}\frac{\Delta Q}{\Delta t}=\lim_{\Delta t\to 0}\frac{Q(t_0+\Delta t)-Q(t_0)}{\Delta t}.$$

3. 切线及其斜率模型

什么样的直线是曲线在某点处的切线呢？

设曲线 $y=f(x)$ 的图像如图 2.1 所示，点 $M_0(x_0,y_0)$ 是曲线的一个定点，在曲线上另取一动点 $M(x_0+\Delta x,y_0+\Delta y)$，作割线 M_0M，让点 M 沿曲线向 M_0 移动，则割线 M_0M 的位置也随之变动，当点 M 沿曲线趋于点 M_0 时，割线 M_0M 趋于极限位置——M_0T，直线 M_0T 就是曲线在点 M_0 处的切线.

设割线 M_0M 的倾角为 β，切线 M_0T 的倾角为 α，从图 2.1 中可以看出 M_0M 的斜率为

$$\tan\beta=\frac{\Delta y}{\Delta x}=\frac{f(x_0+\Delta x)-f(x_0)}{\Delta x}.$$

当 $\Delta x\to 0$ 时，割线的斜率 $\tan\beta$ 就无限地接近于切线的斜率，所以切线的斜率为

$$\tan\alpha=\lim_{\Delta x\to 0}\tan\beta=\lim_{\Delta x\to 0}\frac{\Delta y}{\Delta x}=\lim_{\Delta x\to 0}\frac{f(x_0+\Delta x)-f(x_0)}{\Delta x}.$$

图 2.2 显示了割线到切线的变化过程.

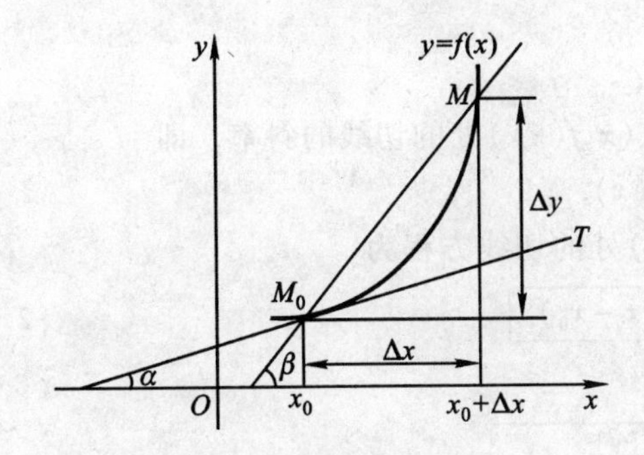

图 2.1

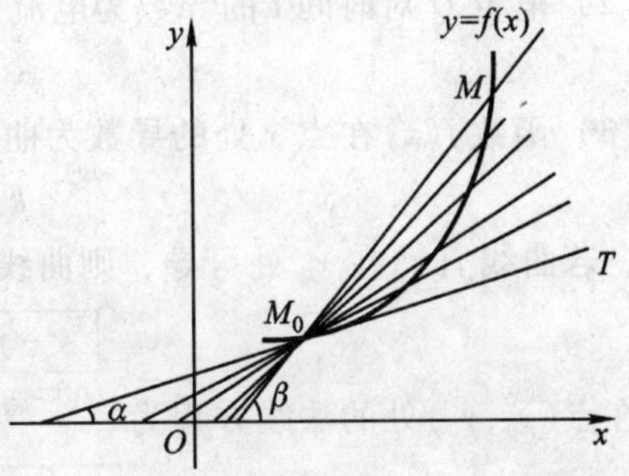

图 2.2

上面三个例题虽然具体含义不同，但从抽象的数量关系来看，它们的实质是一样的，都归结为计算函数增量与自变量增量的比，当自变量的增量趋于零时的极限，这种特殊的极限就称为函数的导数.

2.1.2 导数概念

1. 导数的定义

定义 2.1 设函数 $y=f(x)$ 在点 x_0 的某个邻域内有定义，当自变量在点 x_0 处取得增量 Δx 时，函数 $f(x)$ 取得相应的增量 $\Delta y=f(x_0+\Delta x)-f(x_0)$，如果极限 $\lim\limits_{\Delta x\to 0}\frac{\Delta y}{\Delta x}$ 存在，则称这个极限值为 $f(x)$ 在点 x_0 处的**导数**，并称函数在点 x_0 处可导，记作

$$f'(x_0),\quad 或 y'\big|_{x=x_0},\quad 或\left.\frac{\mathrm{d}y}{\mathrm{d}x}\right|_{x=x_0},$$

即

$$\boxed{f'(x_0)=\lim_{\Delta x\to 0}\frac{\Delta y}{\Delta x}=\lim_{\Delta x\to 0}\frac{f(x_0+\Delta x)-f(x_0)}{\Delta x}}\tag{2.1}$$

如果上述极限不存在，则称 $f(x)$ 在点 x_0 处不可导. 如果极限为无穷大，为方便起见，也称函数在点 x_0 处的导数为无穷大.

与函数 $y=f(x)$ 在点 x_0 处的左、右极限概念相似，如果 $\lim\limits_{\Delta x\to 0^-}\frac{\Delta y}{\Delta x}$ 和 $\lim\limits_{\Delta x\to 0^+}\frac{\Delta y}{\Delta x}$ 存在，则分别称这两个极限为 $f(x)$ 在点 x_0 处的**左导数**和**右导数**，记为 $f'_-(x_0)$ 和 $f'_+(x_0)$.

显然，函数 $y=f(x)$ 在点 x_0 处可导的充要条件是函数 $y=f(x)$ 该点处的左导数与右导数均存在且相等.

如果函数 $f(x)$ 在某区间 (a,b) 内的每一点都可导，则称 $f(x)$ 在区间 (a,b) 内可导，这时，

对于(a,b)内的每一点x，都有确定的导数值与它对应，这样就构成了一个新的函数，称为函数$f(x)$的导函数，记作$f'(x)$或y'，$\frac{\mathrm{d}y}{\mathrm{d}x}$，$\frac{\mathrm{d}f(x)}{\mathrm{d}x}$，在不致发生混淆的情况下，导函数也简称为导数.

有了导数的定义，前面的三个例题就可以叙述为

(1) 路程s对时间t的导数为瞬时速度v，即

$$v=s'(t);$$

(2) 电量Q对时间t的导数为电流强度I，即

$$I=Q'(t);$$

(3) 函数$f(x)$在点x处的导数为曲线$f(x)$在点$(x,f(x))$处的切线的斜率，即

$$k=\tan\alpha=f'(x).$$

所以，若曲线$f(x)$在x_0处可导，则曲线在点(x_0,y_0)处的切线方程为

$$\boxed{y-y_0=f'(x_0)(x-x_0)} \tag{2.2}$$

曲线在点(x_0,y_0)处的法线方程为

$$\boxed{y-y_0=-\frac{1}{f'(x_0)}(x-x_0)} \tag{2.3}$$

需要说明的是：若$f'(x_0)=\tan\alpha=\infty$，则$\alpha=\frac{\pi}{2}$，即切线垂直于$x$轴，切线方程为$x=x_0$，法线方程为$y=y_0$.

2. 计算导数举例

根据导数的定义，求导数有三个步骤：

(1) 求Δy;

(2) 求$\frac{\Delta y}{\Delta x}$;

(3) 求$\lim\limits_{\Delta x\to 0}\frac{\Delta y}{\Delta x}$.

例 2.1 求函数$f(x)=C$(C是常数)的导数.

解 (1) $\Delta y=f(x+\Delta x)-f(x)=C-C=0$;

(2) $\frac{\Delta y}{\Delta x}=0$;

(3) $\lim\limits_{\Delta x\to 0}\frac{\Delta y}{\Delta x}=0$,

即$C'=0$.

例 2.2 求函数$f(x)=x^n(n\in\mathbf{N}_+)$的导数.

解 (1)
$$\begin{aligned}\Delta y&=(x+\Delta x)^n-x^n\\&=\mathrm{C}_n^0x^n+\mathrm{C}_n^1x^{n-1}\Delta x+\mathrm{C}_n^2x^{n-2}(\Delta x)^2+\cdots+\mathrm{C}_n^n(\Delta x)^n-x^n\\&=\mathrm{C}_n^1x^{n-1}\Delta x+\mathrm{C}_n^2x^{n-2}(\Delta x)^2+\cdots+(\Delta x)^n;\end{aligned}$$

(2) $\frac{\Delta y}{\Delta x}=\mathrm{C}_n^1x^{n-1}+\mathrm{C}_n^2x^{n-2}(\Delta x)+\cdots+(\Delta x)^{n-1}$;

(3) $\lim\limits_{\Delta x\to 0}\dfrac{\Delta y}{\Delta x}=C_n^1x^{n-1}=nx^{n-1}$,

即$(x^n)'=nx^{n-1}$.

注 当α为实数时,$(x^\alpha)'=\alpha x^{\alpha-1}$仍成立.

例 2.3 求函数$f(x)=\log_a x(a>0,a\neq 1)$的导数.

解 (1) $\Delta y=\log_a(x+\Delta x)-\log_a x$

$$=\log_a\left(1+\frac{\Delta x}{x}\right);$$

(2) $\dfrac{\Delta y}{\Delta x}=\dfrac{1}{\Delta x}\log_a\left(1+\dfrac{\Delta x}{x}\right)=\dfrac{1}{x}\log_a\left(1+\dfrac{\Delta x}{x}\right)^{\frac{x}{\Delta x}}$;

(3) $\lim\limits_{\Delta x\to 0}\dfrac{\Delta y}{\Delta x}=\dfrac{1}{x}\log_a \mathrm{e}=\dfrac{1}{x\cdot\ln a}$,

即$(\log_a x)'=\dfrac{1}{x\cdot\ln a}$.

例 2.4 求函数$f(x)=\sin x$的导数.

解 (1) $\Delta y=\sin(x+\Delta x)-\sin x=2\sin\dfrac{\Delta x}{2}\cos\left(x+\dfrac{\Delta x}{2}\right)$;

(2) $\dfrac{\Delta y}{\Delta x}=\dfrac{\sin\dfrac{\Delta x}{2}}{\dfrac{\Delta x}{2}}\cos\left(x+\dfrac{\Delta x}{2}\right)$;

(3) $\lim\limits_{\Delta x\to 0}\dfrac{\Delta y}{\Delta x}=\cos x$,

即$(\sin x)'=\cos x$.

例 2.5 求曲线$f(x)=\sin x$在点$\left(\dfrac{\pi}{3},\dfrac{\sqrt{3}}{2}\right)$处的切线.

解 设切线的斜率为k,因切点横坐标处的导数就等于切线的斜率,故根据上例的结果得

$$k=f'\left(\frac{\pi}{3}\right)=\cos\frac{\pi}{3}=\frac{1}{2},$$

则切线为

$$y-\frac{\sqrt{3}}{2}=\frac{1}{2}\left(x-\frac{\pi}{3}\right),$$

即$3x-6y+3\sqrt{3}-\pi=0$.

2.1.3 可导与连续的关系

定理 2.1 如果函数$f(x)$在点x_0处可导,则它在点x_0处一定连续.

这个定理的逆定理不成立,即如果函数$f(x)$在点x_0处连续,则函数$f(x)$在点x_0处未必可导.

例 2.6 设$f(x)=|x|$,问$f(x)$在点$x=0$处是否可导?

解 显然$f(x)$在点$x=0$处是连续的,如图2.3所示.那么$f(x)$在该点是否可导呢?

因为
$$\lim_{\Delta x\to 0^+}\frac{\Delta f(x)}{\Delta x}=\lim_{\Delta x\to 0^+}\frac{|0+\Delta x|-|0|}{\Delta x}=\lim_{\Delta x\to 0^+}\frac{\Delta x}{\Delta x}=1,$$
$$\lim_{\Delta x\to 0^-}\frac{\Delta f(x)}{\Delta x}=\lim_{\Delta x\to 0^-}\frac{|0+\Delta x|-|0|}{\Delta x}=\lim_{\Delta x\to 0^-}\frac{-\Delta x}{\Delta x}=-1,$$
所以
$$\lim_{\Delta x\to 0^+}\frac{\Delta f(x)}{\Delta x}\neq\lim_{\Delta x\to 0^-}\frac{\Delta f(x)}{\Delta x}.$$

故 $\lim\limits_{\Delta x\to 0}\frac{\Delta f(x)}{\Delta x}$ 不存在，即 $f(x)$ 在点 $x=0$ 处不可导，在图 2.3 上表现为曲线 $f(x)=|x|$ 在点 $x=0$ 处有一个“尖点”，没有切线.

例 2.7 设 $f(x)=\sqrt[3]{x}$，问 $f(x)$ 在点 $x=0$ 处是否可导？

解 显然 $f(x)$ 在点 $x=0$ 处是连续的，如图 2.4 所示. 因为

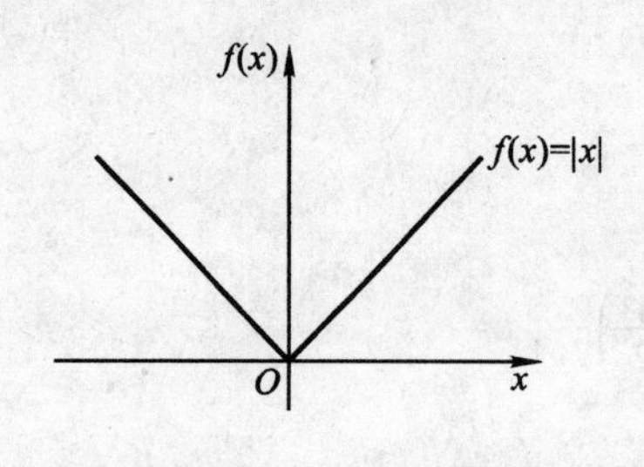

图 2.3

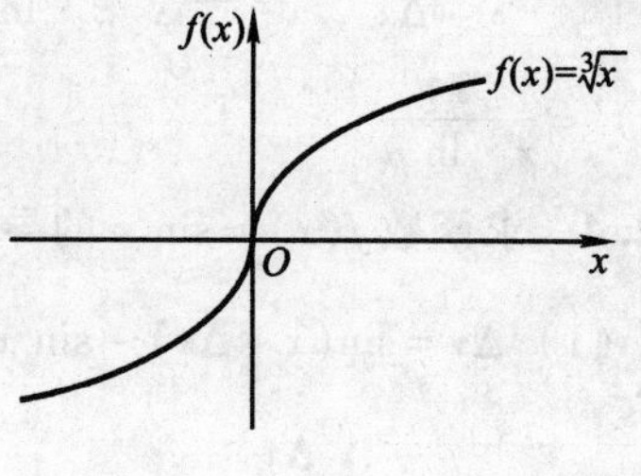

图 2.4

$$\lim_{\Delta x\to 0}\frac{\Delta f(x)}{\Delta x}=\lim_{\Delta x\to 0}\frac{\sqrt[3]{0+\Delta x}-\sqrt[3]{0}}{\Delta x}=\lim_{\Delta x\to 0}\frac{1}{\sqrt[3]{(\Delta x)^2}}=+\infty,$$

即 $f(x)$ 在点 $x=0$ 处不可导，在图 2.4 上表现为曲线 $f(x)=\sqrt[3]{x}$ 在点 $(0,0)$ 处有垂直于 x 轴的切线.

以上两例都说明定理 2.1 的逆定理不成立，即连续不一定可导.

习 题 2.1

1. 下列各题中均假定 $f'(x_0)$ 存在，按照导数定义观察下列极限，指出 A 表示什么.

(1) $\lim\limits_{\Delta x\to 0}\frac{f(x_0-\Delta x)-f(x_0)}{\Delta x}=A$；

(2) $\lim\limits_{\Delta x\to 0}\frac{f(x_0+\Delta x)-f(x_0-\Delta x)}{\Delta x}=A$；

(3) $\lim\limits_{h\to 0}\frac{f(x_0+2h)-f(x_0-3h)}{h}=A$.

2. 设 $f(x)=\cos x$，试按导数定义求 $f'(x)$.

3. 设 $f(x)=\cos x$，求 $f(x)$ 在 $x=\frac{\pi}{4}$ 相应点处的切线方程(利用上题结果).

2.2 导数的基本公式和运算法则

如果对每一个函数都按导数的定义来求导，其计算将会比较复杂，甚至比较困难. 因此，有必要找到一些基本公式与运算法则，借助它们简化函数的求导运算.

2.2.1 基本初等函数的求导公式

表 2.1 给出了基本初等函数的导数公式. 这些公式有的在前一节中已经得到，有的将随着导数运算法则的引入而得到，有的留给读者推导.

表 2.1 导数基本公式

$c'=0$（c 为常数）	$(x^{\alpha})'=\alpha x^{\alpha-1}$（$\alpha$ 为实数）
$(a^x)'=a^x\cdot\ln a\quad(a>0,a\neq1)$	$(e^x)'=e^x$
$(\log_a x)'=\dfrac{1}{x\cdot\ln a}\quad(a>0,a\neq1)$	$(\ln x)'=\dfrac{1}{x}$
$(\sin x)'=\cos x$	$(\cos x)'=-\sin x$
$(\tan x)'=\sec^2 x$	$(\cot x)'=-\csc^2 x$
$(\sec x)'=\sec x\cdot\tan x$	$(\csc x)'=-\csc x\cdot\cot x$
$(\arcsin x)'=\dfrac{1}{\sqrt{1-x^2}}$	$(\arccos x)'=-\dfrac{1}{\sqrt{1-x^2}}$
$(\arctan x)'=\dfrac{1}{1+x^2}$	$(\operatorname{arccot} x)'=-\dfrac{1}{1+x^2}$

下面利用表 2.1 中的基本公式，求几个幂函数的导数，例如

$$x'=1\cdot x^{1-1}=1;$$

$$(x^2)'=2x^{2-1}=2x;$$

$$(\sqrt{x})'=(x^{\frac{1}{2}})'=\frac{1}{2}x^{\frac{1}{2}-1}=\frac{1}{2\sqrt{x}};$$

$$\left(\frac{1}{x}\right)'=(x^{-1})'=-x^{-1-1}=-\frac{1}{x^2};$$

$$\left(\sqrt{x\sqrt{x\sqrt{x}}}\right)'=(x^{\frac{7}{8}})'=\frac{7}{8}x^{\frac{7}{8}-1}=\frac{7}{8\sqrt[8]{x}}.$$

2.2.2 导数的四则运算法则

设函数 $u=u(x)$ 和 $v=v(x)$ 在点 x 处可导，则其和、差、积、商在 x 处也可导，且有

法则 1

$$\boxed{(u\pm v)'=u'\pm v'} \tag{2.4}$$

法则 2

$$\boxed{(uv)' = u'v + uv'} \tag{2.5}$$

特别地，$(Cu)' = Cu'$（C 为常数）.

法则 3

$$\boxed{\left(\frac{u}{v}\right)' = \frac{u'v - uv'}{v^2} \quad (v \neq 0)} \tag{2.6}$$

证明从略.

例 2.8 求函数 $f(x) = x^3 + \sin x$ 的导数.

解 $f'(x) = (x^3)' + (\sin x)' = 3x^{3-1} + \cos x = 3x^2 + \cos x.$

例 2.9 求函数 $f(x) = e^x \cdot \cos x$ 的导数.

解 $f'(x) = (e^x)'\cos x + e^x(\cos x)' = e^x\cos x - e^x\sin x.$

例 2.10 求函数 $f(x) = \dfrac{1-x}{1+x}$ 的导数.

解

$$f'(x) = \frac{(1-x)'(1+x) - (1-x)(1+x)'}{(1+x)^2}$$

$$= \frac{-(1+x) - (1-x)}{(1+x)^2} = \frac{-2}{(1+x)^2}.$$

例 2.11 求函数 $f(x) = \tan x$ 的导数.

解

$$f'(x) = (\tan x)' = \left(\frac{\sin x}{\cos x}\right)'$$

$$= \frac{(\sin x)'\cos x - \sin x(\cos x)'}{\cos^2 x}$$

$$= \frac{\cos^2 x + \sin^2 x}{\cos^2 x}$$

$$= \frac{1}{\cos^2 x} = \sec^2 x,$$

即

$$(\tan x)' = \sec^2 x.$$

类似有

$$(\cot x)' = -\csc^2 x.$$

例 2.12 求函数 $f(x) = \sec x$ 的导数.

解

$$f'(x) = (\sec x)' = \left(\frac{1}{\cos x}\right)'$$

$$= \frac{1'\cos x - 1 \cdot (\cos x)'}{\cos^2 x}$$

$$= \frac{\sin x}{\cos^2 x} = \sec x \cdot \tan x,$$

即

$$(\sec x)' = \sec x \cdot \tan x.$$

类似有

$$(\csc x)' = -\csc x \cdot \cot x.$$

例 2.13 求曲线 $y = x\ln x$ 的平行于直线 $2x - y + 3 = 0$ 的切线方程.

解 本题切线的斜率间接给出，只要求出切点即可. 设所求切线的切点为 (x_0, y_0)，因曲

线为 $y=x\ln x$，所以

$$y'=x'\ln x+x(\ln x)'=\ln x+x\cdot\frac{1}{x}=\ln x+1,$$

$$y'(x_0)=\ln x_0+1.$$

又因直线 $2x-y+3=0$ 的斜率为 2，且其与所求切线平行，故知所求切线的斜率也为 2，所以

$$y'(x_0)=\ln x_0+1=2,\ \ln x_0=1,$$

解得

$$x_0=\mathrm{e},\ y_0=\mathrm{e},$$

所求切线方程为 $y-\mathrm{e}=2(x-\mathrm{e})$，即 $y-2x+\mathrm{e}=0$ （图 2.5）.

例 2.14 求过点 $A(0,-2)$ 且与曲线 $y=x^2+2$ 相切的直线方程.

解 设切点为 (x_0,y_0)，切线斜率为 k. 因切线过点 $(0,-2)$，所以切线写为 $y+2=kx$，即 $y=kx-2$. 曲线导数为

$$y'=2x,$$

所以

$$k=2x_0, \tag{1}$$

因切点既在切线上又在曲线上，所以

$$y_0=kx_0-2, \tag{2}$$

又由已知有

$$y_0=x_0^2+2, \tag{3}$$

解 (1)、(2)、(3) 得 $k=\pm4$，所以切线方程为

$$4x+y+2=0 \text{ 或 } 4x-y-2=0 \quad (\text{图 } 2.6).$$

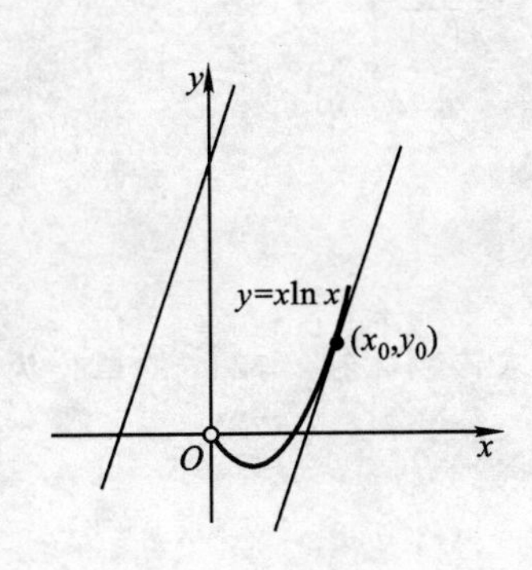

图 2.5

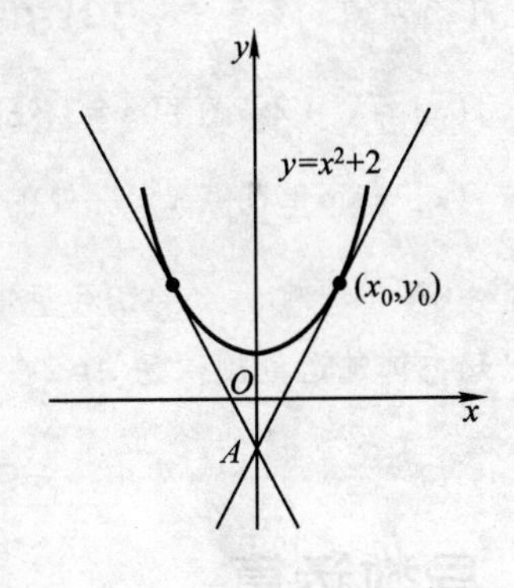

图 2.6

习 题 2.2

1. 求下列函数的导数.

(1) $y=x^4$； (2) $y=\sqrt[7]{x^5}$；

(3) $y=\dfrac{1}{\sqrt[3]{x^2}}$； (4) $y=\dfrac{1}{x^2}$；

(5) $y=x^2\cdot\sqrt[3]{x\cdot\sqrt[3]{x}}$.

2. 求下列函数的导数.

(1) $y=x^5+\dfrac{1}{x^3}$； (2) $y=\dfrac{(x-1)^2}{x}$；

(3) $y=\sqrt[3]{x}(7x+11\sqrt{x}+4)$；

(4) $y=x^5+5^x+\ln 5$；

(5) $y=\left(1+\frac{1}{\sqrt{x}}\right)(1+\sqrt{x})$；

(6) $y=x\cos x-\sin x$；

(7) $y=x\tan x-2\sec x$；

(8) $y=\sin x\cos x$；

(9) $y=xe^x-e^x$；

(10) $y=x^2\ln x+2x^2$；

(11) $y=\frac{1-\ln x}{1+\ln x}$；

(12) $y=\frac{e^x}{e^x+1}$；

(13) $y=\frac{x}{1+x^2}$；

(14) $y=\frac{\sin x}{\cos x+1}$；

(15) $y=\frac{\cot x}{1+\csc x}$；

(16) $y=\frac{1-\tan x}{1+\tan x}$.

3. 设$f(x)=\frac{1-\sqrt{x}}{1+\sqrt{x}}$，求$f'(4)$.

4. 设$f(x)=\frac{\ln x}{x}$，求$f'(e)$.

5. 函数$f(x)$与$g(x)$在$(-\infty,+\infty)$上可导，且$f(2)=1$，$g(2)=-\frac{1}{2}$，$f'(2)=\frac{1}{4}$，$g'(2)=-4$，求下列函数在点$x=2$处的导数.

(1) $f(x)+g(x)$；　(2) $f(x)\cdot g(x)$；　(3) $\frac{f(x)}{g(x)}$.

6. 求$f(x)=x^3+2x^2$在点$x=1$处的切线方程和法线方程.

7. 求$f(x)=\sin x$在点$x=\frac{\pi}{3}$处的切线方程和法线方程.

8. 曲线$y=\sqrt[3]{x}$上哪一点的切线垂直于直线$3x+y+1=0$?

9. 已知物体的运动规律为$s=2t^2+t$（s的单位为m），求该物体在$t=2$（t的单位为s）时的速度.

2.3 导数运算

2.3.1 复合函数的求导法则

法则 4 设函数$y=f(u)$，$u=\varphi(x)$均可导，则复合函数$f[\varphi(x)]$也可导，且

$$\boxed{\frac{dy}{dx}=\frac{dy}{du}\cdot\frac{du}{dx}\text{或 } y'_x=y'_u\cdot u'_x} \tag{2.7}$$

上述法则可以推广到有限个中间变量的情形，如$y=f(u)$，$u=\varphi(t)$，$t=s(x)$，则复合函数$y=f\{\varphi[s(x)]\}$的导数为

$$\boxed{y'_x=y'_u\cdot u'_t\cdot t'_x} \tag{2.8}$$

例 2.15 求函数$y=e^{x^2}$的导数.

解 设 $y=e^u$，$u=x^2$，所以

$$
\begin{aligned}
y' &= y'_u \cdot u'_x = (e^u)'_u \cdot (x^2)'_x \\
&= e^u \cdot 2x^{2-1} = 2xe^{x^2}.
\end{aligned}
$$

例 2.16 函数 $y=\ln\sin 2x$ 的导数.

解 设 $y=\ln u$，$u=\sin t$，$t=2x$，所以

$$
\begin{aligned}
y'_x &= y'_u \cdot u'_t \cdot t'_x \\
&= (\ln u)'_u \cdot (\sin t)'_t \cdot (2x)'_x = \frac{1}{u} \cdot \cos t \cdot 2 \\
&= 2\frac{\cos t}{\sin t} = 2\cot t = 2\cot 2x.
\end{aligned}
$$

例 2.17 求函数 $y=\sin^2(\cos 3x)$ 的导数.

解 设 $y=u^2$，$u=\sin t$，$t=\cos v$，$v=3x$，

$$
\begin{aligned}
y'_x &= y'_u \cdot u'_t \cdot t'_v \cdot v'_x \\
&= (u^2)'_u \cdot (\sin t)'_t \cdot (\cos v)'_v \cdot (3x)'_x \\
&= 2u \cdot \cos t \cdot (-\sin v) \cdot 3 \\
&= 2\sin t \cdot \cos t \cdot (-\sin v) \cdot 3 = -3\sin 2t \cdot \sin v \\
&= -3\sin(2\cos v) \cdot \sin v \\
&= -3\sin(2\cos 3x) \cdot \sin(3x).
\end{aligned}
$$

复合层次比较清楚以后，可不必设中间变量，直接由外往里，逐层求导.

例 2.18 求函数 $y=\tan x^3$ 的导数.

解 $y'=(\tan x^3)'=\sec^2 x^3 \cdot (x^3)'=3x^2\sec^2 x^3$.

例 2.19 求函数 $y=\sin\sqrt{x^2-1}$ 的导数.

解

$$
\begin{aligned}
y' &= (\sin\sqrt{x^2-1})' \\
&= \cos\sqrt{x^2-1} \cdot (\sqrt{x^2-1})' \\
&= \cos\sqrt{x^2-1} \cdot \frac{1}{2\sqrt{x^2-1}} \cdot (x^2-1)' \\
&= \cos\sqrt{x^2-1} \cdot \frac{1}{2\sqrt{x^2-1}} \cdot 2x = \frac{x}{\sqrt{x^2-1}}\cos\sqrt{x^2-1}.
\end{aligned}
$$

例 2.20 求函数 $y=e^{\cos\ln x}$ 的导数.

解

$$
\begin{aligned}
y' &= e^{\cos\ln x} \cdot (\cos\ln x)' \\
&= e^{\cos\ln x} \cdot (-\sin\ln x) \cdot (\ln x)' \\
&= e^{\cos\ln x} \cdot (-\sin\ln x) \cdot \frac{1}{x} \\
&= -\frac{\sin\ln x}{x}e^{\cos\ln x}.
\end{aligned}
$$

例 2.21 求函数 $y=\arctan\sqrt{\dfrac{1+x}{1-x}}$ 的导数.

解
$$y'=\frac{1}{1+\left(\sqrt{\frac{1+x}{1-x}}\right)^2}\cdot\frac{1}{2\sqrt{\frac{1+x}{1-x}}}\cdot\frac{(1-x)+(1+x)}{(1-x)^2}$$
$$=\frac{1}{2\sqrt{1+x}\sqrt{1-x}}=\frac{1}{2\sqrt{1-x^2}}.$$

若复合函数中包含抽象函数，求导时仍是逐层求导，只需把抽象函数看成其中的层即可.

例 2.22 设函数 $f(x)$ 在 $(-\infty,+\infty)$ 上可导，且 $f(2)=4$，$f'(2)=3$，$f'(4)=5$，求函数 $y=f(f(x))$ 在点 $x=2$ 处的导数.

解 根据已知，得
$$y'=f'(f(x))\cdot f'(x),$$
所以
$$y'(2)=f'(f(2))\cdot f'(2)=f'(4)\cdot f'(2)=5\times3=15.$$

例 2.23 已知 $f'(x)=\frac{1}{x}$，$y=f(\cos x)$，求 $\frac{\mathrm{d}y}{\mathrm{d}x}$.

解 由 $y=f(\cos x)$ 得
$$\frac{\mathrm{d}y}{\mathrm{d}x}=f'(\cos x)\cdot(\cos x)'=-f'(\cos x)\cdot\sin x.$$
因 $f'(x)=\frac{1}{x}$，所以 $f'(\cos x)=\frac{1}{\cos x}$，故
$$\frac{\mathrm{d}y}{\mathrm{d}x}=-\frac{1}{\cos x}\cdot\sin x=-\tan x.$$

若函数由多个复合函数的四则运算构成，那么求导时应先用导数的四则运算法则，然后再用复合函数的求导法则.

例 2.24 求函数 $y=\tan x+\frac{1}{3}\tan^3x$ 的导数.

解
$$y'=(\tan x)'+\left(\frac{1}{3}\tan^3x\right)'=\sec^2x+\frac{1}{3}\cdot(3\tan^2x\cdot\sec^2x)$$
$$=\sec^2x+\tan^2x\cdot\sec^2x=\sec^2x(1+\tan^2x)=\sec^4x.$$

例 2.25 求函数 $y=\sin^nx\cdot\sin nx$ 的导数.

解
$$\begin{aligned}y'&=(\sin^nx)'\cdot\sin nx+\sin^nx\cdot(\sin nx)'\\&=(n\sin^{n-1}x\cdot\cos x)\cdot\sin nx+\sin^nx\cdot(\cos nx\cdot n)\\&=n\cdot\sin^{n-1}x\cdot(\cos x\cdot\sin nx+\sin x\cdot\cos nx)\\&=n\sin^{n-1}x\sin(nx+x).\end{aligned}$$

例 2.26 求函数 $y=x\arccos x-\sqrt{1-x^2}$ 的导数.

解
$$\begin{aligned}y'&=x'\arccos x+x(\arccos x)'-(\sqrt{1-x^2})'\\&=\arccos x-x\cdot\frac{1}{\sqrt{1-x^2}}-\frac{1}{2\sqrt{1-x^2}}(-2x)\\&=\arccos x.\end{aligned}$$

例 2.27 函数 $f(x)$ 与 $g(x)$ 在 $(-\infty,+\infty)$ 上可导，且 $f(2)=0$，$g(2)=1$，$f'(2)=3$，$g'(2)=2$，求函数 $y=\mathrm{e}^{f(x)}\cdot\ln(g(x))$ 在点 $x=2$ 处的导数.

解 因为 $$y'=(e^{f(x)})'\cdot\ln(g(x))+e^{f(x)}\cdot(\ln(g(x)))'$$

$$=e^{f(x)}\cdot f'(x)\cdot\ln(g(x))+e^{f(x)}\cdot\frac{1}{g(x)}\cdot g'(x),$$

故 $$y'(2)=e^0\cdot3\cdot\ln1+e^0\cdot\frac{1}{1}\cdot2=2.$$

2.3.2 反函数的导数

设函数 $y=f(x)$ 在点 x 处有不等于零的导数 $f'(x)$，并且其反函数 $x=\varphi(y)$ 在相应点处连续，则反函数 $x=\varphi(y)$ 的导数 $\varphi'(y)$ 存在，并且

$$\boxed{\varphi'(y)=\frac{1}{f'(x)}\text{或}\ x'_y=\frac{1}{y'_x}} \tag{2.9}$$

例 2.28 证明：$(\arcsin x)'=\frac{1}{\sqrt{x^2-1}}$.

证 因为 $y=\arcsin x\quad(-1<x<1)$ 的反函数是 $x=\sin y\quad\left(-\frac{\pi}{2}<y<\frac{\pi}{2}\right)$，而

$$(\sin y)'=\cos y\neq0\quad\left(-\frac{\pi}{2}<y<\frac{\pi}{2}\right),$$

所以 $$y'=(\arcsin x)'=\frac{1}{(\sin y)'}$$

$$=\frac{1}{\cos y}=\frac{1}{\sqrt{1-\sin^2y}}=\frac{1}{\sqrt{1-x^2}}.$$

由于 $\cos y$ 在 $\left(-\frac{\pi}{2},\frac{\pi}{2}\right)$ 内恒为正值，故上述根式前取正号，即

$$(\arcsin x)'=\frac{1}{\sqrt{1-x^2}}.$$

类似有 $$(\arccos x)'=-\frac{1}{\sqrt{1-x^2}}.$$

例 2.29 证明：$(a^x)'=a^x\cdot\ln a\quad(a>0,a\neq1)$.

证 因为 $y=a^x$ 的反函数是 $x=\log_a y\ (a>0,a\neq1)$，而

$$(\log_a y)'=\frac{1}{y\ln a}\neq0\quad(a>0,a\neq1),$$

所以 $$y'=(a^x)'=\frac{1}{(\log_a y)'}$$

$$=y\ln a=a^x\ln a,$$

即 $$(a^x)'=a^x\cdot\ln a.$$

2.3.3 隐函数的导数

1. 隐函数求导法

自变量 x 与因变量 y 之间的关系由方程 $F(x,y)=0$ 确定的函数称为**隐函数**. 例如，

$$x^2+y^2-1=0 \text{ 和 } x+y+\sin(xy)=0.$$

有些隐函数可以化为显函数，比如 $x^2+y^2-1=0$ 化为 $y=\pm\sqrt{1-x^2}$但更多的隐函数是不能化为显函数的，比如 $x+y+\sin(xy)=0$.

求隐函数 $F(x,y)=0$ 的导数，一般是将方程两端同时对自变量 x 求导数，遇到 y 就把它看成 x 的函数，并利用复合函数的求导法则求导．最后从所得的关系式中求出 y'，就得到所求隐函数的导数.

例 2.30 求 $x^2+y^2-1=0$ 所确定的隐函数的导数 y'.

解 将等式两边对 x 求导，得

$$2x+2yy'=0,$$

即

$$2yy'=-2x,$$

解得

$$y'=-\frac{x}{y}.$$

例 2.31 求 $xy+e^y=0$ 所确定的隐函数的导数 y'.

解 将等式两边对 x 求导，得

$$y+xy'+e^y y'=0,$$

即

$$y'(x+e^y)=-y,$$

解得

$$y'=-\frac{y}{x+e^y}.$$

例 2.32 求曲线 $y=\cos(x+y)$ 在点 $\left(\frac{\pi}{2},0\right)$ 处的切线方程.

解 因 $y'=-\sin(x+y)(1+y')$，则

$$y'=-\frac{\sin(x+y)}{\sin(x+y)+1},\quad k=y'\big|_{x=\frac{\pi}{2},y=0}=-\frac{1}{2},$$

故切线方程为

$$y=-\frac{1}{2}\left(x-\frac{\pi}{2}\right),$$

即 $2x+4y-\pi=0$.

2. 取对数求导法

对于形如 $y=[f(x)]^{g(x)}$ 的幂指函数，例如 $y=x^x$，在求导数时，没有适用的求导公式或法则，这时，可以在方程的两端取对数，然后再按隐函数求导法求导．这种方法称为**取对数求导法**.

例 2.33 求函数 $y=x^x$ 的导数.

解 在方程的两端取对数，得

$$\ln y=\ln x^x=x\ln x,$$

等式两边对 x 求导得

$$\frac{1}{y}\cdot y'=\ln x+x\cdot\frac{1}{x}=\ln x+1,$$

所以

$$y'=y(\ln x+1)=x^x(\ln x+1).$$

若函数是由几个初等函数经乘、除、乘方、开方构成的，也可采用取对数求导法来简化其求导运算.

例 2.34 求函数 $y=\sqrt{\dfrac{(x+1)(x+2)}{(x+3)(x+4)}}$ 的导数.

解 在方程的两端取对数，得

$$\ln y=\frac{1}{2}[\ln(x+1)+\ln(x+2)-\ln(x+3)-\ln(x+4)],$$

等式两边对 x 求导

$$\frac{1}{y}y'=\frac{1}{2}\left(\frac{1}{x+1}+\frac{1}{x+2}-\frac{1}{x+3}-\frac{1}{x+4}\right),$$

得

$$\begin{aligned}y'&=y\cdot\frac{1}{2}\left(\frac{1}{x+1}+\frac{1}{x+2}-\frac{1}{x+3}-\frac{1}{x+4}\right)\\&=\frac{1}{2}\sqrt{\frac{(x+1)(x+2)}{(x+3)(x+4)}}\left(\frac{1}{x+1}+\frac{1}{x+2}-\frac{1}{x+3}-\frac{1}{x+4}\right).\end{aligned}$$

2.3.4 由参数方程确定的函数的求导法

我们所研究的函数，一般都可直接给出函数 y 与自变量 x 之间的关系式. 但在某些情况下，函数 y 与自变量 x 的关系是通过参变量 t 并由参数方程

$$\begin{cases}x=x(t),\\y=y(t)\end{cases}$$

给出的.

下面我们给出这类函数的求导法.

设 $t=x^{-1}(x)$ 为 $x=x(t)$ 的反函数，并满足反函数的求导条件，于是参数方程可分解为 $y=y(t)$，$t=x^{-1}(x)$ 的复合函数，利用反函数和复合函数的求导法则，得

$$y'_x=y'_t\cdot t'_x=\frac{y'_t}{x'_t},$$

即

$$\boxed{\frac{\mathrm{d}y}{\mathrm{d}x}=\frac{y'_t}{x'_t}} \tag{2.10}$$

例 2.35 求参数方程 $\begin{cases}x=a(t-\sin t),\\y=a(1-\cos t)\end{cases}$ 的导数.

解

$$\frac{\mathrm{d}y}{\mathrm{d}x}=\frac{y'_t}{x'_t}=\frac{a(1-\cos t)'}{a(t-\sin t)'}=\frac{\sin t}{1-\cos t}.$$

例 2.36 求曲线 $\begin{cases}x=\sin t,\\y=\cos 2t\end{cases}$ 在点 $t=\dfrac{\pi}{6}$ 处的切线方程及法线方程.

解 当 $t=\dfrac{\pi}{6}$ 时，$x=\dfrac{1}{2}$，$y=\dfrac{1}{2}$，因

$$\frac{\mathrm{d}y}{\mathrm{d}x}=\frac{(\cos 2t)'}{(\sin t)'}=\frac{-\sin 2t\cdot 2}{\cos t}=-4\sin t,\qquad \left.\frac{\mathrm{d}y}{\mathrm{d}x}\right|_{t=\frac{\pi}{6}}=-2,$$

所以切线方程为

$$y-\frac{1}{2}=-2\left(x-\frac{1}{2}\right)，即\ 2y+4x-3=0.$$

法线方程为

$$y-\frac{1}{2}=\frac{1}{2}\left(x-\frac{1}{2}\right)，即\ 4y-2x-1=0.$$

2.3.5 高阶导数

函数 $y=f(x)$ 的导数 $f'(x)$ 一般也是 x 的函数，对 $f'(x)$ 再求导数，称为 $f(x)$ 的二阶导数，记作 $f''(x)$，y'' 或 $\frac{d^2y}{dx^2}$.

类似地，还可以继续求导，得到三阶导数 y'''，四阶导数 $y^{(4)}$，乃至 n 阶导数 $y^{(n)}$. 二阶及二阶以上的导数统称**高阶导数**，而 $f'(x)$ 称为 $y=f(x)$ 的一阶导数.

由此可知，求高阶导数只要反复应用求一阶导数的方法即可，下面举例说明.

例 2.37 已知 $y=4x^3+e^{3x}$，求 y'，y'' 及 y'''.

解

$$y'=4\cdot 3x^2+3\cdot e^{3x}=12x^2+3e^{3x},$$
$$y''=24x+3^2e^{3x},$$
$$y'''=24+3^3e^{3x}.$$

例 2.38 已知 $y=\ln(x+\sqrt{x^2+1})$，求 $y''(0)$.

解

$$\begin{aligned} y'&=\frac{1}{x+\sqrt{x^2+1}}\cdot(x+\sqrt{x^2+1})' \\ &=\frac{1}{x+\sqrt{x^2+1}}\cdot\left(1+\frac{1}{2\sqrt{x^2+1}}\cdot 2x\right) \\ &=\frac{1}{x+\sqrt{x^2+1}}\cdot\frac{x+\sqrt{x^2+1}}{\sqrt{x^2+1}} \\ &=\frac{1}{\sqrt{x^2+1}}, \end{aligned}$$

$$y''=-\frac{1}{2}(x^2+1)^{-\frac{3}{2}}\cdot(2x)=-\frac{x}{\sqrt{(x^2+1)^3}},$$

所以

$$y''(0)=0.$$

例 2.39 求 $y=x^n$ 的 n 阶导数 $y^{(n)}$.

解

$$\begin{aligned} y'&=nx^{n-1}, \\ y''&=n(n-1)x^{n-2}, \\ y'''&=n(n-1)(n-2)x^{n-3}, \\ &\cdots\cdots\cdots\cdots \\ y^{(n)}&=n(n-1)(n-2)\cdots 2\cdot 1 \\ &=n!, \end{aligned}$$

即

$$\boxed{(x^n)^{(n)}=n!} \tag{2.11}$$

显然，x^n 的 $n+1$ 阶导数为零，即指数为正整数的幂函数的幂次若低于所求导的阶数，则结果为零. 例如，$(x^4)^{(5)}=0$.

例 2.40 求 $y=11x^{10}+10x^9+9x^8+\cdots+2x+1$ 的 10 阶导数 $y^{(10)}$.

解

$$y^{(10)}=(11x^{10})^{(10)}+(10x^9)^{(10)}+\cdots+(2x)^{(10)}+(1)^{(10)},$$

由上例的结果知：低于 10 次幂的项的 10 阶导数为零，所以

$$y^{(10)}=(11x^{10})^{(10)}=11\cdot 10!=11!.$$

例 2.41 求 $y=\sin x$ 的 n 阶导数 $y^{(n)}$.

解

$$y'=\cos x=\sin\left(x+\frac{\pi}{2}\right),$$

$$y''=\cos\left(x+\frac{\pi}{2}\right)=\sin\left(x+2\cdot\frac{\pi}{2}\right),$$

$$y'''=\cos\left(x+2\cdot\frac{\pi}{2}\right)=\sin\left(x+3\cdot\frac{\pi}{2}\right),$$

…………

$$y^{(n)}=\sin\left(x+n\cdot\frac{\pi}{2}\right),$$

即

$$\boxed{(\sin x)^{(n)}=\sin\left(x+n\cdot\frac{\pi}{2}\right)} \tag{2.12}$$

例 2.42 求 $y=a^x$ 的 n 阶导数 $y^{(n)}$.

解

$$y'=a^x\cdot\ln a,$$

$$y''=(a^x)'\cdot\ln a=a^x\cdot(\ln a)^2,$$

$$y'''=(a^x)'\cdot(\ln a)^2=a^x\cdot(\ln a)^3,$$

…………

$$y^{(n)}=a^x\cdot(\ln a)^n,$$

即

$$\boxed{(a^x)^{(n)}=a^x\cdot(\ln a)^n} \tag{2.13}$$

特别地 $(e^x)^{(n)}=e^x$.

例 2.43 求 $y=\dfrac{1}{x-a}$ 的 n 阶导数 $y^{(n)}$.

解

$$y'=((x-a)^{-1})'=-(x-a)^{-2},$$

$$y''=1\cdot 2(x-a)^{-3},$$

$$y'''=-1\cdot 2\cdot 3(x-a)^{-4},$$

$$y^{(4)}=1\cdot 2\cdot 3\cdot 4(x-a)^{-5},$$

$$y^{(5)}=-1\cdot 2\cdot 3\cdot 4\cdot 5(x-a)^{-6},$$

…………

$$y^{(n)}=(-1)^n n!\,(x-a)^{-(n+1)}=\frac{(-1)^n n!}{(x-a)^{n+1}},$$

即

$$\boxed{\left(\frac{1}{x-a}\right)^{(n)}=\frac{(-1)^n n!}{(x-a)^{n+1}}} \tag{2.14}$$

习 题 2.3

1. 求下列函数的导数.

(1) $y=(2x+1)^{10}$;　　(2) $y=\sqrt{4x+3}$;

(3) $y=\sqrt[3]{1+x^2}$;　　(4) $y=e^{\cos x}$;

(5) $y=\mathrm{e}^{\sqrt{\sin 2x}}$;

(6) $y=\cos\left(\dfrac{1}{x}\right)$;

(7) $y=\sin^2\left(\dfrac{x}{2}\right)$;

(8) $y=\ln\ln\ln x$;

(9) $y=\sqrt{\ln(3x^2)}$;

(10) $y=\tan^2(\mathrm{e}^{2x})$;

(11) $y=\sec^3(\ln x)$;

(12) $y=\ln\sqrt{\dfrac{1-\sin x}{1+\sin x}}$;

(13) $y=\ln\left(\tan\dfrac{x}{2}\right)$;

(14) $y=\ln\arcsin\sqrt{1-x^2}$;

(15) $y=\arctan(x^2)$;

(16) $y=\arcsin\sqrt{\sin x}$.

2. 已知$f(x)=\sin x-\dfrac{1}{3}\sin^3 x$，求$f'\left(\dfrac{\pi}{3}\right)$.

3. 已知$y=f(\sin x)$，$f'(x)=2x$，求$\dfrac{\mathrm{d}y}{\mathrm{d}x}$.

4. 求下列函数的导数.

(1) $y=\cos^2 x\cdot\cos 2x$;

(2) $y=\dfrac{x}{\sqrt{1+x^2}}$;

(3) $y=x\sin^2(\ln x)$;

(4) $y=\sin 4x\cos 5x$;

(5) $y=\dfrac{1}{2}\ln(\tan^2 x)+\ln(\sin x)$;

(6) $y=\sin^3 x\cos^3 x$;

(7) $y=\sin^4 x+\cos^4 x$;

(8) $y=\ln\sqrt{\dfrac{1+x}{1-x}}-\arctan x$;

(9) $y=\ln(x+\sqrt{1+x^2})+\dfrac{x}{2}\sqrt{1+x^2}$;

(10) $y=x\arctan x-\dfrac{1}{2}\ln(1+x^2)$.

5. 求下列函数的导数.

(1) $x+xy-y^2=0$;

(2) $y=\mathrm{e}^{x+y}$;

(3) $x\mathrm{e}^y+y=0$;

(4) $x^3+y^3+\cos(x+y)=0$;

(5) $x^2+y+\ln(xy)=0$;

(6) $\ln\sqrt{x^2+y^2}-\arctan\dfrac{y}{x}=2$;

(7) $xy+x\ln y=y\ln x$;

(8) $x\cos y=\sin(x+y)$;

(9) $y=x+\dfrac{1}{2}\ln y$;

(10) $\cos(x^2y)=x$;

(11) $y^2=x^2+y\mathrm{e}^y$.

6. 求曲线$x^2+\dfrac{y^2}{4}=1$在点$\left(\dfrac{1}{2},\sqrt{3}\right)$处的切线方程及法线方程.

7. 用取对数求导法求下列函数的导数.

(1) $y=\dfrac{(2x-1)\sqrt[3]{x^3+1}}{(x+7)^5\sin x}$;

(2) $y=(\ln x)^x$;

(3) $y=\left(\dfrac{x}{1+x}\right)^x$;

(4) $x^y=y^x$.

8. 求下列参数方程确定的函数的导数$\frac{dy}{dx}$.

(1) $\begin{cases} x=t+t^2, \\ y=2t^2-1; \end{cases}$　　(2) $\begin{cases} x=t\sin t, \\ y=t\cos t; \end{cases}$

(3) $\begin{cases} x=\arctan t, \\ y=\ln(1+t^2); \end{cases}$　　(4) $\begin{cases} x=\cos^3 t, \\ y=\sin^3 t; \end{cases}$

(5) $\begin{cases} x=\sqrt{1-t}, \\ y=\sqrt{t}; \end{cases}$　　(6) $\begin{cases} x=te^t, \\ y=t^2e^t; \end{cases}$

(7) $\begin{cases} x=t^2+\ln 2, \\ y=\sin t-t\cos t; \end{cases}$　　(8) $\begin{cases} x=\cos t, \\ y=\sin \frac{t}{2}. \end{cases}$

9. 求曲线$\begin{cases} x=t^2, \\ y=2t-1 \end{cases}$在点 $t=2$ 处的切线方程及法线方程.

10. 求下列函数的二阶导数.

(1) $y=x^3+3x^2+2$;　　(2) $y=\tan x$;

(3) $y=\ln\cos x$;　　(4) $y=x^2-\ln x$;

(5) $y=xe^{x^2}$;　　(6) $y=x\sec^2 x-\tan x$;

(7) $y=x\cos x$;　　(8) $y=e^{-x}\sin x$;

(9) $y=\ln(1+x^2)$;　　(10) $y=\sqrt{1+x^2}$;

(11) $y=x^3\ln x$.

11. 求下列函数的 n 阶导数.

(1) $y=e^{3x-2}$;　　(2) $y=xe^x$;

(3) $y=\frac{x-1}{x+1}$;　　(4) $y=x\ln x$.

2.4 微分

本节介绍微分学的另一个基本概念——微分.

在实际问题中，有时需要考虑在自变量有微小变化时函数的增量的计算问题. 通常函数增量的计算比较复杂. 因此需要建立函数增量近似值的计算方法，使其既便于计算又有一定的精确度，这就是本节要讨论的问题.

2.4.1 两个实例

1. 面积增量的近似值

设正方形的面积为 A，当边长由 x 变到 $x+\Delta x$ 时，面积 A 有相应的增量 ΔA，如图 2.7 所示阴影部分的面积，则

$$\Delta A=(x+\Delta x)^2-x^2=2x\Delta x+(\Delta x)^2.$$

ΔA 由两部分组成. 第一部分 $2x\Delta x$ 是 Δx 的线性函数，当 $\Delta x \to 0$ 时，它是 Δx 的同阶无穷小，而第二部分 $(\Delta x)^2$ 是比 Δx 高阶的无穷小，因此，当 $|\Delta x|$ 很小时，$(\Delta x)^2$ 可以忽略不计，这时

$$\Delta A \approx 2x\Delta x.$$

又因为 $$A' = (x^2)' = 2x,$$

所以面积增量的近似值为 $$\Delta A \approx A'\Delta x.$$

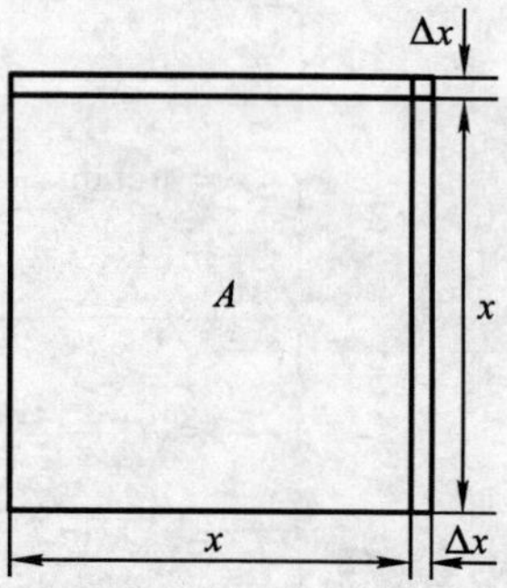

2. 路程增量的近似值

自由落体的路程 s 与时间 t 的关系是 $s = \frac{1}{2}gt^2$，当时间从 t 变到 $t + \Delta t$ 时，路程 s 有相应的增量 Δs，则

$$\Delta s = \frac{1}{2}g(t+\Delta t)^2 - \frac{1}{2}gt^2 = gt\Delta t + \frac{1}{2}g(\Delta t)^2.$$

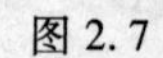

图 2.7

Δs 由两部分组成. 第一部分 $gt\Delta t$ 是 Δt 的线性函数，当 $\Delta t \to 0$ 时，它是 Δt 的同阶无穷小，而第二部分 $\frac{1}{2}g(\Delta t)^2$ 是比 Δt 高阶的无穷小，因此，当 $|\Delta t|$ 很小时，$\frac{1}{2}g(\Delta t)^2$ 可以忽略不计，这时

$$\Delta s \approx gt\Delta t.$$

又因为 $$s' = \left(\frac{1}{2}gt^2\right)' = gt,$$

所以路程增量的近似值为 $$\Delta s \approx s'\Delta t.$$

上面两例虽然具体意义不同，但它们有一个明显的共同点，即函数增量的近似值可表示为函数的导数与自变量增量的乘积，而产生的误差是一个比自变量增量高阶的无穷小.

上述结论对于一般的函数是否成立呢？下面说明对于可导函数都有此结论.

设函数 $y = f(x)$ 在点 x 处可导，即

$$\lim_{\Delta x \to 0}\frac{\Delta y}{\Delta x} = f'(x).$$

根据极限与无穷小的关系(见定理 1.2)有

$$\frac{\Delta y}{\Delta x} = f'(x) + \alpha,$$

因此 $$\Delta y = f'(x)\Delta x + \alpha\Delta x.$$

因为 α 是当 $\Delta x \to 0$ 时的无穷小量，所以 $\alpha\Delta x = o(\Delta x)$，从而

$$\Delta y \approx f'(x)\Delta x.$$

函数 $y = f(x)$ 增量的近似值 $f'(x)\Delta x$ 就称为函数的微分.

2.4.2 微分的概念

定义 2.2 如果函数 $y = f(x)$ 在点 x 处具有导数 $f'(x)$，则称 $f'(x)\Delta x$ 为函数 $y = f(x)$ 在 x 处的微分，记作 $\mathrm{d}y$ 或 $\mathrm{d}f(x)$，即 $\mathrm{d}y = f'(x)\Delta x$，此时称函数 $f(x)$ 在点 x 处可微.

特别地，对于函数 $y = x$，有

$$\mathrm{d}y = \mathrm{d}x = (x)'\Delta x = \Delta x,$$

即 $\mathrm{d}x=\Delta x$. 因此，自变量的微分就是它的增量. 于是得

$$\boxed{\mathrm{d}y=f'(x)\,\mathrm{d}x} \tag{2.15}$$

进一步可得

$$\frac{\mathrm{d}y}{\mathrm{d}x}=f'(x).$$

由此可以看出，函数的导数等于函数的微分与自变量的微分之商，因此也称导数为微商. 求导数与求微分的运算统称为**微分法**.

应当注意，微分与导数虽然有着密切的联系，但它们是有区别的：导数是函数在一点处的变化率，导数的值只与 x 有关；而微分是函数在一点处由自变量增量所引起的函数增量的近似值，微分的值与 x 和 Δx 都有关.

2.4.3 微分的几何意义

设函数 $y=f(x)$ 的图像如图 2.8 所示，$M(x,y)$ 为曲线上的定点，过点 M 作曲线的切线 MT，其倾角为 α，当自变量在点 x 处取得增量 Δx 时，就得到曲线上的另一点 $M_1(x+\Delta x,y+\Delta y)$，从图 2.8 可知

$$\Delta y=NM_1,$$

$$\mathrm{d}y=f'(x)\Delta x=\tan\alpha\cdot MN=NT.$$

由此可见，函数 $y=f(x)$ 的微分的几何意义就是曲线 $y=f(x)$ 在点 M 处切线的纵坐标的增量.

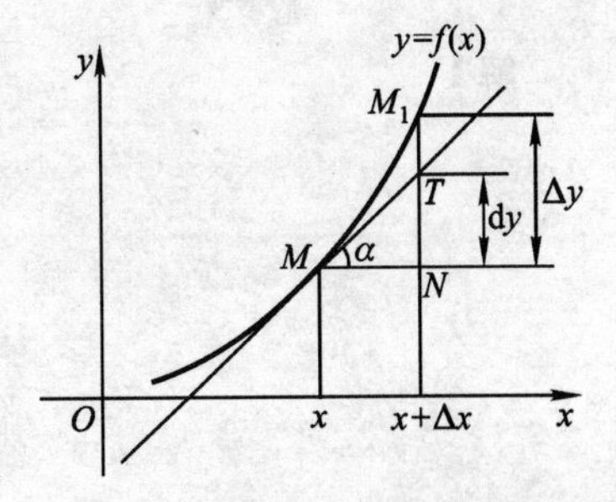

图 2.8

2.4.4 微分的运算

1. 微分的基本公式和运算法则

因为 $\mathrm{d}y=f'(x)\mathrm{d}x$，所以计算微分便归结为计算导数. 由导数的基本公式和运算法则，可以容易推出微分的基本公式和运算法则，如表 2.2 和表 2.3 所示.

表 2.2 微分基本公式

$\mathrm{d}c=0$ （c 为常数）	$\mathrm{d}(x^\alpha)=\alpha x^{\alpha-1}\mathrm{d}x$ （α 为实数）
$\mathrm{d}(\alpha^x)=a^x\ln\alpha\mathrm{d}x$ （$\alpha>0,\alpha\neq1$）	$\mathrm{d}(\mathrm{e}^x)=\mathrm{e}^x\mathrm{d}x$
$\mathrm{d}(\log_\alpha x)=\dfrac{1}{x\ln\alpha}\mathrm{d}x$ （$\alpha>0,\alpha\neq1$）	$\mathrm{d}(\ln x)=\dfrac{1}{x}\mathrm{d}x$
$\mathrm{d}(\sin x)=\cos x\mathrm{d}x$	$\mathrm{d}(\cos x)=-\sin x\mathrm{d}x$
$\mathrm{d}(\tan x)=\sec^2x\mathrm{d}x$	$\mathrm{d}(\cot x)=-\csc^2x\mathrm{d}x$
$\mathrm{d}(\sec x)=\sec x\tan x\mathrm{d}x$	$\mathrm{d}(\csc x)=-\csc x\cot x\mathrm{d}x$
$\mathrm{d}(\arcsin x)=\dfrac{1}{\sqrt{1-x^2}}\mathrm{d}x$	$\mathrm{d}(\arccos x)=-\dfrac{1}{\sqrt{1-x^2}}\mathrm{d}x$
$\mathrm{d}(\arctan x)=\dfrac{1}{1+x^2}\mathrm{d}x$	$\mathrm{d}(\mathrm{arccot}\, x)=-\dfrac{1}{1+x^2}\mathrm{d}x$

表 2.3 微分运算法则

$d(u\pm v)=du\pm dv$
$d(uv)=du\cdot v+u\cdot dv$，特别地 $d(cu)=c\cdot du$
$d\left(\frac{u}{v}\right)=\frac{vdu-udv}{v^2}\quad(v\neq 0)$

表 2.3 中 $u=u(x)$，$v=v(x)$，c 为常数.

例 2.44 求函数 $y=x^2$ 当 $x=1$，$\Delta x=0.1$ 时的微分.

解 因为
$$dy=y'\Delta x=2x\Delta x,$$
所以
$$dy\big|_{x=1,\Delta x=0.1}=2\times1\times0.1=0.2.$$

例 2.45 求函数 $y=\frac{\ln x}{x}$的微分.

解 1
$$dy=\frac{xd(\ln x)-\ln x dx}{x^2}$$
$$=\frac{x\cdot\frac{1}{x}dx-\ln x dx}{x^2}$$
$$=\frac{1-\ln x}{x^2}dx.$$

解 2
$$dy=\left(\frac{\ln x}{x}\right)'dx=\frac{1-\ln x}{x^2}dx.$$

2. 微分形式的不变性

把复合函数 $y=f[\varphi(x)]$分解为 $y=f(u)$，$u=\varphi(x)$，则
$$dy=y'_x dx=f'(u)\varphi'(x)dx=f'(u)d\varphi(x)=f'(u)du,$$
即
$$dy=f'(u)du.$$

这就是说，无论 u 是自变量还是中间变量，$y=f(u)$的微分 dy 总可以写成 $dy=f'(u)du$ 的形式，这一性质称为微分形式不变性．有时利用这一性质求复合函数的微分比较方便.

例 2.46 求函数 $y=\ln\sin x$ 的微分.

解 设 $u=\sin x$，所以
$$dy=d(\ln u)=\frac{1}{u}du=\frac{1}{\sin x}d(\sin x)$$
$$=\frac{1}{\sin x}\cos x dx=\cot x dx.$$

例 2.47 求函数 $y=\tan x^2$ 的微分.

解 把 x^2 看成 u，则
$$dy=d(\tan x^2)=\sec^2x^2d(x^2)=\sec^2x^2\cdot 2xdx=2x\sec^2x^2dx.$$

例 2.48 求函数 $y=\cos\sqrt{1-x^2}$的微分.

解 1
$$dy=d(\cos\sqrt{1-x^2})=-\sin\sqrt{1-x^2}d(\sqrt{1-x^2})$$

$$= -\sin\sqrt{1-x^2}\cdot\frac{1}{2\sqrt{1-x^2}}\mathrm{d}(1-x^2)$$

$$= -\sin\sqrt{1-x^2}\cdot\frac{1}{2\sqrt{1-x^2}}\cdot(-2x)\mathrm{d}x$$

$$=\frac{x\sin\sqrt{1-x^2}}{\sqrt{1-x^2}}\mathrm{d}x.$$

解 2 $\mathrm{d}y=(\cos\sqrt{1-x^2})'\mathrm{d}x=-\sin\sqrt{1-x^2}\cdot\frac{1}{2\sqrt{1-x^2}}\cdot(-2x)\mathrm{d}x$

$$=\frac{x\sin\sqrt{1-x^2}}{\sqrt{1-x^2}}\mathrm{d}x.$$

2.4.5 微分的应用

由微分的定义可知，当函数 $y=f(x)$ 在点 x_0 处的导数 $f'(x_0)\neq 0$，且 $|\Delta x|$ 很小时有

$$\boxed{\Delta y\approx \mathrm{d}y=f'(x_0)\Delta x} \tag{2.16}$$

于是 $$f(x_0+\Delta x)-f(x_0)\approx f'(x_0)\Delta x,$$

即 $$\boxed{f(x_0+\Delta x)\approx f(x_0)+f'(x_0)\Delta x} \tag{2.17}$$

(2-16)式可以用来求函数增量的近似值，(2-17)式可以用来计算函数的近似值.

1. 计算函数的近似值

求函数的近似值，应先找到合适的函数 $f(x)$，再选取 x_0，Δx，然后带入(2-17)式计算.

例 2.49 求 $\sqrt[4]{1.02}$ 的近似值.

解 设 $f(x)=\sqrt[4]{x}$，由(2-16)式有

$$\sqrt[4]{x_0+\Delta x}\approx\sqrt[4]{x_0}+\frac{1}{4\cdot\sqrt[4]{x_0^3}}\cdot\Delta x,$$

取 $x_0=1$， $\Delta x=0.02$，所以

$$\sqrt[4]{1.02}=\sqrt[4]{1+0.02}\approx\sqrt[4]{1}+\frac{1}{4\times 1}\times 0.02=1.005.$$

例 2.50 求 arcsin 0.498 3 的近似值.

解 设 $f(x)=\arcsin x$， 由(2-17)式有

$$\arcsin(x_0+\Delta x)\approx\arcsin x_0+\frac{1}{\sqrt{1-x_0^2}}\cdot\Delta x,$$

取 $x_0=0.5$，$\Delta x=-0.001\ 7$，所以

$$\arcsin 0.498\ 3=\arcsin(0.5-0.001\ 7)\approx\arcsin 0.5+\frac{1}{\sqrt{1-0.5^2}}\cdot(-0.001\ 7)$$

$$=\frac{\pi}{6}+\frac{2\sqrt{3}}{3}\times(-0.001\ 7)\approx 0.521\ 6\approx 29.89^0.$$

例 2.51 有一批半径为 1 cm 的球，为了提高球表面的光洁度，要镀上一层厚度为 0.01 cm

的铜，已知铜的密度为 8.9 g/cm^3，试估计一下每个球需用多少铜？

解 因为球体积 $V=\frac{4}{3}\pi R^3$，所以

$$dV=\left(\frac{4}{3}\pi R^3\right)'dR=4\pi R^2 dR.$$

根据已知有 $R=1\text{ cm},\ dR=\Delta R=0.01\text{ cm},$

于是 $\Delta V\approx dV=4\times 3.14\times(1\text{ cm})^2\times 0.01\approx 0.13(\text{cm}^3).$

因此，镀每个球大约需用铜 $0.13\times 8.9=1.16$ g.

2. 估计误差

设量 x 可以直接度量，而依赖于 x 的量 y 由函数 $y=f(x)$ 确定，若 x 的度量误差为 Δx，则 y 有相应的误差为

$$\Delta y=f(x+\Delta x)-f(x).$$

称 $|\Delta y|$ 为量 y 的绝对误差，称 $\left|\frac{\Delta y}{y}\right|$ 为相对误差，在计算误差时通常用 $|dy|$ 代替 $|\Delta y|$，$\left|\frac{dy}{y}\right|$ 代替 $\left|\frac{\Delta y}{y}\right|$，这样求出的误差为误差的估计值.

例 2.52 有一立方体的铁箱，它的边长为 70 cm ±0.1 cm，试估计其体积的绝对误差和相对误差.

解 设立方体的边长为 l，体积 V. 因为

$$V=l^3,$$

所以

$$dV=3l^2 dl,$$

$$\frac{dV}{V}=\frac{3l^2 dl}{l^3}=\frac{3dl}{l}.$$

已知 $l=70$ cm，$dl=\pm 0.1$ cm，故

$$|dV|=3\times(70\text{ cm})^2\times 0.1\text{ cm}=1\ 470\text{ cm}^3$$

$$\left|\frac{dV}{V}\right|=\frac{3\times 0.1}{70}=0.43\%,$$

因此立方体体积的绝对误差为 1 470 cm^3，相对误差为 0.43%.

习 题 2.4

1. 设 x 的值从 $x=1$ 变到 $x=1.01$，试求函数 $y=2x^2-x$ 的增量和微分.

2. 求函数 $y=\arctan\sqrt{x}$ 当 $x=1$，$\Delta x=0.2$ 时的微分.

3. 求下列函数的微分.

(1) $y=x\sin x$;　　(2) $y=\frac{x}{1+x}$;

(3) $y=\cos(x^2)$;　　(4) $y=\frac{1}{\sqrt{1+x^2}}$.

4. 利用微分的近似计算公式，求下列各式的近似值.

(1) $\sqrt[4]{626}$; (2) $\cos 29°$; (3) $\arctan 1.003$.

5. 一金属圆管，它的内半径为 10 cm，当管壁厚为 0.05 cm 时，利用微分来计算这个圆管截面面积的近似值.

6. 已知测量球的直径 D 有 1% 的相对误差，问球的体积的相对误差是多少？

7. 已知圆锥的高为 4 cm，底半径为 10 ±002 cm，求圆锥的体积的相对误差.

2.5 应用与实践

2.5.1 应用

1. 无穷小量是逝去量的鬼魂吗？

牛顿研究运动学时，少不了计算物体运动的速度. 比如一物体从原点出发，作变速直线运动，运动规律是 $s=t^2$，s 是物体走过的路程，t 是所需的时间. 现在要求 2 s 末的瞬时速度. 按牛顿的算法，先给出一小段时间 Δt，那么 Δt s 内物体走过的路程

$$\Delta s=(2+\Delta t)^2-2^2=4\Delta t+(\Delta t)^2,$$

在 Δt s 内物体运动的平均速度 $\bar{v}$ 等于

$$\bar{v}=\frac{\Delta s}{\Delta t}=\frac{4\Delta t+(\Delta t)^2}{\Delta t}=4+\Delta t.$$

牛顿很清楚，只要 Δt 不等于零，平均速度 $\bar{v}$ 总成不了瞬时速度 v. 于是牛顿大胆地令最后结果中的 $\Delta t=0$，求出了第 2 s 末的瞬时速度为 4 m/s. 用这个方法求出的运动速度和实验结果相当吻合.

然而，英国哲学家、大主教贝克莱 1734 年写了一本《分析学者》，副题叫《致不信神的数学家》，矛头指向微积分的基础——无穷小的问题，提出了所谓贝克莱悖论. 书中说，牛顿在求速度的过程中，首先用 Δt 除等式两边. 因为数学上规定零不能作除数，所以作为除数的 Δt 不能等于零；但是，另一方面牛顿又令最后结果中的 Δt 等于零，这完全是自相矛盾！Δt 既等于零又不等于零，招之即来，挥之即去，难道“Δt 是逝去量的鬼魂”？

Δt 这个无穷小量究竟是不是零？无穷小及其分析是否合理？由此而引起了数学界甚至哲学界长达一个半世纪的争论，导致了数学史上的第二次数学危机.

直到 19 世纪初，情况才有变化，法国科学学院的科学家以柯西为首，对微积分的理论进行了认真研究，建立了极限理论，后来又经过德国数学家魏尔斯特拉斯进一步的严格化，使极限理论成为微积分的坚定基础. 所谓“逝去量的鬼魂”也得到了满意的解释.

2. 变化率模型

前面我们从实际问题中抽象出了导数的概念，并利用导数的定义求一些函数的导数，现在我们从抽象的概念再回到具体的问题中去. 在实际问题中常把导数称为变化率，因为对于函数 $y=f(x)$ 来说，

$$\frac{\Delta y}{\Delta x}=\frac{f(x+\Delta x)-f(x)}{\Delta x}$$

表示自变量 x 每改变一个单位时，函数 y 的平均变化量，所以$\frac{\Delta y}{\Delta x}$称为函数 $y=f(x)$ 的平均变化率；当 $\Delta x\to 0$ 时，若 y 可导，则 $\lim\limits_{\Delta x\to 0}\frac{\Delta y}{\Delta x}$，即 y' 称为函数 $y=f(x)$ 的变化率.

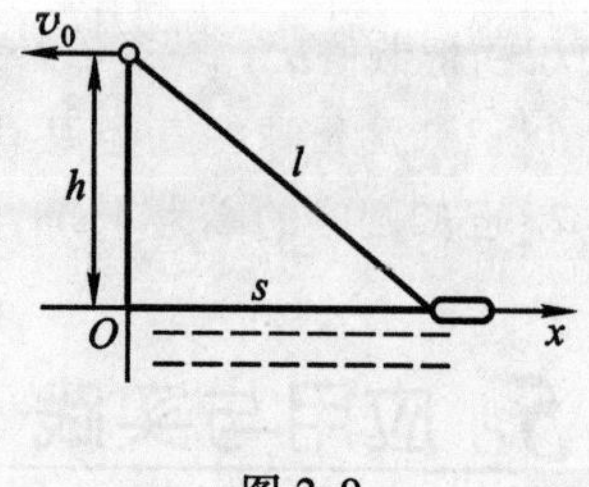

图 2.9

例 2.53 如图 2.9 所示，在离水面高度为 h(m)的岸上，有人用绳子拉船靠岸. 假定绳子长为 l(m)，船位于离岸壁 s(m)处，试问：当收绳速度为 v_0(m/s)时，船的速度是多少？

解 l，h，s 三者构成了直角三角形，由勾股定理得

$$l^2=h^2+s^2,$$

两端对时间求导，得

$$2l\frac{\mathrm{d}l}{\mathrm{d}t}=0+2s\frac{\mathrm{d}s}{\mathrm{d}t},$$

由此得

$$l\frac{\mathrm{d}l}{\mathrm{d}t}=s\frac{\mathrm{d}s}{\mathrm{d}t}.$$

l 为绳长，$\frac{\mathrm{d}l}{\mathrm{d}t}$即为收绳速度 v_0，船只能沿 s 所在直线在水面上行驶逐渐靠近岸壁，因而$\frac{\mathrm{d}s}{\mathrm{d}t}$即为船速 v，所以 $lv_0=sv$，即

$$v=\frac{l}{s}v_0=\frac{\sqrt{h^2+s^2}}{s}v_0=v_0\sqrt{\frac{h^2}{s^2}+1}.$$

上式中 h，v_0 均为常数，所以可看出船速与船的位置有关，s 越小 v 越大，即虽然收绳速度一样，但船速却越来越快.

3. 炮弹运动方向问题

例 2.54 在不计空气阻力的情况下，炮弹以初速度 v_0、发射角 α 射出，它的轨道由参数方程

$$\begin{cases}x=v_0t\cos\alpha,\\ y=v_0t\sin\alpha-\dfrac{1}{2}gt^2\end{cases}$$

表示，t 为参数. 试求在任意时刻 t 炮弹的运动方向.

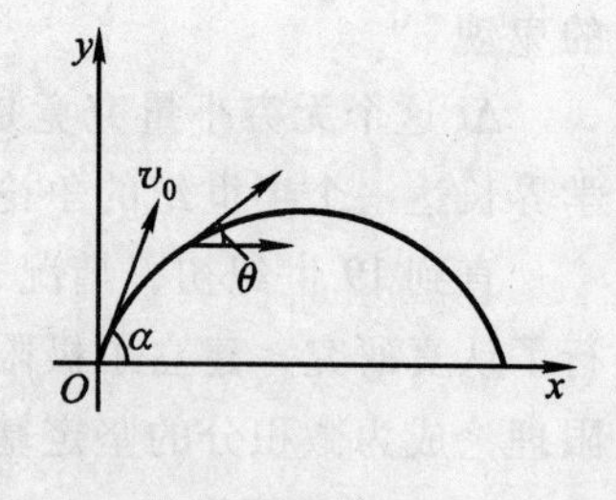

图 2.10

解 这是一个抛物线方程(图 2.10)，所以

$$\tan\theta=\frac{\mathrm{d}y}{\mathrm{d}x}=\frac{y'_t}{x'_t}=\frac{v_0\sin\alpha-gt}{v_0\cos\alpha},$$

$$\theta=\arctan\left(\frac{v_0\sin\alpha-gt}{v_0\cos\alpha}\right).$$

由于 θ 是轨道的切线与水平方向的夹角，因此它刻画了炮弹运动的方向.

4. 钟表每天快了多少?

例 2.55 某一机械挂钟，钟摆的周期为 1 s. 在冬季，摆长缩短了 0.01 cm，这只钟每天大约快多少?

解 由 $T=2\pi\sqrt{\dfrac{l}{g}}$(单摆的周期公式,其中 l 是摆长,g 是重力加速度)可得

$$\Delta T\approx \mathrm{d}T=\frac{\pi}{\sqrt{gl}}\mathrm{d}l.$$

因为钟摆的周期为 1 s，所以

$$1=2\pi\sqrt{\frac{l}{g}},\text{ 即 } l=\frac{g}{(2\pi)^2}.$$

因此 $$\Delta T\approx \mathrm{d}T=\frac{\pi}{\sqrt{g\cdot\dfrac{g}{(2\pi)^2}}}\mathrm{d}l=\frac{2\pi^2}{g}\mathrm{d}l\approx\frac{2\times(3.14)^2}{980}\times(-0.01)\approx -0.000\,2(\mathrm{s}).$$

这就是说，由于摆长缩短了 0.01 cm，钟摆的周期便相应缩短了约 0.000 2 s，即每秒约快 0.000 2 s，从而每天约快 $0.000\,2\times24\times60\times60=17.28$ s.

5. 导数在电学中的应用

例 2.56 如图 2.11 所示，在对电容器充电的过程中，电容器充电的电压为 $u_c=E(1-\mathrm{e}^{-\frac{t}{RC}})$，求电容器的充电速度 $\dfrac{\mathrm{d}u_c}{\mathrm{d}t}$.

解 $$\frac{\mathrm{d}u_c}{\mathrm{d}t}=E(1-\mathrm{e}^{-\frac{t}{RC}})'_t=\frac{E}{RC}\mathrm{e}^{-\frac{t}{RC}}.$$

例 2.57 设有一电阻负载 $R=25\ \Omega$，现负载功率 P 从 400 W 变到 401 W，求负载两端电压 U 大约改变多少(图 2.12)?

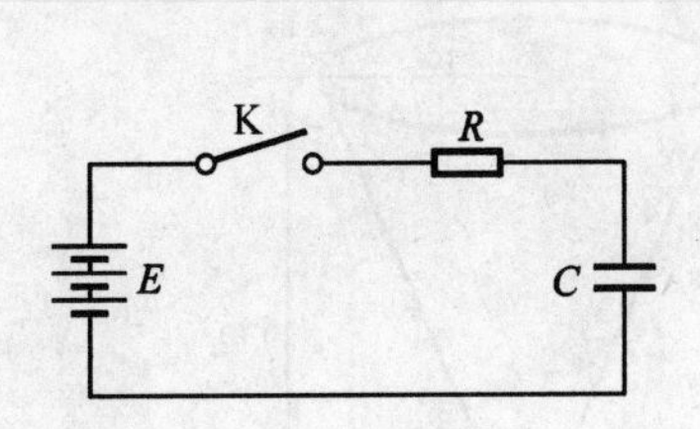

图 2.11

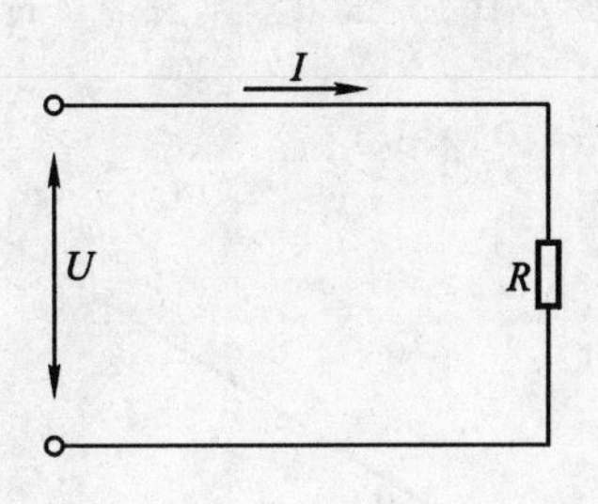

图 2.12

解 由电学知，$P=\dfrac{U^2}{R}$，即 $U=\sqrt{RP}$，故

$$\mathrm{d}U=(\sqrt{RP})'_P\cdot\mathrm{d}P=\frac{R}{2\sqrt{RP}}\mathrm{d}P,$$

所以电压 U 的改变量大约为

$$\Delta U\approx\mathrm{d}U=\frac{25}{2\sqrt{25\times400}}\times1=0.125(\mathrm{V}).$$

习题 2.5.1

1. 某厂生产如图 2.13 所示的扇形板，半径 $R=200$ mm，要求中心角 α 为$55°$. 产品检验时，一般用测量弦长 l 的办法来间接测量中心角 α，如果测量弦长 l 的误差 $\delta_l=0.1$ mm，问由此而引起的中心角测量误差 δ_α 以及相对误差$\frac{\delta_\alpha}{\alpha}$是多少?

2. 一飞机在离地面 2 km 的高度，以每小时 200 km 的速度飞临某目标的上空，以便进行航空摄影(图 2.14)，你能求出飞机飞至该目标上方时摄影机转动的速度吗?

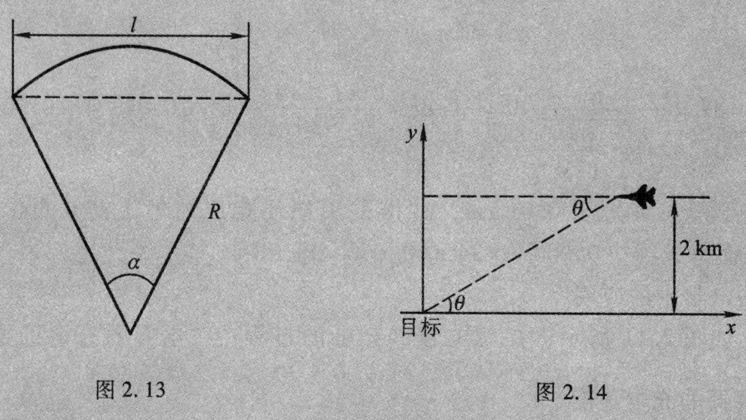

图 2.13　　图 2.14

3. 一气球以 140 m/min 的速度上升，一观测站在距离气球升空点 500 m 处的点 A 追踪测量此气球(图 2.15)，求在点 A 的测量角度 θ 的增加速度?

4. 设自来水以$\frac{2}{3}\mathrm{m}^3/\mathrm{min}$ 的速度注入一圆锥形容器中. 已知该容器高为 6 m，其圆顶的半径为 2 m(图 2.16). 试求当水深为 4 m 时，容器内水面上升的速度.

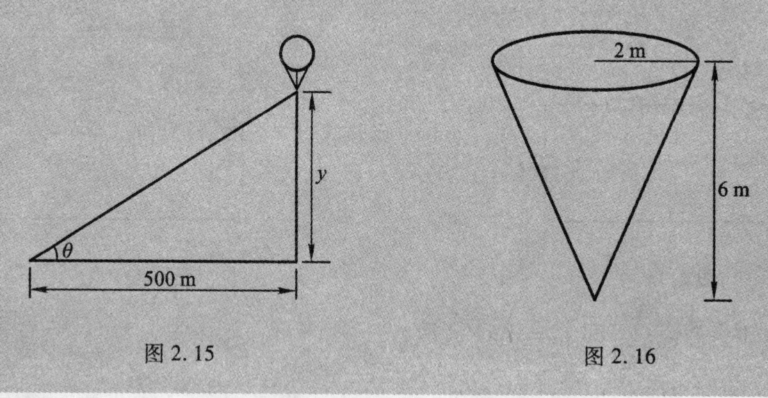

图 2.15　　图 2.16

2.5.2 实践

Mathematica 软件使用(2)

用 Mathematica 求函数的导数与微分.

1. 求函数的导数与微分(表 2.4)

表 2.4

命　　令	功　　能	命　　令	功　　能
D[$f(x)$, x]	求 $f(x)$ 对 x 的导数	Dt[$f(x)$]	求 $f(x)$ 的微分
D[$f(x)$, {x, n}]	求 $f(x)$ 对 x 的 n 阶导数		

例　求下列函数的导数:

(1) $y=x^5-2x^2+3$;　　(2) $y=x^3\cos x^2$;

(3) $y=x^{\sin x}$;　　(4) $y=g(h(x))$.

其结果见演示 2.1.

演示 2.1

```
Untitled-1 *
In[5]:= D[x^5 - 2 x^2 + 3, x]
Out[5]= -4 x + 5 x^4
In[7]:= D[x^3 * Cos[x^2], x]
Out[7]= 3 x^2 Cos[x^2] - 2 x^4 Sin[x^2]
In[8]:= D[x^Sin[x], x]
Out[8]= x^Sin[x] (Cos[x] Log[x] + Sin[x]/x)
In[9]:= D[g[h[x]], x]
Out[9]= g'[h[x]] h'[x]
100%
```

例　设 $f(x)=\dfrac{\cos x}{2x^3+3}$, 求 $y'\Big|_{x=\frac{\pi}{2}}$ 和 y''.

其结果见演示 2.2.

演示 2.2

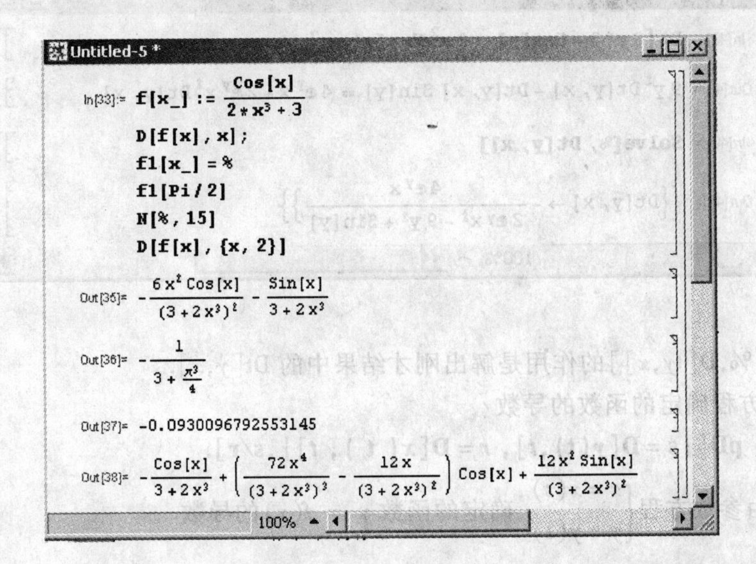

注 在 Mathematica 中，分号“;”的作用是阻止屏幕输出，所以以分号结尾的输入语句均没有相应的输出. 有分号作为表达式间的分割符号还可以实现在一个输入行中输入多个表达式.

例 求下列函数的微分：

(1) $y=x^3\cos x^2$； (2) $y=x\ \mathrm{e}^x$.

其结果见演示 2. 3.

演示 2. 3

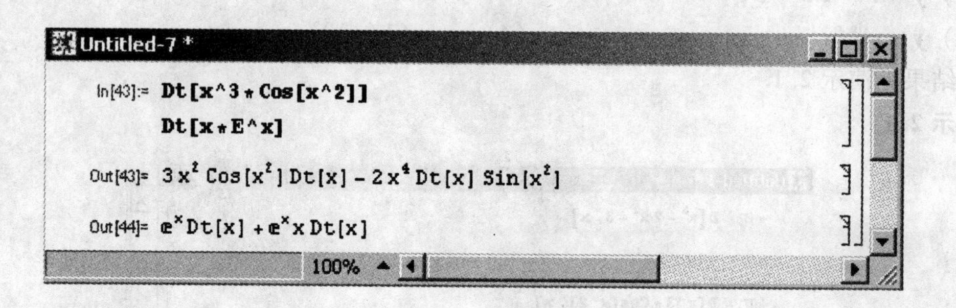

2. 隐函数的导数

命令格式：**Dt[F(*x*,*y*) = = 0,*x*].**

功能：求由方程 $F(x,y)=0$ 所确定的函数 $y=f(x)$ 的导数$\frac{\mathrm{d}y}{\mathrm{d}x}$.

例 求由方程 $3y^3+\cos y=2x^2\mathrm{e}^y$ 所确定的函数 $y=f(x)$ 的导数.

其结果见演示 2. 4.

演示 2. 4

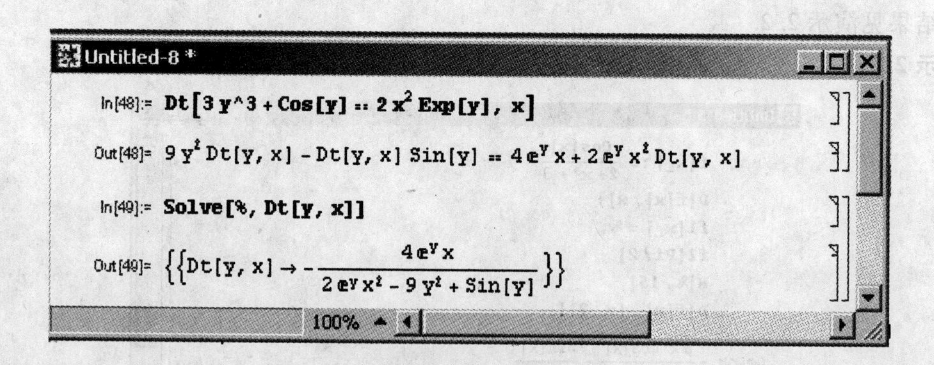

注 Solve[%,D[ty,*x*]]的作用是解出刚才结果中的 Dt[*y*,*x*].

3. 由参数方程确定的函数的导数

命令格式：**pD[{s = D[*y*(t),*t*], *r* = D[*x*(t), *t*]},s/r].**

功能：求由参数方程$\begin{cases}x=x(t),\\y=y(t)\end{cases}$确定的函数 $y=f(x)$ 的导数.

例 设 $y=f(x)$ 是由参数方程 $\begin{cases} x=a(t-\sin t), \\ y=a(1-\cos t) \end{cases}$ 所确定的函数，求 $\frac{\mathrm{d}y}{\mathrm{d}x}$ 及 $\frac{\mathrm{d}y}{\mathrm{d}x}\Big|_{t=\frac{\pi}{2}}$ 的值.

其结果见演示 2.5.

演示 2.5

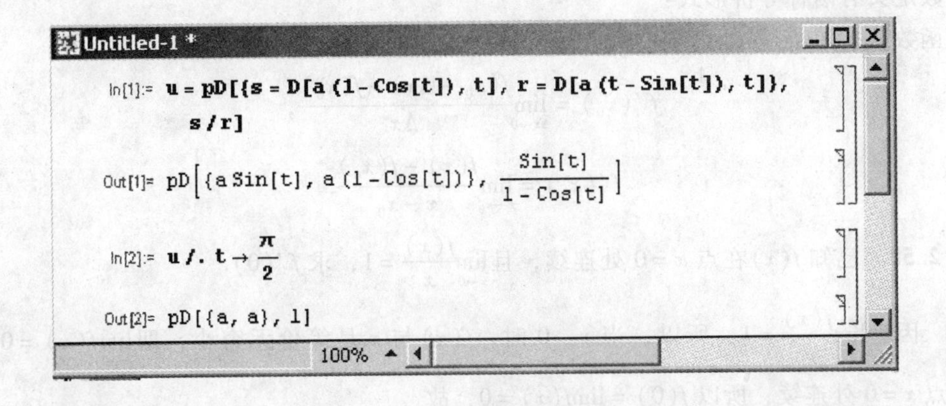

注 在 Out[1] 中，共有三项输出：第一项为 $\frac{\mathrm{d}y}{\mathrm{d}t}$，第二项为 $\frac{\mathrm{d}x}{\mathrm{d}t}$，第三项为 $\frac{\mathrm{d}y}{\mathrm{d}x}$.

习题 2.5.2

1. 求下列函数的导数及微分：

(1) $y=x^2\sin x$；　　(2) $y=\ln(x+\sqrt{x^2+a^2})$；

(3) $y=\frac{\cot x}{1+\sqrt{x}}$；　　(4) $y=3^{\sqrt{\ln x}}$.

2. 求下列函数在指定点的导数：

(1) 设 $f(x)=\frac{1+\sqrt{x}}{1-\sqrt{x}}-\frac{5}{9}x+1$，求 $f'(4)$.

(2) 设 $y=\sqrt{x^2+1}\ln(x+\sqrt{x^2+1})$，求 $y'(0)$.

3. 求下列隐函数的导数：

(1) $\mathrm{e}^y-xy^2=3$；　　(2) $\cos(xy)=x$；

(3) $\arctan\frac{y}{x}=\ln\sqrt{x^2+y^2}$；　　(4) $x^y=y^x$.

4. 设 $y=f(x)$ 是由参数方程 $\begin{cases} x=\frac{3t}{1+t^2}, \\ y=\frac{3t^2}{1+t^2} \end{cases}$ 所确定的函数，求 $\frac{\mathrm{d}y}{\mathrm{d}x}$ 及 $\frac{\mathrm{d}y}{\mathrm{d}x}\Big|_{t=2}$ 的值.

5. 求下列参数方程所确定的函数的导数 $\frac{\mathrm{d}y}{\mathrm{d}x}$：

(1) $\begin{cases} x=\sqrt{1+t}, \\ y=\sqrt{1-t}; \end{cases}$　　(2) $\begin{cases} x=a\cos^3 t, \\ y=a\sin^3 t. \end{cases}$

2.6 提示与提高

1. 导数的定义

导数定义有两种等价形式：

设函数 $f(x)$ 在点 x_0 处可导，则

$$f'(x_0)=\lim_{\Delta x\to 0}\frac{f(x_0+\Delta x)-f(x_0)}{\Delta x},$$

或

$$f'(x_0)=\lim_{x\to x_0}\frac{f(x)-f(x_0)}{x-x_0}.$$

例 2.58 已知 $f(x)$ 在点 $x=0$ 处连续，且 $\lim\limits_{x\to 0}\frac{f(x)}{x}=1$，求 $f'(0)$.

解 因为 $\lim\limits_{x\to 0}\frac{f(x)}{x}=1$，所以，当 $x\to 0$ 时，$f(x)$ 与 x 是等价无穷小，即 $\lim\limits_{x\to 0}f(x)=0$. 因为 $f(x)$ 在点 $x=0$ 处连续，所以 $f(0)=\lim\limits_{x\to 0}f(x)=0$，故

$$f'(0)=\lim_{x\to 0}\frac{f(x)-f(0)}{x-0}=\lim_{x\to 0}\frac{f(x)}{x}=1.$$

例 2.59 已知 $f(x)$ 在点 $x=1$ 处可导，且 $f(1)\neq 0$，求 $\lim\limits_{x\to 0}\left[\frac{f(1+x)}{f(1)}\right]^{\frac{1}{x}}$.

解 所求极限属 1^{∞} 型，利用第二重要极限及导数定义得

$$\begin{aligned}\lim_{x\to 0}\left[\frac{f(1+x)}{f(1)}\right]^{\frac{1}{x}}&=\lim_{x\to 0}\left[1+\frac{f(1+x)-f(1)}{f(1)}\right]^{\frac{1}{x}}\\&=\lim_{x\to 0}\left\{\left[1+\frac{f(1+x)-f(1)}{f(1)}\right]^{\frac{f(1)}{f(1+x)-f(1)}}\right\}^{\frac{f(1+x)-f(1)}{xf(1)}}\\&=\exp\lim_{x\to 0}\frac{f(1+x)-f(1)}{xf(1)}\\&=\exp\frac{1}{f(1)}\lim_{x\to 0}\frac{f(1+x)-f(1)}{x}=\exp\frac{f'(1)}{f(1)}=\mathrm{e}^{\frac{f(1)}{f(1)}}\end{aligned}$$

2. 分段函数的导数

例 2.60 讨论函数 $f(x)=\begin{cases}x^2, & x\leqslant 1,\\ 2x, & x>1\end{cases}$ 在点 $x=1$ 处的导数.

解

$$f'_{+}(1)=\lim_{x\to 1^{+}}\frac{f(x)-f(1)}{x-1}=\lim_{x\to 1^{+}}\frac{2x-1}{x-1}=\infty,$$

$$f'_{-}(1)=\lim_{x\to 1^{-}}\frac{x^2-1}{x-1}=\lim_{x\to 1^{-}}(x+1)=2.$$

因 $f'_{+}(1)\neq f'_{-}(1)$，故函数 $f(x)$ 在点 $x=1$ 处导数不存在.

本题在讨论分段点处的导数时，也可先考察函数在该点的连续性，容易看出函数在该点不连续(图 2.17)，那么函数在该点不可导.

易错提醒 分段函数在分段点处的导数需用导数的定义来求，本题若用导数的运算法则分

段求导，则会得到错误的结论.

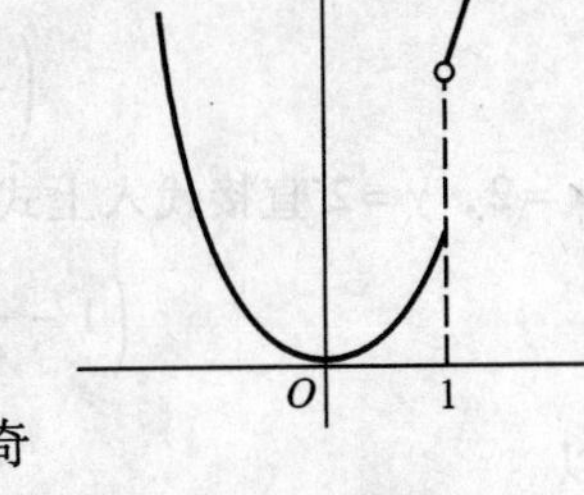

图 2.17

例 2.61 求函数 $f(x)=\begin{cases}x^2, & x\leqslant 1,\\ 2x, & x>1\end{cases}$ 的导数.

解 由上例结果知函数 $f(x)$ 在点 $x=1$ 处导数不存在，故

$$f'(x)=\begin{cases}2x, & x<1,\\ 2, & x>1.\end{cases}$$

3. 函数的极限、连续、可导、可微几个概念之间的关系

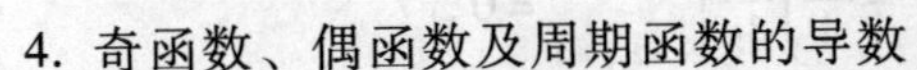

4. 奇函数、偶函数及周期函数的导数

(1) 可导的奇函数的导数是偶函数，可导的偶函数的导数是奇函数.

例 2.62 若 $f(x)$ 为奇函数，且 $f'(x_0)=1$，求 $f'(-x_0)$.

解 因为 $f(x)$ 是奇函数，所以 $f'(x)$ 是偶函数，因此

$$f'(-x_0)=f'(x_0)=1.$$

例 2.63 已知 $f(x)=\dfrac{\sin x\cdot\sqrt{1+x^4}}{2+\cos 2x}$，求 $f^{(6)}(0)$.

解 因为 $f(x)$ 是奇函数，所以 $f'(x)$ 是偶函数，$f''(x)$ 是奇函数，依次推下去得，$f^{(6)}(x)$ 是奇函数，而奇函数在原点处值为零，所以

$$f^{(6)}(0)=0.$$

(2) 可导的周期函数的导数仍为具有相同周期的周期函数.

例 2.64 设周期函数 $f(x)$ 在 $(-\infty,+\infty)$ 内可导，周期为 4，又 $\lim\limits_{x\to 0}\dfrac{f(1+x)-f(1)}{2x}=-1$，求曲线 $y=f(x)$ 在点 $(5,f(5))$ 处切线的斜率.

解 根据已知，得

$$f'(1)=\lim_{x\to 0}\frac{f(1+x)-f(1)}{x}=2\lim_{x\to 0}\frac{f(1+x)-f(1)}{2x}=-2.$$

因为周期为 4，故 $f'(5)=f'(1)=-2$,

即曲线 $y=f(x)$ 在点 $(5,f(5))$ 处切线的斜率 -2.

5. 导数计算

(1) 求函数的导函数与求函数在某点处的导数有时在方法上还是有所不同.

(a) 求函数在某点处的导数可用导数的定义来求.

例 2.65 已知 $f(x)=x\sqrt{\dfrac{(x+3)(x+2)}{x+6}}$，求 $f'(0)$.

解 $f'(0)=\lim\limits_{x\to 0}\dfrac{f(x)-f(0)}{x-0}=\lim\limits_{x\to 0}\dfrac{f(x)}{x}=\lim\limits_{x\to 0}\sqrt{\dfrac{(x+3)(x+2)}{x+6}}=1.$

此题若用求导法则先求导函数，再代入值，会比较繁琐.

(b) 求函数在某点处的导数，求导后不必整理出其导数表达式，直接代入值即可.

例 2.66 已知$\left(x+\frac{1}{x}\right)\left(y+\frac{1}{y}\right)=\frac{25}{4}$，求$\left.\frac{\mathrm{d}y}{\mathrm{d}x}\right|_{x=2,y=2}$.

解 将等式两边对 x 求导，得

$$\left(x+\frac{1}{x}\right)'\left(y+\frac{1}{y}\right)+\left(x+\frac{1}{x}\right)\left(y+\frac{1}{y}\right)'=0,$$

即

$$\left(1-\frac{1}{x^2}\right)\left(y+\frac{1}{y}\right)+\left(x+\frac{1}{x}\right)\left(1-\frac{1}{y^2}\right)y'=0,$$

把 $x=2$，$y=2$ 直接代入上式得

$$\left(1-\frac{1}{4}\right)\left(2+\frac{1}{2}\right)+\left(2+\frac{1}{2}\right)\left(1-\frac{1}{4}\right)\left.\frac{\mathrm{d}y}{\mathrm{d}x}\right|_{x=2,y=2}=0,$$

所以

$$\left.\frac{\mathrm{d}y}{\mathrm{d}x}\right|_{x=2,y=2}=-1.$$

（2）若函数能化简，先将函数化简然后求导，可简化求导运算.

例 2.67 已知$f(x)=\frac{1+\cos x+\cos 2x+\cos 3x}{\cos x+2\cos^2 x-1}$，求$f'(x)$.

解 因为

$$f(x)=\frac{(1+\cos 2x)+(\cos x+\cos 3x)}{\cos x+(2\cos^2 x-1)}=\frac{2\cos^2 x+2\cos x\cos 2x}{\cos x+\cos 2x}=2\cos x,$$

所以

$$f'(x)=-2\sin x.$$

例 2.68 $y=\frac{1}{1+\sqrt{x}}+\frac{1}{1-\sqrt{x}}$，求 y'.

解 因 $y=\frac{1}{1+\sqrt{x}}+\frac{1}{1-\sqrt{x}}=\frac{2}{(1+\sqrt{x})(1-\sqrt{x})}=\frac{2}{1-x}$，

所以

$$y'=\frac{2}{(1-x)^2}.$$

6. 高阶导数

（1）计算函数的高阶导数时应在逐次求导过程中，注意找出其规律性.

例 2.69 设 $f(x)$ 有任意阶导数，且 $f'(x)=f^2(x)$，求 $f^{(n)}(x)(n>2)$.

解

$$f''(x)=2f(x)f'(x)=2f^3(x),$$
$$f'''(x)=2\cdot 3f^2(x)f'(x)=2\cdot 3f^4(x),$$
$$f^{(4)}(x)=2\cdot 3\cdot 4f^3(x)f'(x)=2\cdot 3\cdot 4f^5(x),$$

依此类推

$$f^{(n)}(x)=2\cdot 3\cdot 4\cdot\cdots\cdot nf^{n+1}(x)=n!\,f^{n+1}(x).$$

（2）计算函数的高阶导数，有时也可从高阶导数直接入手，找出其与比其低阶的导数之间的递推关系.

例 2.70 求 $y=x^{n-1}\ln x$ 的 n 阶导数 $y^{(n)}$.

解 $y^{(n)}=(y')^{(n-1)}=((n-1)x^{n-2}\ln x+x^{n-2})^{(n-1)}$

$$=((n-1)x^{n-2}\ln x)^{(n-1)} \quad (\text{因为 } x^{n-2} \text{ 的 } n-1 \text{ 阶导数为}0),$$

即得到递推关系 $(x^{n-1}\ln x)^{(n)}=(n-1)\cdot(x^{n-2}\ln x)^{(n-1)}$ （由此递推下去）

$$=(n-1)\cdot(n-2)\cdot(x^{n-3}\ln x)^{(n-2)}$$

$$=(n-1)\cdot(n-2)\cdot\cdots\cdot2\cdot1\cdot(\ln x)'$$

$$=\frac{(n-1)!}{x}.$$

(3) 有些函数的高阶导数也可间接求出，这需要熟知 x^n，$\frac{1}{x-a}$等函数的高阶导数的一般结果，把所求函数通过数学演算与这些函数建立联系，从而得到所要结果.

例 2.71 求 $y=\ln(x+1)$ 的 n 阶导数 $y^{(n)}$.

解 令 $z=y'$，所以

$$z=y'=\frac{1}{x+1},$$

由例 2.43 结果知

$$z^{(n-1)}=\left(\frac{1}{x+1}\right)^{(n-1)}=\frac{(-1)^{n-1}(n-1)!}{(x+1)^n},$$

所以

$$y^{(n)}=z^{(n-1)}=\frac{(-1)^{n-1}(n-1)!}{(x+1)^n}.$$

(4) 将乘积函数变形为简单的函数之和，有利于求高阶导数.

例 2.72 求 $y=\frac{1}{x^2-3x+2}$的 n 阶导数 $y^{(n)}$.

解 因

$$y=\frac{1}{x^2-3x+2}=\frac{1}{(x-1)(x-2)}=\frac{1}{x-2}-\frac{1}{x-1},$$

所以 $y^{(n)}=\left(\frac{1}{x-2}\right)^{(n)}-\left(\frac{1}{x-1}\right)^{(n)}$，

$$=\frac{(-1)^n n!}{(x-2)^{n+1}}-\frac{(-1)^n n!}{(x-1)^{n+1}}.$$

例 2.73 求 $y=\frac{x^8}{x-1}$的 8 阶导数 $y^{(8)}$.

解 $y=\frac{x^8}{x-1}=\frac{(x^8-1)+1}{x-1}=x^7+x^6+\cdots+x+1+\frac{1}{x-1}$，

因 $x^7,x^6,\cdots,x,1$ 的幂次都小于 8，故它们的 8 阶导数都为零，
所以

$$y^{(8)}=\left(\frac{1}{x-1}\right)^{(8)}=\frac{(-1)^8 8!}{(x-1)^{8+1}}=\frac{8!}{(x-1)^9}.$$

若乘积函数无法变形，则需利用下面给出的莱布尼茨公式.

(5) 莱布尼茨公式：若函数 $u(x)$，$v(x)$都具有 n 阶导数，则有

$$(uv)^{(n)}=u^{(n)}v+C_n^1u^{(n-1)}v'+C_n^2u^{(n-2)}v''+\cdots+C_n^{n-1}u'v^{(n-1)}+uv^{(n)}.$$

例 2.74 求 $y=x\sin x$ 的 10 阶导数 $y^{(10)}$.

解 设 $u(x)=x$，$v(x)=\sin x$，由于 $u(x)$二阶以上的导数都为零，故

$$y^{(10)}=(uv)^{(10)}=u^{(10)}v+C_{10}^{1}u^{(9)}v'+C_{10}^{2}u^{(8)}v''+\cdots+C_{10}^{1}u'v^{(9)}+uv^{(10)}$$
$$=C_{10}^{1}u'v^{(9)}+uv^{(10)}=10\sin\left(x+\frac{\pi}{2}\times 9\right)+x\sin\left(x+\frac{\pi}{2}\times 10\right)$$
$$=10\cos x-x\sin x$$

7. 隐函数、参数方程确定的函数的二阶导数

(1) 隐函数的二阶导数同样是在其一阶导数的基础上再次求导，求导时要清楚方程中的 y，y'都是 x 的函数.

例 2.75　求 $x^3+y^3-1=0$ 所确定的隐函数的二阶导数 y''.

解　将等式两边对 x 求导，得

$$3x^2+3y^2y'=0,$$

解得

$$y'=-\frac{x^2}{y^2}=-x^2y^{-2}.$$

再次在等式两边对 x 求导，得

$$y''=-2xy^{-2}-x^2(-2y^{-3}y')$$
$$=-2xy^{-2}+2x^2y^{-3}y'=-2xy^{-2}+2x^2y^{-3}(-x^2y^{-2})$$
$$=-\frac{2xy^3+2x^4}{y^5}.$$

(2) 参数方程确定的函数的二阶导数为

$$\frac{d^2y}{dx^2}=\frac{d(y'_x)}{dx}=\frac{\frac{d(y'_x)}{dt}}{\frac{dx}{dt}}=\frac{(y'_x)'_t}{x'_t}.$$

例 2.76　求参数方程 $\begin{cases}x=a\cos t,\\ y=b\sin t\end{cases}$ 的二阶导数.

解

$$\frac{dy}{dx}=\frac{y'_t}{x'_t}=\frac{(b\sin t)'}{(a\cos t)'}=\frac{b\cos t}{-a\sin t}=-\frac{b}{a}\cot t,$$

$$\frac{d^2y}{dx^2}=\frac{(y'_x)'_t}{x'_t}=\frac{\left(-\frac{b}{a}\cot t\right)'}{(a\cos t)'}=\frac{\frac{b}{a}\csc^2 t}{-a\sin t}=-\frac{b}{a^2}\csc^3 t.$$

易错提醒　上例若这样计算

$$\frac{d^2y}{dx^2}=\frac{d}{dt}\left(\frac{y'_t}{x'_t}\right)=\left(-\frac{b}{a}\cot t\right)'=\frac{b}{a}\csc^2 t.$$

就错了，因为$\frac{d^2y}{dx^2}=\frac{d}{dx}\left(\frac{y'_t}{x'_t}\right)$.

习　题　2.6

1. 设 $f(x)=x(1+x)(2+x)\cdot\cdots\cdot(10+x)$，求 $f'(0)$.

2. 设函数 $f(x)=\begin{cases}x^2+x+2, & x\geqslant 0,\\ a+b\ln(1+x), & x<0\end{cases}$ 在点 $x=0$ 处可导，求 a，b 的值.

3. 设$f(x)=\begin{cases}x^2\sin\dfrac{1}{x}, & x\neq 0,\\ 0, & x=0,\end{cases}$求$f'(x)$.

4. 已知$f'(1)=2$，求$\lim\limits_{x\to 1}\dfrac{f(x)-f(1)}{\sqrt{x}-1}$.

5. 已知$f(x)=\dfrac{\sin 2x\cos x}{(1+\cos x)(1+\cos 2x)}$，求$f'(x)$.

6. 已知$f(t)=\lim\limits_{x\to\infty}t^2\left(\dfrac{x+3t}{x}\right)^x$，求$f'(1)$.

7. 已知$y=f(\ln x)$，$f'(x)=e^x$，求$\dfrac{dy}{dx}$.

8. 已知$(f(x^3))'=\dfrac{1}{x}$，求$f'(1)$.

9. 设$0<x<\dfrac{\pi}{2}$，且$f'(\sin x)=1-\cos x$，求$f''(x)$.

10. 求隐函数$y^3-x^2y=1$的二阶导数.

11. 求由$\begin{cases}x=\sin t,\\ y=\cos\dfrac{t}{2}\end{cases}$所确定的函数的二阶导数$\dfrac{d^2y}{dx^2}$.

12. 求$y=(x+1)(x^2+2)^3$的7阶导数$y^{(7)}$.

13. 求下列函数的n阶导数.

(1) $y=\sin^4x+\cos^4x$；(2) $y=\dfrac{1}{2+x-x^2}$；(3) $y=\ln(x^2+3x+2)$.

复习题二[A]

1. 填空题.

(1) $f(x)=\arcsin x$，则$f'(0)=$________.

(2) 函数$y=\sqrt{x}$在$x=1$处的切线方程为________.

(3) 已知$y=x^2+2^x$，则$y'''=$________.

(4) $f(x)=x\ln x$，则$f'''(2)=$________.

(5) 已知$\begin{cases}x=2+t^2\\ y=t\end{cases}$，则$\dfrac{dy}{dx}=$________.

(6) 若$y=\dfrac{1}{x^2}$，则$dy=$________.

(7) 函数$f(x)$与$g(x)$在$(-\infty,+\infty)$上可导，在给定点处它们的函数值与导数值见下表，那么

若$y=f(x)+g(x)$，则$y'(0)=$________；

若$y=f(x)\cdot g(x)$，则$y'(1)=$________；

若 $y=\dfrac{f(x)}{g(x)}$，则 $y'(2)=$ ________；

若 $y=f[g(x)]$，则 $y'(3)=$ ________；

若 $y=g[f(x)]$，则 $y'(4)=$ ________.

x	0	1	2	3	4
$f(x)$	$\frac{1}{2}$	$\frac{1}{3}$	1	-1	3
$g(x)$	-2	1	$-\frac{1}{2}$	2	$-\frac{1}{3}$
$f'(x)$	$\frac{3}{2}$	$\frac{5}{3}$	$\frac{1}{4}$	0	$-\frac{4}{5}$
$g'(x)$	-1	$\frac{2}{3}$	-4	-3	$-\frac{1}{3}$

2. 选择题.

(1) $y=\sin^2 x$，则 y'' 等于(　　).

A. $2\sin x$　　B. $\sin 2x$　　C. $2\cos 2x$　　D. $\cos 2x$

(2) 若参数方程为 $\begin{cases}x=1+2t,\\ y=\ln(1+t^2),\end{cases}$ 则 $\left.\dfrac{\mathrm{d}y}{\mathrm{d}x}\right|_{t=1}=$(　　).

A. 4　　B. $\dfrac{1}{4}$　　C. 2　　D. $\dfrac{1}{2}$

(3) 曲线 $y=\mathrm{e}^{1-x^2}$ 在点 $x=-1$ 处的切线方程为(　　).

A. $2x-y-1=0$　　B. $2x+y+1=0$　　C. $2x+y-3=0$　　D. $2x-y+3=0$

(4) 若 $f(x)=x\arcsin x+\sqrt{1-x^2}$，则 $f'(1)$ 为(　　).

A. 0　　B. 1　　C. π　　D. $\dfrac{\pi}{2}$

(5) 下列函数中(抛物线、圆、折线、包含断点的直线)在点 $x=0$ 处不可导的函数有(　　).

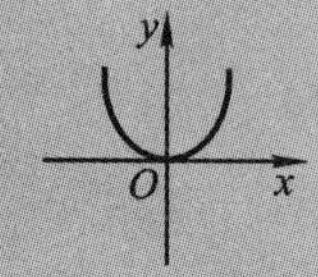

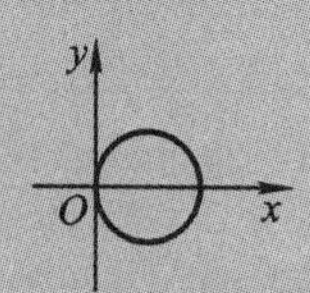

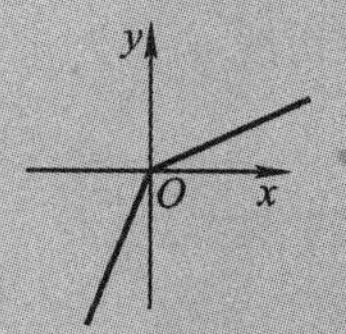

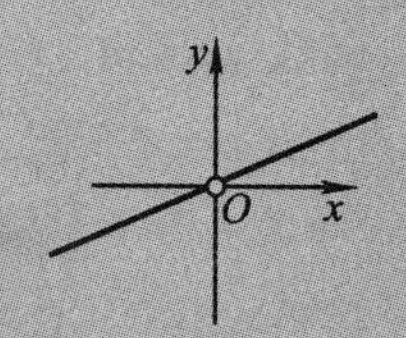

A. 一个　　B. 两个　　C. 三个　　D. 四个

3. 设 $f(x)=\sqrt[3]{4x-3}$，求 $f'(1)$.

4. 求下列函数的二阶导数.

(1) $y=x\arctan x$；(2) $y=x\ln(x+\sqrt{1+x^2})-\sqrt{1+x^2}$.

5. 如果半径为 15 cm 的气球的半径膨胀 1 cm，问气球的体积约扩大多少？

6. 已知电容两端的电量 $Q=CU_0\sin(\omega\cdot t)$，求电流强度.

复习题二[B]

1. 填空题.

(1) 已知$f(x)=\dfrac{\cos x}{1-\sin x}$，$f'(x_0)=2\left(0<x_0<\dfrac{\pi}{2}\right)$，则$f(x_0)=$________.

(2) 已知$x^2y+y^2x-2=0$，则当$x=1$，$y=1$时，$\dfrac{dy}{dx}=$________.

(3) 如果$y=ax$是$y=\sqrt{x-1}$的切线，则$a=$________.

(4) 设$f(x)$在点$x=1$处具有连续的导数，且$f'(1)=\dfrac{1}{2}$，则$\lim\limits_{x\to0^+}\dfrac{d}{dx}f(\cos\sqrt{x})$ $=$________.

(5) 已知$f'(x)=\dfrac{2x}{\sqrt{1-x^2}}$，则$\dfrac{df(x^2)}{dx}=$________.

(6) 设$f(x)=\begin{cases}\arctan x, & x>0,\\ ax+b, & x\leqslant0\end{cases}$在点$x=0$可导，则$a=$________，$b=$________.

2. 选择题.

(1) 若$f'(x_0)=2$，则$\lim\limits_{h\to0}\dfrac{f(x_0+h)-f(x_0-2h)}{h}=$(　　).

A. -2　　B. 1　　C. 6　　D. 3

(2) 设$y=f(\ln(-x))$，则$y'=$(　　).

A. $f'(\ln(-x))$　　B. $\dfrac{1}{x}f'(\ln(-x))$　　C. $-\dfrac{1}{x}f'(\ln(-x))$　　D. $-f'(\ln(-x))$

(3) 设函数$f(x)$对任意x都满足$f(x+1)=af(x)$，且$f'(0)=b$，其中a，b均为非零常数，则$f(x)$在点$x=1$处(　　).

A. 不可导　　B. 可导，且$f'(1)=a$

C. 可导，且$f'(1)=b$　　D. 可导，且$f'(1)=ab$

(4) 设$f(x)=\begin{cases}\sin x+1, & x\geqslant0,\\ \sqrt{2x+1}, & x<0,\end{cases}$则在点$x=0$处$f(x)$为(　　).

A. 不连续　　B. 连续但不可导　　C. 可导但不连续　　D. 可导且连续

3. 若$f(0)=0$，$\lim\limits_{x\to0}\dfrac{f(3x)}{x}=3$，求$f'(0)$.

4. 求下列函数的n阶导数.

(1) $y=\dfrac{2x}{x^2-1}$；(2) $y=\cos^2x$；(3) $y=\dfrac{4x^2-1}{x^2-1}$.

5. 某人高1.8 m，在水平路面上以每秒1.6 m的速率走向一街灯，若此街灯在路面上方5 m，当此人与灯的水平距离为4 m时，你能算出人影端点移动的速率是多少吗？

3 导数的应用

史海回望

微分中值定理是微分学的基本定理之一，人们对微分中值定理的研究从微积分建立之时就开始了。1691 年法国数学家罗尔(Rolle)在《方程的解法》一文中给出了多项式的罗尔定理；1797 年法国数学家拉格朗日(Lagrange)在《解析函数论》一书中给出了拉格朗日定理，并给出了最初的证明；对微分中值定理进行系统研究的是法国数学家柯西(Cauchy)，他以严格化为其主要目标，对微积分理论进行了重构。他首先赋予中值定理以重要作用，使其成为微分学的核心定理。在《无穷小计算教程概论》(1823 年)中，柯西首先严格地证明了拉格朗日定理，又在《微分计算教程》(1829 年)中将其推广为广义的微分中值定理——柯西定理.

本章将在介绍微分中值定理的基础上，应用导数来研究函数以及曲线的某些性态，并利用这些知识解决一些实际问题.

3.1 中值定理

微分中值定理给出了函数及其导数之间的联系，是导数应用的理论基础. 微分中值定理包括罗尔定理、拉格朗日中值定理和柯西中值定理，它们在微分学理论中占有很重要的地位，本节先介绍前两个微分中值定理，柯西中值定理将在本章第九节中予以介绍.

3.1.1 罗尔(Rolle)定理

罗尔定理 若函数 $f(x)$ 满足下列条件：

(1) 在闭区间 $[a,b]$ 上连续；

(2) 在开区间 (a,b) 内可导；

(3) 在区间 $[a,b]$ 的端点处函数值相等，即 $f(a)=f(b)$，

则在 (a,b) 内至少存在一点 $\xi(a<\xi<b)$，使得 $f'(\xi)=0$.

本定理不作理论证明，在此只给出几何解释.

由图 3.1 可以看出，如果函数 $y=f(x)$ 满足罗尔定理的条件，即在 $[a,b]$ 上连续，在 (a,b) 内可导，且 $f(a)=f(b)$，那么在区间 (a,b) 内的点 ξ_1 和 ξ_2 处，曲线有水平切线，即它们的斜率 $f'(\xi_1)=0$，$f'(\xi_2)=0$. 这就是说 $y=f(x)$ 也具有罗尔定理的结论，即在 (a,b) 内至少有一点 ξ，使得 $f'(\xi)=0$.

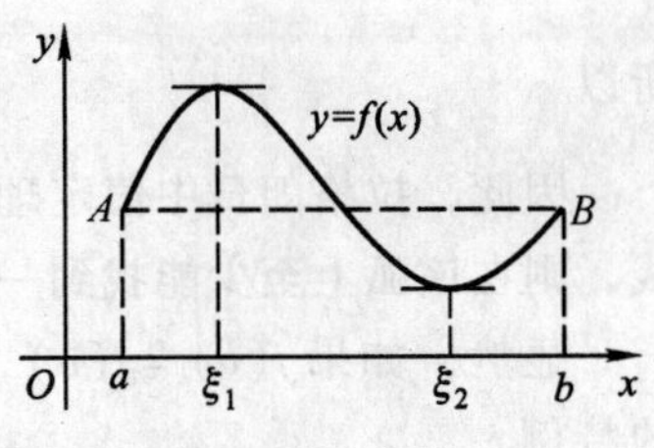

图 3.1

因此，罗尔定理的几何意义是：若连续曲线 $y=f(x)$ 的弧 $\overset{\frown}{AB}$ 上处处具有不垂直于 x 轴的切线且两端点的纵坐标相等，则在该弧上至少能找到一点，使曲线在该点处的切线平行于 x 轴.

注 罗尔定理中三个条件是结论成立的充分条件，如果至少有一条不满足，结论不一定成立.

例 3.1 在区间 $[-1,1]$ 上，下列哪个函数满足罗尔定理的条件.

(1) $y=x^{\frac{2}{3}}$； (2) $y=\frac{1}{x}$； (3) $y=2x-1$； (4) $y=x^2$.

解 (1) 中的函数 $y=x^{\frac{2}{3}}$ 在点 $x=0$ 处的导数不存在；

(2) 中的函数 $y=\frac{1}{x}$ 在点 $x=0$ 处不连续，不可导，$f(-1)\neq f(1)$；

(3) 中的函数 $y=2x-1$，显然，$f(-1)\neq f(1)$；

(4) 中的函数 $y=x^2$ 在 $[-1,1]$ 上连续，在 $(-1,1)$ 内可导，且 $f(-1)=f(1)=1$.

所以(1)、(2)、(3)中的三个函数都不满足罗尔定理的条件，只有(4)中的函数满足罗尔定理的全部条件.

3.1.2 拉格朗日(Lagrange)中值定理

拉格朗日中值定理 若函数 $f(x)$ 满足下列条件：

(1) 在闭区间 $[a,b]$ 上连续；

(2) 在开区间 (a,b) 内可导，

则在 (a,b) 内至少存在一点 $\xi(a<\xi<b)$，使得

$$\boxed{f(b)-f(a)=f'(\xi)(b-a)} \tag{3.1}$$

这个定理的证明将在本章第九节中给出，在此只给出几何解释.

如图 3.2 所示，曲线 $y=f(x)$ 在区间 $[a,b]$ 上连续，A，B 是对应于 $x=a$ 和 $x=b$ 的两个端点，连接 A，B，得弦 AB 的斜率

$$k_{AB}=\frac{f(b)-f(a)}{b-a}.$$

由于 $f(x)$ 在 (a,b) 内可导，就是对应于这个区间内的每一点都可以作出 $y=f(x)$ 不垂直于 x 轴的一条切线，其中至少有一条切线与弦 AB 平行，也就是在 (a,b) 内存在确定的点 ξ，使对应于该点的切线平行于弦 AB，这时切线的斜率

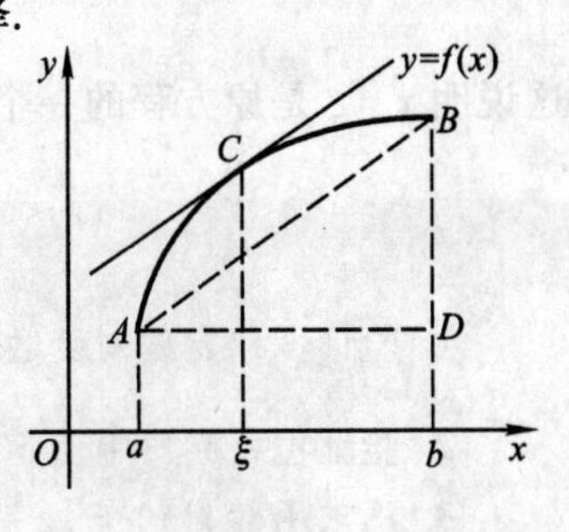

图 3.2

$$k=f'(\xi)=k_{AB}=\frac{f(b)-f(a)}{b-a},$$

所以
$$f(b)-f(a)=f'(\xi)(b-a).$$

因此，拉格朗日中值定理的几何意义是：若连续曲线的弧$\overset{\frown}{AB}$处处具有不垂直于 x 轴的切线，则在该弧上至少能找到一点，使曲线在该点处的切线平行于弦 AB.

显然，如果$f(b)=f(a)$，则(3.1)式中$f'(\xi)=0$，因此罗尔定理是拉格朗日中值定理的特例.

推论 1 若函数$f(x)$在区间 I 上的导数恒为零，则$f(x)$在区间 I 上是一个常数.

证 在区间 I 上任取两点 x_1，$x_2(x_1<x_2)$，在$[x_1,x_2]$上应用拉格朗日中值定理可得

$$f(x_2)-f(x_1)=f'(\xi)(x_2-x_1),\ \xi\in(x_1,x_2).$$

由已知$f'(\xi)=0$，即得

$$f(x_2)=f(x_1).$$

由于 x_1，x_2 是 I 上任意两点，所以上面的等式表明：$f(x)$在 I 上的函数值总是相等的，这就是说，函数$f(x)$在区间 I 上是一个常数.

推论 2 若在区间 I 内函数$f(x)$和 $g(x)$对任意 x 的导数均相等，即$f'(x)=g'(x)(x\in I)$，则在 I 内$f(x)$与$g(x)$之差恒为常数，即$f(x)-g(x)\equiv C(x\in I)$.

由推论 1 易得上述结论.

例 3.2 验证函数$f(x)=x^2-2x$ 在区间$[0,4]$上满足拉格朗日中值定理，并求出相应的ξ.

解 函数$f(x)=x^2-2x$ 在区间$[0,4]$上连续，$(0,4)$内可导，满足拉格朗日中值定理的条件. $f'(x)=2x-2$，由拉格朗日中值定理得

$$\frac{f(4)-f(0)}{4-0}=f'(\xi),$$

即
$$\frac{8-0}{4-0}=2\xi-2,$$

所以
$$\xi=2.$$

例 3.3 证明方程 $5x^4-4x+1=0$ 在$(0,1)$内至少有一个实根.

证 作辅助函数$f(x)=x^5-2x^2+x$. 显然$f(x)$在$[0,1]$上连续，在$(0,1)$内可导，又$f(0)=f(1)=0$. 故$f(x)$在$[0,1]$上满足罗尔定理的条件. 所以，至少存在一点$\xi\in(0,1)$，使$f'(\xi)=0$，即

$$5\xi^4-4\xi+1=0.$$

这说明 $x=\xi$ 是原方程的一个实根.

习 题 3.1

1. 验证罗尔定理对函数$f(x)=2x^3+x^2-8x$ 在区间$\left[-\frac{1}{2},2\right]$上的正确性.

2. 验证拉格朗日中值定理对函数 $y=4x^3-5x^2+2x$ 在区间$[0,1]$上的正确性.

3. 不求函数$f(x)=(x-1)(x-2)(x-3)$的导数，说明方程$f'(x)=0$有几个实根，并指出它们所在的区间.

4. 设 $f(x)=\sin^2 x+\cos^2 x$，试用微分中值定理证明：对于一切 $x\in(-\infty,+\infty)$，恒有 $f(x)=1$.

5. 证明恒等式：$\arcsin x+\arccos x=\dfrac{\pi}{2}$，$x\in[-1,1]$.

6. 验证拉格朗日中值定理对函数 $y=ax^2+bx+c\quad(a\neq 0)$ 所求得的点 ξ 恒在区间的正中间.

3.2 洛必达(L'Hospital)法则

在求函数的极限时，常会遇到两个函数 $f(x)$，$F(x)$ 都是无穷小或都是无穷大时，求它们比值的极限，那么极限 $\lim\dfrac{f(x)}{F(x)}$ 可能存在，也可能不存在．通常把这种极限叫做未定式，并分别简称为 $\dfrac{0}{0}$ 型或 $\dfrac{\infty}{\infty}$ 型．例如，$\lim\limits_{x\to 0}\dfrac{\sin x}{x}$ 就是 $\dfrac{0}{0}$ 型的未定式；而极限 $\lim\limits_{x\to+\infty}\dfrac{\ln x}{x}$ 就是 $\dfrac{\infty}{\infty}$ 型的未定式．对于未定式的极限，除了前面讲过的方法外，洛必达法则是借助导数求它们极限的一种简便而又十分有效的方法.

3.2.1 $\dfrac{0}{0}$ 型未定式

定理 3.1 设函数 $f(x)$，$F(x)$ 满足下列条件：

(1) $\lim\limits_{x\to x_0}f(x)=0$，$\lim\limits_{x\to x_0}F(x)=0$；

(2) $f(x)$ 与 $F(x)$ 在 x_0 的某一去心邻域内可导，且 $F'(x)\neq 0$；

(3) $\lim\limits_{x\to x_0}\dfrac{f'(x)}{F'(x)}$ 存在(或为无穷大)，

则

$$\boxed{\lim_{x\to x_0}\frac{f(x)}{F(x)}=\lim_{x\to x_0}\frac{f'(x)}{F'(x)}}\tag{3.2}$$

这个定理说明：当 $\lim\limits_{x\to x_0}\dfrac{f'(x)}{F'(x)}$ 存在时，$\lim\limits_{x\to x_0}\dfrac{f(x)}{F(x)}$ 也存在且等于 $\lim\limits_{x\to x_0}\dfrac{f'(x)}{F'(x)}$；当 $\lim\limits_{x\to x_0}\dfrac{f'(x)}{F'(x)}$ 为无穷大时，$\lim\limits_{x\to x_0}\dfrac{f(x)}{F(x)}$ 也是无穷大.

这种在一定条件下通过分子、分母分别求导再求极限来确定未定式的极限值的方法称为洛必达法则.

例 3.4 求 $\lim\limits_{x\to 0}\dfrac{(1+x)^{\alpha}-1}{x}$ (α 为任意实数)的值.

解 所求极限为 $\dfrac{0}{0}$ 型的未定式，故有

$$\lim_{x\to 0}\frac{(1+x)^{\alpha}-1}{x}=\lim_{x\to 0}\frac{[(1+x)^{\alpha}-1]'}{x'}=\lim_{x\to 0}\frac{\alpha(1+x)^{\alpha-1}}{1}=\alpha.$$

例 3.5 求 $\lim\limits_{x\to 0}\dfrac{a^x-b^x}{\ln(1+x)}$ ($a>0,a\neq 1,b>0,b\neq 1$)的值.

解 所求极限为$\frac{0}{0}$型的未定式，故有

$$\lim_{x\to0}\frac{a^x-b^x}{\ln(1+x)}=\lim_{x\to0}\frac{(a^x-b^x)'}{[\ln(1+x)]'}=\lim_{x\to0}\frac{a^x\ln a-b^x\ln b}{\frac{1}{1+x}}=\ln a-\ln b=\ln\frac{a}{b}.$$

例 3.6 求$\lim\limits_{x\to1}\frac{x^3-3x+2}{x^3-x^2-x+1}$的值.

解 所求极限为$\frac{0}{0}$型的未定式，故有

$$\lim_{x\to1}\frac{x^3-3x+2}{x^3-x^2-x+1}=\lim_{x\to1}\frac{3x^2-3}{3x^2-2x-1}=\lim_{x\to1}\frac{6x}{6x-2}=\frac{3}{2}.$$

注意，上式中的$\lim\limits_{x\to1}\frac{6x}{6x-2}$已不是未定式，不能对它应用洛必达法则，否则要导致错误结果.

注 上述关于 $x\to x_0$ 时未定式$\frac{0}{0}$型的洛必达法则，对于 $x\to\infty$ 时未定式$\frac{0}{0}$型同样适用.

例 3.7 求 $\lim\limits_{x\to+\infty}\frac{\frac{\pi}{2}-\arctan x}{\frac{1}{x}}$的值.

解 这是 $x\to+\infty$ 时的$\frac{0}{0}$型未定式：

$$\lim_{x\to+\infty}\frac{\frac{\pi}{2}-\arctan x}{\frac{1}{x}}=\lim_{x\to+\infty}\frac{-\frac{1}{1+x^2}}{-\frac{1}{x^2}}=\lim_{x\to+\infty}\frac{x^2}{1+x^2}=1.$$

3.2.2 $\frac{\infty}{\infty}$型未定式

定理 3.2 设函数$f(x)$，$F(x)$满足下列条件：

(1) $\lim\limits_{x\to x_0}f(x)=\infty$，$\lim\limits_{x\to x_0}F(x)=\infty$；

(2) $f(x)$与 $F(x)$在 x_0 的某一去心邻域内可导，且 $F'(x)\neq0$；

(3) $\lim\limits_{x\to x_0}\frac{f'(x)}{F'(x)}$存在(或为无穷大)，

则

$$\boxed{\lim_{x\to x_0}\frac{f(x)}{F(x)}=\lim_{x\to x_0}\frac{f'(x)}{F'(x)}}\tag{3.3}$$

注 上述关于 $x\to x_0$ 时未定式$\frac{\infty}{\infty}$型的洛必达法则，对于 $x\to\infty$ 时未定式$\frac{\infty}{\infty}$型同样适用.

例 3.8 求$\lim\limits_{x\to0^+}\frac{\ln\sin x}{\ln x}$的值.

解 这是 $x\to x_0$ 时的 $\frac{\infty}{\infty}$ 型未定式:

$$\lim_{x\to 0^+}\frac{\ln \sin x}{\ln x}=\lim_{x\to 0^+}\frac{\frac{\cos x}{\sin x}}{\frac{1}{x}}=\lim_{x\to 0^+}\left(\frac{x}{\sin x}\cdot\cos x\right)=1.$$

例 3.9 求 $\lim\limits_{x\to+\infty}\frac{\ln(a+be^x)}{\sqrt{a+bx^2}}$ $(b>0)$ 的值.

解 这是 $x\to+\infty$ 时的 $\frac{\infty}{\infty}$ 型未定式:

$$\lim_{x\to+\infty}\frac{\ln(a+be^x)}{\sqrt{a+bx^2}}=\lim_{x\to+\infty}\frac{\frac{be^x}{a+be^x}}{\frac{1}{2}\frac{2bx}{\sqrt{a+bx^2}}}=\lim_{x\to+\infty}\frac{b\sqrt{\frac{a}{x^2}+b}}{(ae^{-x}+b)b}=\frac{\sqrt{b}}{b}.$$

例 3.10 计算 $\lim\limits_{x\to+\infty}\frac{x^n}{e^x}$($n$ 为正整数).

解 所求问题为 $\frac{\infty}{\infty}$ 型未定式，连续 n 次施行洛必达法则，有

$$\lim_{x\to+\infty}\frac{x^n}{e^x}=\lim_{x\to+\infty}\frac{nx^{n-1}}{e^x}=\lim_{x\to+\infty}\frac{n(n-1)x^{n-2}}{e^x}=\cdots=\lim_{x\to+\infty}\frac{n!}{e^x}=0.$$

例 3.11 求 $\lim\limits_{x\to 0}\frac{x-\sin x}{\tan x^3}$ 的值.

解 所求问题是 $\frac{0}{0}$ 型未定式 由于 $x\to 0$ 时 $\tan x^3\sim x^3$，$1-\cos x\sim\frac{1}{2}x^2$，可用等价无穷小量替换，然后再用洛必达法则:

$$\lim_{x\to 0}\frac{x-\sin x}{\tan x^3}=\lim_{x\to 0}\frac{x-\sin x}{x^3}=\lim_{x\to 0}\frac{1-\cos x}{3x^2}=\lim_{x\to 0}\frac{\frac{1}{2}x^2}{3x^2}=\frac{1}{6}.$$

例 3.11 启示我们，运用洛必达法则时，仍应充分运用已有的方法，这样很可能使问题简单化.

习 题 3.2

1. 用洛必达法则求下列极限:

(1) $\lim\limits_{x\to\pi}\frac{\sin(x-\pi)}{x-\pi}$;

(2) $\lim\limits_{x\to 0}\frac{\tan 2x}{\tan 3x}$;

(3) $\lim\limits_{x\to+\infty}\frac{\ln x}{x^\alpha}$ $(\alpha>0)$;

(4) $\lim\limits_{x\to\alpha}\frac{x^m-\alpha^m}{x^n-\alpha^n}$ ($\alpha\neq 0,m,n$ 为常数);

(5) $\lim\limits_{x\to 0}\frac{\ln(1+x)}{x^2}$;

(6) $\lim\limits_{x\to+\infty}\frac{\ln\left(1+\frac{1}{x}\right)}{\operatorname{arccot} x}$;

(7) $\lim\limits_{x\to 0}\frac{e^x-e^{-x}-2x}{x-\sin x}$;

(8) $\lim\limits_{x\to 0^+}\frac{\ln\tan 7x}{\ln\tan 2x}$.

3.3 函数的单调性

我们已经学习了函数在区间上单调的概念，但利用定义来判断函数的单调性往往较困难.下面我们就利用导数来研究函数的单调性.

由图3.3(a)可以看出，如果函数 $y=f(x)$ 在某区间上单调增加，则曲线上各点切线的倾斜角都是锐角，因此它们的斜率 $f'(x)$ 都是正的，即 $f'(x)>0$. 同样由图3.3(b)可以看出，如果函数 $y=f(x)$ 在某区间上单调减少，则曲线上各点切线的倾斜角都是钝角，因此它们的斜率 $f'(x)$ 都是负的，即 $f'(x)<0$. 由此可见，函数的单调性与函数导数的符号有密切的联系. 那么，能否用导数的符号来判定函数的单调性呢？下面的定理回答了这个问题.

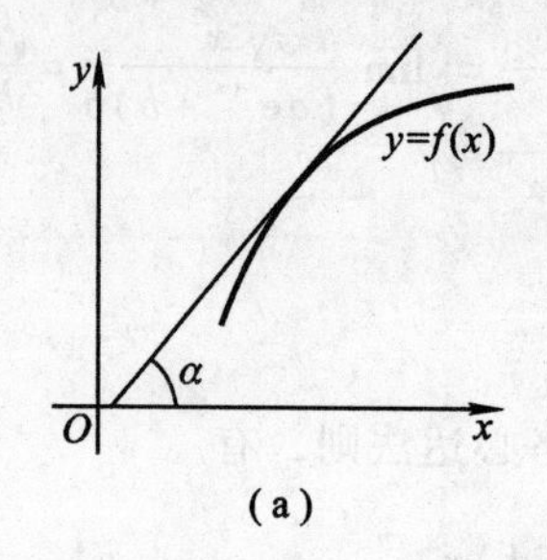

(a)

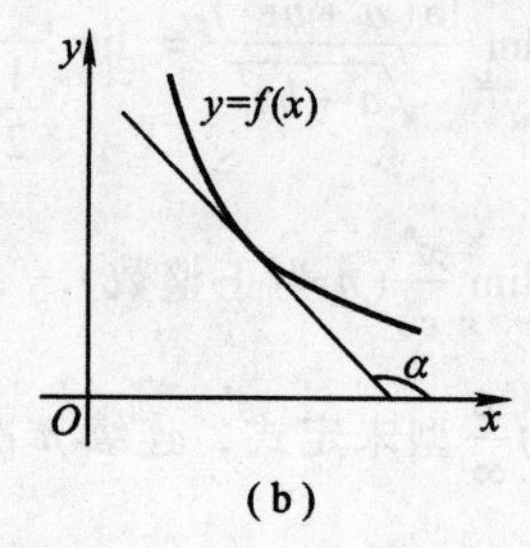

(b)

图3.3

定理3.3(函数单调性的判别法) 若函数 $f(x)$ 在闭区间 $[a,b]$ 上连续，在开区间 (a,b) 内可导，

(1) 如果在 (a,b) 内 $f'(x)>0$，则 $f(x)$ 在 $[a,b]$ 上单调增加；

(2) 如果在 (a,b) 内 $f'(x)<0$，则 $f(x)$ 在 $[a,b]$ 上单调减少.

证 在 $[a,b]$ 上任取两点 x_1，x_2(不妨设 $x_1<x_2$). 由所给条件可知，函数 $f(x)$ 在 $[x_1,x_2]$ 上满足拉格朗日中值定理的条件. 应用中值定理可得

$$f(x_2)-f(x_1)=f'(\xi)(x_2-x_1),\ \xi\in(x_1,x_2).$$

如果在 (a,b) 内 $f'(x)>0$，则 $f'(\xi)>0$；又由假设知 $x_1<x_2$. 于是

$$f(x_2)-f(x_1)=f'(\xi)(x_2-x_1)>0，即 f(x_2)>f(x_1).$$

也就是说函数 $f(x)$ 在 $[a,b]$ 上单调增加.

同理，如果在 (a,b) 内 $f'(x)<0$，则 $f'(\xi)<0$. 于是 $f(x_2)-f(x_1)<0$，即 $f(x_2)<f(x_1)$，这表明函数 $f(x)$ 在 $[a,b]$ 上单调减少.

注 (1) 在上面定理的证明过程中易于看到，闭区间 $[a,b]$ 若为开区间 (a,b) 或无限区间时，定理结论同样成立.

(2) 有的可导函数在某区间内的个别点处，导数等于零，但函数在该区间内仍为单调增加(或单调减少).

例如，幂函数 $y=x^3$ 的导数 $y'=3x^2$，当 $x=0$ 时，$y'=0$. 但它在 $(-\infty,+\infty)$ 内是单调增加的(图3.4).

例3.12 讨论函数 $y=\ln x$ 的单调性.

解 因为在函数 $y=\ln x$ 的定义域 $(0,+\infty)$ 内，

$$y'=\frac{1}{x}>0,$$

所以由函数单调性的判别法可知，函数 $y=\ln x$ 在其定义域 $(0,+\infty)$ 内单调增加.

例 3.13 讨论函数 $y=\mathrm{e}^x-x-1$ 的单调性.

解 函数 $y=\mathrm{e}^x-x-1$（图 3.5）的定义域为 $(-\infty,+\infty)$，$y'=\mathrm{e}^x-1$.

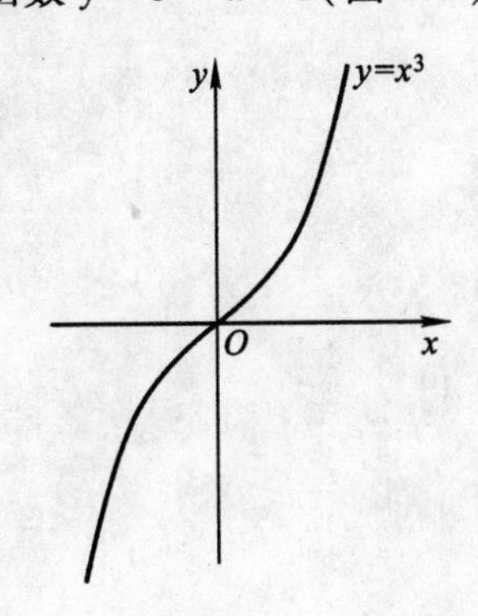

图 3.4

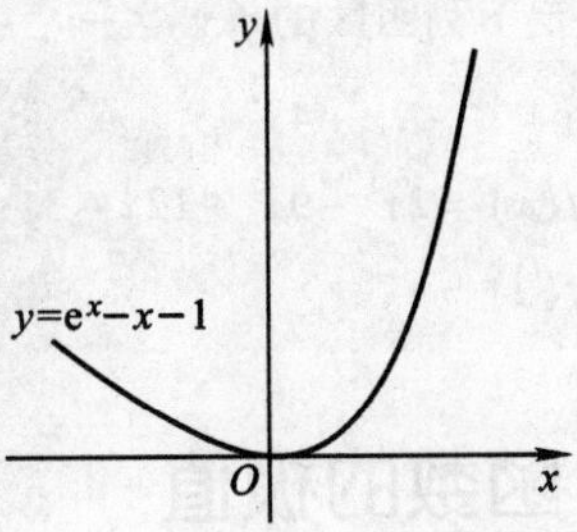

图 3.5

因为在 $(-\infty,0)$ 内 $y'<0$，所以函数 $y=\mathrm{e}^x-x-1$ 在 $(-\infty,0]$ 上单调减少；

因为在 $(0,+\infty)$ 内 $y'>0$，所以函数 $y=\mathrm{e}^x-x-1$ 在 $[0,+\infty)$ 上单调增加.

由例 3.13 可看出，有些函数在它的定义域上不是单调的，这时我们要把整个定义域划分为若干个子区间，分别讨论函数在各子区间内的单调性. 一般可以用 $f'(x)=0$ 的根作为分界点，使得函数的导数在各子区间内的符号不变，从而函数 $f(x)$ 在每个子区间内单调.

例 3.14 确定函数 $f(x)=(x-1)x^{\frac{2}{3}}$ 的单调区间.

解 函数 $f(x)=(x-1)x^{\frac{2}{3}}$ 的定义域为 $(-\infty,+\infty)$；

$$f'(x)=\frac{2}{3}x^{-\frac{1}{3}}(x-1)+x^{\frac{2}{3}}=\frac{5x-2}{3x^{\frac{1}{3}}},$$

令 $f'(x)=0$ 得 $x=\frac{2}{5}$，此外，在点 $x=0$ 处 $f(x)$ 不可导，于是 $x=0$，$x=\frac{2}{5}$ 分定义域为三个子区间：$(-\infty,0)$，$\left(0,\frac{2}{5}\right)$，$\left(\frac{2}{5},+\infty\right)$.

列表讨论 $f(x)$ 的单调性（表 3.1）.

表 3.1

x	$(-\infty,0)$	0	$\left(0,\frac{2}{5}\right)$	$\frac{2}{5}$	$\left(\frac{2}{5},+\infty\right)$
$f'(x)$	+	不存在	−	0	+
$f(x)$	↗		↘		↗

注：表中用“↘”表示单减，用“↗”表示单增.

所以，函数在 $(-\infty,0)$ 和 $\left(\frac{2}{5},+\infty\right)$ 内单调增加；在 $\left(0,\frac{2}{5}\right)$ 内单调减少.

由例 3.14 可知，使导数为零的点和导数不存在的点都可能是函数增减区间的分界点.

习 题 3.3

1. 判断下列函数在指定区间内的单调性：

(1) $y=\tan x \quad \left(-\frac{\pi}{2},\frac{\pi}{2}\right)$；

(2) $y=2x+\sin x\ (-\infty,+\infty)$；

(3) $f(x)=\arctan x-x(-\infty,+\infty)$.

2. 确定下列函数的单调区间：

(1) $y=x^2-2x+4$；　(2) $y=\sqrt[3]{x^2}$；

(3) $f(x)=2x^3-9x^2+12x-3$；　(4) $f(x)=2x^2-\ln x$；

(5) $f(x)=e^{-x^2}$；　(6) $f(x)=(x-1)(x+1)^3$.

3.4 函数的极值

3.4.1 函数极值的定义

由图 3.6 可见，函数 $y=f(x)$ 在点 x_2，x_5 处的函数值 $f(x_2)$，$f(x_5)$ 比它们近旁各点的函数值都大，而在点 x_1，x_4，x_6 处的函数值 $f(x_1)$，$f(x_4)$，$f(x_6)$ 比它们近旁各点的函数值都小. 对于这种性质的点和对应的函数值，我们给出如下定义.

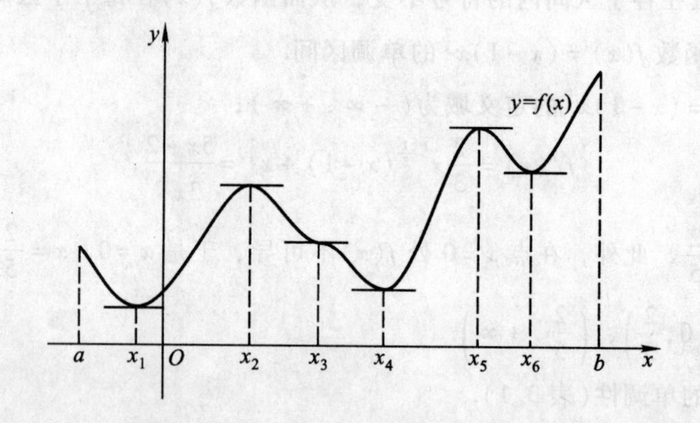

图 3.6

定义 3.1 设函数 $f(x)$ 在区间 (a,b) 内有定义，x_0 是 (a,b) 内的一个点. 如果存在着点 x_0 的一个去心邻域，对于该去心邻域内的任何点 x，均有 $f(x)<f(x_0)$，则称 $f(x_0)$ 是函数 $f(x)$ 的一个极大值，点 x_0 叫做函数 $f(x)$ 的极大值点；如果存在着点 x_0 的一个去心邻域，对于这去心邻域内的任何点 x，均有 $f(x)>f(x_0)$，则称 $f(x_0)$ 是函数 $f(x)$ 的一个极小值，点 x_0 叫做函数 $f(x)$ 的极小值点.

函数的极大值与极小值统称为极值，使函数取得极值的极大值点与极小值点统称为极值点.

例如，图 3.6 中$f(x_2)$，$f(x_5)$是函数的极大值，x_2，x_5是函数的极大值点；$f(x_1)$，$f(x_4)$，$f(x_6)$是函数的极小值，x_1，x_4，x_6是函数的极小值点.

值得注意的是，函数的极大值与极小值是有其局部性的，它们与函数的最大值、最小值不同. 极值$f(x_0)$是就点x_0近旁的一个局部范围来说的，而最大值与最小值是就函数的整个定义域而言的. 所以极大值不一定是最大值，极小值也不一定是最小值. 在一个区间上，一个函数可能有几个极大值与几个极小值，而且甚至某些极大值还可能比另一些极小值小.

3.4.2 极值判定法

由图 3.7 可以看出，在函数取得极值处，曲线的切线是水平的，即在极值点处函数的导数为零. 但反之，曲线上有水平切线的地方，即在使导数为零的点处，函数不一定取得极值. 例如，在图 3.6 中的点x_3处，曲线虽有水平切线，这时$f'(x_3)=0$，但$f(x_3)$并不是极值.

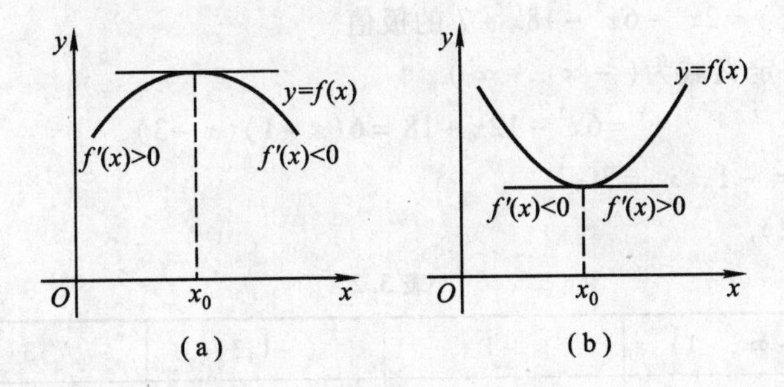

图 3.7

关于函数具有极值的必要条件和充分条件，我们将分别在下面的三个定理中加以讨论.

定理 3.4(极值的必要条件) 设函数$f(x)$在点x_0处可导，且在点x_0处取得极值，则函数在点x_0处的导数为零，即$f'(x_0)=0$.

通常我们把使导数为零的点(即方程$f'(x)=0$的实根) 叫做函数$f(x)$的驻点.

定理 3.4 说明可导函数的极值点必是它的驻点，但是反过来，函数的驻点并不一定是它的极值点. 例如，在图 3.6 中，点x_3是函数的驻点，但点x_3并不是它的极值点.

在求出函数的驻点后，如何判定哪些驻点是极值点，以及如何进一步判定哪些极值点是极大值点，哪些极值点是极小值点呢？单从有无水平切线这一个方面来看是不够的，还应考察曲线在该点附近的变化情况.

由图 3.7(a)中我们看出，函数$f(x)$在点x_0处有极大值，它除了在点x_0处有一条水平切线外，曲线在点x_0的左侧是单调增加的，在点x_0的右侧是单调减少的. 也就是说，在x_0的左侧有$f'(x)>0$，而x_0的右侧有$f'(x)<0$. 利用这一特性，我们就可以判定函数$f(x)$在点x_0处有极大值. 对于函数$f(x)$在点x_0处有极小值的情形，可结合图 3.7(b)类似地讨论.

归纳上面的分析得到下面的定理.

定理 3.5(极值的第一充分条件) 设函数$f(x)$在点x_0的一个邻域内可导且$f'(x_0)=0$.

(1) 如果当x取x_0左侧邻近的值时，$f'(x)$恒为正；当x取x_0右侧邻近的值时，$f'(x)$恒为负，则函数$f(x)$在点x_0处有极大值；

(2) 如果当x取x_0左侧邻近的值时，$f'(x)$恒为负；当x取x_0右侧邻近的值时，$f'(x)$恒为正，则函数$f(x)$在点x_0处有极小值；

(3) 如果当x取x_0左右两侧邻近的值时，$f'(x)$恒为正或恒为负，则函数$f(x)$在点x_0处没有极值.

根据上面两个定理，我们得到求可导函数的极值点和极值的步骤如下：

(1) 确定函数的定义域；

(2) 求函数的导数$f'(x)$，并求出函数$f(x)$的全部驻点(即求出方程$f'(x)=0$在定义域内的全部实根)；

(3) 列表考察每个驻点的左右邻近$f'(x)$的符号情况：

① 如果驻点左侧正而右侧负，那么该驻点是极大值点，函数在该点处有极大值；

② 如果驻点左侧负而右侧正，那么该驻点是极小值点，函数在该点处有极小值；

③ 如果驻点两侧符号相同，那么该驻点不是极值点，函数在该点处没有极值.

例 3.15 求函数$y=2x^3-6x^2-18x+7$的极值.

解 函数$f(x)$的定义域为$(-\infty,+\infty)$，

$$y'=6x^2-12x-18=6(x+1)(x-3).$$

令$y'=0$，得驻点$x_1=-1$，$x_2=3$.

列表考察(表 3.2).

表 3.2

x	$(-\infty,-1)$	-1	$(-1,3)$	3	$(3,+\infty)$
y'	+	0	−	0	+
y	↗	极大值	↘	极小值	↗

所以函数的极大值为$y|_{x=-1}=17$；极小值为$y|_{x=3}=-47$(图 3.8).

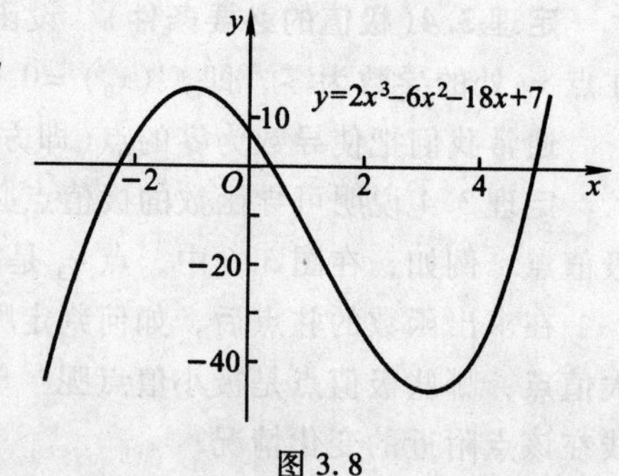

图 3.8

例 3.16 求函数$f(x)=x^3e^{-x}$的极值.

解 函数$f(x)$的定义域为$(-\infty,+\infty)$，

$$f'(x)=x^2e^{-x}(3-x).$$

令$f'(x)=0$，得驻点$x_1=0$，$x_2=3$.

列表考察(表 3.3).

表 3.3

x	$(-\infty,0)$	0	$(0,3)$	3	$(3,+\infty)$
$f'(x)$	+	0	+	0	—
$f(x)$	↗		↗	极大值 $27e^{-3}$	↘

由表 3.3 可知，函数的极大值是$f(3)=27e^{-3}$. 由于在$x=0$的两侧$f'(x)$的符号相同，所以$f(0)$不是极值.

还应当强调指出，以上讨论函数极值时是就可导函数而言的，实际上，连续但不可导的点

也可能是极值点，即函数还可能在连续但不可导的点处取得极值．例如，函数 $y=|x|$，显然在点 $x=0$ 处连续，但不可导，但是点 $x=0$ 为该函数的极小值点(图3.9)．

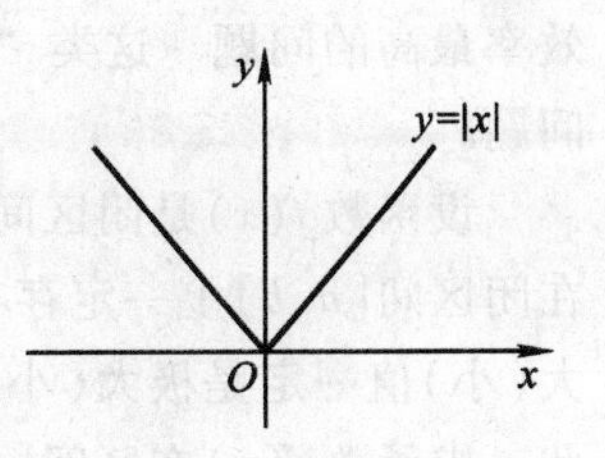

图3.9

因此，函数可能在其驻点，或者是连续但不可导的点处取得极值．

当函数 $f(x)$ 在驻点处的二阶导数存在且不为零时，也可以利用下列定理来判断 $f(x)$ 在驻点处取得极大值还是极小值．

定理3.6(极值的第二充分条件) 设函数 $f(x)$ 在点 x_0 处具有二阶导数且 $f'(x_0)=0$，$f''(x_0)\neq 0$，则

(1) 当 $f''(x_0)<0$ 时，函数 $f(x)$ 在点 x_0 处取得极大值；

(2) 当 $f''(x_0)>0$ 时，函数 $f(x)$ 在点 x_0 处取得极小值．

例3.17 求函数 $f(x)=e^x\cos x$ 在区间 $[0,2\pi]$ 上的极值．

解 $f'(x)=e^x(\cos x-\sin x)$，$f''(x)=-2e^x\sin x$．

令 $f'(x)=0$，得驻点 $x_1=\frac{\pi}{4}$，$x_2=\frac{5\pi}{4}$．又

$$f''\left(\frac{\pi}{4}\right)<0,\ f''\left(\frac{5\pi}{4}\right)>0,$$

故函数 $f(x)$ 的极大值是 $f\left(\frac{\pi}{4}\right)=\frac{1}{\sqrt{2}}e^{\frac{\pi}{4}}$；极小值是 $f\left(\frac{5\pi}{4}\right)=-\frac{1}{\sqrt{2}}e^{\frac{5\pi}{4}}$．

习 题 3.4

1. 求下列函数的极值：

(1) $y=2x^2-8x+3$；
(2) $y=2x^3-3x^2$；
(3) $y=x^3-3x^2-9x+5$；
(4) $f(x)=x-\ln(1+x)$；
(5) $f(x)=2e^x+e^{-x}$；
(6) $f(x)=x+\sqrt{1-x}$；
(7) $f(x)=x+\tan x$；
(8) $f(x)=3x^4-8x^3+6x^2+1$；
(9) $y=\frac{x^3}{(x-1)^2}$；
(10) $y=(x-1)^3(2x+3)^2$．

2. 用求导数方法证明二次函数 $y=ax^2+bx+c(a\neq 0)$ 的极值点为 $x=-\frac{b}{2a}$，并讨论它的极值．

3. 求下列函数在指定区间上的极值：

(1) $y=\frac{1}{2}-\cos x$，$[0,2\pi]$；

(2) $f(x)=\sin x+\cos x$，$[0,2\pi]$．

4. 如果函数 $y=a\ln x+bx^2+3x$ 在点 $x=1$ 和 $x=2$ 处取得极值，试确定常数 a，b 的值．

3.5 最大值、最小值问题

在实际工作中，为了发挥最大的经济效益，我们经常遇到如何能使用料最省、产量最大、

效率最高的问题．这类“最省”、“最大”、“最高”的问题，在数学上就是最大值、最小值问题．

设函数$f(x)$是闭区间$[a,b]$上的连续函数，由闭区间上的连续函数的性质可知，函数$f(x)$在闭区间$[a,b]$上一定存在最大值和最小值．如果最大(小)值在区间(a,b)内取得，则这个最大(小)值一定是极大(小)值．又由于函数$f(x)$的最大(小)值也可能在区间端点处取得．因此，求函数$f(x)$在区间$[a,b]$上最大(小)值时，可按以下步骤进行：

(1) 求出函数$f(x)$在(a,b)内一切可能的极值点(驻点和$f'(x)$不存在的点)；

(2) 计算$f(x)$在上述各点和端点处的函数值，并将这些值加以比较，其中最大者为最大值，最小者为最小值．

例 3.18 求函数$f(x)=3x^4-4x^3-12x^2+1$在$[-3,3]$上的最大值和最小值．

解 $f'(x)=12x^3-12x^2-24x=12x(x+1)(x-2)$，

令$f'(x)=0$，得驻点$x_1=-1$，$x_2=0$，$x_3=2$．

由于$f(-1)=-4$；$f(0)=1$；$f(2)=-31$；$f(-3)=244$；$f(3)=28$．

比较上述函数值的大小，可见$f(x)$在$[-3,3]$上的最大值是$f(-3)=244$，最小值是$f(2)=-31$．

例 3.19 如图 3.10，矿务局拟自地平面上一点A掘一巷道到地平面下一点C，设AB长 600 m，BC长240 m，地平面AB是黏土，掘进费每米 5 元；地平面以下是岩石，掘进费每米 13 元，问怎样掘法费用最省？最省要用多少元？

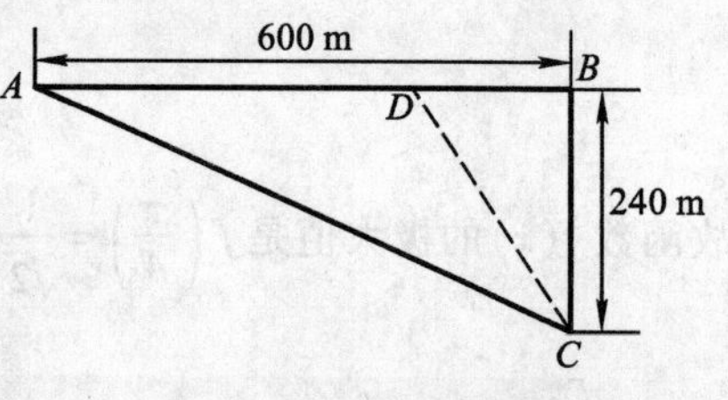

图 3.10

解 如图 3.10 所示，设$DB=x$，所需掘进费为y，则

$$y=5(600-x)+13\sqrt{x^2+240^2}\,(0\leqslant x\leqslant 600),$$

$$y'=-5+\frac{13x}{\sqrt{x^2+240^2}}=\frac{-5\sqrt{x^2+240^2}+13x}{\sqrt{x^2+240^2}}.$$

令$y'=0$，得驻点为$x=100$，比较

$$y(100)=5\ 880,\ y(0)=6\ 120,\ y(600)=8\ 400.9,$$

所以在地面上离点B100 m 处挖巷道时掘进费最省，最省的掘进费为 5 880 元．

特别需要指出的是，如果函数$f(x)$在一个开区间内可导且有唯一的极值点x_0，则当$f(x_0)$是极大值时，$f(x_0)$就是函数$f(x)$在该区间上的最大值(图 3.11(a))；当$f(x_0)$是极小值时，$f(x_0)$就是函数$f(x)$在该区间上的最小值(图 3.11(b))．

例 3.20 问函数$y=x^2-\dfrac{54}{x}(x<0)$在何处取得最小值．

解

$$y'=2x+\frac{54}{x^2}=\frac{2x^3+54}{x^2},$$

令$y'=0$，得驻点$x=-3\in(-\infty,0)$；不可导点$x=0\notin(-\infty,0)$，又

$$y''=2-\frac{108}{x^3},\ y''(-3)=2+\frac{108}{27}=6>0.$$

故$x=-3$是函数在$(-\infty,0)$内的唯一的极小值点，同时也是最小值点，即y在$x=-3$处取得

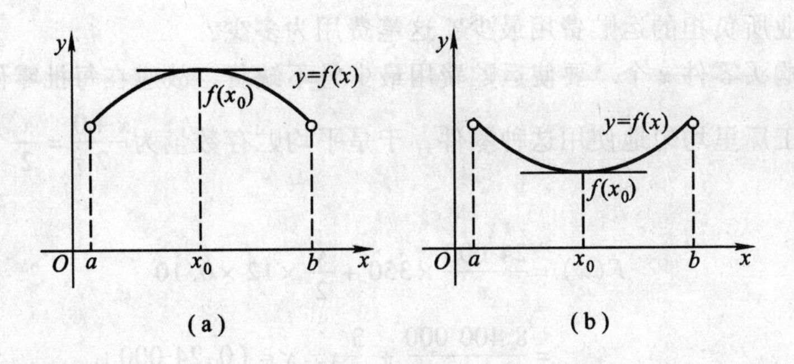

图 3.11

最小值，最小值是 $y(-3)=27$.

例 3.21 求乘积为常数 $a(a>0)$ 而其和为最小的两个正数.

解 设两个正数为 x，y；x 与 y 之和为 S，则

$$S=x+y，且\ xy=a，其中\ x，y>0，$$

由此可得

$$S(x)=x+\frac{a}{x}，x>0.$$

因为

$$S'(x)=1-\frac{a}{x^2}，$$

令 $S'(x)=0$，得函数 $S(x)$ 在定义域内的驻点为 $x=\sqrt{a}$，易知当 $x>\sqrt{a}$ 时，$S'(x)>0$；当 $x<\sqrt{a}$ 时，$S'(x)<0$，所以 $x=\sqrt{a}$ 是定义域内的唯一的极小值点，同时也是最小值点，故乘积一定而其和为最小的两个正数是 $x=\sqrt{a}$，$y=\sqrt{a}$.

还要指出，在实际问题中，如果函数 $f(x)$ 在某区间内只有一个驻点 x_0，而且从实际问题本身又可以判断 $f(x)$ 在该区间内必定有最大值或最小值，则 $f(x_0)$ 就是所要求的最大值或最小值.

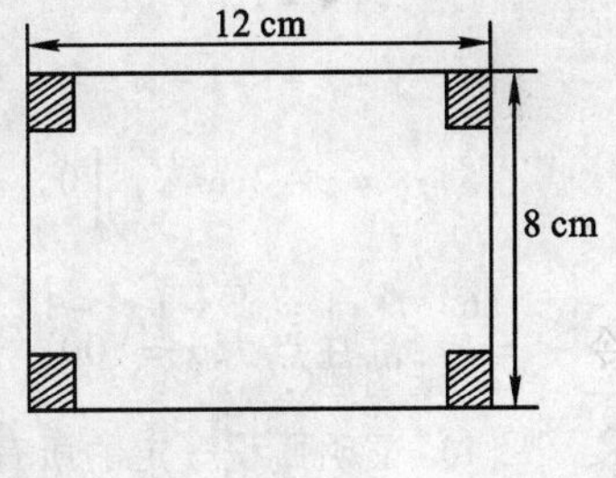

图 3.12

例 3.22 从长为 12 cm，宽为 8 cm 的矩形纸板的四个角上剪去相同的小正方形，折成一个无盖的盒子，要使盒子容积最大，剪去的小正方形的边长应为多少(图 3.12)？

解 设剪去的小正方形的边长为 x，则盒子的容积

$$V=x(12-2x)(8-2x)\quad (0<x<4).$$

因为

$$\begin{aligned}V'&=(12-4x)(8-2x)+(12x-2x^2)(-2)\\&=12x^2-80x+96\\&=4(3x^2-20x+24),\end{aligned}$$

令 $V'=0$ 得驻点 $x=\dfrac{10-2\sqrt{7}}{3}$. 由于盒子必存在最大容积，而函数在 $(0,4)$ 内只有一个驻点，所以当 $x=\dfrac{10-2\sqrt{7}}{3}$ 时，盒子的容积最大.

例 3.23 设某企业一年内均匀地需要某种零件 24 000 个，规定不允许缺货. 已知每一个零件每月所需存贮费为 0.10 元，购买一批零件(个数相同)的运输费为 350 元，问每批购买多

少个零件时，企业所负担的运贮费用最少？这笔费用为多少？

解 设每批购买零件 x 个. 要使运贮费用最少且不缺货，故应在每批零件用完时立即购买下一批，又由于工厂里均匀地使用这种零件，于是平均贮存数量为$\frac{x+0}{2}=\frac{x}{2}$个，则一年中运贮总费用 $F(x)$ 为

$$F(x)=\frac{24\ 000}{x}\times 350+\frac{x}{2}\times 12\times 0.10$$

$$=\frac{8\ 400\ 000}{x}+\frac{3}{5}x,\ x\in(0,24\ 000].$$

问题归结为：x 取何值时函数 $F(x)$ 在 $(0,24000]$ 内有最小值？最小值为多少？易知

$$F'(x)=-\frac{8\ 400\ 000}{x^2}+\frac{3}{5},$$

令 $F'(x)=0$，解得在 $(0,24\ 000]$ 内只有一个驻点 $x\approx 3\ 742$.

由于运贮费用必然存在最小值，而函数在 $(0,24\ 000]$ 内只有一个驻点. 因此，当 $x=3\ 742$ 时函数有最小值，最小值为 $F(3\ 742)=4\ 490$(元).

习 题 3.5

1. 求下列函数在给定区间上的最大值和最小值：

(1) $f(x)=2x^3-6x^2-18x+4$，$[-4,4]$；

(2) $y=x^4-2x^2+5$，$[-2,2]$；

(3) $f(x)=\frac{x}{1+x^2}$，$[0,2]$；

(4) $y=x+\sqrt{1-x}$，$[-5,1]$；

(5) $y=x+2\cos x$，$\left[0,\ \frac{\pi}{2}\right]$；

(6) $f(x)=x^{\frac{2}{3}}-(x^2-1)^{\frac{1}{3}}$，$[-2,2]$.

2. 证明题.

(1) 证明面积一定的所有矩形中，正方形的周长最短.

(2) 证明周长一定的所有矩形中，正方形面积最大.

3. 某车间靠墙壁要盖一间长方形小屋，现有砖只够砌 20 m 长墙壁，问应围成怎样的长方形才能使这间小屋的面积最大？

4. 铁路线上 AB 段的距离为 100 km，某公司 C 距离 A 处为 20 km，AC 垂直于 AB(图 3.13)，为了运输需要，要在 AB 线上选定一点 D 向公司修筑一条公路. 已知铁路货运的费用与公路货运的费用之比为 3:5，为了使货物从加工点 B 运到公司 C 的总运费最省，问 D 应选在何处？

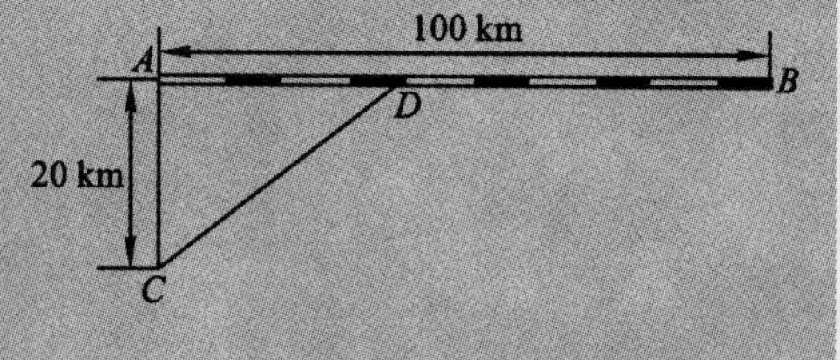

图 3.13

3.6 曲线的凹凸性与拐点

研究了函数的单调性与极值后，对函数的变化情况有了初步的了解，对描绘函数的图像很有帮助. 但仅限于此还不够，还应知道曲线的弯曲方向以及不同弯曲方向的分界点. 这一节我们就研究曲线的凹凸性与拐点.

定义 3.2 若在某区间(a,b)内曲线总位于其上任意一点处切线的上方，则称曲线段在(a,b)内是凹的；若曲线总位于其上任意一点处切线的下方，则称曲线段在(a,b)内是凸的.

图 3.14(a)和图 3.14(b)中的曲线是凹的；而图 3.14(c)和图 3.14(d)中的曲线是凸的.

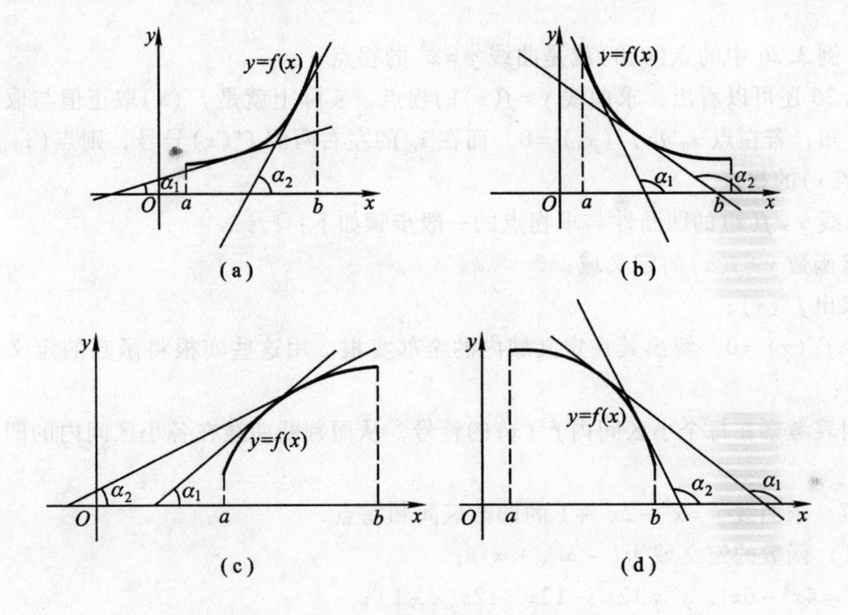

图 3.14

如何利用导数来判断曲线的凹凸性呢？由图 3.14(a)和图 3.14(b)可以看出，如果曲线段是凹的，那么曲线上各点切线的斜率$f'(x)$随自变量x的增大而增大，即$f'(x)$是单调增加的，从而$f''(x)>0$；类似地，由图 3.14(c)和图 3.14(d)可看出，如果曲线段是凸的，那么曲线上各点切线的斜率$f'(x)$随自变量x的增大而减小，即$f'(x)$是单调减少的，从而$f''(x)<0$.

下面我们不加证明地给出曲线凹凸性的判定定理.

定理 3.7 设函数$f(x)$在开区间(a,b)内具有二阶导数.

(1) 若在(a,b)内，$f''(x)>0$，则曲线在(a,b)内是凹的；

(2) 若在(a,b)内，$f''(x)<0$，则曲线在(a,b)内是凸的.

例 3.24 判断曲线$y=2x^2+5x-1$的凹凸性.

解
$$y'=4x+5,\ y''=4,$$
由于函数在定义域$(-\infty,+\infty)$上恒有$y''>0$，故曲线$y=2x^2+5x-1$在$(-\infty,+\infty)$上是凹的.

例 3.25 判断曲线$y=\ln x$的凹凸性.

解 $y'=\frac{1}{x}$，$y''=-\frac{1}{x^2}$，

由于函数在定义域$(0,+\infty)$上恒有$y''<0$，故曲线$y=\ln x$在$(0,+\infty)$上是凸的．

例 3.26 判断曲线$y=x^3$的凹凸性．

解 函数的定义域为$(-\infty,+\infty)$．

$$y'=3x^2,\quad y''=6x$$

因为当$x<0$时，$y''<0$；当$x>0$时，$y''>0$，所以曲线在$(-\infty,0)$上是凸的，在$(0,+\infty)$上是凹的．这时点$(0,0)$是曲线由凸变凹的分界点．

定义 3.3 若连续曲线$y=f(x)$上的某点是曲线凹与凸的分界点，则称该点为曲线$y=f(x)$的拐点．

显然，例 3.26 中的点$(0,0)$就是曲线$y=x^3$的拐点．

由例 3.26 还可以看出，求曲线$y=f(x)$的拐点，实际上就是$f''(x)$取正值与取负值的分界点．由此可知，若在点x_0处$f''(x_0)=0$，而在x_0的左右两侧$f''(x)$异号，则点$(x_0,f(x_0))$一定是曲线$y=f(x)$的拐点．

判断曲线$y=f(x)$的凹凸性与求拐点的一般步骤如下：

（1）求函数$y=f(x)$的定义域；

（2）求出$f''(x)$；

（3）令$f''(x)=0$，解出其在定义域内的全部实根，用这些实根将函数的定义域划分为若干个小区间；

（4）列表考察在每个小区间内$f''(x)$的符号，从而判断曲线在各小区间内的凹凸性，最后得到拐点．

例 3.27 求曲线$y=x^4-2x^3+1$的凹凸区间和拐点．

解 （1）函数的定义域为$(-\infty,+\infty)$；

（2）$y'=4x^3-6x^2$，$y''=12x^2-12x=12x(x-1)$；

（3）令$y''=0$，得$x_1=0$，$x_2=1$；

（4）列表考察（表 3.4）．

表 3.4

x	$(-\infty,0)$	0	$(0,1)$	1	$(1,+\infty)$
y''	+	0	−	0	+
y	∪	拐点$(0,1)$	∩	拐点$(1,0)$	∪

注：表中“∪”表示曲线是凹的，“∩”表示曲线是凸的．

由表 3.4 可知，曲线在区间$(-\infty,0)$及$(1,+\infty)$内是凹的，在区间$(0,1)$内是凸的，拐点为$(0,1)$、$(1,0)$．

例 3.28 讨论曲线$y=(x-2)^{\frac{5}{3}}$的凹凸区间和拐点．

解 （1）函数的定义域为$(-\infty,+\infty)$；

（2）$y'=\frac{5}{3}(x-2)^{\frac{2}{3}}$，$y''=\frac{10}{9}(x-2)^{-\frac{1}{3}}$；

(3) 令 $y''=0$，无解；但在 $x=2$ 处 y''不存在；

(4) 列表考察(表 3.5).

表 3.5

x	$(-\infty,2)$	2	$(2,+\infty)$
y''	—	不存在	+
y	∩	拐点(2,0)	∪

由表 3.5 可知，曲线在区间$(-\infty,2)$内是凸的，在区间$(2,+\infty)$内是凹的．当 $x=2$ 时 y''不存在，但 $x=2$ 时函数有定义，且两侧 y''异号，所以点(2,0)为拐点．

由例 3.28 可见，使二阶导数 $f''(x)$不存在的点处，仍有可能是函数 $y=f(x)$的拐点．

习 题 3.6

1. 判断下列曲线的凹凸性：

(1) $y=2^x$；　(2) $y=x^4+2x^2$；

(3) $y=\dfrac{2}{x}$；　(4) $f(x)=x\arctan x$；

(5) $y=x\ln x$；　(6) $f(x)=e^x-e^{-x}$.

2. 求下列函数图像的凹凸区间和拐点：

(1) $y=x^3-6x^2+9x-3$；　(2) $y=x^4-4x^3-18x^2+4x+10$；

(3) $y=xe^{-x}$；　(4) $y=\ln(x^2+1)$；

(5) $y=e^{\arctan x}$；　(6) $y=2+(x-1)^{\frac{1}{3}}$.

3. 判断曲线 $y=(2x-1)^4+1$ 是否有拐点？

4. 求 a，b 的值，使点(1,3)为曲线 $y=ax^3+bx^2$ 的拐点．

3.7 函数图像的描绘

前面我们利用导数研究了函数的单调性与极值、曲线的凹凸性与拐点，从而对函数的变化性态有了一个整体的了解．本节我们先介绍曲线的渐近线，然后综合运用这些知识，完成函数图像的描绘．

3.7.1 渐近线

在我们所见过的函数图像中，有些函数图像局限于一定的范围之内，如椭圆；而有些函数图像向无穷处延伸，如双曲线、抛物线等．一般地，如果一个点 M 延着曲线 C 离坐标原点无限远移时，点 M 与某一直线 L 的距离趋近于零，则称直线 L 为曲线 C 的一条渐近线．

先看以下例子：

(1) 当 $x\to-\infty$ 时，曲线 $y=2^x$ 无限接近于直线 $y=0$(图 3.15).

(2) $x \to \left(\frac{\pi}{2}\right)^-$ 时，曲线 $y=\tan x$ 无限接近于直线 $x=\frac{\pi}{2}$；当 $x \to \left(-\frac{\pi}{2}\right)^+$ 时，曲线 $y=\tan x$ 无限接近于直线 $x=-\frac{\pi}{2}$(图 3.16).

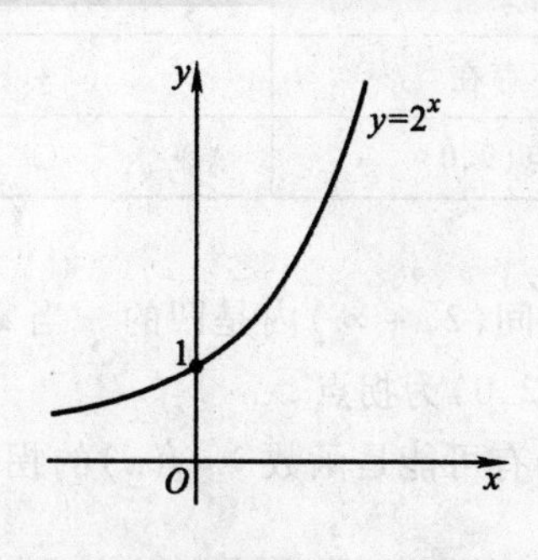

图 3.15

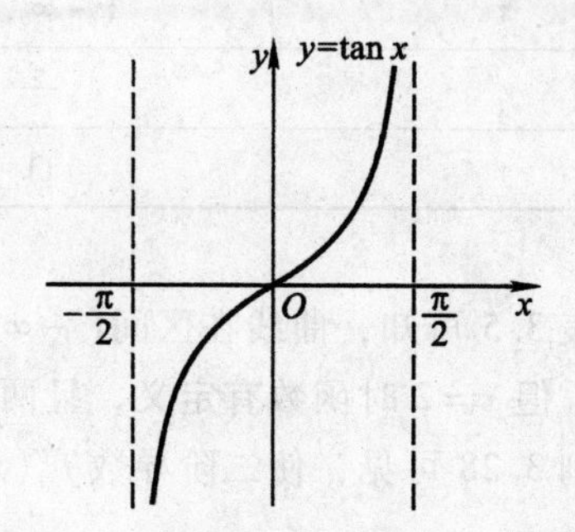

图 3.16

渐近线分三种情况：水平渐近线、垂直渐近线和斜渐近线．本节只介绍前两种，斜渐近线将在本章第九节中介绍．

定义 3.4 如果当自变量 $x\to\infty$（有时仅当 $x\to+\infty$ 或 $x\to-\infty$）时，函数 $f(x)$ 以常量 b 为极限，即

$$\lim_{x\to\infty} f(x)=b,$$

那么直线 $y=b$ 就是曲线 $y=f(x)$ 的水平渐近线．

定义 3.5 如果当自变量 $x\to x_0$（有时仅当 $x\to x_0^-$ 或 $x\to x_0^+$）时，函数 $f(x)$ 为无穷大量，即

$$\lim_{x\to x_0} f(x)=\infty,$$

那么直线 $x=x_0$ 就是曲线 $y=f(x)$ 的垂直渐近线．

例如，直线 $y=0$ 是曲线 $y=2^x$ 的水平渐近线；直线 $x=\frac{\pi}{2}$ 和 $x=-\frac{\pi}{2}$ 是曲线 $y=\tan x$ 的两条垂直渐近线．

例 3.29 求下列曲线的水平渐近线或垂直渐近线．

(1) $y=\frac{1}{\sqrt{2\pi}}e^{-\frac{x^2}{2}}$；　　(2) $y=\frac{x}{(x+1)(x-1)}$.

解 (1) 因为 $\lim\limits_{x\to\infty}\frac{1}{\sqrt{2\pi}}e^{-\frac{x^2}{2}}=\frac{1}{\sqrt{2\pi}}\lim\limits_{x\to\infty}\frac{1}{e^{\frac{x^2}{2}}}=0,$

所以直线 $y=0$ 为曲线 $y=\frac{1}{\sqrt{2\pi}}e^{-\frac{x^2}{2}}$ 的水平渐近线．

(2) 因为 $\lim\limits_{x\to-1}\frac{x}{(x+1)(x-1)}=\infty,\quad \lim\limits_{x\to1}\frac{x}{(x+1)(x-1)}=\infty,$

所以直线 $x=1$ 和 $x=-1$ 为曲线 $y=\frac{x}{(x+1)(x-1)}$ 的两条垂直渐近线．

又因为 $$\lim_{x\to\infty}\frac{x}{(x+1)(x-1)}=0,$$

所以直线 $y=0$ 为曲线的水平渐近线.

3.7.2 函数图像描绘

函数作图的一般步骤如下:

(1) 确定函数 $y=f(x)$ 的定义域，讨论函数的奇偶性、周期性等;

(2) 计算函数的一阶导数 $f'(x)$ 和二阶导数 $f''(x)$，求出方程 $f'(x)=0$ 与 $f''(x)=0$ 在函数定义域内的全部实根和导数不存在的点，把函数的定义域划分为若干个小区间;

(3) 列表考察在各小区间内 $f'(x)$ 和 $f''(x)$ 的符号，从而确定函数的单调性和极值，曲线的凹凸性和拐点;

(4) 确定曲线的水平渐近线和垂直渐近线，再根据需要计算一些必要的辅助点(如曲线与坐标轴的交点等);

(5) 综合上面的讨论结果，即可描绘出函数 $y=f(x)$ 的图像.

例 3.30 作函数 $y=3x-x^3$ 的图像.

解 (1) 函数的定义域为 $(-\infty,+\infty)$，且为奇函数，图像关于坐标原点对称.

(2) $y'=3-3x^2$，令 $y'=0$，解得驻点 $x=\pm 1$.

$y''=-6x$，令 $y''=0$，解得 $x=0$.

(3) 列表讨论如下(表 3.6).

表 3.6

x	$(-\infty,-1)$	-1	$(-1,0)$	0	$(0,1)$	1	$(1,+\infty)$
y'	$-$	0	$+$	$+$	$+$	0	$-$
y''	$+$	$+$	$+$	0	$-$	$-$	$-$
y	↘	极小值 -2	↗	拐点 $(0,0)$	↗	极大值 2	↘

(4) 显然，曲线 $y=3x-x^3$ 无水平渐近线和垂直渐近线，

取辅助点: $(-2,2)$, $(-\sqrt{3},0)$, $(\sqrt{3},0)$, $(2,-2)$.

(5) 综合上面的讨论结果，即可描绘出函数 $y=3x-x^3$ 的图像(图 3.17).

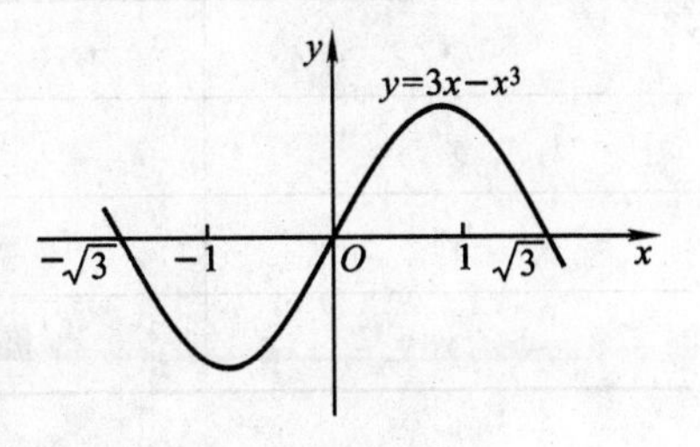

图 3.17

因为函数 $y=3x-x^3$ 为奇函数，所以，该函数的图像关于坐标原点对称. 因此，本题也可以只在区间 $(0,+\infty)$ 内进行讨论，在描绘出函数在 $(0,+\infty)$ 内的图像之后，根据图像的对称性即可得到函数在 $(-\infty,0)$ 内的图像.

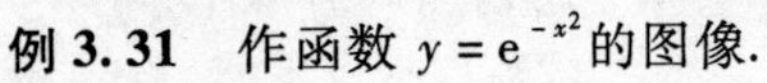

例 3.31 作函数 $y=e^{-x^2}$ 的图像.

解 (1) 函数 $y=e^{-x^2}$ 定义域为为 $(-\infty,+\infty)$，且为偶函数，因此只要作出函数在 $(0,+\infty)$ 内的图像，即可根据对称性得到它的全部图像.

(2) $y'=e^{-x^2}(-2x)$，令 $y'=0$，解得驻点 $x=0$.

$$y''=2e^{-x^2}(2x^2-1)，令 y''=0，解得 x=\pm\frac{\sqrt{2}}{2}.$$

（3）列表讨论如下(表 3.7).

表 3.7

x	0	$\left(0,\frac{\sqrt{2}}{2}\right)$	$\frac{\sqrt{2}}{2}$	$\left(\frac{\sqrt{2}}{2},+\infty\right)$
y'	0	−	−	−
y''	−	−	0	+
y	极大值 1	↘	拐点 $\left(\frac{\sqrt{2}}{2},\ e^{-\frac{1}{2}}\right)$	↘

（4）因为$\lim\limits_{x\to\infty}e^{-x^2}=\lim\limits_{x\to\infty}\frac{1}{e^{x^2}}=0$，所以曲线有水平渐近线 $y=0$.

（5）综合上面的讨论结果，即可描绘出函数 $y=e^{-x^2}$的图像(图 3.18).

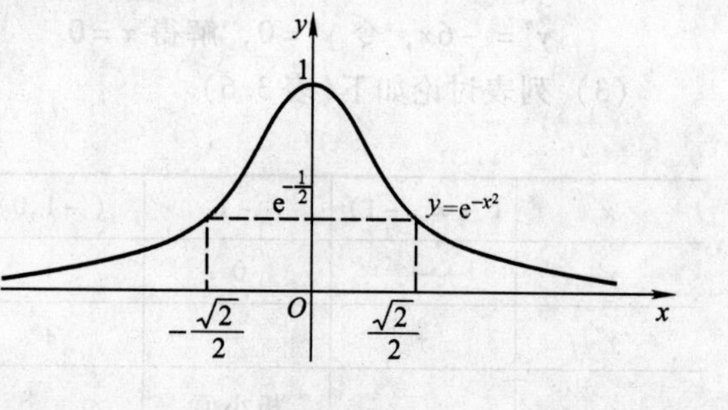

图 3.18

例 3.32 作函数 $y=\frac{x^2}{x^2-1}$的图像.

解 （1）函数定义域为$\{x\mid x\neq\pm1\}$，且为偶函数，图像关于 y 轴对称.

（2）$y'=\frac{-2x}{(x^2-1)^2}$，令 $y'=0$，解得驻点 $x=0$.

$y''=\frac{2(3x^2+1)}{(x^2-1)^3}$，令 $y''=0$，无解.

（3）列表讨论如下(表 3.8).

表 3.8

x	0	(0,1)	(1, +∞)
y'	0	−	−
y''	−	−	+
y	极大值 0	↘	↘

（4）因为
$$\lim_{x\to\infty}\frac{x^2}{x^2-1}=1,$$
所以曲线有水平渐近线 $y=1$；因为

$$\lim_{x\to 1}\frac{x^2}{x^2-1}=\infty,\ \lim_{x\to -1}\frac{x^2}{x^2-1}=\infty,$$

所以曲线有垂直渐近线 $x=1$，$x=-1$.

（5）综合上面的讨论结果，即可描绘出函数 $y=\dfrac{x^2}{x^2-1}$ 的图像(图 3.19).

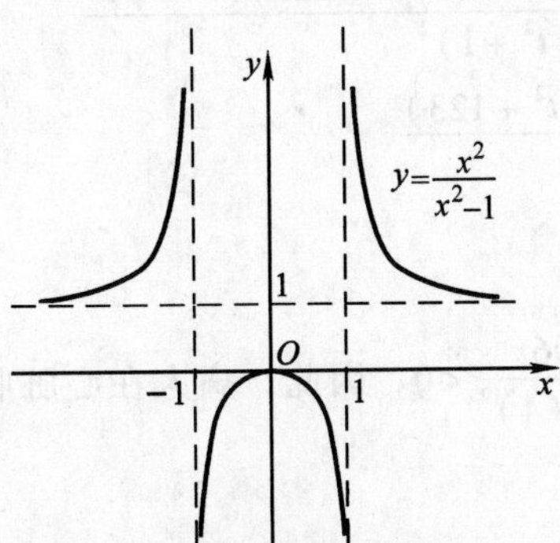

图 3.19

习 题 3.7

1. 求下列曲线的水平或垂直渐近线：

（1）$y=\dfrac{1}{x-1}$；（2）$y=\mathrm{e}^{\frac{1}{x}}$；

（3）$y=x^2+\dfrac{1}{x}$；（4）$y=\mathrm{e}^{-(x-1)^2}$；

（5）$y=\dfrac{\mathrm{e}^x}{x^2-1}$.

2. 作出下列函数的图像：

（1）$y=\dfrac{1}{3}x^3-x^2+2$；（2）$y=\dfrac{1}{4}x^4-\dfrac{3}{2}x^2$；

（3）$y=\ln(x^2-1)$；（4）$f(x)=\dfrac{1}{\sqrt{2\pi}}\mathrm{e}^{-\frac{1}{2}x^2}$；

（5）$f(x)=\dfrac{\mathrm{e}^x}{1+x}$.

3.8 应用与实践

3.8.1 应用

1. 血液的压强

例 3.33 血液从心脏流出，经主动脉后流到毛细学管，再通过静脉流回心脏．医生建立了某病人在心脏收缩的一个周期内血压 P(单位：mmHg)的数学模型 $P=\dfrac{25t^2+123}{t^2+1}$，$t$ 表示血液从心脏流出的时间(单位:s). 问病人在心脏收缩的一个周期内，血压是单调增加的还是单调减少的.

解 $$P'=\left(\frac{25t^2+123}{t^2+1}\right)'$$
$$=\frac{(25t^2+123)'(t^2+1)-(25t^2+123)(t^2+1)'}{(t^2+1)^2}$$
$$=\frac{50t(t^2+1)-2t(25t^2+123)}{(t^2+1)^2}$$
$$=-\frac{196t}{(t^2+1)^2}.$$

因为 $t>0$，所以 $P'=-\frac{196t}{(t^2+1)^2}<0$，因此，病人在心脏收缩的一个周期内，血压是单调减少的.

2. 最大输出功率

例 3.34 设在如图 3.20 所示的电路中，电源电动势为 E，内阻为 r(E 与 r 均为常量)，问负载电阻 R 多大时，才能使输出功率 P 最大?

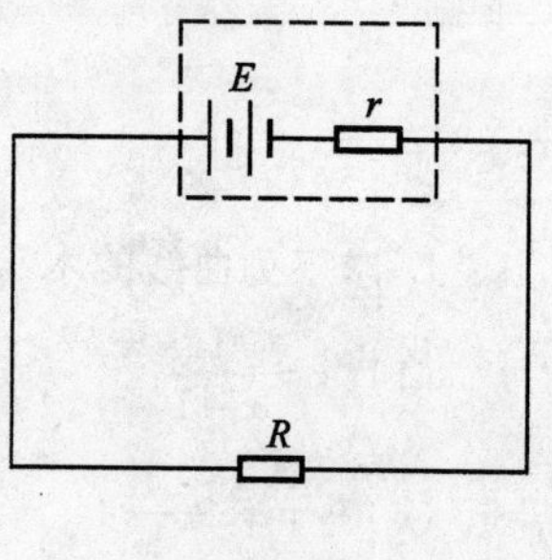

图 3.20

解 由电学知道，消耗在负载电阻 R 上的功率为

$$P=I^2R=\left(\frac{E}{R+r}\right)^2R\quad(R>0),$$

上式 P 对 R 求导得

$$\frac{\mathrm{d}P}{\mathrm{d}R}=\frac{E^2}{(R+r)^2}-\frac{2E^2R}{(R+r)^3}=\frac{E^2R+E^2r-2E^2R}{(R+r)^3}=\frac{E^2(r-R)}{(R+r)^3},$$

令$\frac{\mathrm{d}P}{\mathrm{d}R}=0$，解得唯一驻点 $R=r$. 由于此闭合电路的最大输出功率一定存在，且在$(0,+\infty)$内部取得，所以必在 P 的唯一驻点 $R=r$ 处取得.

因此，当 $R=r$ 时，输出功率最大为 $P=\frac{E^2}{4r}$.

3. 照度问题

例 3.35 从设圆桌面的半径为 a，应该在圆桌面中央上方多高的地方安置电灯，才可使桌子边缘上的照度最大?

解 由物理学知识可知，照度 $I=k\frac{\sin\varphi}{r^2}$(其中:$\varphi$ 为光线倾斜的角度,r 为光源与被照处的距离,k 光源强度).

由图 3.21 所示,

$$I=k\frac{\sin\varphi}{r^2}=k\frac{\sqrt{r^2-a^2}}{r^3}=k\sqrt{\frac{r^2-a^2}{r^6}}.$$

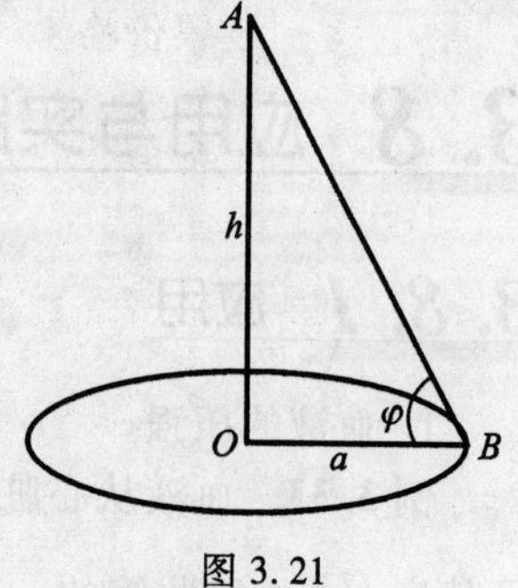

图 3.21

考虑函数 $f(r)=\frac{r^2-a^2}{r^6}=\frac{1}{r^4}-\frac{a^2}{r^6}$何时最大:

$$f'(r)=-\frac{4}{r^5}+\frac{6a^2}{r^7}=\frac{6a^2-4r^2}{r^7},$$

令 $f'(r)=0$，得驻点 $r=\sqrt{\frac{3}{2}}a$. 经判别可知 $f\left(\sqrt{\frac{3}{2}}a\right)$ 最大，故我们应在高 $h=\sqrt{\frac{3}{2}a^2-a^2}=\frac{a}{\sqrt{2}}$ 的地方安置电灯，才可使桌子边缘上的照度最大.

4. 股票曲线

例 3.36 假设 $P(t)$ 代表在时刻 t 某公司的股票价格，请根据以下叙述判定 $P(t)$ 的一阶、二阶导数的正负号：

(1) 股票价格上升得越来越慢；

(2) 股票价格接近最低点；

(3) 图 3.22(b) 所示为某种股票某天的价格走势曲线，请说明该股票当天的走势.

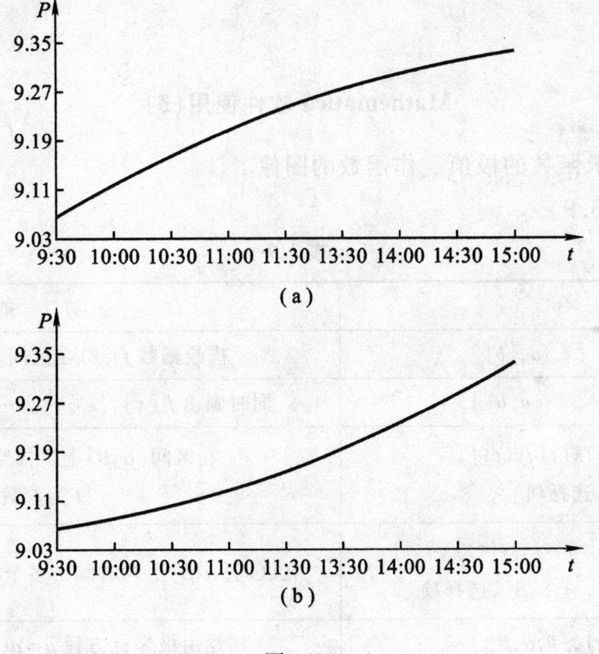

图 3.22

解 (1) 股票价格上升得越来越慢，一方面说明股票价格在上升，即 $\frac{\mathrm{d}P}{\mathrm{d}t}>0$，另一方面说明上升的速度是单调减少的，即 $\frac{\mathrm{d}^2P}{\mathrm{d}t^2}<0$，如图 3.22(a).

(2) 股票价格接近最低点时，应满足 $\frac{\mathrm{d}P}{\mathrm{d}t}=0$.

(3) 由如图 3.22(b) 所示的某股票在某天的价格走势曲线可以看出，此曲线是单调上升且为凹的，即 $\frac{\mathrm{d}P}{\mathrm{d}t}>0$，且 $\frac{\mathrm{d}^2P}{\mathrm{d}t^2}>0$. 这说明该股票当日的价格上升得越来越快.

习 题 3.8.1

1. 如果一个容器中的水量 W 随着时间的增加而增加，但增加量越来越小，则$\frac{dW}{dt}$，$\frac{d^2W}{dt^2}$的正、负符号分别是什么？

2. 设函数 $p(t)$ 表示某种产品在时刻 t 的价格，则在通货膨胀期间，$p(t)$ 将迅速增加．请用 $p(t)$ 的导数描述以下叙述：

(1) 通货膨胀仍然存在；

(2) 通货膨胀率正在下降；

(3) 在不久的将来，物价将稳定下来．

3. 一汽车厂家正在测试新开发的汽车的发动机的效率，发动机的效率 P(单位:%)与汽车的速度 v(单位:km/h)之间的关系为 $P=0.768v-0.00004v^3$．问发动机的最大效率是多少？

3.8.2 实践

Mathematica 软件使用(3)

利用 Mathematic 求函数的极值、作函数的图像.

1. 作图函数(表 3.9)

表 3.9

命　令	功　能
Plot [f[x], {x, a, b}]	描绘函数 $f(x)$ 在区间 $[a,b]$ 上的图像
Plot[{f,g,…}, {x,a,b}]	同时画出 $f[x]$，$g[x]$，… 在 $[a,b]$ 上的图像
ParametricPlot[{x(t),y(t)}, {t,α,β},选择项]	在区间 $[\alpha,\beta]$ 上，描绘参数曲线图，t 为参数
ParametricPlot[{{x1(t),y1(t)}, {x2(t),y2(t)},…],{t,α,β},选择项]	在区间 $[\alpha,\beta]$ 上同时画出多个参数曲线图，t 为参数
PolarPlot[ρ(θ),{θ,α,β}]	描绘由极坐标方程 $\rho=\rho(\theta)$ 所确定的曲线
PolarPlot[{ρ1(θ),ρ2(θ)}, {θ, α, β}]	同时画出 $\rho_1=\rho_1(\theta)$，$\rho_2=\rho_2(\theta)$ 所确定的曲线

如果要指定坐标轴的名称，可在命令的后面加 AxesLabel 选项，具体如下：

Plot[f [x],{x,a,b},AxesLabel→{x,y}]

如果要指定在坐标轴上不加刻度，可在命令的后面加 Ticks 选项：

Plot[f [x],{x,a,b},Ticks →False]

如果需要在图像上加网格线，可在命令的后面加 GridLines 选项：

Plot[f [x], {x, a, b}, GridLines →Automatic]

需要说明的是，在使用极坐标绘图命令之前，要先加载 < <Graphsic'Graphsic'函数库.

例 作出函数 $f(x)=e^{-x^2}$ 在 $(-3,+3)$ 内的图像.

其结果见演示 3.1.

演示 3.1

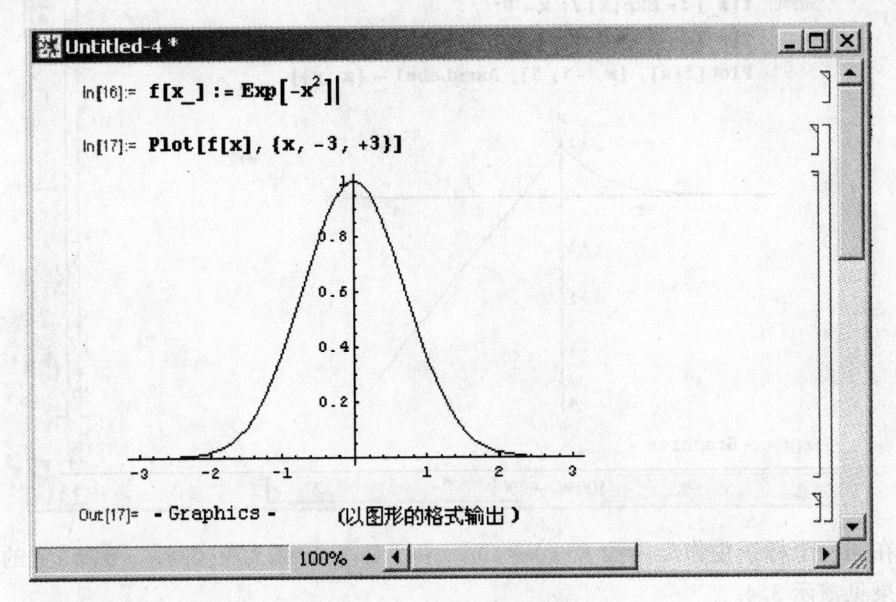

例 作出函数 $f(x)=x^3-3x^2+1$ 在 $(-2,4)$ 内的图像.

其结果见演示 3.2.

演示 3.2

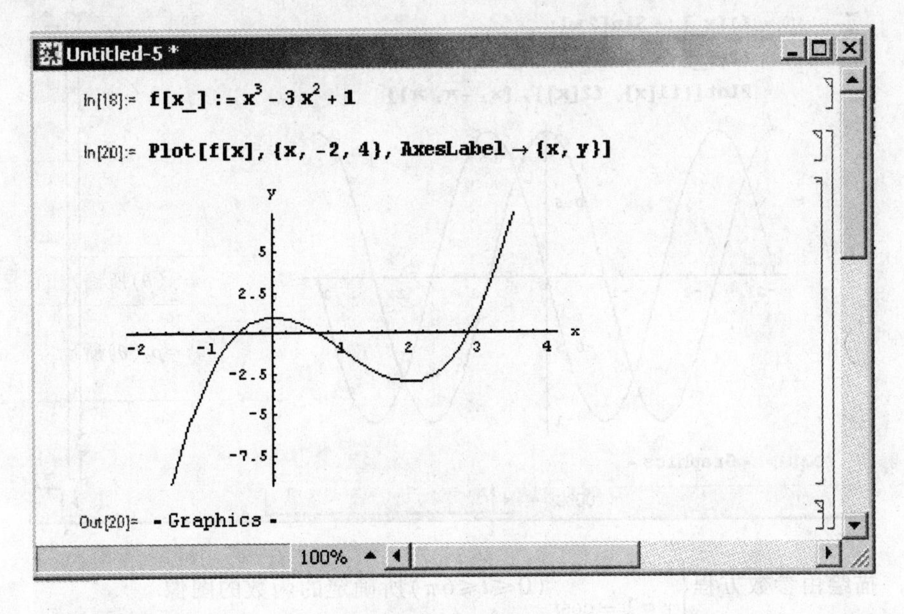

例 作出函数 $f(x)=\begin{cases} e^x, & -5\leqslant x<0, \\ 1-x, & 0\leqslant x\leqslant 5 \end{cases}$ 的图像.

其结果见演示 3.3.

演示 3.3

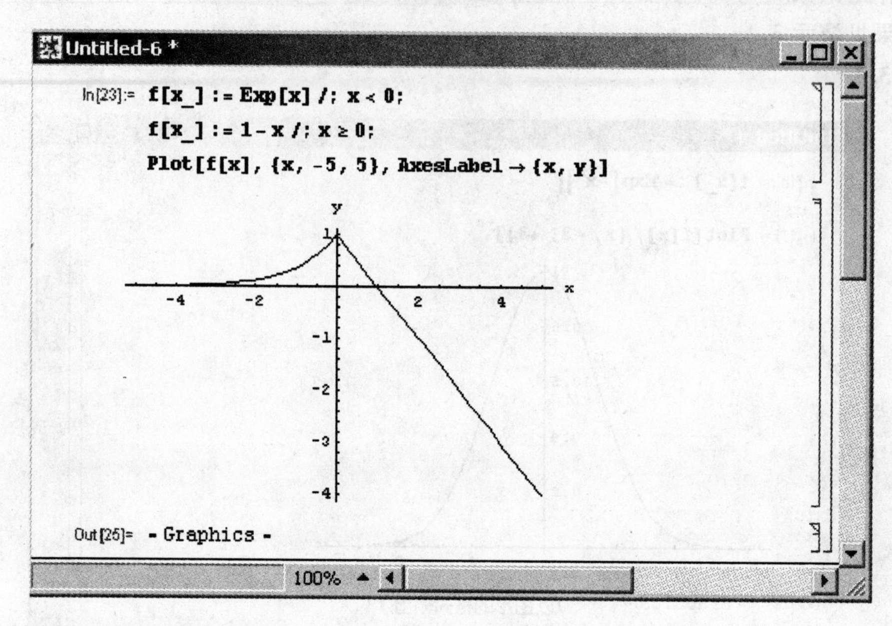

例 在同一坐标系中作出函数 $f_1(x)=\sin 2x$ 和 $f_2(x)=\cos 2x$ 在区间 $[-\pi,\pi]$ 上的图像.
其结果见演示 3.4.

演示 3.4

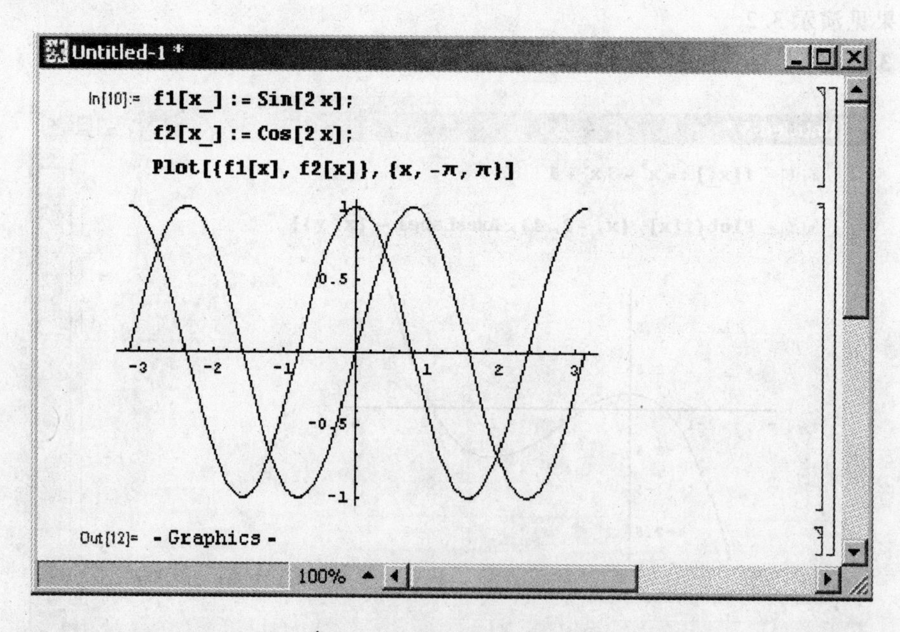

例 5 描绘由参数方程 $\begin{cases} x=t-\sin t, \\ y=1-\cos t \end{cases}$ $(0\leqslant t\leqslant 6\pi)$ 所确定的函数的图像.

其结果见演示 3.5.

演示 3.5

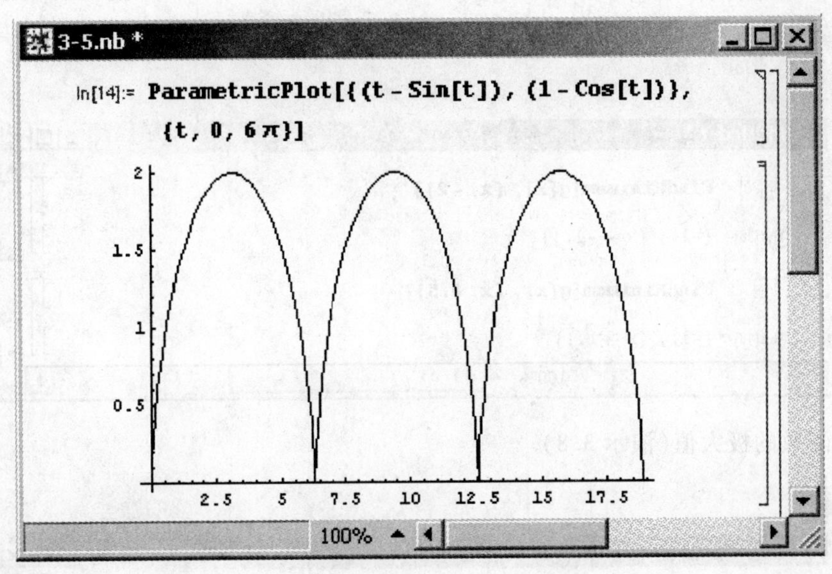

2. 求函数的极值

命令格式：FindMinimum[f, { x, x_0 }].

功能：以 $x = x_0$ 为初始条件，求函数 $f[x]$ 的极小值.

Mathematica 中没有提供求函数的极大值的命令，求函数的极大值时，可先将函数乘以 -1，再利用 FindMinimum 命令求出的极小值乘以 -1 即得到极大值. 如果要求函数的极值，可先作出函数在某一区间的图像，观察图像在该区间内的大致极值点，然后以这些点为初始条件，利用 FindMinimum 命令找出函数在这一区间内的极值.

例 求函数在 $g(x) = x^4 - 2x^2$ 在[-3,3]内的极值.

解 首先定义函数，作出函数的图像(演示 3.6).

演示 3.6

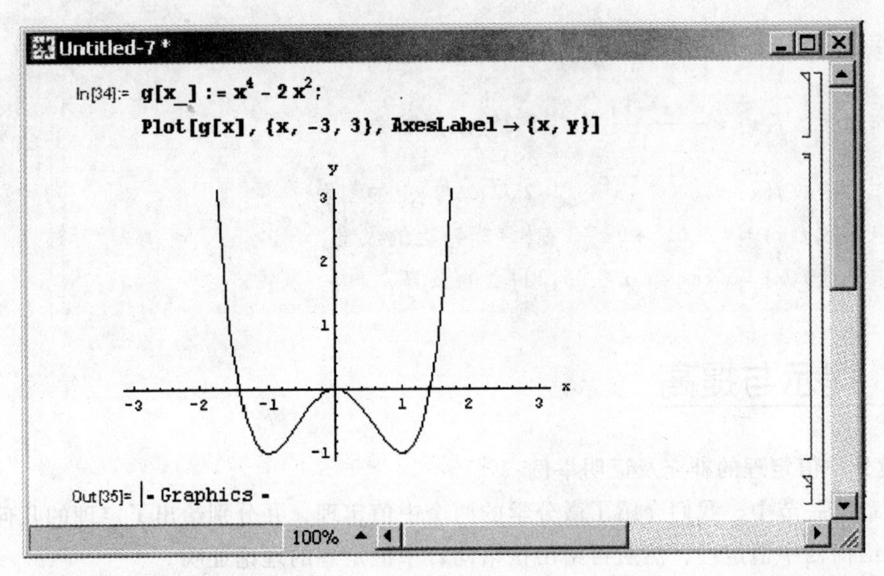

由于函数在[-3,3]内有两个极小值，因此，选择不同的初始值就能求得函数在不同区间内的极小值(演示 3.7).

演示 3.7

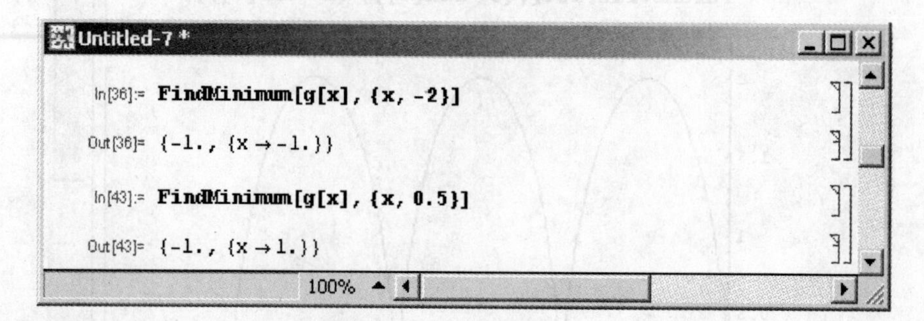

下面求函数的极大值(演示 3.8).

演示 3.8

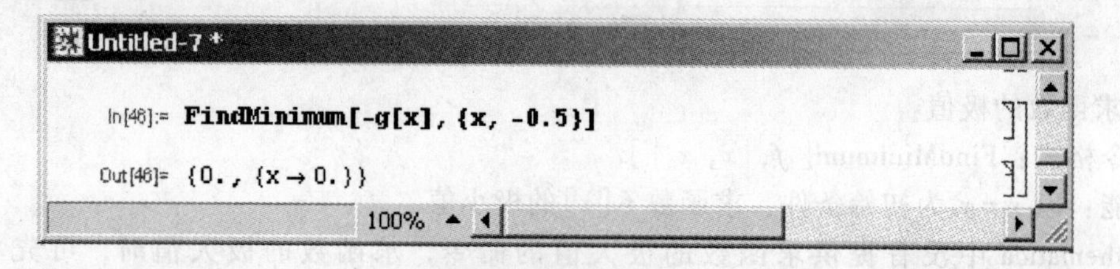

习 题 3.8.2

1. 作出函数 $f(x)=\dfrac{x^2}{x+1}$ 在[-4,6]上的图像.
2. 设 $f(x)=\begin{cases}x^2-\sin^2 x, & x\leqslant 0,\\ 1-2x, & x>0,\end{cases}$ 作出 $f(x)$ 在[-3,3]上的图像.
3. 作出由参数方程 $\begin{cases}x=a\cos^3\theta,\\ y=a\sin^3\theta\end{cases}$ $(-3\leqslant\theta\leqslant 3)$ 确定的函数的图像.
4. 作出函数 $f(x)=\dfrac{x^2(x-1)}{(x+1)^2}$ 在[-5,35]上的图像.
5. 作出函数 $f(x)=\sqrt{8x^2-x^4}$ 在 $[-2\sqrt{2},2\sqrt{2}]$ 上的图像.
6. 求函数 $f(x)=x^3-6x^2+9x-3$ 在[-3,4]上的极值.
7. 求函数 $f(x)=x^2\cos x\ln x$ 在[5,20]上的极值.

3.9 提示与提高

1. 微分中值定理的补充及证明举例

在本章第一节中，我们介绍了微分学的两个中值定理，并分别给出了定理的几何解释．下面首先介绍柯西中值定理，然后再给出拉格朗日中值定理的理论证明．

(1) 柯西(Cauchy)中值定理.

柯西中值定理 若函数$f(x)$与$F(x)$满足下列条件:

(1) 在闭区间$[a,b]$上连续;

(2) 在开区间(a,b)内可导，且$F'(x)\neq 0$;

则在(a,b)内至少存在一点$\xi(a<\xi<b)$，使得

$$\boxed{\frac{f(b)-f(a)}{F(b)-F(a)}=\frac{f'(\xi)}{F'(\xi)}} \tag{3.4}$$

本定理不作理论证明，在此只给出几何解释.

若将柯西中值定理中的x看成参数，则可将

$$\begin{cases}X=F(x),\\ Y=f(x)\end{cases}\quad(a\leqslant x\leqslant b)$$

看作一条曲线的参数方程，这时$\dfrac{f(b)-f(a)}{F(b)-F(a)}$表示连接曲线两端点$A(F(a),f(a))$，$B(F(b),f(b))$的弦的斜率(图3.23)，而$\dfrac{f'(\xi)}{F'(\xi)}$表示该曲线上某一点$(F(\xi),f(\xi))$处切线的斜率.

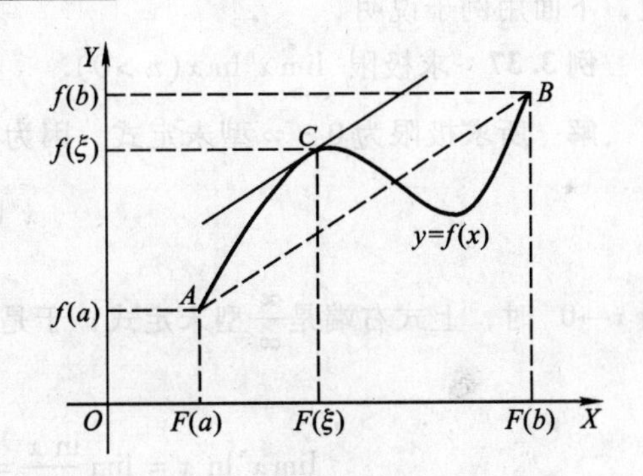

图 3.23

显然，在(3.4)式中若取$F(x)=x$，则$F(b)-F(a)=b-a$，$F'(x)=1$，则(3.4)式就可写为：$f(b)-f(a)=f'(\xi)(b-a)$. 所以，拉格朗日中值定理是柯西中值定理的特例.

(2) 拉格朗日中值定理的理论证明.

拉格朗日中值定理证明的思路：拉格朗日中值定理与罗尔定理相比缺少条件$f(a)=f(b)$，而结论也是说明在(a,b)内至少存在一点$\xi(a<\xi<b)$，使之满足某一等式. 现在设想，如果能构造一个新的函数$\varphi(x)$，这个函数与函数$f(x)$之间需有某种关系，不但能由$f(x)$在$[a,b]$上连续、在(a,b)内可导的条件，推得$\varphi(x)$也在$[a,b]$上连续、在(a,b)内可导，而且有$\varphi(a)=\varphi(b)$，这样就可以利用罗尔定理来求点ξ，使$\varphi'(\xi)=0$，从而有可能推出拉格朗日中值定理的结论. 这个新函数可以称为辅助函数. 由图3.2可以看出，如果能把弓形ACB放置到水平位置，它就是罗尔定理的几何意义. 为此需要把$\triangle ABD$移掉，即在$x\in[a,b]$对应的$f(x)$中减去对应于$\triangle ABD$中的一段. 具体讲，构造一个辅助函数$\varphi(x)$，使

$$\varphi(x)=f(x)-EF=f(x)-\frac{f(b)-f(a)}{b-a}(x-a).$$

拉格朗日中值定理的理论证明：构造辅助函数

$$\varphi(x)=f(x)-EF=f(x)-\frac{f(b)-f(a)}{b-a}(x-a),$$

显然$\varphi(x)$在$[a,b]$上连续、在(a,b)内可导，而且有$\varphi(a)=\varphi(b)$. 从而可知$\varphi(x)$满足罗尔定理，至少存在一点$\xi(a<\xi<b)$，使$\varphi'(\xi)=0$，即

$$f'(\xi)-\frac{f(b)-f(a)}{b-a}=0,$$

$$f(b)-f(a)=f'(\xi)(b-a).$$

定理得证.

2. 可转化为$\frac{0}{0}$或$\frac{\infty}{\infty}$型的其他类型的未定式的计算

在第二节我们已经研究了$\frac{0}{0}$、$\frac{\infty}{\infty}$两种未定式，除了这两种未定式外，还有$0\cdot\infty$，$\infty-\infty$，0^0，1^∞，∞^0等未定式. 由于它们都可化为$\frac{0}{0}$型或$\frac{\infty}{\infty}$型，因此，也常可用洛必达法则求出其值，下面用例子说明.

例 3.37 求极限 $\lim\limits_{x\to0^+}x^n\ln x\,(n>0)$.

解 所求极限为$0\cdot\infty$型未定式. 因为

$$x^n\ln x=\frac{\ln x}{x^{-n}},$$

当$x\to0^+$时，上式右端是$\frac{\infty}{\infty}$型未定式，于是

$$\lim_{x\to0^+}x^n\ln x=\lim_{x\to0^+}\frac{\ln x}{x^{-n}}=\lim_{x\to0^+}\frac{\frac{1}{x}}{-nx^{-n-1}}=-\lim_{x\to0^+}\frac{x^n}{n}=0.$$

例 3.38 求极限 $\lim\limits_{x\to1}(1-x)\tan\left(\frac{\pi}{2}x\right)$.

解 所求极限为$0\cdot\infty$型未定式，我们可将其转化为$\frac{0}{0}$型未定式：

$$\lim_{x\to1}(1-x)\tan\left(\frac{\pi}{2}x\right)=\lim_{x\to1}\frac{1-x}{\cot\left(\frac{\pi}{2}x\right)}=\lim_{x\to1}\frac{-1}{-\frac{\pi}{2}\csc^2\left(\frac{\pi}{2}x\right)}=\frac{2}{\pi}.$$

注 $0\cdot\infty$型未定式既可转化为$\frac{0}{0}$型也可转化为$\frac{\infty}{\infty}$型，究竟如何转化，应具体问题具体分析. 若将例 3.37 转化为$\frac{0}{0}$型，例 3.38 转化为$\frac{\infty}{\infty}$型，会使问题复杂化.

例 3.39 求极限$\lim\limits_{x\to1}\left(\frac{x}{x-1}-\frac{1}{\ln x}\right)$.

解 所求极限为$\infty-\infty$型未定式，通过通分可将其转化为$\frac{0}{0}$型未定式：

$$\begin{aligned}\lim_{x\to1}\left(\frac{x}{x-1}-\frac{1}{\ln x}\right)&=\lim_{x\to1}\frac{x\ln x-(x-1)}{(x-1)\ln x}\\&=\lim_{x\to1}\frac{x\frac{1}{x}+\ln x-1}{\ln x+\frac{x-1}{x}}\\&=\lim_{x\to1}\frac{\ln x}{1-\frac{1}{x}+\ln x}\end{aligned}$$

$$=\lim_{x\to 1}\frac{\frac{1}{x}}{\frac{1}{x^2}+\frac{1}{x}}=\frac{1}{2}.$$

对于 0^0，1^∞，∞^0 型的未定式，可先用对数恒等式 $N=\mathrm{e}^{\ln N}(N>0)$ 或取对数法将函数变形，然后再用初等函数的连续性及洛必达法则即可求出结果.

例 3.40 求极限 $\lim\limits_{x\to 0^+}x^x$.

解 所求极限为 0^0 型未定式：

$$\lim_{x\to 0^+}x^x=\lim_{x\to 0^+}\mathrm{e}^{x\ln x}=\mathrm{e}^{\lim\limits_{x\to 0^+}x\ln x},$$

而

$$\lim_{x\to 0^+}x\ln x=\lim_{x\to 0^+}\frac{\ln x}{\frac{1}{x}}=0,$$

故

$$\lim_{x\to 0^+}x^x=\mathrm{e}^0=1.$$

例 3.41 求极限 $\lim\limits_{x\to 0}(\cos x)^{\frac{1}{x^2}}$.

解 所求极限为 1^∞ 型未定式，可利用对数法解. 令

$$y=(\cos x)^{\frac{1}{x^2}},$$

因为

$$\lim_{x\to 0}\ln y=\lim_{x\to 0}\left(\frac{1}{x^2}\ln\cos x\right)=\lim_{x\to 0}\frac{\ln\cos x}{x^2}=\lim_{x\to 0}\frac{\frac{1}{\cos x}(-\sin x)}{2x}$$

$$=-\frac{1}{2}\lim_{x\to 0}\left(\frac{1}{\cos x}\frac{\sin x}{x}\right)=-\frac{1}{2},$$

所以

$$\lim_{x\to 0}(\cos x)^{\frac{1}{x^2}}=\mathrm{e}^{-\frac{1}{2}}.$$

洛必达法则是利用导数求未定式极限的一个充分性法则，应该说，洛必达法则不仅是求未定式极限的常用方法，而且是非常有效的方法，但它并不是万能的，在用洛必达法则求极限时，不仅要注意其有效性和技巧性，而且也应该注意其局限性.

例 3.42 求极限 $\lim\limits_{x\to\infty}\frac{x+\sin x}{x}$.

解 所求极限为 $\frac{\infty}{\infty}$ 型，若用洛必达法则，则有

$$\lim_{x\to\infty}\frac{x+\sin x}{x}=\lim_{x\to\infty}\frac{1+\cos x}{1}.$$

这个极限不存在，但事实上可如下求极限：

$$\lim_{x\to\infty}\frac{x+\sin x}{x}=\lim_{x\to\infty}\left(1+\frac{\sin x}{x}\right)=1.$$

例 3.43 求极限 $\lim\limits_{x\to+\infty}\frac{\sqrt{1+x^2}}{x}$.

解 所求极限为 $\frac{\infty}{\infty}$ 型，若不断地运用洛必达法则，则有

$$\lim_{x\to+\infty}\frac{\sqrt{1+x^2}}{x}=\lim_{x\to+\infty}\frac{(\sqrt{1+x^2})'}{x'}=\lim_{x\to+\infty}\frac{x}{\sqrt{1+x^2}}$$

$$=\lim_{x\to+\infty}\frac{x'}{(\sqrt{1+x^2})'}=\lim_{x\to+\infty}\frac{\sqrt{1+x^2}}{x}=\cdots.$$

如此周而复始，总也求不出极限，因此洛必达法则对于该题失效．

其实求此极限应在分式的分子、分母上同除 x，即

$$\lim_{x\to+\infty}\frac{\sqrt{x^2+1}}{x}=\lim_{x\to+\infty}\frac{\sqrt{1+\frac{1}{x^2}}}{1}=1.$$

易错提醒 上例若是求$\lim\limits_{x\to\infty}\frac{\sqrt{1+x^2}}{x}$，则结果是极限不存在，因为 $\lim\limits_{x\to-\infty}\frac{\sqrt{x^2+1}}{x}=-1$.

3. 求函数极值问题的进一步研究

(1) 求函数极值的两种判别法的比较．

在本章第四节中介绍了求函数极值的两种判别法．一般地说，若 $f''(x)$ 简单，则第二种判别法比较好(例 3.17)；反之，选用第一种判别法更为方便(例 3.16)．但是，如果 $f''(x_0)=0$，则第二种判别法失效．事实上，当 $f'(x_0)=0$，$f''(x_0)=0$ 时，$f(x)$ 在点 x_0 处可能有极大值，也可能有极小值，可能没有极值．例如，$f_1(x)=-x^4$，$f_2(x)=x^4$，$f_3(x)=x^3$ 这三个函数在 $x=0$ 就分别属于这三种情况．因此，如果函数在驻点处的二阶导数为零，则必须用第一种判别法来判断该驻点是否是极值点．

例 3.44 求函数 $f(x)=(x^2-1)^3+1$ 的极值．

解 函数 $f(x)$ 的定义域为 $(-\infty,+\infty)$，

$$f'(x)=3(x^2-1)^2\cdot 2x=6x(x+1)^2(x-1)^2.$$

令 $f'(x)=0$，得驻点 $x_1=-1$，$x_2=0$，$x_3=1$，

$$f''(x)=6(x^2-1)(5x^2-1).$$

因 $f''(0)=6>0$，$f(x)$ 在点 $x=0$ 处取得极小值，极小值为 $f(0)=0$.

因 $f''(-1)=f''(1)=0$，用第二判别法失效，只能用第一判别法，

当 x 取 -1 左侧邻近的值时，$f'(x)<0$；当 x 取 -1 右侧邻近的值时，$f'(x)<0$，因为 $f'(x)$ 的符号没有改变，所以 $f(x)$ 在 $x=-1$ 处没有极值．同理，$f(x)$ 在 $x=1$ 处也没有极值(图 3.24)．

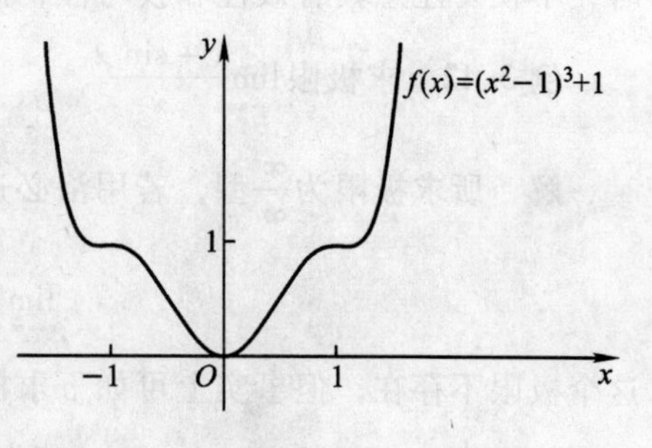

图 3.24

(2) 隐函数及由参数方程确定的函数的极值问题举例．

例 3.45 设函数 $y=y(x)$ 由方程 $y^3+x^3-3x+3y=2$ 所确定，试求 $y=y(x)$ 的极值．

解 由 $3y^2y'+3x^2-3+3y'=0$ 得，$y'=\frac{1-x^2}{1+y^2}$. 令 $y'=0$，得 $x=\pm1$. 此时，

$$y(-1)=0,\ y(1)=1.$$

由 $$y''=\frac{-2x(1+y^2)-2yy'(1-x^2)}{(1+y^2)^2},$$

知 $$y''(-1)=2>0,\ y''(1)=\frac{-4}{4}=-1<0.$$

从而 $y(-1)=0$ 为极小值，$y(1)=1$ 为极大值．

例 3.46 求由参数方程$\begin{cases}x=t^3+3t,\\ y=t^3-3t^2+1\end{cases}$表示的函数 $y=y(x)$ 的极值．

解 $$\frac{dy}{dx}=\frac{3t^2-6t}{3t^2+3}=\frac{t(t-2)}{t^2+1}.$$

令$\frac{dy}{dx}=0$，得 $t_1=0$，$t_2=2$.

列表考察(表 3.10)

表 3.10

t	$(-\infty,0)$	0	$(0,2)$	2	$(2,\infty)$
x	$(-\infty,0)$	0	$(0,14)$	14	$(14,\infty)$
y'	+	0	−	0	+
y	↗	极大值 1	↘	极小值 −3	↗

故函数的极大值为 $y(0)=1$，极小值为 $y(14)=-3$.

4. 函数不等式的证明

(1) 利用中值定理证明不等式.

例 3.47 求证不等式：$|\arctan b-\arctan a|\leqslant|b-a|$.

证 设 $f(x)=\arctan x$，显然函数 $f(x)$ 在 $[a,b]$ (或 $[b,a]$) 上满足拉格朗日中值定理的条件，所以有

$$\arctan b-\arctan a=\frac{1}{1+\xi^2}(b-a),\ \xi\text{ 在 } a,\ b \text{ 之间}.$$

$$|\arctan b-\arctan a|=\frac{1}{1+\xi^2}|b-a|\leqslant|b-a|,$$

即 $$|\arctan b-\arctan a|\leqslant|b-a|.$$

(2) 利用函数单调性证明不等式.

例 3.48 证明：当 $x>0$ 时，$\ln(1+x)<x$.

证 令 $f(x)=x-\ln(1+x)$，则

$$f'(x)=1-\frac{1}{1+x}=\frac{x}{1+x}>0,$$

故 $f(x)$ 在 $(0,+\infty)$ 上单调增加，又 $f(0)=0$，所以

$$f(x)>f(0)=0,\ \text{即}\ x-\ln(1+x)>0,$$

所以当 $x>0$ 时，有 $\ln(1+x)<x$.

(3) 利用函数最值证明不等式.

例 3.49 证明：当$|x|\leqslant 2$时，$|3x-x^3|\leqslant 2$.

证 要证明的不等式即为$-2\leqslant 3x-x^3\leqslant 2$，所以若能证明$-2$，2 分别为$y=3x-x^3$的最小值和最大值即可.

设$f(x)=3x-x^3$，则

$$f'(x)=3-3x^2=3(1-x)(1+x),$$

令$f'(x)=0$，解得$x=1$和$x=-1$，由

$$f(2)=-2,\ f(-2)=2,\ f(1)=2,\ f(-1)=-2,$$

知$f(x)$在$[-2,2]$上的最大值为 2，最小值为-2. 所以

$$-2\leqslant 3x-x^3\leqslant 2,\ x\in[-2,2].$$

(4) 利用函数图像凹凸性证明不等式.

例 3.50 设$x>0$，$y>0$，且$x\neq y$，证明.

$$x\ln x+y\ln y>(x+y)\ln\frac{x+y}{2}.$$

证 原不等式可等价地写为

$$\frac{x+y}{2}\ln\frac{x+y}{2}<\frac{x\ln x+y\ln y}{2}.$$

令辅助函数$f(t)=t\ln t$，$t\in(0,+\infty)$，则

$$f'(t)=1+\ln t,\ f''(t)=\frac{1}{t}>0,\ t\in(0,+\infty).$$

从而$f(t)$在$(0+\infty)$内图像为凹的.

故由定义得：对任意x，$y\in(0,\ +\infty)$，$x\neq y$，有

$$f\left(\frac{x+y}{2}\right)<\frac{f(x)+f(y)}{2}.$$

所以原不等式成立.

注 上题的证明采用了曲线凹凸性的如下定义：

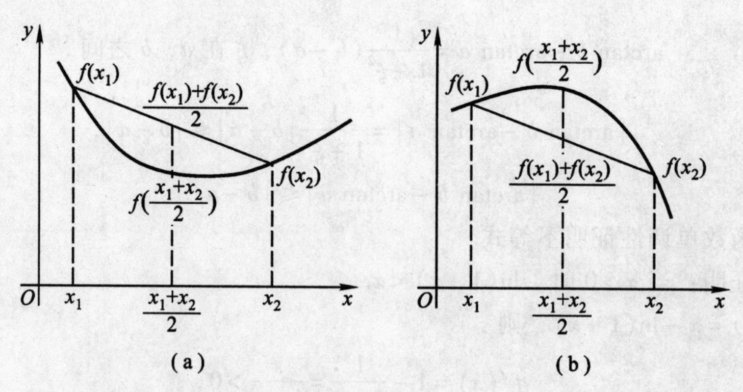

图 3.25

设$f(x)$在区间I上连续，如果对I上任意两点x_1，x_2，恒有

$$f\left(\frac{x_1+x_2}{2}\right)<\frac{f(x_1)+f(x_2)}{2}$$

成立，那么称$f(x)$在I上的图像是凹的(或凹弧)(图3.25(a))；如果恒有

$$f\left(\frac{x_1+x_2}{2}\right)>\frac{f(x_1)+f(x_2)}{2}$$

成立，那么称$f(x)$在I上的图像是凸的(或凸弧)(图3.25(b)).

5. 曲线的斜渐近线

在本章第七节中我们已经研究了曲线的水平渐近线和垂直渐近线．然而，除了水平渐近线和垂直渐近线外，一般地，曲线还可能有形如$y=ax+b$的渐近线，通常称为**斜渐近线**．例如，直线$y=\pm\frac{b}{a}x$就是双曲线$\frac{x^2}{a^2}-\frac{y^2}{b^2}=1$的斜渐近线．

定理3.8 如果函数$f(x)$满足：

(1) $\lim\limits_{x\to\infty}\frac{f(x)}{x}=k$;

(2) $\lim\limits_{x\to\infty}[f(x)-kx]=b$,

则曲线$f(x)$有斜渐近线$y=kx+b$.

例3.51 求曲线$f(x)=\frac{x^3}{(x+1)^2}$的渐近线(图3.26).

解 因为 $k=\lim\limits_{x\to\infty}\frac{f(x)}{x}=\lim\limits_{x\to\infty}\frac{x^2}{(x+1)^2}=1$,

$$b=\lim_{x\to\infty}[f(x)-kx]=\lim_{x\to\infty}\left(\frac{x^3}{(x+1)^2}-x\right)=-2,$$

所以，曲线$f(x)=\frac{x^3}{(x+1)^2}$有斜渐近线$y=x-2$.

因为
$$\lim_{x\to-1}f(x)=\infty,$$

所以，曲线$f(x)=\frac{x^3}{(x+1)^2}$有垂直渐近线$x=-1$.

例3.52 求曲线$f(x)=x+\arctan x$的斜渐近线(图3.27).

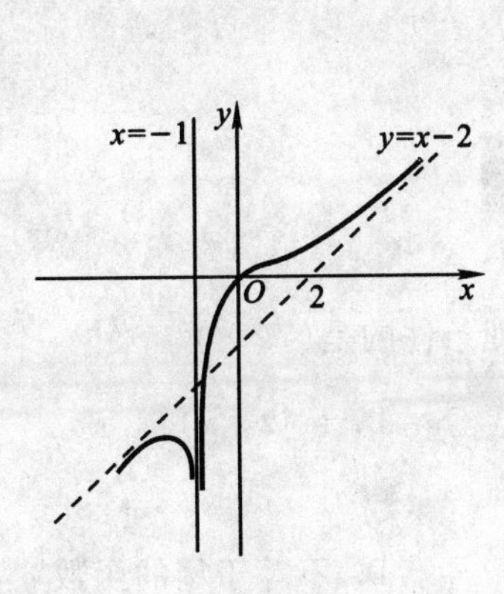

图3.26

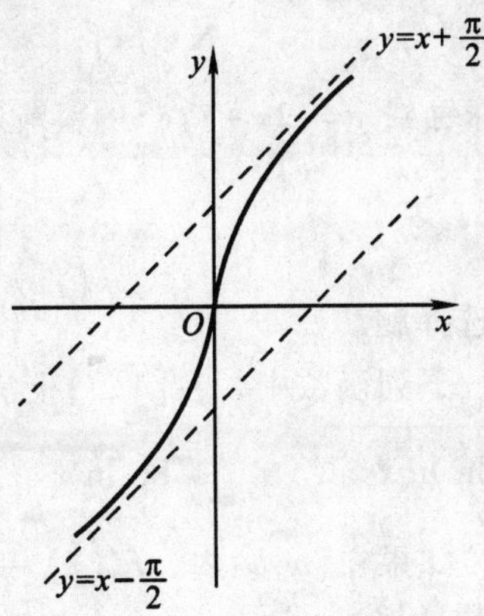

图3.27

解 因为 $k=\lim\limits_{x\to\infty}\frac{f(x)}{x}=\lim\limits_{x\to\infty}\frac{x+\arctan x}{x}=1$,

$$b_1=\lim_{x\to+\infty}[f(x)-kx]=\lim_{x\to+\infty}\arctan x=\frac{\pi}{2},$$

$$b_2=\lim_{x\to-\infty}[f(x)-kx]=\lim_{x\to-\infty}\arctan x=-\frac{\pi}{2},$$

所以曲线的斜渐近线方程为 $y=x+\frac{\pi}{2}$ 及 $y=x-\frac{\pi}{2}$.

习 题 3.9

1. 证明下列不等式:

(1) $\arctan x+\frac{1}{x}>\frac{\pi}{2}(x>0)$;

(2) $\frac{a-b}{a}<\ln\frac{a}{b}<\frac{a-b}{b}(0<b<a)$;

(3) $2x\arctan x\geqslant\ln(1+x^2)$;

(4) $\frac{e^x+e^y}{2}>e^{\frac{x+y}{2}}(x\neq y)$.

2. 用洛必达法则求下列函数的极限:

(1) $\lim\limits_{x\to\infty}x\ln\frac{x+a}{x-a}$;

(2) $\lim\limits_{x\to0}(\frac{1}{x}-\cot x)$;

(3) $\lim\limits_{x\to0^+}x^{\sin x}$;

(4) $\lim\limits_{x\to0^+}\left(\frac{1}{x}\right)^{\tan x}$.

3. 求由参数方程 $\begin{cases}x=te^t,\\y=te^{-t}\end{cases}$ 表示的函数 $y=y(x)$ 的极值.

4. 设函数 $y=y(x)$ 由方程 $2y^3-2y^2+2xy-x^2=1$ 所确定，试求 $y=y(x)$ 的驻点，并判断它是否为极值点.

5. 求曲线 $y=(2x-1)e^{\frac{1}{x}}$ 的斜渐近线.

复习题三[A]

1. 选择题.

(1) 下列函数中，在[1,e]上满足拉格朗日中值定理条件的是(　　).

A. $\ln\ln x$　　B. $\ln x$　　C. $\frac{1}{\ln x}$　　D. $\ln(2-x)$

(2) 如果在 (a,b) 内，$f'(x)\equiv0$，则在 (a,b) 内 $f(x)$(　　).

A. 恒为常数　　B. 大于零的函数　　C. 恒为零　　D. 不等于零的函数

(3) 函数 $y=x-\ln(1+x)$ 的单调减少区间是(　　).

A. $(-1,+\infty)$　　B. $(-1,0)$　　C. $(0,+\infty)$　　D. $(-\infty,-1)$

(4) $x=0$ 是函数 $y=x^4$ 的(　　).

A. 驻点但非极值点　　B. 驻点　　C. 驻点且是拐点　　D. 驻点且是极值点

(5) 函数 $y=(x+1)^2$ 在 $(-2,2)$ 上的极小值点是(　　).

A. 0　　B. -1　　C. $(0,1)$　　D. $(1,4)$

(6) 若 $y=x^2-x$，则函数在区间 $[0,1]$ 上的最大值是(　　).

A. 0　　B. $-\frac{1}{4}$　　C. $\frac{1}{2}$　　D. $\frac{1}{4}$

(7) 下列极限可运用洛必达法则的是(　　).

A. $\lim\limits_{x\to\infty}\frac{\ln(1+x^2)}{x^3-x}$　　B. $\lim\limits_{x\to\infty}\frac{1-\sin x}{x}$　　C. $\lim\limits_{x\to-\infty}\frac{e^x+1}{e^x-1}$　　D. $\lim\limits_{x\to\infty}\frac{x-\sin 2x}{\sin x}$

(8) 如果在 (a,b) 内，$f(x)$ 有唯一驻点 $x=x_0$，且 $f''(x_0)<0$，则 $f(x_0)$ 是 $f(x)$ 的(　　).

A. 极大值　　B. 极小值　　C. 最大值　　D. 最小值

(9) 曲线 $y=\frac{1}{|x|}$ 的渐近线情况是(　　).

A. 只有水平渐近线　　B. 只有垂直渐近线

C. 既有水平渐近线，又有垂直渐近线　　D. 既无水平渐近线，又无垂直渐近线

(10) 在 $(0,+\infty)$ 内，$f(x)=1-\ln x$ 的图像是(　　).

A. 凹的　　B. 凸的　　C. 有凹有凸　　D. 关于 x 轴对称

2. 填空题.

(1) 罗尔定理的条件是其结论的________条件.

(2) 函数 $f(x)=x^2$ 在 $[1,2]$ 上满足拉格朗日中值定理的条件和结论，这时 $\xi=$________.

(3) 如果点 x_0 是 $f(x)$ 的极值点，则 $f'(x_0)$________.

(4) 若可导函数 $f(x)$ 在点 x_0 处取得极值，则曲线 $y=f(x)$ 在点 $(x_0,f(x_0))$ 处的切线与 x 轴________.

(5) 函数 $f(x)=\sin x-x$ 在定义域内单调________.

(6) 若 $\lim\limits_{x\to+\infty}f(x)=c$，则曲线 $y=f(x)$ 有________渐近线，为________.

(7) 曲线 $y=x^3-3x+1$ 的拐点为________.

(8) 曲线 $y=e^{-x^2}$ 在区间________上是凸的.

3. 求下列函数的极限：

(1) $\lim\limits_{x\to+\infty}\frac{x^2+\ln x}{x\ln x}$；　　(2) $\lim\limits_{x\to 0}\frac{e^x-x-1}{x(e^x-1)}$.

4. 求下列函数的单调区间和极值：

(1) $y=\frac{\ln^2 x}{x}$；　　(2) $y=\arctan x-\frac{1}{2}\ln(1+x^2)$.

5. 求函数 $y=e^{2x-x^2}$ 的凹凸区间和拐点.

6. 已知曲线 $y=ax^3+bx^2+cx$ 上点 $(1,2)$ 处有水平切线，且原点为该曲线的拐点，求曲

线的方程.

7. 设函数$f(x)=2x^3-6x^2+m$在$[-2,2]$上有最大值3. 试确定常数m，并求$f(x)$在$[-2,2]$上的最小值.

8. 在抛物线$y^2=2px$上求一点，使与点$M(p,p)$的距离为最小.

9. 要造一圆柱形油罐，体积为V，问底半径r和高h等于多少时，能使表面积最小？这时底半径与高的比是多少？

10. 根据下列条件，画曲线：

（1）画出一条曲线，使得它的一阶和二阶导数处处为正；

（2）画出一条曲线，使得它的二阶导数处处为负，但一阶导数处处为正；

（3）画出一条曲线，使得它的二阶导数处处为正，但一阶导数处处为负；

（4）画出一条曲线，使得它的一阶和二阶导数处处为负.

11. 已知连续函数$y=f(x)$满足下列条件：$f(0)=1$，$f'(0)=0$；当$|x|>0$时，$f'(x)>0$；当$x<0$时，$f''(x)<0$，当$x>0$时，$f''(x)>0$. 试作出函数图像的大致形状.

12. 描绘函数$y=1+\dfrac{36x}{(x+3)^2}$的图像.

复习题三【B】

1. 选择题.

（1）对于函数$f(x)=\dfrac{1}{1+x^2}$，满足罗尔定理全部条件的区间是（　　）.

A. $[-2,0]$　　B. $[0,1]$　　C. $[-1,2]$　　D. $[-2,2]$

（2）下列极限可运用洛必达法则的是（　　）.

A. $\lim\limits_{x\to 0}\dfrac{x^2\sin\dfrac{1}{x}}{\sin x}$　　B. $\lim\limits_{x\to+\infty}x\left(\dfrac{\pi}{2}-\arctan x\right)$

C. $\lim\limits_{x\to\infty}\dfrac{x-\sin x}{x+\sin x}$　　D. $\lim\limits_{x\to\infty}\dfrac{x\sin x}{x^2}$

（3）设$a<0$，则当满足条件（　　）时函数$f(x)=ax^3+3ax^2+8$为增函数.

A. $x<-2$　　B. $-2<x<0$　　C. $x>0$　　D. $x<-2$或$x>0$

（4）函数$y=2\ln\dfrac{x+3}{x}-3$的水平渐近线方程为（　　）.

A. $y=2$　　B. $y=1$　　C. $y=-3$　　D. $y=0$

2. 填空题.

（1）设$f(x)=x^3$，$g(x)=x^2+1$，则由柯西中值定理，知在$(1,2)$内存在$\xi=$________使

$$\frac{f(2)-f(1)}{g(2)-g(1)}=\frac{f'(\xi)}{g'(\xi)}.$$

（2）函数$f(x)=(x^2-1)(x^2-4)$，那么$f'(x)=0$有________个实根.

(3) 函数$f(x)=\sqrt[3]{(x^2-2x)^2}$在$[0,3]$上的最大值为________，最小值为________.

(4) 曲线$\begin{cases}x=e^t,\\y=e^t\sin t\end{cases}$在区间$0\leqslant t\leqslant\pi$上的拐点是________.

3. 求下列函数的极限.

(1) $\lim\limits_{x\to0}\dfrac{\tan x-x}{x^2\sin x}$；

(2) $\lim\limits_{x\to+\infty}(\sqrt[3]{x^3+x^2+x+1}-x)$；

(3) $\lim\limits_{x\to\infty}\left(1+\dfrac{1}{x^2}\right)^x$.

4. 证明不等式：

$$\frac{\alpha-\beta}{\cos^2\beta}\leqslant\tan\alpha-\tan\beta\leqslant\frac{\alpha-\beta}{\cos^2\alpha}\left(0<\beta\leqslant\alpha<\frac{\pi}{2}\right).$$

5. 设函数$f(x)$二阶可导，且$f''(x)>0$. 证明：对于$h>0$，有

$$f(x+h)+f(x-h)>2f(x).$$

6. 对于函数$f(x)=\begin{cases}\dfrac{3-x^2}{2}, & 0\leqslant x<1,\\ \dfrac{1}{x}, & 1\leqslant x\leqslant2\end{cases}$能否应用拉格朗日中值定理？这时$\xi$取何值？

7. 设函数$f(x)$满足$3f(x)-f\left(\dfrac{1}{x}\right)=\dfrac{1}{x}(x\neq0)$，求函数$f(x)$的极值.

8. 设函数$f(x)=x+a\cos x(a>1)$在区间$(0,2\pi)$内有极小值，且极小值为0，求函数$f(x)$在该区间内的极大值.

9. 求函数$f(x)=\begin{cases}2(x-1)^2+1, & 0\leqslant x\leqslant1,\\1, & 1<x<2,\\2x-3, & 2\leqslant x\leqslant3,\end{cases}$在$[0,3]$上的最大值和最小值.

10. 试证：曲线$y=x\sin x$的拐点必在曲线$y^2(4+x^2)=4x^2$上.

11. 讨论函数$y=xe^{x^{-\frac{1}{2}}}$图像的渐近线.

12. 把长为24 cm的铁丝剪成两段，一段作为圆，另一段作为正方形，应如何剪法才能使圆与正方形面积之和为最小？

13. 已知函数$f(x)=ax^3+bx^2+cx+d$有极值点$x_1=1$和$x_2=3$，曲线$y=f(x)$的拐点为$(2,4)$，在拐点处曲线的斜率等于-3. 确定a，b，c，d的值，并作出函数的图像.

14. 设$y=\dfrac{x^3+4}{x^2}$求：

(1) 函数的单调区间及极值；

(2) 函数图像的凹凸区间及拐点；

(3) 渐近线；

(4) 作出函数的图像.

4 不定积分

史海回望

微积分是微分学和积分学的统称，它的萌芽、发生和发展经历了漫长的时期，古希腊的数学家阿基米德在《抛物线求积法》中用穷竭法求出抛物线弓形的面积，成为积分学的真正萌芽，直到17世纪后半叶，数学家牛顿和莱布尼茨总结了前人的工作，确立了微积分学. 它从生产技术和理论科学的需要中产生，又反过来广泛影响着生产技术和科学的发展，它的产生是数学上的伟大创造.

微分学主要是讨论求已知函数的导数或微分的问题，现在我们将讨论它的反问题：已知一个函数的导数或微分，去寻求原来的函数. 这是积分学的基本问题之一.

4.1 不定积分的概念

引例[**自由落体运动**] 一物体在地球引力的作用下开始作自由落体运动，重力加速度为 g. 问物体运动的速度函数和路程函数.

分析 若已知物体的路程函数 $s=s(t)$，则求导可得物体运动的速度 $v=s'(t)$，同样，若已知物体的速度函数 $v=v(t)$，则求导可得物体运动的加速度函数 $g=v'(t)$.

不过，本例中我们提出的问题与上述过程刚好相反，需解决以下两个问题：

(1) 已知速度的导数 $v'(t)=g$，求速度函数 $v=v(t)$；

(2) 已知路程的导数 $s'(t)=v$，求路程函数 $s=s(t)$.

4.1.1 原函数

1. 原函数的定义

上例中提出的两个问题，从数学上看，都是已知函数 $F(x)$ 的导数 $F'(x)=f(x)$，求它的原来的函数 $F(x)$ 的问题. 由此，我们抽象出原函数的定义.

定义 4.1 如果在某一区间上，函数 $F(x)$ 与 $f(x)$ 满足

$$F'(x)=f(x)\text{或 }\mathrm{d}F(x)=f(x)\mathrm{d}x,$$

则称在该区间上，函数 $F(x)$ 是 $f(x)$ 的一个**原函数**.

例如，因为 $(\sin x)'=\cos x$，所以 $\sin x$ 是 $\cos x$ 的一个原函数. 不仅如此，又因为

$$(\sin x+1)'=(\sin x+2)'=(\sin x-\sqrt{2})'=(\sin x+C)'=\cdots=\cos x,$$

因而它们都是 $\cos x$ 的原函数. 可见，一个函数的原函数如果存在，则必有无穷多个.

2. 原函数的性质

定理 4.1 如果函数 $f(x)$ 在某区间上连续，则在该区间上 $f(x)$ 的原函数一定存在.

由第一章我们知道，初等函数在其定义区间上都是连续的，因此初等函数在其定义区间上必定存在原函数.

定理 4.2 如果 $F(x)$ 是 $f(x)$ 的一个原函数，则 $F(x)+C$ 是 $f(x)$ 的全部原函数（其中 C 为任意常数），且 $f(x)$ 的任一个原函数与 $F(x)$ 相差一个常数.

注 该定理告诉我们，只要求得 $f(x)$ 的一个原函数 $F(x)$，$F(x)+C$ 则就是 $f(x)$ 的全体原函数.

例 4.1 证明函数 $-\frac{1}{2}\cos 2x$，$\sin^2 x+5$，$-\cos^2 x-10$ 都是 $\sin 2x$ 的原函数.

证 因为

$$\left(-\frac{1}{2}\cos 2x\right)'=-\frac{1}{2}(-\sin 2x)\times 2=\sin 2x,$$

$$(\sin^2 x+5)'=2\sin x\cos x=\sin 2x,$$

$$(-\cos^2 x-10)'=-2\cos x(-\sin x)=\sin 2x.$$

所以由原函数的定义，函数 $-\frac{1}{2}\cos 2x$，$\sin^2 x+5$，$-\cos^2 x-10$ 都是 $\sin 2x$ 的原函数.

注

$$-\frac{1}{2}\cos 2x=-\frac{1}{2}(2\cos^2 x-1)=-\cos^2 x+\frac{1}{2},$$

$$-\frac{1}{2}\cos 2x=-\frac{1}{2}(1-2\sin^2 x)=-\frac{1}{2}+\sin^2 x,$$

即 $-\frac{1}{2}\cos 2x$，$\sin^2 x+5$，$-\cos^2 x-10$ 这三个函数之间相差一个固定常数.

4.1.2 不定积分

1. 不定积分的定义

定义 4.2 函数 $f(x)$ 的全体原函数称为 $f(x)$ 的**不定积分**，记作 $\int f(x)\mathrm{d}x$. 其中"$\int$"称为积分号，$f(x)$ 称为被积函数，$f(x)\mathrm{d}x$ 称为被积表达式，x 称为积分变量.

由上述定义知，如果 $F(x)$ 是 $f(x)$ 的一个原函数，则 $f(x)$ 的全体原函数可表示为

$$\int f(x)\mathrm{d}x=F(x)+C,$$

其中 C 称为积分常数.

例 4.2 求下列不定积分：

(1) $\int\cos x\mathrm{d}x$； (2) $\int\frac{1}{x}\mathrm{d}x$.

解 (1) 因为$(\sin x)'=\cos x$，所以$\int \cos \mathrm{d}x=\sin x+C$；

(2) 因为$x>0$时，$(\ln x)'=\frac{1}{x}$，又$x<0$时，$[\ln(-x)]'=\frac{-1}{-x}=\frac{1}{x}$，所以

$$\int \frac{1}{x}\mathrm{d}x=\ln|x|+C;$$

2. 不定积分的几何意义

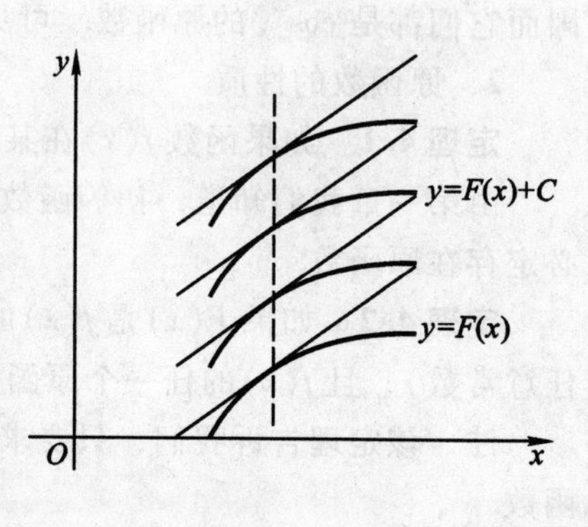

图 4.1

如果函数$f(x)$在某区间上的一个原函数是$F(x)$，通常我们把这个原函数$F(x)$的图像称为$f(x)$的一条**积分曲线**，其方程为$y=F(x)$，因此$f(x)$的不定积分在几何上就表示全体积分曲线所组成的**积分曲线族**，它们的方程为$y=F(x)+C$. 这族积分曲线具有这样的特点：在横坐标相同的点处曲线的切线是平行的，切线的斜率都等于$f(x)$，由于它们的纵坐标只相差一个常数，因此它们都可以由曲线$y=F(x)$沿y轴方向平行移动得到(图 4.1).

例 4.3 求一积分曲线，已知曲线通过点(1,5)且平行于x轴，平移后能与曲线$y=x^2+3x+6$重合.

解 设所求曲线方程为$y=F(x)$，由不定积分的几何意义和原函数的定义可知，

$$F'(x)=(x^2+3x+6)'=2x+3,$$

即

$$F(x)=\int(2x+3)\mathrm{d}x=x^2+3x+C,$$

由所求曲线过点(1,5)知，$5=1+3+C$，得$C=1$，因此所求曲线为$y=x^2+3x+1$.

4.1.3 不定积分的基本性质

1. 不定积分的性质

性质 1 微分运算和积分运算互为逆运算，即

$$\left(\int f(x)\mathrm{d}x\right)'=f(x) \quad 或 \quad \mathrm{d}\left(\int f(x)\mathrm{d}x\right)=f(x)\mathrm{d}x,$$

$$\int f'(x)\mathrm{d}x=f(x)+C \quad 或 \quad \int \mathrm{d}f(x)=f(x)+C.$$

这就是说，如果对一个函数先积分后微分，那么二者的作用互相抵消；反之如果先微分后积分，那么二者的作用互相抵消后只差一个常数.

性质 2 两个函数代数和的不定积分，等于两个函数积分的代数和，即

$$\int[f(x)\pm g(x)]\mathrm{d}x=\int f(x)\mathrm{d}x\pm\int g(x)\mathrm{d}x.$$

该结论可以推广到任意有限多个函数的代数和的情形，即

$$\int[f_1(x)\pm f_2(x)\pm\cdots\pm f_n(x)]\mathrm{d}x=\int f_1(x)\mathrm{d}x\pm\int f_2(x)\mathrm{d}x\pm\cdots\pm\int f_n(x)\mathrm{d}x.$$

性质 3 被积函数中不为零的常数因子可以移到积分号前，即

$$\int kf(x)\,dx = k\int f(x)\,dx \quad (k\neq 0).$$

事实上，当 $k=0$ 时，$\int kf(x)\,dx=\int 0\,dx=C$，而 $k\int f(x)\,dx=0$，两者是不相等的.

2. 基本积分公式表

由前面的讨论可知，积分法与微分法互为逆运算，所以由导数公式可以相应得出下列积分公式. 例如，因为 $\left(\frac{1}{\alpha+1}x^{\alpha+1}\right)'=x^{\alpha}$，所以 $\frac{1}{\alpha+1}x^{\alpha+1}$ 是 x^{α} 的一个原函数，即

$$\int x^{\alpha}\,dx=\frac{1}{\alpha+1}x^{\alpha+1}+C \quad (\alpha\neq -1),$$

类似地可以得到其他积分公式(表 4.1).

表 4.1 基本积分公式表

1. $\int k\,dx=kx+C$ （k 是常数）	2. $\int x^{\alpha}\,dx=\frac{1}{\alpha+1}x^{\alpha+1}+C \quad (\alpha\neq -1)$
3. $\int \frac{1}{x}\,dx=\ln\lvert x\rvert+C$	4. $\int e^{x}\,dx=e^{x}+C$
5. $\int a^{x}\,dx=\frac{a^{x}}{\ln a}+C \ (a>0,a\neq -1)$	6. $\int \sin x\,dx=-\cos x+C$
7. $\int \cos x\,dx=\sin x+C$	8. $\int \frac{1}{\cos^2 x}\,dx=\int \sec^2 x\,dx=\tan x+C$
9. $\int \frac{1}{\sin^2 x}\,dx=\int \csc^2 x\,dx=-\cot x+C$	10. $\int \sec x\tan x\,dx=\sec x+C$
11. $\int \csc x\cot x\,dx=-\csc x+C$	12. $\int \frac{1}{\sqrt{1-x^2}}\,dx=\arcsin x+C$
13. $\int \frac{1}{1+x^2}\,dx=\arctan x+C$	

例 4.4 求下列不定积分：

(1) $\int e^{x+1}\,dx$；　(2) $\int\left(\cos x-\frac{2}{\sqrt{1-x^2}}+e\right)dx$.

解 (1) $\int e^{x+1}\,dx=\int e\times e^{x}\,dx=e\int e^{x}\,dx=e^{x+1}+C$.

(2)
$$\int\left(\cos x-\frac{2}{\sqrt{1-x^2}}+e\right)dx=\int\cos x\,dx-2\int\frac{1}{\sqrt{1-x^2}}\,dx+\int e\,dx$$
$$=\sin x-2\arcsin x+ex+C.$$

注 (1) 求函数的不定积分时积分常数 C 不能丢掉，否则就会出现概念性的错误.

(2) 在分项积分后，不必分别加任意常数，只要在总的结果中加一个 C 即可.

(3) 检验积分计算是否正确，只需对积分结果求导，看它是否等于被积函数. 若相等，积分结果是正确的，否则就是错误的.

在计算不定积分时，有时需要对被积函数作代数或三角变形，然后才能利用积分基本公式求出结果.

例 4.5 求 $\int \frac{1}{x\sqrt[3]{x}}dx$.

解 $\int \frac{1}{x\sqrt[3]{x}}dx = \int x^{-\frac{4}{3}}dx = \frac{x^{-\frac{4}{3}+1}}{-\frac{4}{3}+1} + C = -3x^{-\frac{1}{3}} + C = -\frac{3}{\sqrt[3]{x}} + C.$

解题思路：当被积函数含根式时，应将它化为 x^{α} 的形式，再用幂函数的积分公式求不定积分.

例 4.6 求 $\int \frac{x^4}{1+x^2}dx$.

解
$$\begin{aligned}\int \frac{x^4}{1+x^2}dx &= \int \frac{x^4-1+1}{1+x^2}dx = \int \frac{(x^2+1)(x^2-1)+1}{1+x^2}dx \\ &= \int \left(x^2-1+\frac{1}{1+x^2}\right)dx = \int x^2dx - \int dx + \int \frac{1}{1+x^2}dx \\ &= \frac{x^3}{3} - x + \arctan x + C.\end{aligned}$$

解题思路：设法化被积函数为和式，然后再逐项积分.

下面各例题的解题思路仍如此，不过它们是利用三角函数的恒等变换来将被积函数化为和式的.

例 4.7 求 $\int \cot^2 x dx$.

解 $\int \cot^2 x dx = \int (\csc^2 x - 1)dx = \int \csc^2 x dx - \int dx = -\cot x - x + C.$

例 4.8 求 $\int \cos^2 \frac{x}{2}dx$.

解 $\int \cos^2 \frac{x}{2}dx = \int \frac{1+\cos x}{2}dx = \frac{1}{2}\int dx + \frac{1}{2}\int \cos x dx = \frac{1}{2}x + \frac{1}{2}\sin x + C.$

例 4.9 求 $\int (2\sec x - \tan x)\tan x dx$.

解
$$\begin{aligned}\int (2\sec x - \tan x)\tan x dx &= 2\int \sec x \tan x dx - \int \tan^2 x dx \\ &= 2\sec x - \int (\sec^2 x - 1)dx = 2\sec x - \tan x + x + C.\end{aligned}$$

例 4.10 求 $\int \frac{1+\sin^2 x}{1+\cos 2x}dx$.

解
$$\begin{aligned}\int \frac{1+\sin^2 x}{1+\cos 2x}dx &= \int \frac{1+\sin^2 x}{2\cos^2 x}dx = \int \left(\frac{1}{2}\sec^2 x + \frac{1}{2}\tan^2 x\right)dx \\ &= \int \left(\sec^2 x - \frac{1}{2}\right)dx = \tan x - \frac{1}{2}x + C.\end{aligned}$$

习 题 4.1

1. 验证下列等式是否成立：

(1) $\int \frac{x}{\sqrt{1+x^2}}dx=\sqrt{1+x^2}+C$；

(2) $\int 3x^2e^{x^3}dx=e^{x^3}+C$；

(3) $\int \sqrt{x}(x^3-2)dx=\frac{2}{9}x^4\sqrt{x}-\frac{4}{3}x\sqrt{x}+C$；

(4) $\int x\cos x dx=x\sin x+\cos x+C$.

2. 求下列不定积分.

(1) $\int (x^3+2^x+e^x)dx$；

(2) $\int (\cos x+\sin x)dx$；

(3) $\int \left(e^x+\frac{8}{\sqrt{1-x^2}}\right)dx$；

(4) $\int \frac{1-x}{x\sqrt{x}}dx$；

(5) $\int (\sqrt{x}+1)(\sqrt{x^3}-1)dx$；

(6) $\int \left(1-\frac{1}{x^2}\right)\sqrt{x\sqrt{x}}dx$；

(7) $\int \frac{x^2-1}{x^2+1}dx$；

(8) $\int \frac{2+x^2+x^4}{1+x^2}dx$；

(9) $\int \frac{(1+2x^2)^2}{x^2(1+x^2)}dx$；

(10) $\int 3^{-x}\left(1-\frac{3^x}{\sqrt{x}}\right)dx$；

(11) $\int \sec x(\sec x+\tan x)dx$；

(12) $\int \frac{2-\sin^2 x}{\cos^2 x}dx$；

(13) $\int 2\sin^2\frac{x}{2}dx$；

(14) $\int \frac{e^{2x}-1}{e^x+1}dx$.

3. 某曲线在任一点的切线斜率等于该点横坐标的倒数，且通过点$(e^2,3)$，求该曲线方程.

4.2 换元积分法

引例［太阳能的能量］ 某一太阳能的能量f相对于太阳能接触的表面面积x的变化为

$$\frac{df}{dx}=\frac{0.03}{\sqrt{0.02x+1}},$$

如果当$x=0$时，$f=3$. 求太阳能的能量f的表达式.

分析 该问题实际上是求不定积分

$$f=\int \frac{0.03}{\sqrt{0.02x+1}}dx.$$

利用目前的知识还不能计算该不定积分. 也就是说利用不定积分的性质和基本积分公式表，所能计算的不定积分是非常有限的，因此我们还需要进一步研究求不定积分的方法. 最常用的积分法是换元积分法和分部积分法. 在第二章中，我们学习了复合函数微分法，积分法作为微分法的逆运算，也有相应的方法，这就是换元积分法，简称换元法.

4.2.1 第一类换元积分法

先分析下面的积分.

例 4.11 求 $\int \cos 4x\mathrm{d}x$.

分析 计算不定积分 $\int \cos 4x\mathrm{d}x$，如果直接套用基本积分公式 $\int \cos x\mathrm{d}x = \sin x + C$，所求答案为 $\sin 4x + C$，显然这个结果是错误的，因为 $(\sin 4x + C)' = 4\cos 4x$，就是说 $\sin 4x$ 不是 $\cos 4x$ 的一个原函数，事实上，因为 $\left(\frac{1}{4}\sin 4x\right)' = \cos 4x$，所以 $\int \cos 4x\mathrm{d}x = \frac{1}{4}\sin 4x + C$. 出现错误结果的原因在于，被积函数 $\cos 4x$ 与公式 $\int \cos x\mathrm{d}x$ 中的被积函数不一样，$\cos 4x$ 是复合函数. 因此计算时应将原积分作变形.

解 把原积分作下列变形后计算：

$$\int \cos 4x\mathrm{d}x \xlongequal{\text{整理}} \frac{1}{4}\int (\cos 4x) \times 4\mathrm{d}x \xlongequal{\text{凑微分}} \frac{1}{4}\int \cos 4x\mathrm{d}(4x)$$

$$\xlongequal{\text{令 } u=4x} \frac{1}{4}\int \cos u\mathrm{d}u = \frac{1}{4}\sin u + C \xlongequal{\text{还原}} \frac{1}{4}\sin 4x + C.$$

经验证得知，计算方法正确.

在上例解法中，通过引入新变量 $u = \varphi(x) = 4x$，从而把原积分化为关于 u 的一个简单的积分，再套用基本积分公式求解. 现在的问题是，在公式 $\int \cos x\mathrm{d}x = \sin x + C$ 中，如果将 x 换成了 $u = \varphi(x)$，对应得到的公式 $\int \cos u\mathrm{d}u = \sin u + C$ 是否还成立？回答是肯定的，我们有下面的定理.

定理 4.3 如果 $\int f(x)\mathrm{d}x = F(x) + C$，则

$$\int f(u)du = F(u) + C,$$

其中 $u = \varphi(x)$ 是 x 的任一个可微函数.

该定理告诉我们以下结论.

(1) 求不定积分时，如果被积函数可以整理成 $f[\varphi(x)]\varphi'(x)$，并且 $f(u)$ 具有原函数 $F(u)$，则

$$\int f[\varphi(x)]\varphi'(x)\mathrm{d}x \xlongequal{\text{凑微分}} \int f[\varphi(x)]d\varphi(x)$$

$$\xlongequal{\text{换元 } u=\varphi(x)} \int f(u)du = F(u) + C$$

$$\xlongequal{\text{以 } u=\varphi(x) \text{ 还原}} F[\varphi(x)] + C.$$

这种先“凑”微分式，再作变量置换的方法，叫做**第一类换元积分法**，也称**凑微分法**.

(2) 定理4.3 表明了将基本积分公式中的积分变量换成任一可微函数，公式仍成立，这就大大扩充了基本积分公式的使用范围.

例 4.12 求 $\int (2x+1)^5 dx$.

解 将被积函数整理成

$$\int (2x+1)^5 dx = \frac{1}{2}\int (2x+1)^5 (2x+1)' dx = \frac{1}{2}\int (2x+1)^5 d(2x+1),$$

且
$$\int u^{\alpha} du = \frac{1}{\alpha+1}u^{\alpha+1} + C,$$

因此，设 $u=2x+1$，从而得

$$\int (2x+1)^5 dx = \frac{1}{2}\int u^5 du = \frac{1}{2}\cdot\frac{1}{6}u^6 + C = \frac{1}{12}(2x+1)^6 + C.$$

例 4.13 求 $\int \frac{\ln^2 x}{x}dx$.

解 由于
$$\int \frac{\ln^2 x}{x}dx = \int \ln^2 x(\ln x)' dx = \int \ln^2 x d(\ln x),$$

因此，设 $u=\ln x$，从而得

$$\int \frac{\ln^2 x}{x}dx = \int u^2 du = \frac{1}{3}u^3 + C = \frac{1}{3}\ln^3 x + C.$$

对变量代换比较熟练以后，可略去中间的换元步骤，直接凑微分成积分公式的形式.

例 4.14 求 $\int \frac{\sin\sqrt{x}}{\sqrt{x}}dx$.

解 $\int \frac{\sin\sqrt{x}}{\sqrt{x}}dx = 2\int \sin\sqrt{x}(\sqrt{x})' dx = 2\int \sin\sqrt{x} d(\sqrt{x}) = -2\cos\sqrt{x} + C.$

例 4.15 求 $\int \frac{e^{\arctan x}}{1+x^2}dx$.

解
$$\int \frac{e^{\arctan x}}{1+x^2}dx = \int e^{\arctan x} d(\arctan x) = e^{\arctan x} + C.$$

例 4.16 求 $\int x\sqrt{4-x^2}dx$.

解
$$\begin{aligned}\int x\sqrt{4-x^2}dx &= -\frac{1}{2}\int \sqrt{4-x^2}d(4-x^2)\\ &= -\frac{1}{2}\cdot\frac{2}{3}(4-x^2)^{\frac{3}{2}} + C = -\frac{1}{3}(4-x^2)^{\frac{3}{2}} + C.\end{aligned}$$

以上几例都是直接用凑微分法求积分的，利用凑微分法时熟悉一些微分式是非常有用的. 常用的微分式有(以下 a,b 为常数,$a\neq 0$)：

$dx = \frac{1}{a}d(ax+b)$； $xdx = \frac{1}{2}d(x^2)$； $\frac{dx}{\sqrt{x}} = 2d(\sqrt{x})$；

$e^x dx = d(e^x)$； $\frac{1}{x}dx = d\ln|x|$； $\sin x dx = -d(\cos x)$；

$\cos x dx = d(\sin x)$； $\sec^2 x dx = d(\tan x)$； $\csc^2 x dx = -d(\cot x)$；

$\frac{1}{\sqrt{1-x^2}}dx = d(\arcsin x)$； $\frac{1}{1+x^2}dx = d(\arctan x)$.

第一类换元法(凑微分法)在积分法中经常使用，其关键在于恰当地选择变量代换 $u=\varphi(x)$，我们通过下面的例子进一步展示凑微分法的技巧.

例 4.17 求 $\int \frac{1}{\sqrt{a^2-x^2}}dx(a>0)$.

解 $$\int \frac{1}{\sqrt{a^2-x^2}}dx=\int \frac{1}{a\sqrt{1-\left(\frac{x}{a}\right)^2}}dx=\int \frac{1}{\sqrt{1-\left(\frac{x}{a}\right)^2}}\cdot\frac{1}{a}dx$$

$$=\int \frac{1}{\sqrt{1-\left(\frac{x}{a}\right)^2}}\left(\frac{x}{a}\right)'dx=\int \frac{1}{\sqrt{1-\left(\frac{x}{a}\right)^2}}d\left(\frac{x}{a}\right)=\arcsin\frac{x}{a}+C.$$

类似地，

$$\int \frac{1}{a^2+x^2}dx=\frac{1}{a}\arctan\frac{x}{a}+C.$$

例 4.18 求下列积分：

(1) $\int \tan x dx$；　　(2) $\int \sec x dx$.

解 (1) $$\int \tan x dx=\int \frac{\sin x}{\cos x}dx=-\int \frac{1}{\cos x}(\cos x)'dx$$

$$=-\int \frac{1}{\cos x}d\cos x=-\ln|\cos x|+C.$$

类似地，

$$\int \cot x dx=\ln|\sin x|+C.$$

(2) $$\int \sec x dx=\int \frac{\sec x(\sec x+\tan x)}{\sec x+\tan x}dx=\int \frac{\sec^2 x+\sec x\tan x}{\sec x+\tan x}dx$$

$$=\int \frac{1}{\sec x+\tan x}d(\sec x+\tan x)=\ln|\sec x+\tan x|+C.$$

类似地，

$$\int \csc x dx=\ln|\csc x-\cot x|+C.$$

例 4.19 求 $\int \frac{1}{a^2-x^2}dx(a>0)$.

解 因为 $\frac{1}{a^2-x^2}=\frac{1}{(a+x)(a-x)}=\frac{1}{2a}\cdot\frac{(a+x)+(a-x)}{(a+x)(a-x)}=\frac{1}{2a}\left(\frac{1}{a-x}+\frac{1}{a+x}\right)$，

所以 $$\int \frac{1}{a^2-x^2}dx=\frac{1}{2a}\int\left(\frac{1}{a-x}+\frac{1}{a+x}\right)dx$$

$$=\frac{1}{2a}\left[\int -\frac{1}{a-x}d(a-x)+\int \frac{1}{a+x}d(a+x)\right]$$

$$=\frac{1}{2a}[-\ln|a-x|+\ln|a+x|]+C=\frac{1}{2a}\ln\left|\frac{a+x}{a-x}\right|+C.$$

类似地，

$$\int \frac{1}{x^2-a^2}dx=\frac{1}{2a}\ln\left|\frac{x-a}{x+a}\right|+C \quad (a>0).$$

例 4.17、例 4.18 与例 4.19 中的积分今后经常用到，可作为公式使用.

例 4.20 求 $\int \frac{3+x}{\sqrt{4-x^2}}dx$.

解 $\int \frac{3+x}{\sqrt{4-x^2}}dx = 3\int \frac{dx}{\sqrt{4-x^2}}+\int \frac{x}{\sqrt{4-x^2}}dx$

$$=3\arcsin\frac{x}{2}-\frac{1}{2}\int \frac{1}{\sqrt{4-x^2}}d(4-x^2)$$

$$=3\arcsin\frac{x}{2}-\sqrt{4-x^2}+C.$$

例 4.21 求 $\int \sin^4 x\cos^3 x dx$.

解 $\int \sin^4 x\cos^3 x dx = \int \sin^4 x\cos^2 x\cos x dx$

$$=\int \sin^4 x(1-\sin^2 x)d(\sin x)$$

$$=\int (\sin^4 x-\sin^6 x)d(\sin x)$$

$$=\frac{1}{5}\sin^5 x-\frac{1}{7}\sin^7 x+C.$$

从上例可以看出，化同名三角函数和降幂法是计算形如 $\int \sin^n x\cos^m x dx$（m,n 为非负整数）形式不定积分的基本方法，可分两种情况：

（1）若 m，n 中至少有一个奇数，如 n 为奇数，则将奇次幂分为一次幂与偶次幂的乘积，并将 $\sin x dx$ 凑成微分 $d(-\cos x)$，而当 m 为奇数时，可将 $\cos x dx$ 凑成 $d\sin x$，从而转化为同名三角函数的积分；

（2）若 n 与 m 均为偶数，一般可用倍角公式降低被积函数的方次，然后再进行积分.

例 4.22 求 $\int \frac{\cos x-\sin x}{\cos x+\sin x}dx$.

解法 1 $\int \frac{\cos x-\sin x}{\cos x+\sin x}dx=\int \frac{1}{\cos x+\sin x}d(\sin x+\cos x)=\ln|\sin x+\cos x|+C.$

解法 2 $\int \frac{\cos x-\sin x}{\cos x+\sin x}dx = \int \frac{(\cos x-\sin x)^2}{\cos^2 x-\sin^2 x}dx=\int \frac{1-\sin 2x}{\cos 2x}dx$

$$=\int \sec 2x dx-\int \tan 2x dx$$

$$=\frac{1}{2}\ln|\sec 2x+\tan 2x|+\frac{1}{2}\ln|\cos 2x|+C.$$

解法 3 $\int \frac{\cos x-\sin x}{\cos x+\sin x}dx = \int \frac{\cos^2 x-\sin^2 x}{(\cos x+\sin x)^2}dx=\int \frac{\cos 2x}{1+\sin 2x}dx$

$$=\frac{1}{2}\int \frac{1}{1+\sin 2x}d(1+\sin 2x)$$

$$=\frac{1}{2}\ln|1+\sin 2x|+C.$$

需要说明的是：由于同一个不定积分可以用不同的方法计算，有时积分结果的表达形式可能不一样．但这些结果除了差一个常数外，实质上并无差别，属同一个原函数族．

4.2.2 第二类换元积分法

第一类换元法是通过选择新的积分变量 $u=\varphi(x)$，将积分 $\int f[\varphi(x)]\varphi'(x)\mathrm{d}x$ 化为 $\int f(u)\mathrm{d}u$，有时我们也会遇到与第一类换元法相反的情形，即 $\int f(x)\mathrm{d}x$ 不易求出，但适当选择变量代换 $x=\varphi(t)$，将积分 $\int f(x)\mathrm{d}x$ 化为积分 $\int f[\varphi(t)]\varphi'(t)\mathrm{d}t$，把 t 作为新积分变量，才能积出结果，这就引出了**第二类换元积分法**．

定理 4.4（第二类换元积分法） 设 $x=\varphi(t)$ 具有连续导数 $\varphi'(t)$，且 $\varphi'(t)\neq 0$，又设，$f[\varphi(t)]\varphi'(t)$ 具有原函数 $F(t)$，$t=\varphi^{-1}(x)$ 是 $x=\varphi(t)$ 的反函数，则 $F[\varphi^{-1}(x)]$ 是 $f(x)$ 的原函数，即

$$\int f(x)\mathrm{d}x=\int f[\varphi(t)]\varphi'(t)\mathrm{d}t=F[\varphi^{-1}(x)]+C.$$

例 4.23 求 $\int \frac{\sqrt{x}}{1+\sqrt{x}}\mathrm{d}x$.

解 为了消去根式，可令 $\sqrt{x}=t$，即 $x=t^2\ (t>0)$，则 $\mathrm{d}x=2t\mathrm{d}t$. 于是

$$\int \frac{\sqrt{x}}{1+\sqrt{x}}\mathrm{d}x=\int \frac{t}{1+t}2t\mathrm{d}t=2\int \frac{(t^2-1)+1}{1+t}\mathrm{d}t$$

$$=2\int\left(t-1+\frac{1}{1+t}\right)\mathrm{d}t=t^2-2t+\ln|1+t|+C$$

$$=x-2\sqrt{x}+2\ln|1+\sqrt{x}|+C.$$

例 4.24 求 $\int \frac{x+1}{\sqrt[3]{3x+1}}\mathrm{d}x$.

解 令 $\sqrt[3]{3x+1}=t$，即 $x=\frac{1}{3}(t^3-1)$，则 $\mathrm{d}x=t^2\mathrm{d}t$，所以

$$\int \frac{x+1}{\sqrt[3]{3x+1}}\mathrm{d}x=\frac{1}{3}\int (t^4+2t)\mathrm{d}t=\frac{1}{15}t^5+\frac{1}{3}t^2+C$$

$$=\frac{t^2}{15}(t^3+5)+C=\frac{1}{15}\sqrt[3]{(3x+1)^2}\cdot(3x+1+5)+C$$

$$=\frac{1}{5}\sqrt[3]{(3x+1)^2}(x+2)+C.$$

综上可知，若被积函数中含有根式且被开方因式为一次式（$\sqrt[n]{ax+b}$）时，令 $\sqrt[n]{ax+b}=t$，可以消去根号，从而求得积分．下面重点讨论被积函数含有根式且被开方因式为二次式的情况．

例 4.25 求$\int \sqrt{a^2-x^2}\mathrm{d}x(a>0)$.

解 为了消去被积函数中的根式，使两个量的平方差表示成另一个量的平方，我们利用有关的三角函数平方公式，为此，令$x=a\sin t$，则$\sqrt{a^2-x^2}=a\cos t$且$\mathrm{d}x=a\cos t\mathrm{d}t$，于是

$$\begin{aligned}\int \sqrt{a^2-x^2}\mathrm{d}x &= \int a^2\cos^2 t\mathrm{d}x=\frac{a^2}{2}\int(1+\cos 2t)\mathrm{d}t\\ &=\frac{a^2}{2}\int \mathrm{d}t+\frac{a^2}{4}\int \cos 2t\mathrm{d}(2t)=\frac{a^2}{2}t+\frac{a^2}{4}\sin 2t+C.\end{aligned}$$

为了把t还原成x的函数，根据$\sin t=\dfrac{x}{a}$作一直角三角形(图 4.2)，

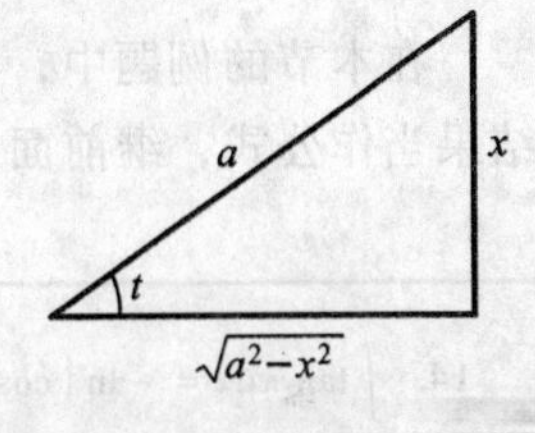

图 4.2

得$\cos t=\dfrac{\sqrt{a^2-x^2}}{a}$，$t=\arcsin\dfrac{x}{a}$，

$$\sin 2t=2\sin t\cos t=\frac{2x}{a^2}\sqrt{a^2-x^2},$$

所以
$$\int \sqrt{a^2-x^2}\mathrm{d}x=\frac{a^2}{2}\arcsin\frac{x}{a}+\frac{x}{2}\sqrt{a^2-x^2}+C.$$

例 4.26 求$\int \dfrac{1}{\sqrt{(x^2+1)^3}}\mathrm{d}x$.

解 与上题类似，利用三角公式$1+\tan^2 t=\sec^2 t$来化去根式，为此令$x=\tan t$，则

$$\sqrt{(x^2+1)^3}=\sec^3 t,\ \mathrm{d}x=\sec^2 t\mathrm{d}t.$$

所以
$$\int \frac{1}{\sqrt{(x^2+1)^3}}\mathrm{d}x=\int \frac{\sec^2 t}{\sec^3 t}\mathrm{d}t=\int \cos t\mathrm{d}t=\sin t+C.$$

根据$x=\tan t$，作直角三角形(图 4.3)，则

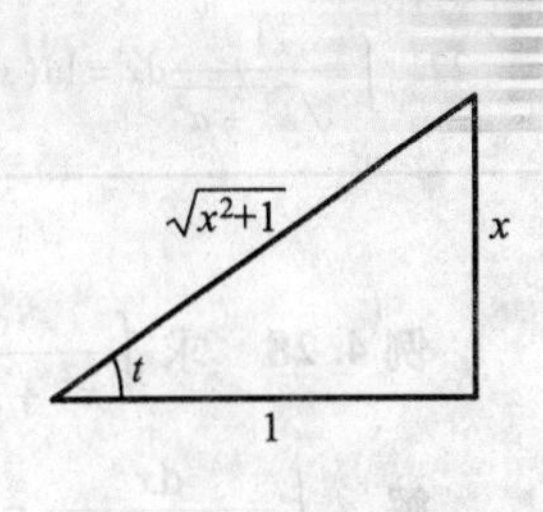

图 4.3

$$\sin t=\frac{x}{\sqrt{x^2+1}},$$

于是
$$\int \frac{1}{\sqrt{(x^2+1)^3}}\mathrm{d}x=\frac{x}{\sqrt{x^2+1}}+C.$$

一般地，当被积函数含有

(1) $\sqrt{a^2-x^2}$时，可作代换$x=a\sin t$;

(2) $\sqrt{x^2+a^2}$时，可作代换$x=a\tan t$;

(3) $\sqrt{x^2-a^2}$时，可作代换$x=a\sec t$.

通常，称以上代换为**三角代换**，它是第二类换元法的重要组成部分，但具体解题时还要分析被积函数的情况，有时可以选取更为简捷的代换，例如，$\int x\sqrt{a^2-x^2}\mathrm{d}x$，利用凑微分法更为方便.

第二类换元积分法并不局限于以上几种变换形式，它也是非常灵活的方法. 解题时应根据所给被积函数的特点，选择适当的变量代换，转化成便于求解的形式.

例 4.27 求$\int x^2(1-x)^{10}\mathrm{d}x$.

解 令 $u=1-x$，则 $x=1-u$，$\mathrm{d}x=-\mathrm{d}u$，于是

$$\begin{aligned}\int x^2(1-x)^{10}\mathrm{d}x&=\int(1-u)^2u^{10}(-\mathrm{d}u)\\&=-\int(1-2u+u^2)u^{10}\mathrm{d}u=-\int(u^{10}-2u^{11}+u^{12})\mathrm{d}u\\&=-\frac{1}{11}u^{11}+\frac{2}{12}u^{12}-\frac{1}{13}u^{13}+C\\&=-\frac{1}{11}(1-x)^{11}+\frac{1}{6}(1-x)^{12}-\frac{1}{13}(1-x)^{13}+C.\end{aligned}$$

在本节的例题中，有几个积分是以后经常遇到的，为了减少重复计算，我们把这些积分的结果当作公式，继前面的基本积分公式表之后，再添加下面几个公式(表 4.2).

表 4.2 积分公式表

14. $\int\tan x\mathrm{d}x=-\ln\lvert\cos x\rvert+C$	15. $\int\cot x\mathrm{d}x=\ln\lvert\sin x\rvert+C$
16. $\int\sec x\mathrm{d}x=\ln\lvert\sec x+\tan x\rvert+C$	17. $\int\csc x\mathrm{d}x=\ln\lvert\csc x-\cot x\rvert+C$
18. $\int\frac{1}{x^2+a^2}\mathrm{d}x=\frac{1}{a}\arctan\frac{x}{a}+C$	19. $\int\frac{1}{x^2-a^2}\mathrm{d}x=\frac{1}{2a}\ln\left\lvert\frac{x-a}{x+a}\right\rvert+C$
20. $\int\frac{1}{a^2-x^2}\mathrm{d}x=\frac{1}{2a}\ln\left\lvert\frac{a+x}{a-x}\right\rvert+C$	21. $\int\frac{1}{\sqrt{a^2-x^2}}\mathrm{d}x=\arcsin\frac{x}{a}+C$
22. $\int\frac{1}{\sqrt{x^2+a^2}}\mathrm{d}x=\ln(x+\sqrt{x^2+a^2})+C$	23. $\int\frac{1}{\sqrt{x^2-a^2}}\mathrm{d}x=\ln\left\lvert x+\sqrt{x^2-a^2}\right\rvert+C$

例 4.28 求 $\int\frac{\mathrm{d}x}{x^2+2x-3}$.

解 $\int\frac{\mathrm{d}x}{x^2+2x-3}=\int\frac{1}{(x+1)^2-4}\mathrm{d}(x+1)$，

利用公式 19，便得

$$\int\frac{\mathrm{d}x}{x^2+2x-3}=\frac{1}{4}\ln\left\lvert\frac{x-1}{x+3}\right\rvert+C.$$

例 4.29 求 $\int\frac{\mathrm{d}x}{x\sqrt{x^2-1}}(x>1)$.

解法 1 设 $\sqrt{x^2-1}=t$，则 $x=\sqrt{t^2+1}$，$\mathrm{d}x=\frac{t}{\sqrt{t^2+1}}\mathrm{d}t$，得

$$\begin{aligned}\int\frac{\mathrm{d}x}{x\sqrt{x^2-1}}&=\int\frac{1}{t\sqrt{t^2+1}}\cdot\frac{t}{\sqrt{t^2+1}}\mathrm{d}t=\int\frac{1}{t^2+1}\mathrm{d}t\\&=\arctan t+C=\arctan\sqrt{x^2-1}+C.\end{aligned}$$

解法 2 设 $x=\sec t$，$0<t<\dfrac{\pi}{2}$，则 $\mathrm{d}x=\sec t\tan t\mathrm{d}t$，得

$$\int\frac{\mathrm{d}x}{x\sqrt{x^2-1}}=\int\frac{1}{\sec t\cdot\tan t}\sec t\cdot\tan t\mathrm{d}t=\int\mathrm{d}t$$

$$=t+C=\arccos\frac{1}{x}+C.$$

解法 3
$$\int\frac{\mathrm{d}x}{x\sqrt{x^2-1}}=\int\frac{x\mathrm{d}x}{x^2\sqrt{x^2-1}}=\int\frac{1}{x^2}\mathrm{d}\sqrt{x^2-1}$$

$$=\int\frac{1}{x^2+1-1}\mathrm{d}\sqrt{x^2-1}=\int\frac{1}{1+(\sqrt{x^2-1})^2}\mathrm{d}\sqrt{x^2-1}$$

$$=\arctan\sqrt{x^2-1}+C.$$

习 题 4.2

1. 在下列各式的横线上填上适当的系数，使等式成立：

(1) $\mathrm{d}x=$ ________ $\mathrm{d}(4x-1)$；

(2) $x\mathrm{d}x=$ ________ $\mathrm{d}(x^2+6)$；

(3) $\dfrac{1}{x^2}\mathrm{d}x=$ ________ $\mathrm{d}\left(3+\dfrac{1}{x}\right)$；

(4) $\dfrac{1}{x}\mathrm{d}x=$ ________ $\mathrm{d}(5\ln x-a)$；

(5) $x\mathrm{e}^{x^2}\mathrm{d}x=$ ________ $\mathrm{d}(\mathrm{e}^{x^2})$；

(6) $\sin 5x\mathrm{d}x=$ ________ $\mathrm{d}(\cos 5x)$；

(7) $\dfrac{1}{\sqrt{1-4x^2}}\mathrm{d}x=$ ________ $\mathrm{d}\arcsin(2x)$；

(8) $\dfrac{\mathrm{d}x}{16+x^2}=$ ________ $\mathrm{d}\arctan\dfrac{x}{4}$；

(9) $\dfrac{1}{\sqrt{x}}\mathrm{d}x=$ ________ $\mathrm{d}(\sqrt{x}-1)$；

(10) $\sec^2 6x\mathrm{d}x=$ ________ $\mathrm{d}\tan 6x$.

2. 求下列不定积分.

(1) $\int(3x-2)^3\mathrm{d}x$；

(2) $\int\sqrt{1-2x}\mathrm{d}x$；

(3) $\int\cos(2x+6)\mathrm{d}x$；

(4) $\int x(1+x^2)^5\mathrm{d}x$；

(5) $\int\dfrac{2-x}{\sqrt{1-x^2}}\mathrm{d}x$；

(6) $\int\dfrac{2x+3}{1+x^2}\mathrm{d}x$；

(7) $\int x\cos(2x^2-1)\mathrm{d}x$；

(8) $\int\dfrac{\cos\sqrt{x}}{\sqrt{x}}\mathrm{d}x$；

(9) $\int\sin^3 x\cos x\mathrm{d}x$；

(10) $\int\cos^2 2x\mathrm{d}x$；

(11) $\int\sec^3 x\tan x\mathrm{d}x$；

(12) $\int(1-\sec x)\tan x\mathrm{d}x$；

(13) $\int\dfrac{1+\ln x}{x}\mathrm{d}x$；

(14) $\int\mathrm{e}^x(2-\mathrm{e}^x)\mathrm{d}x$；

(15) $\int\dfrac{x^3-x}{1+x^4}\mathrm{d}x$；

(16) $\int\dfrac{x^4}{1+x^2}\mathrm{d}x$；

(17) $\int\dfrac{\mathrm{d}x}{x(x+1)}$；

(18) $\int\dfrac{\mathrm{d}x}{x\sqrt{1-\ln^2 x}}$；

(19) $\int\dfrac{1}{9-4x^2}\mathrm{d}x$；

(20) $\int x(x+3)^{10}\mathrm{d}x$；

(21) $\int x(1+x^2)^{100}\mathrm{d}x$；

(22) $\int\dfrac{\mathrm{d}x}{x^2+2x+3}$.

3. 求下列不定积分.

(1) $\int \frac{\arctan\sqrt{x}}{\sqrt{x}(1+x)}dx$；　(2) $\int \frac{\sin 2x}{\sqrt{1+\sin^2 x}}dx$；　(3) $\int \frac{1}{e^x+e^{-x}}dx$；

(4) $\int \frac{f'(x)}{1+f^2(x)}dx$.

4. 求下列不定积分.

(1) $\int x\sqrt{x+1}dx$；　(2) $\frac{1}{1+\sqrt{2x}}dx$；　(3) $\int \frac{x^2}{\sqrt{2-x}}dx$；

(4) $\int \frac{\sqrt{x+1}-1}{\sqrt{x+1}+1}dx$；　(5) $\int \sqrt{1-x^2}dx$；　(6) $\int \frac{dx}{\sqrt{x}+\sqrt[3]{x}}$；

(7) $\int \frac{\sqrt{x^2-9}}{x}dx$；　(8) $\int x\sqrt{x^2+1}dx$；　(9) $\int \frac{1}{x\sqrt{x^2-4}}dx$；

(10) $\int \frac{1}{x\sqrt{x^2+1}}dx$.

4.3 分部积分法

引例 ［**新井的石油产量**］工程师们发现，一个新开发的天然气井 t 月的总产量 P(单位：$10^6 m^3$)的变化率为$\frac{dP}{dt}=0.084\,9te^{-0.02t}$，试求总产量函数 $P=P(t)$.

分析 该问题实际上是求不定积分

$$P=\int \frac{dP}{dt}dt=\int 0.084\,9te^{-0.02t}dt.$$

该例中的不定积分，用前面讲过的直接积分法和换元积分法都不能解出，因此本节将介绍利用两个函数乘积的微分公式来推导另一个求不定积分的方法——**分部积分法**. 这种方法主要用于解决某些被积函数是两类不同函数乘积的不定积分.

设 $u=u(x)$ 及 $v=v(x)$ 具有连续导数，由两个函数乘积的微分公式

$$d(uv)=vdu+udv,$$

移项

$$udv=d(uv)-vdu.$$

两边求不定积分得

$$\boxed{\int udv=uv-\int vdu} \tag{4.1}$$

公式(4.1)称为**分部积分公式**. 它的意义是：当 $\int udv$ 不容易计算，而 $\int vdu$ 比较容易计算时，可利用公式(4.1)来计算 $\int udv$.

例 4.30 求 $\int x\sin x dx$.

解 设 $u=x$，$dv=\sin x dx$，则 $du=dx$，$v=-\cos x$，由(4.1)式，得

$$\int x\sin x\mathrm{d}x=\int x\mathrm{d}(-\cos x)=-x\cos x-\int(-\cos x)\mathrm{d}x=-x\cos x+\int\cos x\mathrm{d}x$$
$$=-x\cos x+\sin x+C.$$

需要说明的是：如果设 $u=\sin x$，$\mathrm{d}v=x\mathrm{d}x$，则 $\mathrm{d}u=\cos x\mathrm{d}x$，$v=\frac{x^2}{2}$，得

$$\int x\sin x\mathrm{d}x=\frac{x^2}{2}\sin x-\frac{1}{2}\int x^2\cos x\mathrm{d}x,$$

此时右端的积分比原积分更难积出，说明 u 和 $\mathrm{d}v$ 的选择不当. 由此可见，分部积分法的关键是恰当地选择 u 和 $\mathrm{d}v$，那么如何恰当的选择 u 和 $\mathrm{d}v$ 呢？一般要考虑以下两点：

(1) 先考虑 v 要容易求得(可以用凑微分法求出)；

(2) 再考虑利用分部积分公式后 $\int v\mathrm{d}u$ 要比 $\int u\mathrm{d}v$ 容易积出.

例 4.31 求 $\int x\mathrm{e}^{2x}\mathrm{d}x$.

解 设 $u=x$，$\mathrm{d}v=\mathrm{e}^{2x}\mathrm{d}x$，则 $\mathrm{d}u=\mathrm{d}x$，$v=\frac{1}{2}\mathrm{e}^{2x}$，由(4.1)式，

$$\int x\mathrm{e}^{2x}\mathrm{d}x=\int x\mathrm{d}\left(\frac{1}{2}\mathrm{e}^{2x}\right)=\frac{1}{2}x\mathrm{e}^{2x}-\frac{1}{2}\int\mathrm{e}^{2x}\mathrm{d}x=\frac{1}{2}x\mathrm{e}^{2x}-\frac{1}{4}\mathrm{e}^{2x}+C.$$

例 4.32 求 $\int x^2\ln x\mathrm{d}x$.

解 设 $u=\ln x$，$\mathrm{d}v=x^2\mathrm{d}x$，则 $\mathrm{d}u=\frac{1}{x}\mathrm{d}x$，$v=\frac{1}{3}x^3$，于是

$$\int x^2\ln x\mathrm{d}x=\int\ln x\mathrm{d}\left(\frac{1}{3}x^3\right)=\frac{x^3}{3}\ln x-\frac{1}{3}\int x^2\mathrm{d}x=\frac{x^3}{3}\ln x-\frac{x^3}{9}+C.$$

例 4.33 求 $\int\arcsin x\mathrm{d}x$.

解 设 $u=\arcsin x$，$\mathrm{d}v=\mathrm{d}x$，则 $\mathrm{d}u=\frac{1}{\sqrt{1-x^2}}\mathrm{d}x$，$v=x$，于是

$$\int\arcsin x\mathrm{d}x=x\arcsin x-\int x\mathrm{d}\arcsin x$$
$$=x\arcsin x-\int\frac{x}{\sqrt{1-x^2}}\mathrm{d}x$$
$$=x\arcsin x+\frac{1}{2}\int(1-x^2)^{-\frac{1}{2}}\mathrm{d}(1-x^2)$$
$$=x\arcsin x+\sqrt{1-x^2}+C.$$

当运算比较熟练以后，可以不写出 u 和 $\mathrm{d}v$，而直接应用分部积分公式.

注 有些积分需要连续使用几次分部积分公式才能得出结果.

例 4.34 求 $\int x^2\cos x\mathrm{d}x$.

解 $\int x^2\cos x\mathrm{d}x=\int x^2\mathrm{d}(\sin x)=x^2\sin x-2\int x\sin x\mathrm{d}x$，

使用了一次分部积分公式后，积分$\int x^2\cos x\mathrm{d}x$转化为$\int x\sin x\mathrm{d}x$，幂函数的次数降低了一次，对$\int x\sin x\mathrm{d}x$再次使用分部积分公式即可：

$$\int x^2\cos x\mathrm{d}x = x^2\sin x + 2\int x\mathrm{d}(\cos x) = x^2\sin x + 2x\cos x - 2\int\cos x\mathrm{d}x = x^2\sin x - 2\sin x + 2x\cos x + C.$$

下面的例题又是另一种情况，经过两次分部积分后，出现了“循环现象”. 如

例 4.35 求$\int \mathrm{e}^x\cos x\mathrm{d}x$.

解 $$\int \mathrm{e}^x\cos x\mathrm{d}x = \int\cos x\mathrm{d}\mathrm{e}^x = \mathrm{e}^x\cos x - \int\mathrm{e}^x(-\sin x)\mathrm{d}x$$

$$= \mathrm{e}^x\cos x + \int\sin x\mathrm{d}(\mathrm{e}^x)$$

$$= \mathrm{e}^x\cos x + \mathrm{e}^x\sin x - \int\mathrm{e}^x\cos x\mathrm{d}x,$$

将再次出现的$\int\mathrm{e}^x\cos x\mathrm{d}x$移至左端，合并后除以 2 得所求积分为

$$\int\mathrm{e}^x\cos x\mathrm{d}x = \frac{1}{2}\mathrm{e}^x(\sin x + \cos x) + C.$$

需要说明的是：

(1) 两次分部积分后，又回到原来的积分，且两者系数不同，可移项得到积分结果，这在分部积分中是一种常用的技巧；

(2) $\int f(x)\mathrm{d}x$中隐含着积分常数C，因此计算过程中当积分号消失后一定要加上一个任意常数C.

用同样的方法可求得：$\int\mathrm{e}^x\sin x\mathrm{d}x = \frac{1}{2}\mathrm{e}^x(\sin x - \cos x) + C.$

综上可知，下述几种类型的积分，均可用分部积分公式求解，且u，$\mathrm{d}v$可按以下规律选择

(1) 形如$\int x^n\sin\alpha x\mathrm{d}x$，$\int x^n\cos\alpha x\mathrm{d}x$，$\int x^n\mathrm{e}^{\alpha x}\mathrm{d}x$的不定积分，即当被积函数是幂函数与三角函数或指数函数的乘积时，应设$u = x^n$；

(2) 形如$\int x^n\ln x\mathrm{d}x$，$\int x^n\arcsin x\mathrm{d}x$，$\int x^n\arctan x\mathrm{d}x$的不定积分，即当被积函数是幂函数与对数函数或反三角函数的乘积时，应设$u = \ln x$，或$u = \arcsin x$，$u = \arctan x$；

(3) 形如$\int\mathrm{e}^x\sin\alpha x\mathrm{d}x$，$\int\mathrm{e}^x\cos\alpha x\mathrm{d}x$的不定积分，即当被积函数是指数函数与三角函数的乘积时，可以任意选择u，但一经选定，再次分部积分时，必须仍按原来的规律.

积分过程中，有时需要同时用换元法和分部积分法.

例 4.36 求$\int\arctan\sqrt{x}\mathrm{d}x$.

解 先换元，设$\sqrt{x} = t$，则$x = t^2$，$\mathrm{d}x = 2t\mathrm{d}t$，于是

$$\int\arctan\sqrt{x}\mathrm{d}x = \int\arctan t\mathrm{d}(t^2)$$

$$= t^2\arctan t - \int t^2\mathrm{d}(\arctan t) = t^2\arctan t - \int \frac{t^2}{1+t^2}\mathrm{d}t$$

$$= t^2\arctan t - \int\left(1-\frac{1}{1+t^2}\right)\mathrm{d}t$$

$$= t^2\arctan t - t + \arctan t + C$$

$$= (x+1)\arctan\sqrt{x} - \sqrt{x} + C.$$

例 4.37 求 $\int\frac{x^2}{\sqrt{(1-x^2)^3}}\mathrm{d}x$.

解法 1 分部积分法:

$$\int\frac{x^2}{\sqrt{(1-x^2)^3}}\mathrm{d}x = \int x\mathrm{d}\left(\frac{1}{\sqrt{1-x^2}}\right) = \frac{x}{\sqrt{1-x^2}} - \int\frac{1}{\sqrt{1-x^2}}\mathrm{d}x$$

$$= \frac{x}{\sqrt{1-x^2}} - \arcsin x + C.$$

解法 2 换元积分法:

设 $x=\sin t$, 则 $\sqrt{1-x^2}=\sqrt{1-\sin^2 t}=\cos t$, $\mathrm{d}x=\cos t\mathrm{d}t$. 于是

$$\int\frac{x^2}{\sqrt{(1-x^2)^3}}\mathrm{d}x = \int\frac{\sin^2 t}{\cos^3 t}\cos t\mathrm{d}t = \int\tan^2 t\mathrm{d}t$$

$$= \int(\sec^2 t - 1)\mathrm{d}t = \tan t - t + C.$$

根据 $x=\sin t$ 作直角三角形(图 4.4), 得到 $\tan t = \frac{x}{\sqrt{1-x^2}}$. 因此

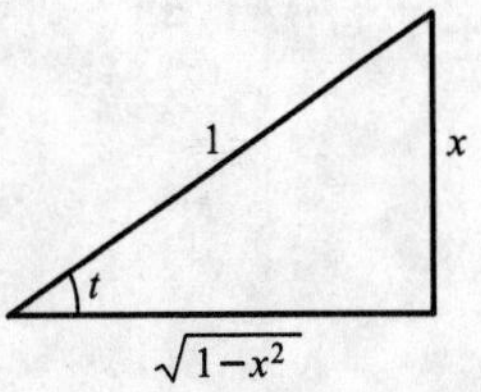

$$\int\frac{x^2}{\sqrt{(1-x^2)^3}}\mathrm{d}x = \frac{x}{\sqrt{1-x^2}} - \arcsin x + C.$$

图 4.4

由上例表明, 同一个不定积分可以用多种方法计算, 这进一步说明了积分计算的灵活性, 学习中需要熟悉基本积分公式, 熟练掌握各种恒等变形和各种积分方法.

习 题 4.3

求下列不定积分.

(1) $\int x\cos x\mathrm{d}x$;　(2) $\int x^2\mathrm{e}^x\mathrm{d}x$;　(3) $\int\ln x\mathrm{d}x$;

(4) $\int\log_2(x+1)\mathrm{d}x$;　(5) $\int\arctan x\mathrm{d}x$;　(6) $\int x\sec^2 x\mathrm{d}x$;

(7) $\int x\cdot 3^x\mathrm{d}x$;　(8) $\int x\cos 2x\mathrm{d}x$;　(9) $\int\ln^2 x\mathrm{d}x$;

(10) $\int\ln(x^2+1)\mathrm{d}x$;　(11) $\int(x^2+1)\mathrm{e}^x\mathrm{d}x$;　(12) $\int\frac{\arctan x}{x^2}\mathrm{d}x$;

(13) $\int\mathrm{e}^{\sqrt{x}}\mathrm{d}x$;　(14) $\int\mathrm{e}^{-x}\cos x\mathrm{d}x$;　(15) $\int\frac{\ln x}{x^2}\mathrm{d}x$;

(16) $\int\frac{1}{\sin 2x\cos x}\mathrm{d}x$.

4.4 有理函数的积分举例

前面已经介绍了求不定积分的两个基本方法——换元积分法与分部积分法．下面讨论有理函数的积分方法．

定义 4.3 形如

$$\frac{P(x)}{Q(x)}=\frac{a_0x^m+a_1x^{m-1}+\cdots+a_{m-1}x+a_m}{b_0x^n+b_1x^{n-1}+\cdots+b_{n-1}x+b_n} \tag{4.2}$$

(其中 m 与 n 都是正整数，$a_0,a_1,\cdots,a_m$ 及 $b_0,b_1,\cdots,b_n$ 都是实数，并且 $a_0\neq 0,b_0\neq 0$)的函数称为**有理函数**．当 $m<n$ 时，称有理函数(4.2)式是**真分式**；当 $m\geqslant n$ 时，称有理函数(4.2)式是**假分式**．

利用多项式的除法，我们总可以将一个假分式化成一个多项式和有理真分式之和的形式．

例如，将假分式 $\frac{x^4-3}{x^2+2x-1}$ 化为一个多项式与真分式之和．由于

$$\begin{array}{r|l}
 & x^2-2x+5 \\ \hline
x^2+2x-1 & x^4-3 \\
 & x^4+2x^3-x^2 \\ \hline
 & -2x^3+x^2 \\
 & -2x^3-4x^2+2x \\ \hline
 & 5x^2-2x-3 \\
 & 5x^2+10x-5 \\ \hline
 & -12x+2
\end{array}$$

所以

$$\frac{x^4-3}{x^2+2x-1}=x^2-2x+5+\frac{-12x+2}{x^2+2x-1}.$$

多项式的积分可以通过逐项积分计算，因此，有理函数的积分关键是有理真分式的积分．

4.4.1 有理真分式的积分

有理真分式积分的一般步骤：①将真分式分解成部分分式；②对部分分式积分．

1．将真分式分解成部分分式

设(4.2)式是真分式，由代数学可知，下述结论成立．

(1) 当分母 $Q(x)$ 含有单因式 $x-a$ 时，则分解式中对应有一项 $\frac{A}{x-a}$，其中 A 为待定常数．

例 4.38 将 $\frac{2x+3}{x^2+x-2}$ 分解成部分分式．

解 因为 $x^2+x-2=(x-1)(x+2)$，所以

$$\frac{2x+3}{x^2+x-2}=\frac{A}{x-1}+\frac{B}{x+2}\xlongequal{\text{通分}}\frac{A(x+2)+B(x-1)}{x^2+x-2},$$

两端比较后得

$$2x+3\equiv A(x+2)+B(x-1).$$

令 $x=1$ 得 $5=3A$，即 $A=\frac{5}{3}$；令 $x=-2$ 得 $-1=-3B$，即 $B=\frac{1}{3}$；所以

$$\frac{2x+3}{x^2+x-2}=\frac{5}{3(x-1)}+\frac{1}{3(x+2)}.$$

（2）当分母 $Q(x)$ 含有重因式 $(x-a)^n$，则分解后有下列 n 个部分分式之和：

$$\frac{A_1}{x-a}+\frac{A_2}{(x-a)^2}+\cdots+\frac{A_n}{(x-a)^n},$$

其中 A_1，A_2，…，A_n 为待定常数.

例 4.39 将真分式 $\frac{x^2+1}{x^3-2x^2+x}$ 分解成部分分式.

解 因为 $x^3-2x^2+x=x(x-1)^2$，所以

$$\frac{x^2+1}{x^3-2x^2+x}=\frac{A}{x}+\frac{B_1}{(x-1)}+\frac{B_2}{(x-1)^2}\xlongequal{\text{通分}}\frac{A(x-1)^2+B_1x(x-1)+B_2x}{x(x-1)^2},$$

两端比较后得

$$x^2+1\equiv A(x-1)^2+B_1x(x-1)+B_2x.$$

令 $x=0$ 得 $A=1$；

令 $x=1$ 得 $B_2=2$；

令 $x=2$ 得 $5=A+2B_1+2B_2$，即 $B_1=0$；

所以

$$\frac{x^2+1}{x^3-2x^2+x}=\frac{1}{x}+\frac{2}{(x-1)^2}.$$

（3）当分母 $Q(x)$ 含有质因式 (x^2+px+q) 时，则分解式中有一项 $\frac{Ax+B}{x^2+px+q}$，其中 A，B 为待定常数.

例 4.40 将真分式 $\frac{x+4}{x^3+2x-3}$ 分解成部分分式.

解 $x^3+2x-3=(x^3-x)+(3x-3)=(x-1)(x^2+x+3)$.

而二次三项式 x^2+x+3 是质因式 $(p^2-4q<0)$，所以

$$\frac{x+4}{x^3+2x-3}=\frac{A}{x-1}+\frac{Bx+C}{x^2+x+3}\xlongequal{\text{通分}}\frac{A(x^2+x+3)+(Bx+C)(x-1)}{(x-1)(x^2+x+3)},$$

两端比较后得

$$x+4\equiv A(x^2+x+3)+(Bx+C)(x-1).$$

令 $x=1$ 得 $5=5A$，即 $A=1$；

令 $x=0$ 得 $4=3A-C$，即 $C=-1$；

令 $x=2$ 得 $6=9A+2B+C$，即 $B=-1$；

所以

$$\frac{x+4}{x^3+2x-3}=\frac{1}{x-1}+\frac{-x-1}{x^2+x+3}=\frac{1}{x-1}-\frac{x+1}{x^2+x+3}.$$

2. 部分分式的积分

由以上讨论可知，有理真分式的积分大体有以下三种形式：

（1）$\int\frac{A}{x-a}dx$；（2）$\int\frac{A}{(x-a)^n}dx$；（3）$\int\frac{Ax+B}{x^2+px+q}dx \quad (p^2-4q>0)$.

前两种积分，用简单凑微分法即可求得其解，而最后一种形式的积分较复杂些.

例 4.41 求 $\int \frac{2x+3}{x^2+x-2}dx$.

解 由例 4.38 知 $\frac{2x+3}{x^2+x-2}=\frac{5}{3(x-1)}+\frac{1}{3(x+2)}$,

所以
$$\int \frac{2x+3}{x^2+x-2}dx=\frac{5}{3}\int \frac{1}{x-1}dx+\frac{1}{3}\int \frac{1}{x+2}dx=\frac{5}{3}\ln|x-1|+\frac{1}{3}\ln|x+2|+C$$
$$=\frac{1}{3}\ln|(x-1)^5(x+2)|+C.$$

例 4.42 求 $\int \frac{x^2+1}{x^3-2x^2+x}dx$.

解 由例 4.39 知 $\frac{x^2+1}{x^3-2x^2+x}=\frac{1}{x}+\frac{2}{(x-1)^2}$,

所以
$$\int \frac{x^2+1}{x^3-2x^2+x}dx=\int \frac{1}{x}dx+2\int \frac{1}{(x-1)^2}dx$$
$$=\ln|x|-\frac{2}{x-1}+C.$$

例 4.43 求 $\int \frac{x+4}{x^3+2x-3}dx$.

解 由例 4.40 知
$$\frac{x+4}{x^3+2x-3}=\frac{1}{x-1}-\frac{x+1}{x^2+x+3},$$

所以
$$\int \frac{x+4}{x^3+2x-3}dx=\int \frac{1}{x-1}dx-\int \frac{x+1}{x^2+x+3}dx$$
$$=\ln|x-1|-\frac{1}{2}\int \frac{2x+1}{x^2+x+3}dx-\frac{1}{2}\int \frac{1}{x^2+x+3}dx$$
$$=\ln|x-1|-\frac{1}{2}\int \frac{d(x^2+x+3)}{x^2+x+3}-\frac{1}{2}\int \frac{dx}{\left(x+\frac{1}{2}\right)^2+\left(\frac{\sqrt{11}}{2}\right)^2}$$
$$=\ln|x-1|-\frac{1}{2}\ln|x^2+x+3|-\frac{1}{2}\cdot\frac{2}{\sqrt{11}}\arctan\frac{x+\frac{1}{2}}{\frac{\sqrt{11}}{2}}+C$$
$$=\ln|x-1|-\frac{1}{2}\ln|x^2+x+3|-\frac{\sqrt{11}}{11}\arctan\frac{2x+1}{\sqrt{11}}+C.$$

上面所讲的是有理分式积分的一般方法，解题时要注意选择较简捷的方法. 例如
$$\int \frac{x^2}{1+x^3}dx=\frac{1}{3}\int \frac{1}{1+x^3}d(1+x^3)=\frac{1}{3}\ln|1+x^3|+C.$$

4.4.2 有理假分式的积分

由以上分析可知，有理假分式的积分，应按以下步骤求解：第一步　化假分式为整式与真分式的和；第二步　用待定系数法，化真分式为部分分式的和；第三步　积分.

例 4.44 求 $\int\frac{x^3+2x^2+3}{x^2+x-2}\mathrm{d}x$.

解 将假分式化为多项式与真分式之和，再将真分式化为部分分式的和，即

$$\frac{x^3+2x^2+3}{x^2+x-2}=x+1+\frac{2}{x-1}-\frac{1}{x+2},$$

所以

$$\begin{aligned}\int\frac{x^3+2x^2+3}{x^2+x-2}\mathrm{d}x&=\int\left(x+1+\frac{2}{x-1}-\frac{1}{x+2}\right)\mathrm{d}x\\&=\frac{1}{2}x^2+x+2\ln|x-1|-\ln|x+2|+C.\end{aligned}$$

习 题 4.4

求下列不定积分.

(1) $\int\frac{2x-1}{x^2-5x+6}\mathrm{d}x$;　(2) $\int\frac{x-2}{x^2+2x+3}\mathrm{d}x$;　(3) $\int\frac{x^2+1}{x(x-1)^2}\mathrm{d}x$;

(4) $\int\frac{4\mathrm{d}x}{x^3-x^2+x-1}$;　(5) $\int\frac{x^2-5x+12}{(x+1)(x-2)^2}\mathrm{d}x$;　(6) $\int\frac{4x+6}{x(x-2)(x-3)}\mathrm{d}x$;

(7) $\int\frac{2x^2-x+1}{(x-1)^3}\mathrm{d}x$;　(8) $\int\frac{x^3+x+1}{x^2+1}\mathrm{d}x$;　(9) $\int\frac{x^2}{x+4}\mathrm{d}x$;

(10) $\int\frac{x^4-2x^3+x^2+1}{x(x-1)^2}\mathrm{d}x$.

4.5 应用与实践

4.5.1 应用

在研究物理、几何以及其他许多实际问题时，常常需要寻求与问题有关的变量之间的函数关系，这种函数关系有时可通过不定积分的知识来确立.

例 4.45(滑冰场的结冰问题) 池塘结冰的速度由 $\frac{\mathrm{d}y}{\mathrm{d}t}=k\sqrt[3]{t^2}$ 给出，其中 y 是自结冰起到时刻 t(单位:h)冰的厚度(单位:cm)，k 是正常数，求结冰厚度 y 关于时间 t 的函数.

解 根据题意，结冰厚度 y 关于时间 t 的函数为

$$y=\int kt^{\frac{2}{3}}\mathrm{d}t=\frac{3}{5}kt^{\frac{5}{3}}+C\quad(C\text{ 由结冰的时间确定}).$$

若 $t=0$ 时开始结冰，此时冰的厚度为 0，既有 $y(0)=0$，代入上式得 $C=0$，这时 $y=\frac{3}{5}kt^{\frac{5}{3}}$ 为结冰厚度关于时间的函数.

例 4.46(自由落体运动) 一物体在地球引力的作用下开始作自由落体运动，重力加速度为 g.

(1) 求物体运动的速度方程和运动方程.

(2) 如果一个物体从一建筑物的顶层落下，30 s 落地，求此建筑物的高度.

解 (1) 由于物体只受地球引力的作用，由加速度与速度的关系，有

$$a=\frac{\mathrm{d}v}{\mathrm{d}t}=g，且 t=0 时，v=0，$$

积分后得
$$v=\int g\mathrm{d}t=gt+C,$$

将 $v(0)=0$ 代入上式，得 $C=0$，故作自由落体运动的物体的速度方程为

$$v=gt.$$

又由 $v=\frac{\mathrm{d}s}{\mathrm{d}t}=gt$，积分得

$$s=\int gt\mathrm{d}t=\frac{1}{2}gt^2+C,$$

将 $s(0)=0$ 代入上式，得 $C=0$，即自由落体的运动方程为

$$s=\frac{1}{2}gt^2.$$

（2）因物体作的是自由落体运动，所以它满足运动方程 $s=\frac{1}{2}gt^2$，将时间 $t=30$ 代上式，得到建筑物的高度

$$h=\frac{1}{2}g\times30^2=450g=450\times9.8=4\ 410(\mathrm{m})\quad（其中重力加速度 g=9.8\ \mathrm{m/s^2}）.$$

例 4.47（石油的消耗量） 近年来，世界范围内每年的石油消耗率呈指数增长，增长指数大约为 0.07. 1970 年年初，消耗率大约为每年 161 亿桶. 设 $R(t)$ 表示从 1970 年起第 t 年的石油消耗率，则 $R(t)=161\mathrm{e}^{0.07t}$（亿桶）. 试用此式估算从 1970 年到 1990 年间石油消耗的总量.

解 设 $T(t)$ 表示从 1970 年起（$t=0$）直到第 t 年的石油消耗总量. 我们要求从 1970 年到 1990 年间石油消耗的总量，即求 $T(20)$. 由于 $T(t)$ 是石油消耗的总量，所以 $T'(t)$ 就是石油消耗率 $R(t)$，即 $T'(t)=R(t)$，则 $T(t)$ 就是 $R(t)$ 的一个原函数.

$$T(t)=\int R(t)\mathrm{d}t=\int 161\mathrm{e}^{0.07t}\mathrm{d}t=\frac{161}{0.07}\mathrm{e}^{0.07t}+C=2\ 300\mathrm{e}^{0.07t}+C.$$

因为 $T(0)=0$，所以 $C=-2\ 300$，易得 $T(t)=2\ 300(\mathrm{e}^{0.07t}-1)$.

从 1970 年到 1990 年间石油消耗的总量为

$$T(20)=2\ 300(\mathrm{e}^{0.07\times20}-1)\approx7\ 027（亿桶）.$$

例 4.48（电流函数） 一电路中电流关于时间的变化率为 $\frac{\mathrm{d}i}{\mathrm{d}t}=0.9t^2-2t$，若 $t=0$ 时，$i=3A$，求电流 i 关于时间 t 的函数.

解 由 $\frac{\mathrm{d}i}{\mathrm{d}t}=0.9t^2-2t$，求不定积分得

$$i(t)=\int(0.9t^2-2t)\mathrm{d}t=0.3t^3-t^2+C,$$

将 $i(0)=3$ 代入上式，得 $C=3$，所以

$$i(t)=0.3t^3-t^2+3.$$

例 4.49（电路中的电量） 设导线在时刻 t（单位：s）的电流为 $i(t)=0.006t\sqrt{t^2+1}$，如果在时间 $t=0$ 时，流过导线横截面的电量 $Q(t)=0$（单位：A），求电量 $Q(t)$ 与 t 的关系式.

解 由电流与电量的关系 $i=\frac{dQ}{dt}$，得电量

$$Q(t)=\int i(t)\,dt=\int 0.006t\sqrt{t^2+1}\,dt$$
$$=\int 0.003\sqrt{t^2+1}\,d(t^2+1)$$
$$=0.002\,(t^2+1)^{\frac{3}{2}}+C.$$

由已知 $t=0$ 时，$Q(t)=0$ 代入上式得

$$C=-0.002,$$

所以 $$Q(t)=0.002\,(t^2+1)^{\frac{3}{2}}-0.002.$$

习 题 4.5.1

1. 已知一物体作直线运动，其加速度为 $a=12t^2-3\sin t$，且当 $t=0$ 时，$v=5$，$s=3$.

(1) 求速度 v 与时间 t 的函数关系；

(2) 求路程 s 与时间 t 的函数关系.

2. 一电场中质子运动的加速度为 $a=-20\,(1+2t)^{-2}$ (单位：$\mathrm{m/s^2}$). 如果 $t=0$ 时，$v=0.3\ \mathrm{m/s}$. 求质子的运动速度.

3. (**伤口的表面积**) 医学研究发现，刀割伤口表面修复的速度为 $\frac{dA}{dt}=-5t^{-2}$ (单位：$\mathrm{cm^2/d}$) $(1\leqslant t\leqslant 5)$，其中 A 表示伤口的表面积. 设 $A(1)=5\ \mathrm{cm^2}$，问受伤 5 天后该患者的伤口的表面积为多少?

4. (**电路中的电量**) 设导线在时刻 t (单位：s) 的电流为 $i(t)=2\sin\omega t$，如果在时间 $t=0$ 时，流过导线横截面的电量 $Q(t)=0$ (单位：A)，求电量 $Q(t)$ 与 t 的关系式.

5. (**电能问题**) 在电力需求的电涌时期，消耗电能的速度 r 可以近似地表示为 $r=te^{-t}$ (t 单位：h). 如果在时间 $t=0$ 时，消耗的总电能 $E=0$ (单位：J)，求总电能 E 与 t 的关系式.

4.5.2 实践

Mathematica 软件使用(4)

用 Mathematica 计算不定积分.

命令格式：Integrate[f,x].

功能：计算不定积分 $\int f(x)\,dx$.

需要说明的是：

(1) 在 Mathematica 中，计算不定积分除了用上述方法外，也可以利用模板 $\int\square d\square$；

(2) Mathematica 并不能够计算所有的不定积分，如对于 $\int \sin\sin x\,dx$ 等，系统就无法计算，但是对于一些用手工很麻烦的积分，却比较方便；

(3) 计算结果中没有包含常数 C.

例 求下列不定积分：

(1) $\int \frac{3+x}{\sqrt{4+x^2}}\mathrm{d}x$; (2) $\int \arctan\sqrt{x}\mathrm{d}x$.

其结果见演示 4.1.

演示 4.1

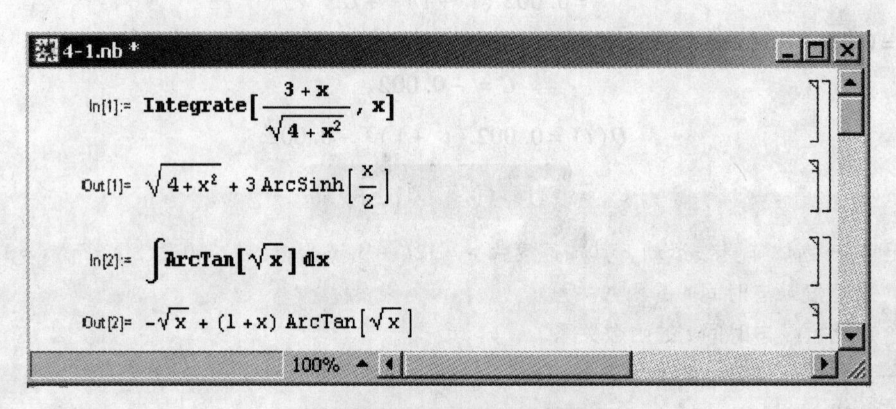

习 题 4.5.2

计算下列不定积分：

(1) $\int \frac{x^2+1}{x\sqrt{x}}\mathrm{d}x$; (2) $\int (2\sec x - \tan x)\tan x\mathrm{d}x$;

(3) $\int x\arctan x\mathrm{d}x$; (4) $\int \frac{2x+3}{1+x^2}\mathrm{d}x$;

(5) $\int \frac{1+\tan x}{\sin 2x}\mathrm{d}x$; (6) $\int \frac{6x-5}{2\sqrt{3x^2-5x+6}}\mathrm{d}x$;

(7) $\int \cos\frac{x}{2}\cos\frac{x}{3}\mathrm{d}x$; (8) $\int \ln(x+\sqrt{1+x^2})\mathrm{d}x$;

(9) $\int \frac{2-\sin x}{2+\cos x}\mathrm{d}x$; (10) $\int x\tan x\sec^4 x\mathrm{d}x$.

4.6 提示与提高

1. 因为原函数都是连续的，所以分段函数的不定积分应在分段积分后，调整好两段分别积分的常数，使积出来的分段函数在分界点连续

例 4.50 设 $f(x)=\begin{cases} x, & x\leqslant 1, \\ 1, & x>1, \end{cases}$ 求 $\int f(x)\mathrm{d}x$.

解 $\int f(x)\mathrm{d}x=\begin{cases} \frac{1}{2}x^2+C, & x\leqslant 1, \\ x+C_1, & x>1. \end{cases}$

由于$f(x)$是连续函数，则其原函数必定存在，由于原函数在点$x=1$处应连续，从而

$$\frac{1}{2}+C=1+C_1,\ 即\ C_1=C-\frac{1}{2},$$

故

$$\int f(x)\,dx=\begin{cases}\frac{1}{2}x^2+C, & x\leqslant 1,\\ x+C-\frac{1}{2}, & x>1.\end{cases}$$

2. 在第二节换元积分法中已经给出常用的凑微分式，但在计算不定积分时还会遇到一些较为复杂的凑微分式

例如：

$$\frac{1}{1-x^2}dx=\frac{1}{2}d\left(\ln\frac{1+x}{1-x}\right),\quad \left(1-\frac{1}{x^2}\right)dx=d\left(x+\frac{1}{x}\right),\quad (1+\ln x)\,dx=d(x\ln x),$$

$$(1+x)e^x\,dx=d(xe^x),\quad \frac{1-\ln x}{x^2}dx=d\left(\frac{\ln x}{x}\right),\quad \frac{1}{\sqrt{1+x^2}}dx=d[\ln(x+\sqrt{1+x^2})].$$

例 4.51 求$\int\frac{1}{1-x^2}\ln\frac{1+x}{1-x}dx$.

解

$$\int\frac{1}{1-x^2}\ln\frac{1+x}{1-x}dx=\int\frac{1}{2}\left(\frac{1}{1+x}+\frac{1}{1-x}\right)\ln\frac{1+x}{1-x}dx=\frac{1}{2}\int\ln\frac{1+x}{1-x}d\ln\frac{1+x}{1-x}$$

$$=\frac{1}{4}\left[\ln\left|\frac{1+x}{1-x}\right|\right]^2+C.$$

例 4.52 求$\int\frac{x^2-1}{x^4+1}dx$.

解

$$\int\frac{x^2-1}{x^4+1}dx=\int\frac{1-\frac{1}{x^2}}{x^2+\frac{1}{x^2}}dx=\int\frac{d\left(x+\frac{1}{x}\right)}{\left(x+\frac{1}{x}\right)^2-2}=\frac{1}{2\sqrt{2}}\ln\left|\frac{x+\frac{1}{x}-\sqrt{2}}{x+\frac{1}{x}+\sqrt{2}}\right|+C$$

$$=\frac{1}{2\sqrt{2}}\ln\left|\frac{x^2-\sqrt{2}x+1}{x^2+\sqrt{2}x+1}\right|+C.$$

3. 第一换元积分法(即凑微分法)与第二换元积分法的区别

第一换元积分法的基本思想是，当所给的积分$\int f[\varphi(x)]\varphi'(x)\,dx$不能直接套公式积分，而引进新变量$u=\varphi(x)$后，积分变为$\int f(u)\,du$，并且可以套公式积分得出$F(u)+C$，将$u$换回$\varphi(x)$即可. 第二换元积分法与它恰好相反，当所给的积分$\int f(x)\,dx$不能直接套公式计算，令$x=\varphi(t)$且$\varphi'(t)\neq 0$，使积分变成$\int f[\varphi(t)]\varphi'(t)\,dt$，而该积分可以套公式积出$F(t)+C$，最后将$t$用$\varphi^{-1}(x)$作反换元.

例 4.53 求$\int\frac{\arctan\frac{1}{x}}{1+x^2}dx$.

解法 1 （第一换元积分法）

$$\int \frac{\arctan\frac{1}{x}}{1+x^2}\mathrm{d}x = \int \frac{\arctan\frac{1}{x}}{1+\left(\frac{1}{x}\right)^2}\times\frac{1}{x^2}\mathrm{d}x = -\int \frac{\arctan\frac{1}{x}}{1+\left(\frac{1}{x}\right)^2}\mathrm{d}\left(\frac{1}{x}\right)$$

$$= -\int \arctan\frac{1}{x}\mathrm{d}\arctan\frac{1}{x} = -\frac{1}{2}\left(\arctan\frac{1}{x}\right)^2 + C.$$

解法 2 （第二换元积分法）

设 $t=\arctan\frac{1}{x}$，则 $x=\cot t$，$\mathrm{d}x=-\csc^2 t\mathrm{d}t$，

$$\int \frac{\arctan\frac{1}{x}}{1+x^2}\mathrm{d}x = -\int \frac{t}{1+\cot^2 t}\csc^2 t\mathrm{d}t = -\int t\mathrm{d}t$$

$$= -\frac{t^2}{2}+C = -\frac{1}{2}\left(\arctan\frac{1}{x}\right)^2 + C.$$

例 4.54 求 $\int x^3 \mathrm{e}^{x^2}\mathrm{d}x$.

解法 1（第一换元积分法和分部积分法综合运用）

$$\int x^3\mathrm{e}^{x^2}\mathrm{d}x = \frac{1}{2}\int x^2\mathrm{e}^{x^2}\mathrm{d}x^2 = \frac{1}{2}\int x^2\mathrm{d}(\mathrm{e}^{x^2}) = \frac{1}{2}x^2\mathrm{e}^{x^2} - \frac{1}{2}\int \mathrm{e}^{x^2}\mathrm{d}x^2$$

$$= \frac{1}{2}x^2\mathrm{e}^{x^2} - \frac{1}{2}\mathrm{e}^{x^2} + C.$$

解法 2（第二换元积分法和分部积分法综合运用）

设 $x=\sqrt{t}$，$\mathrm{d}x=\frac{\mathrm{d}t}{2\sqrt{t}}$，于是

$$\int x^3\mathrm{e}^{x^2}\mathrm{d}x = \int \sqrt{t}t\mathrm{e}^t\frac{\mathrm{d}t}{2\sqrt{t}} = \frac{1}{2}\int t\mathrm{e}^t\mathrm{d}t = \frac{1}{2}\int t\mathrm{d}\mathrm{e}^t = \frac{1}{2}t\mathrm{e}^t - \frac{1}{2}\int \mathrm{e}^t\mathrm{d}t$$

$$= \frac{1}{2}t\mathrm{e}^t - \frac{1}{2}\mathrm{e}^t + C = \frac{1}{2}x^2\mathrm{e}^{x^2} - \frac{1}{2}\mathrm{e}^{x^2} + C.$$

4. 在使用分部积分法时除正确地选择 u 和 $\mathrm{d}v$ 外，还需掌握一些解题技巧

例如：有些积分可以将被积表达式拆成两项，对其中的一项用分部积分后，出现与另一项相抵消的项，从而解出所求积分.

例 4.55 求 $\int \mathrm{e}^{2x}(\tan x+1)^2\mathrm{d}x$.

解

$$\begin{aligned}\int \mathrm{e}^{2x}(\tan x+1)^2\mathrm{d}x &= \int \mathrm{e}^{2x}\sec^2 x\mathrm{d}x + 2\int \mathrm{e}^{2x}\tan x\mathrm{d}x \\ &= \int \mathrm{e}^{2x}\mathrm{d}\tan x + 2\int \mathrm{e}^{2x}\tan x\mathrm{d}x \\ &= \mathrm{e}^{2x}\tan x - 2\int \mathrm{e}^{2x}\tan x\mathrm{d}x + 2\int \mathrm{e}^{2x}\tan x\mathrm{d}x \\ &= \mathrm{e}^{2x}\tan x + C.\end{aligned}$$

5. 三角函数有理式的积分

三角函数有理式是指以三角函数为变量的有理函数，统称为三角函数有理式. 例如，$\frac{\cos x}{1+\sin^4 x}$等.

三角函数有理式的不定积分可作如下变换(也称万能变换)：设 $\tan\frac{x}{2}=t$，则 $x=2\arctan t$，$dx=\frac{2}{1+t^2}dt$. 且

$$\sin x=\frac{2\tan\frac{x}{2}}{1+\tan^2\frac{x}{2}}=\frac{2t}{1+t^2},\qquad \cos x=\frac{1-\tan^2\frac{x}{2}}{1+\tan^2\frac{x}{2}}=\frac{1-t^2}{1+t^2}.$$

于是三角有理函数的积分就化为新变量 t 的有理函数的积分.

例 4.56 求 $\int\frac{dx}{1+\sin x}$.

解 设 $t=\tan\frac{x}{2}$，则 $x=2\arctan t$，$dx=\frac{2}{1+t^2}dt$，

$$\begin{aligned}\int\frac{dx}{1+\sin x}&=\int\frac{1}{1+\frac{2t}{1+t^2}}\cdot\frac{2}{1+t^2}dt=\int\frac{2}{1+2t+t^2}dt\\&=2\int\frac{d(1+t)}{(1+t)^2}=-\frac{2}{1+t}+C\\&=-\frac{2}{1+\tan\frac{x}{2}}+C.\end{aligned}$$

6. 在第四节中我们介绍了有理函数积分的一般方法，实际计算时较繁琐，因此解题时首先考虑有无别的更简便的方法

例 4.57 计算 $\int\frac{1-x^7}{x(x^7+1)}dx$.

解
$$\begin{aligned}\int\frac{1-x^7}{x(x^7+1)}dx&=\int\frac{(1-x^7)x^6}{x^7(x^7+1)}dx=\frac{1}{7}\int\frac{1-x^7}{x^7(x^7+1)}dx^7=\frac{1}{7}\int\left(\frac{1}{x^7}-\frac{2}{x^7+1}\right)dx^7\\&=\frac{1}{7}[\ln x^7-2\ln(x^7+1)]+C\\&=\ln|x|-\frac{2}{7}\ln(x^7+1)+C.\end{aligned}$$

例 4.58 求 $\int\frac{x^3}{(x-1)^{10}}dx$.

解
$$\begin{aligned}\int\frac{x^3}{(x-1)^{10}}dx&\xlongequal{令x-1=u}\int\frac{(u+1)^3}{u^{10}}du=\int\frac{u^3+3u^2+3u+1}{u^{10}}du\\&=\int(u^{-7}+3u^{-8}+3u^{-9}+u^{-10})du\\&=-\frac{1}{6}u^{-6}-\frac{3}{7}u^{-7}-\frac{3}{8}u^{-8}-\frac{1}{9}u^{-9}+C\end{aligned}$$

$$= -\frac{1}{6}(x-1)^{-6}-\frac{3}{7}(x-1)^{-7}-\frac{3}{8}(x-1)^{-8}-\frac{1}{9}(x-1)^{-9}+C.$$

7. 递推公式

设 $I_n=\int \sin^n x\mathrm{d}x(n\in\mathbf{Z}^+)$，试证明：$I_n=\frac{-1}{n}\cos x\sin^{n-1}x+\frac{n-1}{n}I_{n-2}$.

证 由分部积分法，得

$$\begin{aligned}I_n &= \int \sin^n x\mathrm{d}x=\int \sin^{n-1}x\sin x\mathrm{d}x=\int \sin^{n-1}x\mathrm{d}(-\cos x)\\ &= -\cos x\sin^{n-1}x-\int (n-1)\sin^{n-2}x\cos x(-\cos x)\mathrm{d}x\\ &= -\cos x\sin^{n-1}x+(n-1)\int (1-\sin^2 x)\sin^{n-2}x\mathrm{d}x\\ &= -\cos x\sin^{n-1}x+(n-1)\int \sin^{n-2}x\mathrm{d}x-(n-1)\int \sin^n x\mathrm{d}x\\ &= -\cos x\sin^{n-1}x+(n-1)I_{n-2}-(n-1)I_n,\end{aligned}$$

于是

$$I_n=\frac{-1}{n}\cos x\sin^{n-1}x+\frac{n-1}{n}I_{n-2}.$$

类似地还可以推出

$$\int \cos^n x\mathrm{d}x=\frac{1}{n}\cos^{n-1}x\sin x+\frac{n-1}{n}\int \cos^{n-2}x\mathrm{d}x.$$

例 4.59 求 $\int \sin^4 x\mathrm{d}x$.

解 由递推公式得

$$\int \sin^4 x\mathrm{d}x=-\frac{\sin^3 x\cos x}{4}+\frac{3}{4}\int \sin^2 x\mathrm{d}x,$$

$$\int \sin^2 x\mathrm{d}x=-\frac{\sin x\cos x}{2}+\frac{1}{2}\int \mathrm{d}x=\frac{x}{2}-\frac{1}{4}\sin 2x+C,$$

所以

$$\int \sin^4 x\mathrm{d}x=-\frac{\sin^3 x\cos x}{4}+\frac{3}{4}\left(\frac{x}{2}-\frac{1}{4}\sin 2x\right)+C.$$

8. 对初等函数来说，在其定义区间上，它的原函数一定存在，但有些函数的原函数不是初等函数，这就出现不定积分存在但“积不出来”的情况

例如：

$$\int \mathrm{e}^{-x^2}\mathrm{d}x,\int \frac{\sin x}{x}\mathrm{d}x,\int \frac{\mathrm{d}x}{\ln x},\int \sin x^2\mathrm{d}x,\int \frac{\mathrm{d}x}{\sqrt{1+x^4}},\int \sqrt{1-k\sin^2 x}\mathrm{d}x$$

等，原因是这些被积函数的原函数不是初等函数，需要用其他数学方法解决.

9. 一题多解

例 4.60 求 $\int \frac{\mathrm{e}^{2x}}{\sqrt{\mathrm{e}^x+1}}\mathrm{d}x$.

解法 1 （凑微分）

$$\int \frac{\mathrm{e}^{2x}}{\sqrt{\mathrm{e}^x+1}}\mathrm{d}x=\int \frac{\mathrm{e}^x}{\sqrt{\mathrm{e}^x+1}}\mathrm{d}\mathrm{e}^x=\int \frac{\mathrm{e}^x+1-1}{\sqrt{\mathrm{e}^x+1}}\mathrm{d}(\mathrm{e}^x+1)$$

$$= \int \left(\sqrt{e^x + 1} - \frac{1}{\sqrt{e^x + 1}} \right) d(e^x + 1)$$

$$= \frac{2}{3}(e^x + 1)^{\frac{3}{2}} - 2\sqrt{e^x + 1} + C.$$

解法 2 （第二类换元积分法）

设 $\sqrt{e^x + 1} = t$，$x = \ln(t^2 - 1)$，$dx = \frac{2t}{t^2 - 1}dt$，

$$\int \frac{e^{2x}}{\sqrt{e^x + 1}}dx = \int \frac{(t^2 - 1)^2}{t} \times \frac{2t}{t^2 - 1}dt = 2\int (t^2 - 1)dt$$

$$= 2\left(\frac{1}{3}t^3 - t\right) + C = \frac{2}{3}(t^2 - 3)t + C$$

$$= \frac{2}{3}(e^x - 2)\sqrt{e^x + 1} + C.$$

解法 3 （分部积分）

$$\int \frac{e^{2x}}{\sqrt{e^x + 1}}dx = \int \frac{e^x}{\sqrt{e^x + 1}}de^x = 2\int e^x d\sqrt{e^x + 1}$$

$$= 2e^x\sqrt{e^x + 1} - 2\int e^x\sqrt{e^x + 1}dx$$

$$= 2e^x\sqrt{e^x + 1} - 2\int \sqrt{e^x + 1}d(e^x + 1)$$

$$= 2e^x\sqrt{e^x + 1} - \frac{4}{3}(e^x + 1)^{\frac{3}{2}} + C.$$

例 4.61 求 $\int \frac{x}{\sqrt{1 + x}}dx$.

解法 1

$$\int \frac{x}{\sqrt{1 + x}}dx = \int \frac{x + 1 - 1}{\sqrt{1 + x}}dx = \int \sqrt{1 + x}dx - \int \frac{1}{\sqrt{1 + x}}dx$$

$$= \int \sqrt{1 + x}d(1 + x) - \int \frac{1}{\sqrt{1 + x}}d(1 + x)$$

$$= \frac{2}{3}(1 + x)^{\frac{3}{2}} - 2(1 + x)^{\frac{1}{2}} + C.$$

解法 2 令 $t = 1 + x$，则 $x = t - 1$，$dx = dt$，

$$\int \frac{x}{\sqrt{1 + x}}dx = \int \frac{t - 1}{\sqrt{t}}dt = \int \sqrt{t}dt - \int \frac{1}{\sqrt{t}}dt = \frac{2}{3}t^{\frac{3}{2}} - 2t^{\frac{1}{2}} + C$$

$$= \frac{2}{3}(1 + x)^{\frac{3}{2}} - 2(1 + x)^{\frac{1}{2}} + C.$$

解法 3 令 $t = \sqrt{1 + x}$，则 $x = t^2 - 1$，$dx = 2tdt$，

$$\int \frac{x}{\sqrt{1 + x}}dx = \int \frac{t^2 - 1}{t}2tdt = 2\int (t^2 - 1)dt = \frac{2}{3}t^3 - 2t + C$$

$$= \frac{2}{3}(1 + x)^{\frac{3}{2}} - 2(1 + x)^{\frac{1}{2}} + C.$$

解法 4 令 $x=\tan^2 t$，$\mathrm{d}x=2\tan t\sec^2 t\mathrm{d}t$，

$$\int\frac{x}{\sqrt{1+x}}\mathrm{d}x=\int\frac{\tan^2 t}{\sec t}2\tan t\sec^2 t\mathrm{d}t=2\int(\sec^2 t-1)\mathrm{d}\sec t$$

$$=\frac{2}{3}\sec^3 t-2\sec t+C.$$

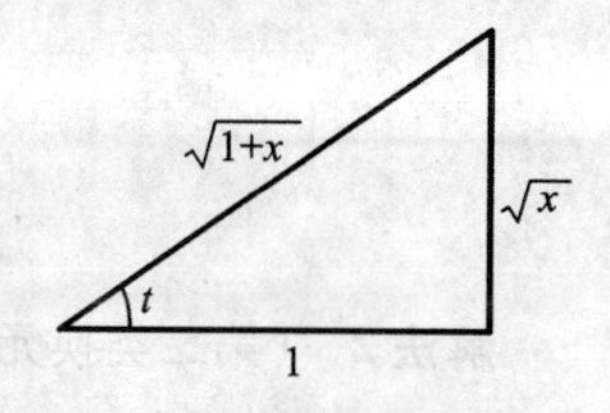

图 4.5

由辅助三角形(图 4.5)可以得到 $\sec t=\sqrt{1+x}$，所以

$$\int\frac{x}{\sqrt{1+x}}\mathrm{d}x=\frac{2}{3}(1+x)^{\frac{3}{2}}-2(1+x)^{\frac{1}{2}}+C.$$

解法 5

$$\int\frac{x}{\sqrt{1+x}}\mathrm{d}x=\int x\mathrm{d}(2\sqrt{1+x})=2x\sqrt{1+x}-2\int\sqrt{1+x}\mathrm{d}x$$

$$=2x\sqrt{1+x}-\frac{4}{3}(1+x)^{\frac{3}{2}}+C.$$

习 题 4.6

1. 设 $f(x)=\begin{cases}\sin 2x, & x<0,\\ 0, & x=0,\\ \ln(2x+1), & x>0,\end{cases}$ 求 $f(x)$ 的一个原函数 $F(x)$.

2. 设 $f(x)=\begin{cases}2, & x>1,\\ x, & 0\leqslant x\leqslant 1,\\ \sin x, & x<0,\end{cases}$ 求 $\int f(x)\mathrm{d}x$.

3. 求下列不定积分.

(1) $\int\frac{\ln x-1}{x^2}\mathrm{d}x$；　(2) $\int\frac{\cot x}{\ln\sin x}\mathrm{d}x$；　(3) $\int\frac{\arctan x}{x^2(1+x^2)}\mathrm{d}x$；

(4) $\int\frac{5}{3\sin x-4\cos x}\mathrm{d}x$；　(5) $\int\cos^6 x\mathrm{d}x$；　(6) $\int\frac{\cos x}{\sqrt{2+\cos 2x}}\mathrm{d}x$；

(7) $\int x\frac{\sin^2 x}{\cos^4 x}\mathrm{d}x$；　(8) $\int\frac{\ln(\sin x)}{\sin^2 x}\mathrm{d}x$.

4. 设 $f(\ln x)=\frac{\ln(1+x)}{x}$，计算 $\int f(x)\mathrm{d}x$.

复习题四 [A]

1. 填空题.

(1) $\mathrm{d}\int\mathrm{d}F(x)=$________，$\int f'(x)\mathrm{d}x=$________.

(2) 如果 $\frac{\cos x}{x}$ 为 $f(x)$ 的一个原函数，则 $\int f'(x)\mathrm{d}x=$________.

(3) 设 $F'(x)=f(x)$，则 $\int xf'(x)\mathrm{d}x=$________.

(4) $\int f'(2x)\mathrm{d}x=$________.

(5) 积分曲线族$\int x\sqrt{x}\mathrm{d}x$中，过点(0,1)的积分曲线方程是________.

(6) 设$\sin x$是$f(x)$的一个原函数，则$\int xf(x)\mathrm{d}x=$________.

(7) 如果$\int f(x)\mathrm{d}x=\cos^2 x+C$，则$f(x)=$________.

(8) 如果$f'(x^2)=\frac{1}{x}(x>0)$，则$\int f'(x)\mathrm{d}x=$________.

(9) $\int xf''(x)\mathrm{d}x=$________.

(10) $\int \ln\frac{x}{2}\mathrm{d}x=$________.

2. 选择题.

(1) 设$f(x)=2^x$，$\varphi(x)=\frac{2^x}{\ln 2}$，则$\varphi(x)$是$f(x)$的(　　).

A. 导数　　B. 原函数　　C. 不定积分　　D. 微分

(2) $1-\frac{1}{x}$的全部原函数为(　　).

A. $\frac{1}{x^2}+C$　　B. $x-\ln x$　　C. $x+\frac{1}{x^2}+C$　　D. $x-\ln|x|+C$

(3) 若$F(x)$是$f(x)$的一个原函数，则$\int \mathrm{e}^{-x}f(\mathrm{e}^{-x})\mathrm{d}x$等于(　　).

A. $F(\mathrm{e}^{-x})+C$　　B. $-F(\mathrm{e}^{x})+C$　　C. $F(\mathrm{e}^{x})+C$　　D. $-F(\mathrm{e}^{-x})+C$

(4) 设$f(x)=\mathrm{e}^{-2x}$，则$\int\frac{f'(\ln x)}{x}\mathrm{d}x=$(　　).

A. $\ln x+C$　　B. $-\ln x+C$　　C. $\frac{1}{x^2}+C$　　D. $-\frac{1}{x^2}+C$

(5) $\int f(x)\mathrm{d}x=2\sin\frac{x}{2}+C$，则$f(x)=$(　　).

A. $\cos\frac{x}{2}+C$　　B. $\cos\frac{x}{2}$　　C. $2\cos\frac{x}{2}+C$　　D. $2\cos\frac{x}{2}$

(6) 设$a\neq 0$，则$\int(ax+b)^{10}\mathrm{d}x=$(　　).

A. $\frac{1}{11}(ax+b)^{11}+C$　　B. $\frac{1}{11a}(ax+b)^{11}+C$

C. $10a(ax+b)^9+C$　　D. $\frac{1}{11a}(ax+b)^{11}$

(7) 设在闭区间$[a,b]$内$f'(x)=\varphi'(x)$，则必有(　　).

A. $f(x)=\varphi(x)$　　B. $f(x)=\varphi(x)+C$

C. $\int f(x)\mathrm{d}x=\int\varphi(x)\mathrm{d}x$　　D. $\left(\int f(x)\mathrm{d}x\right)'=\left(\int\varphi(x)\mathrm{d}x\right)'$

(8) 设$f(x)$和$\varphi(x)$都具有连续的导数，且$\int \mathrm{d}f(x)=\int \mathrm{d}\varphi(x)$，则下列各式不成立的是(　　).

A. $\mathrm{d}f(x)=\mathrm{d}\varphi(x)$　　B. $f'(x)=\varphi'(x)$

C. $f(x)=\varphi(x)$　　D. $\int f'(x)\mathrm{d}x=\int \varphi'(x)\mathrm{d}x$

(9) 设$f(x)$在闭区间上连续，则在开区间(a,b)内$f(x)$必有(　　).

A. 导函数　　B. 最大值　　C. 原函数　　D. 极值

(10) $\int \frac{f'(x)}{1+[f(x)]^2}\mathrm{d}x=$(　　).

A. $\arctan f(x)+C$　　B. $\tan f(x)+C$

C. $\frac{1}{2}\arctan f(x)+C$　　D. $\ln[1+f(x)]+C$

3. 求下列不定积分：

(1) $\int \frac{1+x^2-2\sqrt{x}}{x\sqrt{x}}\mathrm{d}x$；　　(2) $\int x(2x-1)^9\mathrm{d}x$；

(3) $\int \frac{1}{\mathrm{e}^x+\mathrm{e}^{\frac{x}{2}}}\mathrm{d}x$(提示：令$u=\mathrm{e}^{\frac{x}{2}}$)；　　(4) $\int \frac{\ln\tan\frac{x}{2}}{\sin x}\mathrm{d}x$；

(5) $\int \frac{\sin x(\cos x+1)}{1+\cos^2 x}\mathrm{d}x$；　　(6) $\int x^2\arctan x\mathrm{d}x$；

(7) 若$f'(\sin^2 x)=\cos 2x+\tan^2 x(0<x<1)$，求$f(x)$.

4. 应用题.

一物体由静止开始运动，经t(s)后的速度是$3t^2$(m/s)，问：

(1) 在3 s后物体离开出发点的距离是多少？

(2) 物体走完360 m需要多少时间？

复习题四[B]

1. 填空题.

(1) 函数$2(\mathrm{e}^{2x}+\mathrm{e}^{-2x})$的一个原函数是________.

(2) 设e^{-x^2}是$f(x)$的一个原函数，则$\int f(\tan x)\sec^2 x\mathrm{d}x=$________.

(3) 设$f(x)=\int(x+\sin x)\mathrm{d}x$，则$f'(x)$在闭区间$[0,2\pi]$上的最大值为________，最小值为________.

(4) $\int \frac{\mathrm{d}x}{\sqrt{x(4-x)}}=$________.

(5) $\int \frac{x+5}{x^2-6x+13}\mathrm{d}x=$________.

2. 选择题.

(1) 设$\int f(x)\mathrm{d}x = F(x) + C$，则$\int f(b-ax)\mathrm{d}x =$(　　).

A. $F(b-ax)+C$　　B. $-\frac{1}{a}F(b-ax)+C$

C. $aF(b-ax)+C$　　D. $\frac{1}{a}F(b-ax)+C$

(2) 设$\frac{\ln x}{x}$是$f(x)$的原函数，则$\int xf(x)\mathrm{d}x =$ (　　).

A. $\ln x-\frac{1}{2}\ln^2 x+C$　　B. $x\ln x-x+C$

C. $\ln x+C$　　D. $\ln x-x+C$

(3) 设$f(x)$有连续导函数，则下列命题中正确的是(　　).

A. $\int f'(2x)\mathrm{d}x=\frac{1}{2}f(2x)+C$　　B. $\int f'(2x)\mathrm{d}x=f(2x)+C$

C. $(\int f(2x)\mathrm{d}x)'=2f(2x)$　　D. $\int f'(2x)\mathrm{d}x=f(x)+C$

(4) 设$f'(\cos^2 x)=\sin^2 x$，且$f(0)=0$，则$f(x)$等于(　　).

A. $\cos x+\frac{1}{2}\cos^2 x$　　B. $\cos^2 x-\frac{1}{2}\cos^4 x$

C. $x+\frac{1}{2}x^2$　　D. $x-\frac{1}{2}x^2$

(5) $\int \sec^7(5x)\tan(5x)\mathrm{d}x=$(　　).

A. $\frac{1}{7}\sec^7(5x)+C$　　B. $\frac{1}{5}\sec^7(5x)+C$

C. $\frac{1}{35}\sec^7(5x)+C$　　D. $35\sec^7(5x)+C$

(6) 设$\int f(x)\mathrm{d}x=F(x)+C$，且$x=at+b$，则$\int f(t)\mathrm{d}t=$(　　).

A. $F(x)+C$　　B. $F(t)+C$

C. $F(at+b)+C$　　D. $\frac{1}{a}F(at+b)+C$

3. 计算题.

(1) 若$f'(\ln x)=\begin{cases}1, & 0<x\leqslant 1,\\ x, & 1<x<+\infty,\end{cases}$且$f(0)=0$，求$f(x)$.

(2) 求$\int \frac{\mathrm{e}^x}{x}(1+x\ln x)\mathrm{d}x$.

(3) 求$\int \frac{x+\sin x}{1+\cos x}\mathrm{d}x$.

4. 证明题.

设$\int f(x)\,\mathrm{d}x=F(x)+C$，$f(x)$可微，并且$f(x)$的反函数$f^{-1}(x)$存在，证明

$$\int f^{-1}(x)\,\mathrm{d}x=xf^{-1}(x)-F[f^{-1}(x)]+C.$$

5. 讨论题.

（1）设$f(x^2-1)=\ln\dfrac{x^2}{x^2-2}$，且$f[\varphi(x)]=\ln x$，求$\int\varphi(x)\,\mathrm{d}x$.

（2）设$f(x)=\ln(1+ax^2)-b\int\dfrac{\mathrm{d}x}{1+ax^2}$，问$a$，$b$分别取何值时，$f''(0)=4$.

（3）设$F(x)$为$f(x)$的原函数，且当$x\geqslant 0$时，$f(x)F(x)=\dfrac{x\mathrm{e}^x}{2(1+x)^2}$. 已知$F(0)=1$，$F(x)>0$，试求$f(x)$.

6. 应用题.

在平面上有一运动着的质点，如果它在x轴方向和y轴方向的分速度分别为$v_x=5\sin t$和$v_y=2\cos t$，且$x|_{t=0}=5$，$y|_{t=0}=0$，求：

（1）时间为t时，质点所在的位置；

（2）质点运动的轨迹方程.

5 定积分及其应用

史海回望

在科学技术和现实生活的许多问题中，经常需要计算某些“和式的极限”. 定积分就是从各种计算“和式的极限”问题抽象出的数学概念，它与不定积分是两个不同的数学概念. 但是，人类探求未知世界的过程是漫长而艰难的，经前人不断地归纳和总结，形成了许多新知识和新技术，但这些结果都是孤立且不成体系的. 直到17世纪，牛顿和莱布尼茨才确立了微分与积分是互逆的两种运算，建立了微积分学. 从此微积分基本定理把这两个概念联系起来，解决了定积分的计算问题，使定积分得到了广泛的应用.

本章主要介绍定积分的概念及性质、积分方法、定积分的应用，并且作为定积分的推广，介绍了反常积分，以及如何运用定积分的微元法建立各种实际问题的定积分模型.

5.1 定积分的概念及性质

5.1.1 引例

1. 曲边梯形的面积模型

由连续曲线 $y=f(x)$ 和直线 $x=a$，$x=b$，及 $y=0$ 所围成的平面图像称为曲边梯形(图 5.1).

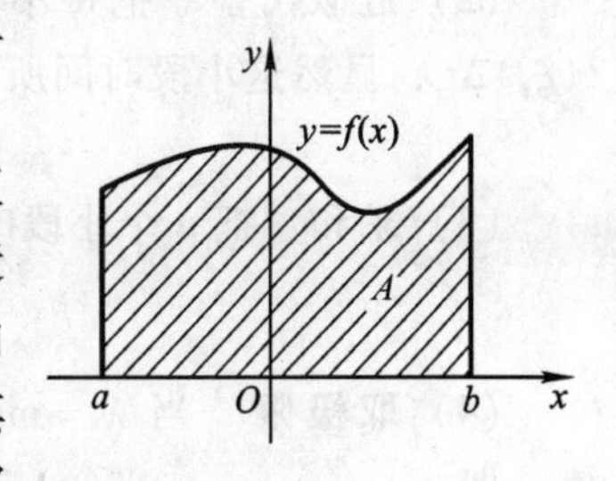

图 5.1

如何计算曲边梯形的面积 A 呢？由于曲边梯形的高 $f(x)$ 在区间 $[a,b]$ 上是连续变化的，在很小一段区间上它的变化很小，近似于不变. 因此，如果把区间 $[a,b]$ 划分成许多小区间，那么曲边梯形也相应地被划分成许多小曲边梯形. 在每个小区间上用其中某一点处的高来近似代替同一区间上小曲边梯形的变高，那么，每个小曲边梯形就可以近似地看成小矩形. 我们就以所有这些小矩形的面积之和作为曲边梯形面积的近似值，并把区间$[a,b]$无限地细分下去，使每个小区间的长度都趋于零，这时所有小矩形面积之和的极限就是曲边梯形的面积. 上述思路分成以下四个步骤.

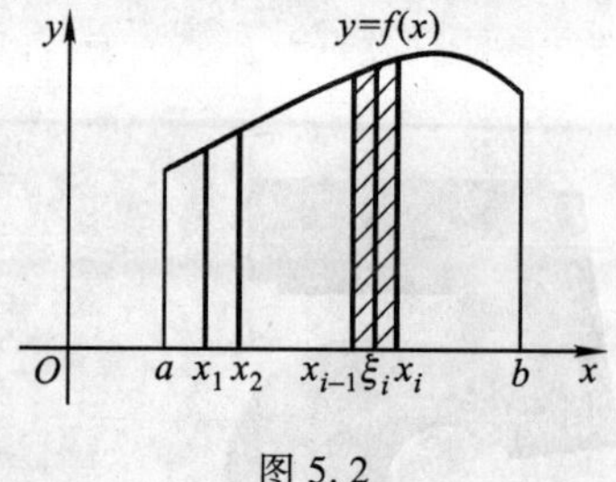

图 5.2

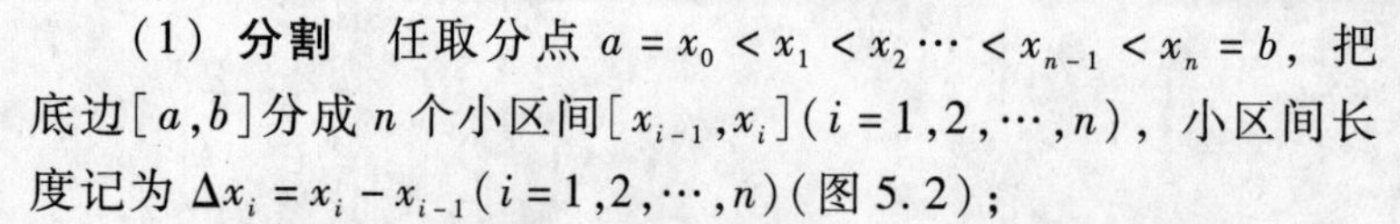

(1) **分割** 任取分点 $a=x_0<x_1<x_2\cdots<x_{n-1}<x_n=b$，把底边$[a,b]$分成 n 个小区间$[x_{i-1},x_i](i=1,2,\cdots,n)$，小区间长度记为 $\Delta x_i=x_i-x_{i-1}(i=1,2,\cdots,n)$(图 5.2)；

(2) **近似代替** 在每个小区间$[x_{i-1},x_i]$上任取一点 $\xi_i(x_{i-1}\leqslant\xi_i\leqslant x_i)$，则小曲边梯形的面积近似值为 $\Delta A\approx f(\xi_i)\cdot\Delta x_i(i=1,2,\cdots,n)$；

(3) **求和** 把 n 个小矩形的面积加起来，得到的和式

$$f(\xi_1)\Delta x_1+f(\xi_2)\Delta x_2+\cdots+f(\xi_n)\Delta x_n=\sum_{i=1}^{n}f(\xi_i)\Delta x_i$$

就是曲边梯形面积 A 的近似值，即

$$A=\sum_{i=1}^{n}\Delta A_i\approx\sum_{i=1}^{n}f(\xi_i)\Delta x_i;$$

(4) **取极限** 当分点个数无限增加(即 $n\to+\infty$)，我们要求小区间长度中的最大值 $\lambda=\max\{\Delta x_1,\Delta x_2,\cdots,\Delta x_n\}$ 趋于零，这时和式 $\sum\limits_{i=1}^{n}f(\xi_i)\Delta x_i$ 的极限就是曲边梯形面积 A 的精确值，即

$$A=\lim_{\lambda\to 0}\sum_{i=1}^{n}f(\xi_i)\Delta x_i.$$

2. 变速直线运动的路程模型

设一质点作变速直线运动，已知速度 $v=v(t)$是时间 t 的连续函数，求在时间间隔$[T_1,T_2]$上质点经过的路程 s.

如果质点作匀速直线运动，则路程 $s=v(T_2-T_1)$，而质点作变速直线运动，则考虑以下方法求路程：

(1) **分割** 任取分点 $T_1=t_0<t_1<t_2<\cdots<t_{n-1}<t_n=T_2$ 把$[T_1,T_2]$分成 n 个小段，每小段长为

$$\Delta t_i=t_i-t_{i-1}\quad(i=1,2,\cdots,n);$$

(2) **近似代替** 把每小段$[t_{i-1},t_i]$上的运动视为匀速，任取时刻 $\xi_i\in[t_{i-1},t_i]$，作乘积 $v(\xi_i)\Delta t_i$，显然这小段时间所走路程 Δs_i 可以近似表示为

$$\Delta s_i\approx v(\xi_i)\Delta t_i(i=1,2,\cdots,n);$$

(3) **求和** 把 n 个小段时间上的路程相加，就得到总路程 s 的近似值，即

$$s\approx\sum_{i=1}^{n}v(\xi_i)\Delta t_i;$$

(4) **取极限** 当 $\lambda=\max\{\Delta t_1,\Delta t_2,\cdots,\Delta t_n\}$ 趋于零时，上述和式的极限就是 s 的精确值，即

$$s=\lim_{\lambda\to 0}\sum_{i=1}^{n}v(\xi_i)\Delta t_i.$$

从以上两个具体问题我们看到，虽然它们的实际意义不同，但表达出来的数学模型却是一致的，解决问题的方法都归结为这种特定和式的极限，我们抛开这些问题的具体意义，由表达式在数量关系上的共同特性，抽象出定积分的概念.

5.1.2 定积分的定义及性质

1. 定积分的定义

定义 5.1 设函数 $y=f(x)$ 在 $[a,b]$ 上有定义，任取分点 $a=x_0<x_1<x_2<\cdots<x_{n-1}<x_n=b$，将 $[a,b]$ 分为 n 个小区间 $[x_{i-1},x_i]$ $(i=1,2,\cdots,n)$，记

$$\Delta x_i=x_i-x_{i-1}\,(i=1,2,\cdots,n),\quad \lambda=\max\{\Delta x_1,\Delta x_2,\cdots,\Delta x_n\},$$

在每个小区间 $[x_{i-1},x_i]$ 上任取一点 ξ_i，作乘积 $f(\xi_i)\Delta x_i$ 的和式：

$$\sum_{i=1}^{n} f(\xi_i)\Delta x_i,$$

如果 $\lambda\to 0$ 时上述极限存在，则称此极限值为函数 $f(x)$ 在区间 $[a,b]$ 上的**定积分**，记为

$$\int_a^b f(x)\,\mathrm{d}x=\lim_{\lambda\to 0}\sum_{i=1}^{n} f(\xi_i)\Delta x_i,$$

其中称 $f(x)$ 为被积函数，$f(x)\,\mathrm{d}x$ 为被积式，x 为积分变量，$[a,b]$ 为积分区间，a，b 分别为积分下限和积分上限.

根据定积分的定义，以上的两个实际问题可表示如下：

曲边梯形的面积 $A=\int_a^b f(x)\,\mathrm{d}x$；

变速运动的路程 $s=\int_{T_1}^{T_2} v(t)\,\mathrm{d}t$.

为了更好的理解定积分的概念，下面对定积分的定义作以下说明：

(1) 如果定积分 $\int_a^b f(x)\,\mathrm{d}x$ 存在，则定积分值是一个确定的常数，它只与被积函数 $f(x)$ 及积分区间 $[a,b]$ 有关，而与区间 $[a,b]$ 的分法及点 ξ_i 的选法无关，与积分变量用什么字母表示也无关，即有

$$\int_a^b f(x)\,\mathrm{d}x=\int_a^b f(t)\,\mathrm{d}t=\int_a^b f(u)\,\mathrm{d}u;$$

(2) 在定积分定义中要求积分限 $a<b$，我们补充如下规定：

当 $a=b$ 时，$\int_a^b f(x)\,\mathrm{d}x=0$；

当 $a>b$ 时，$\int_a^b f(x)\,\mathrm{d}x=-\int_b^a f(x)\,\mathrm{d}x$；

(3) 定积分的存在性：当 $f(x)$ 在 $[a,b]$ 上连续或只有有限个第一类间断点时，$f(x)$ 在 $[a,b]$ 上的定积分存在(也称可积).

由此我们知道，初等函数在其定义区间内部都是可积的.

2. 定积分的几何意义

如果 $f(x)>0$，图像在 x 轴之上，积分值为正，有 $\int_a^b f(x)\,\mathrm{d}x=A$；

如果$f(x)\leqslant 0$，图像在x轴下方，积分值为负，即$\int_a^b f(x)\,\mathrm{d}x=-A$；

如果$f(x)$在$[a,b]$上有正有负，则积分值就等于曲线$y=f(x)$在x轴上方的部分与下方部分面积的代数和，如图5.3所示，有$\int_a^b f(x)\,\mathrm{d}x=A_1-A_2+A_3$.

例5.1 利用定积分的几何意义，求$\int_0^1 \sqrt{1-x^2}\,\mathrm{d}x$的值.

解 定积分$\int_0^1 \sqrt{1-x^2}\,\mathrm{d}x$在几何上表示以$O(0,0)$为圆心，半径为1的$\frac{1}{4}$圆的面积(图5.4)，所以$\int_0^1 \sqrt{1-x^2}\,\mathrm{d}x=\frac{\pi}{4}$.

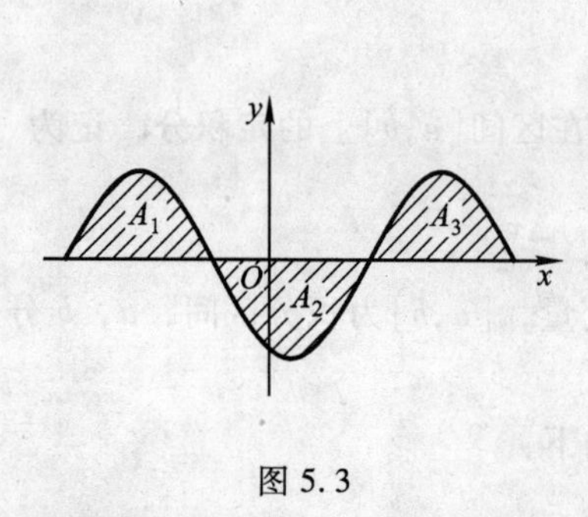

图5.3

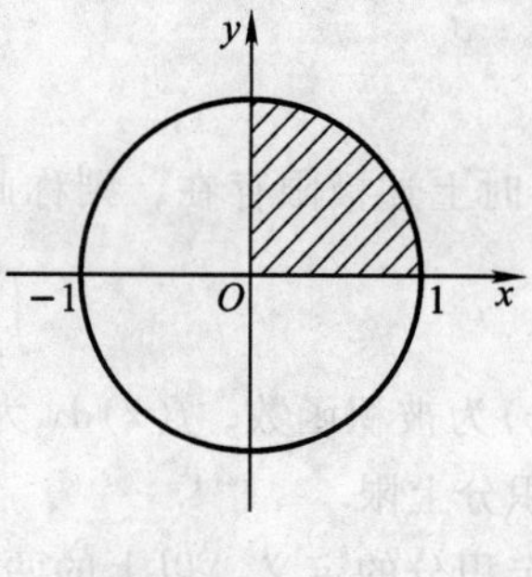

图5.4

3. 定积分的性质

设函数$f(x)$，$g(x)$在所讨论的区间上可积，则定积分有如下性质.

性质1 函数和(差)的定积分等于它们的定积分的和(差)，即

$$\int_a^b [f(x)\pm g(x)]\,\mathrm{d}x=\int_a^b f(x)\,\mathrm{d}x\pm\int_a^b g(x)\,\mathrm{d}x.$$

性质2 被积函数的常数因子可以提到积分号外面，即

$$\int_a^b kf(x)\,\mathrm{d}x=k\int_a^b f(x)\,\mathrm{d}x \quad (k\text{为常数}).$$

性质3(积分区间的分割性质) 不论定积分a，b，c的相对位置如何，总有

$$\int_a^b f(x)\,\mathrm{d}x=\int_a^c f(x)\,\mathrm{d}x+\int_c^b f(x)\,\mathrm{d}x.$$

注 该性质无论c是$[a,b]$的内分点还是外分点都成立. 这是因为：

当$a<c<b$时，上式显然成立，即c是$[a,b]$的内分点时性质3成立；

当$a<b<c$时，则有$\int_a^c f(x)\,\mathrm{d}x=\int_a^b f(x)\,\mathrm{d}x+\int_b^c f(x)\,\mathrm{d}x$，移项有

$$\int_a^b f(x)\,\mathrm{d}x=\int_a^c f(x)\,\mathrm{d}x-\int_b^c f(x)\,\mathrm{d}x=\int_a^c f(x)\,\mathrm{d}x+\int_c^b f(x)\,\mathrm{d}x.$$

这说明c是$[a,b]$的外分点时性质3成立.

性质4(积分的比较性质) 在$[a,b]$上若$f(x)\geqslant g(x)$，则

$$\int_a^b f(x)\,\mathrm{d}x\geqslant\int_a^b g(x)\,\mathrm{d}x.$$

性质5(积分估值定理) 如果函数$f(x)$在$[a,b]$上的最大值为M，最小值为m，那么

$$m(b-a)\leqslant\int_a^b f(x)\,dx\leqslant M(b-a).$$

性质6(积分中值定理) 如果函数$f(x)$在$[a,b]$上连续，那么在(a,b)内至少存在 一点ξ，使$\int_a^b f(x)\,dx=f(\xi)(b-a)$(图5.5).

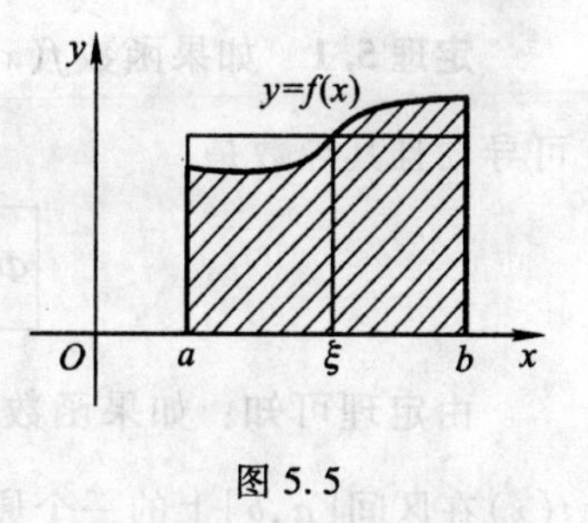

图5.5

习 题 5.1

1. 用定积分表示下列各组曲线围成的平面图形的面积A:

(1) $y=x^2$, $x=1$, $x=2$, $y=0$.

(2) $y=\sin x$, $x=\dfrac{\pi}{3}$, $x=\pi$, $y=0$.

(3) $y=\ln x$, $x=e$, $y=0$.

2. 利用定积分的几何意义说明下列各式:

(1) $\int_0^{2\pi}\sin x\,dx=0$; (2) $\int_{-\frac{\pi}{2}}^{\frac{\pi}{2}}\cos x\,dx=2\int_0^{\frac{\pi}{2}}\cos x\,dx$.

3. 利用定积分的几何意义，求下列定积分:

(1) $\int_{-2}^{2}\sqrt{4-x^2}\,dx$; (2) $\int_0^4\sqrt{4x-x^2}\,dx$.

5.2 微积分基本公式

5.2.1 积分上限的函数及其导数

设函数$f(x)$在区间$[a,b]$上连续，则定积分$\int_a^b f(x)\,dx$存在，且为一定数，设$x\in[a,b]$，因为$f(x)$在$[a,x]$上连续，所以定积分$\int_a^x f(x)\,dx$存在. 这里积分上限和积分变量都用x表示，为便于区分起见，把积分变量换写为t，于是上面的定积分可以写成

$$\int_a^x f(t)\,dt.$$

显然，当x在$[a,b]$上变动时，对应于每一个x值，积分$\int_a^x f(t)\,dt$就有一个确定的值，因此$\int_a^x f(t)\,dt$是变上限x的一个函数，记作$\Phi(x)$:

$$\Phi(x)=\int_a^x f(t)\,dt\,(a\leqslant x\leqslant b).$$

通常称函数$\Phi(x)$为**积分上限的函数(变上限积分函数或变上限积分)**.

积分上限的函数具有下面重要的定理.

定理 5.1 如果函数 $f(x)$ 在区间 $[a,b]$ 上连续，则变上限积分 $\Phi(x)=\int_a^x f(t)\,dt$ 在 $[a,b]$ 上可导，且其导数是

$$\boxed{\Phi'(x)=\frac{d}{dx}\int_a^x f(t)\,dt=f(x)}\quad (a\leqslant x\leqslant b). \tag{5.1}$$

由定理可知：如果函数 $f(x)$ 在区间 $[a,b]$ 上连续，则变上限积分 $\Phi(x)=\int_a^x f(t)\,dt$ 就是 $f(x)$ 在区间 $[a,b]$ 上的一个原函数，由此得到下面的推论.

推论 连续函数的原函数一定存在.

例 5.2 计算 $\Phi(x)=\int_0^x \sin t^2\,dt$ 在 $x=0$，$\frac{\sqrt{\pi}}{2}$ 处的导数.

解 因为 $\Phi'(x)=\frac{d}{dx}\int_0^x \sin t^2\,dt=\sin x^2$，故

$$\Phi'(0)=\sin 0^2=0,$$

$$\Phi'\left(\frac{\sqrt{\pi}}{2}\right)=\sin\frac{\pi}{4}=\frac{\sqrt{2}}{2}.$$

例 5.3 求 $\Phi(x)=\int_a^x \ln(1+t^3)\,dt$ 函数的导数.

解

$$\Phi'(x)=\frac{d}{dx}\int_a^x \ln(1+t^3)\,dt=\ln(1+x^3).$$

例 5.4 求 $\int_0^x e^{-t}\sin t\,dt$ 的导数.

解

$$\left[\int_0^x e^{-t}\sin t\,dt\right]'=e^{-x}\sin x.$$

例 5.5 求 $\lim\limits_{x\to 0}\frac{\int_0^x \sin t^2\,dt}{x^3}$.

解 当 $x\to 0$ 时，$\int_0^x \sin t^2\,dt\to 0$，$x^3\to 0$，因此该极限是 $\frac{0}{0}$ 型未定式，可以用洛必达法则求极限，有

$$\lim_{x\to 0}\frac{\int_0^x \sin t^2\,dt}{x^3}=\lim_{x\to 0}\frac{\left(\int_0^x \sin t^2\,dt\right)'}{(x^3)'}=\lim_{x\to 0}\frac{\sin x^2}{3x^2}=\frac{1}{3}.$$

5.2.2 微积分基本公式

定理 5.2 如果函数 $f(x)$ 在闭区间 $[a,b]$ 上连续，$F(x)$ 是 $f(x)$ 在 $[a,b]$ 上的任一个原函数，则有

$$\boxed{\int_a^b f(x)\,dx=F(b)-F(a)} \tag{5.2}$$

证 已知 $F(x)$ 是 $f(x)$ 的任一个原函数，根据定理 5.1，

$$\Phi(x)=\int_a^x f(t)\,\mathrm{d}t$$

也是$f(x)$的一个原函数，因此在区间$[a,b]$上，

$$\Phi(x)=F(x)+C,$$

其中C为某个常数，于是

$$\Phi(b)=F(b)+C,\quad \Phi(a)=F(a)+C,$$

两式相减，得到

$$\Phi(b)-\Phi(a)=F(b)-F(a).$$

由于$\Phi(b)=\int_a^b f(t)\,\mathrm{d}t=\int_a^b f(x)\,\mathrm{d}x$，$\Phi(a)=\int_a^a f(t)\,\mathrm{d}t=0$，所以

$$\int_a^b f(x)\,\mathrm{d}x=F(b)-F(a).$$

我们把公式(5.2)称为**牛顿-莱布尼茨公式**，也称为**微积分基本公式**.

为方便起见，$F(b)-F(a)$常记作$F(x)\big|_a^b$或$[F(x)]_a^b$.

牛顿-莱布尼茨公式揭示了定积分与不定积分之间的内在联系，函数$f(x)$在区间$[a,b]$上定积分的值等于$f(x)$的任意一个原函数$F(x)$在区间两个端点处的函数值之差$F(b)-F(a)$. 这也是定积分计算的基本方法.

例 5.6 求下列定积分:

(1) $\int_1^4\sqrt{x}\,\mathrm{d}x$； (2) $\int_{-1}^1\dfrac{\mathrm{d}x}{1+x^2}$； (3) $\int_{-1}^1\dfrac{\mathrm{e}^x}{1+\mathrm{e}^x}\mathrm{d}x$.

解 (1) $\int_1^4\sqrt{x}\,\mathrm{d}x=\dfrac{2}{3}x^{\frac{3}{2}}\bigg|_1^4=\dfrac{2}{3}(4^{\frac{3}{2}}-1)=\dfrac{14}{3}$；

(2) $\int_{-1}^1\dfrac{\mathrm{d}x}{1+x^2}=\arctan x\,\big|_{-1}^1=\arctan 1-\arctan(-1)=\dfrac{\pi}{4}-\left(-\dfrac{\pi}{4}\right)=\dfrac{\pi}{2}$；

(3) $\int_{-1}^1\dfrac{\mathrm{e}^x}{1+\mathrm{e}^x}\mathrm{d}x=\int_{-1}^1\dfrac{1}{1+\mathrm{e}^x}\mathrm{d}(1+\mathrm{e}^x)=\ln(1+\mathrm{e}^x)\,\big|_{-1}^1=1$.

例 5.7 设函数$f(x)=\begin{cases}x+1, & x\geqslant 0,\\ \mathrm{e}^{-x}, & x<0,\end{cases}$ 求$\int_{-1}^2 f(x)\,\mathrm{d}x$.

解 由定积分性质3，有

$$\begin{aligned}\int_{-1}^2 f(x)\,\mathrm{d}x&=\int_{-1}^0 f(x)\,\mathrm{d}x+\int_0^2 f(x)\,\mathrm{d}x=\int_{-1}^0\mathrm{e}^{-x}\mathrm{d}x+\int_0^2(x+1)\,\mathrm{d}x\\&=(-\mathrm{e}^{-x})\bigg|_{-1}^0+\left(\frac{1}{2}x^2+x\right)\bigg|_0^2=\mathrm{e}+3.\end{aligned}$$

例 5.8 求$\int_{-1}^1\sqrt{x^2}\,\mathrm{d}x$.

解 $\sqrt{x^2}=|x|$在$[-1,1]$上可写成分段函数的形式$f(x)=\begin{cases}-x, & -1\leqslant x<0,\\ x, & 0\leqslant x\leqslant 1,\end{cases}$

所以
$$\int_{-1}^1\sqrt{x^2}\,\mathrm{d}x=\int_{-1}^0(-x)\,\mathrm{d}x+\int_0^1 x\,\mathrm{d}x=-\frac{x^2}{2}\bigg|_{-1}^0+\frac{x^2}{2}\bigg|_0^1=1.$$

需要注意的是：本题如果不分段积分，则得错误结果：

$$\int_{-1}^{1}\sqrt{x^2}\,dx=\int_{-1}^{1}x\,dx=\frac{x^2}{2}\bigg|_{-1}^{1}=0.$$

事实上，因为$\sqrt{x^2}\geqslant 0$，所以积分值应为正数，而不是0.

习 题 5.2

1. 求下列函数的导数：

(1) $\Phi(x)=\int_0^x \sin t^2\,dt$； (2) $\Phi(x)=\int_x^{-2} e^{2t}\sin t\,dt$；

(3) $\Phi(x)=\int_x^1 \sqrt{1+t^3}\,dt$； (4) $\Phi(x)=\int_a^b f(t)\,dt$；

(5) $\Phi(x)=\int_0^{x^2} e^{t^2}\,dt$.

2. 求下列极限：

(1) $\lim\limits_{x\to 0}\dfrac{\int_0^x t\tan t\,dt}{x^3}$； (2) $\lim\limits_{x\to 0}\dfrac{\int_0^x 2t\cos t\,dt}{1-\cos x}$；

(3) $\lim\limits_{x\to +\infty}\dfrac{\int_a^x\left(1+\frac{1}{t}\right)^t dt}{x}$ （$a>0$ 为常数）； (4) $\lim\limits_{x\to 0}\dfrac{\int_1^{\cos x} e^{-t^2}\,dt}{x^2}$.

3. 计算下列定积分：

(1) $\int_0^1 e^x\,dx$； (2) $\int_0^{\frac{\pi}{2}}\sin x\,dx$；

(3) $\int_1^0 \dfrac{3x^4+3x^2+1}{1+x^2}\,dx$； (4) $\int_0^{\frac{\pi}{2}}\sin^2\dfrac{x}{2}\,dx$；

(5) $\int_0^{\frac{\pi}{4}}\dfrac{\tan x}{\cos^2 x}\,dx$； (6) $\int_0^1 (2x-1)^{100}\,dx$；

(7) $\int_0^{\pi}\cos\left(\dfrac{x}{4}+\dfrac{\pi}{4}\right)dx$； (8) $\int_{\frac{1}{\pi}}^{\frac{2}{\pi}}\dfrac{1}{x^2}\sin\dfrac{1}{x}\,dx$；

(9) $\int_{-2}^0 \dfrac{1}{1+e^x}\,dx$； (10) $\int_0^{\frac{\pi}{2}}\sin x\cos^2 x\,dx$；

(11) $\int_0^1 \dfrac{x}{1+x^2}\,dx$； (12) $\int_0^2 |1-x|\,dx$；

(13) $\int_0^{2\pi}|\sin x|\,dx$； (14) $\int_{-4}^0 |x+2|\,dx$.

4. 设函数$f(x)=\begin{cases}x+1, & x\leqslant 1,\\ 2x^2, & x>1,\end{cases}$ 求$\int_{-1}^3 f(x)\,dx$.

5.3 定积分的换元积分法与分部积分法

5.3.1 定积分的换元积分法

牛顿－莱布尼茨公式提供了求定积分的简便而有效的方法，但有的定积分，如$\int_0^1 \sqrt{1-x^2}dx$，$\int_0^4 \frac{dx}{1+\sqrt{x}}$，的原函数无法直接用积分公式计算；因此，需要讨论定积分的换元积分法.

例 5.9 求$\int_0^1 \sqrt{1-x^2}dx$.

解法 1 用不定积分的换元积分法求$\int \sqrt{1-x^2}dx$.

令$x=\sin t$，$dx=\cos tdt$，于是

$$\int \sqrt{1-x^2}dx = \int \cos^2 tdt = \frac{1}{2}\int (1+\cos 2t)dt = \frac{1}{2}t + \frac{1}{4}\sin 2t + C$$

$$= \frac{1}{2}\arcsin x + \frac{1}{2}x\sqrt{1-x^2} + C,$$

由牛顿－莱布尼茨公式得

$$\int_0^1 \sqrt{1-x^2}dx = \frac{1}{2}(\arcsin x + x\sqrt{1-x^2})\Big|_0^1 = \frac{\pi}{4}.$$

利用上述方法求出不定积分后，变量必须还原．下面看另一种解法：

解法 2 令$x=\sin t$，则$dx=\cos tdt$；当$x=0$时，$t=0$；当$x=1$时，$t=\frac{\pi}{2}$；于是

$$\int_0^1 \sqrt{1-x^2}dx = \int_0^{\frac{\pi}{2}} \cos^2 tdt = \left(\frac{1}{2}t + \frac{1}{4}\sin 2t\right)\Big|_0^{\frac{\pi}{2}} = \frac{\pi}{4}.$$

显然解法 2 要比解法 1 简单一些，它省略了变量回代的一步.

定理 5.3 若函数$f(x)$在区间$[a,b]$上连续，函数$x=\varphi(t)$在区间$[\alpha,\beta]$上单调且有连续导数$\varphi'(t)$，当t在$[\alpha,\beta]$上变化时，$\varphi(t)$在$[a,b]$上变化，且$\varphi(\alpha)=a$，$\varphi(\beta)=b$，则

$$\boxed{\int_a^b f(x)dx = \int_\alpha^\beta f[\varphi(t)]\varphi'(t)dt} \tag{5.3}$$

注 定积分换元法换元必换限．(原)上限对(新)上限，(原)下限对(新)下限.

例 5.10 求$\int_0^4 \frac{dx}{1+\sqrt{x}}$.

解 设$\sqrt{x}=t$，即$x=t^2(t\geqslant 0)$，则$dx=2tdt$；当$x=0$时，$t=0$；当$x=4$时，$t=2$；于是

$$\int_0^4 \frac{dx}{1+\sqrt{x}} = \int_0^2 \frac{2tdt}{1+t} = 2\int_0^2 \left(1-\frac{1}{1+t}\right)dt = 2(t-\ln|1+t|)\big|_0^2 = 2(2-\ln 3).$$

例 5.11 求$\int_1^4 \frac{dx}{x+\sqrt{x}}$.

解 设 $t=\sqrt{x}$，$x=t^2$，则 $dx=2tdt$；当 $x=1$ 时，$t=1$；当 $x=4$ 时，$t=2$；于是

$$\int_1^4 \frac{dx}{x+\sqrt{x}}=\int_1^2 \frac{2tdt}{t^2+t}=\int_1^2 \frac{2dt}{t+1}=2\int_1^2 \frac{d(t+1)}{t+1}$$

$$=2\ln(t+1)\Big|_1^2=2(\ln 3-\ln 2)=2\ln\frac{3}{2}.$$

例 5.12 求 $\int_0^{\frac{\pi}{2}} 3\cos^2 x\sin x dx$.

解法 1 设 $u=\cos x$，则 $du=-\sin xdx$；当 $x=0$ 时，$u=1$；当 $x=\frac{\pi}{2}$ 时，$u=0$；于是

$$\int_0^{\frac{\pi}{2}} 3\cos^2 x\sin xdx=-\int_1^0 3u^2du=-u^3\Big|_1^0=1.$$

解法 2 $\int_0^{\frac{\pi}{2}} 3\cos^2 x\sin xdx=-\int_0^{\frac{\pi}{2}} 3\cos^2 xd(\cos x)=-\cos^3 x\Big|_0^{\frac{\pi}{2}}=1.$

利用定积分的换元法，可以得到奇、偶函数积分的一个重要性质.

例 5.13 设 $f(x)$ 在区间 $[-a,a]$ 上连续，证明：

(1) 如果 $f(x)$ 为奇函数，则

$$\boxed{\int_{-a}^{a} f(x)dx=0} \tag{5.4}$$

(2) 如果 $f(x)$ 为偶函数，则

$$\boxed{\int_{-a}^{a} f(x)dx=2\int_0^a f(x)dx} \tag{5.5}$$

证 因为

$$\int_{-a}^{a} f(x)dx=\int_{-a}^{0} f(x)dx+\int_0^a f(x)dx,$$

对于积分 $\int_{-a}^{0} f(x)dx$ 作变量代换 $x=-t$，$dx=-dt$；当 $x=-a$ 时，$t=a$；当 $x=0$ 时，$t=0$；由定积分换元法得

$$\int_{-a}^{0} f(x)dx=-\int_a^0 f(-t)dt=\int_0^a f(-t)dt=\int_0^a f(-x)dx,$$

于是

$$\int_{-a}^{a} f(x)dx=\int_0^a f(-x)dx+\int_0^a f(x)dx=\int_0^a [f(-x)+f(x)]dx.$$

(1) 若 $f(x)$ 是奇函数，则 $f(-x)=-f(x)$，于是 $\int_{-a}^{a} f(x)dx=0$.

(2) 若 $f(x)$ 是偶函数，则 $f(-x)=f(x)$，于是 $\int_{-a}^{a} f(x)dx=2\int_0^a f(x)dx$.

利用这个结果，奇、偶函数在对称区间上的积分计算可以得到简化，甚至不经计算即可得出结果，如 $\int_{-1}^{1} x^5\cos xdx=0$.

例 5.14 求 $\int_{-2}^{2}(1+3x^2+5x^4)dx$.

解

$$\int_{-2}^{2}(1+3x^2+5x^4)dx=2\int_0^2(1+3x^2+5x^4)dx$$

$$=2(x+x^3+x^5)\Big|_0^2=2(2+2^3+2^5)=84.$$

5.3.2 定积分的分部积分法

有些积分如 $\int_0^{\pi} x\sin xdx$，$\int_1^e \ln xdx$ 用直接积分或换元积分法都难以计算，需要用到积分的

另一种重要方法——分部积分法.

设函数 $u(x)$，$v(x)$ 在 $[a,b]$ 上具有连续导数 $u'(x)$，$v'(x)$，则

$$(uv)'=uv'+u'v.$$

等式两边求由 a 到 b 的定积分，得

$$uv\big|_a^b=\int_a^b uv'\mathrm{d}x+\int_a^b u'v\mathrm{d}x,$$

即

$$\int_a^b uv'\mathrm{d}x=uv\big|_a^b-\int_a^b u'v\mathrm{d}x,$$

或

$$\boxed{\int_a^b u\mathrm{d}v=uv\big|_a^b-\int_a^b v\mathrm{d}u} \tag{5.6}$$

这就是定积分的**分部积分公式**.

例 5.15 求 $\int_1^{\mathrm{e}}\ln x\mathrm{d}x$.

解 由公式(5.6)得

$$\int_1^{\mathrm{e}}\ln x\mathrm{d}x=(x\ln x)\big|_1^{\mathrm{e}}-\int_1^{\mathrm{e}}x\cdot\frac{\mathrm{d}x}{x}=\mathrm{e}-\int_1^{\mathrm{e}}\mathrm{d}x=\mathrm{e}-(\mathrm{e}-1)=1.$$

例 5.16 求 $\int_0^1 x\arctan x\mathrm{d}x$.

解

$$\begin{aligned}\int_0^1 x\arctan x\mathrm{d}x&=\left(\frac{x^2}{2}\arctan x\right)\Big|_0^1-\frac{1}{2}\int_0^1\frac{x^2}{1+x^2}\mathrm{d}x\\&=\frac{\pi}{8}-\frac{1}{2}\int_0^1\left(1-\frac{1}{1+x^2}\right)\mathrm{d}x=\frac{\pi}{8}-\frac{1}{2}(x-\arctan x)\big|_0^1\\&=\frac{\pi}{4}-\frac{1}{2}.\end{aligned}$$

例 5.17 求 $I_n=\int_0^{\frac{\pi}{2}}\sin^n x\mathrm{d}x$（$n$ 为正整数）.

解

$$\begin{aligned}I_n&=\int_0^{\frac{\pi}{2}}\sin^n x\mathrm{d}x=\int_0^{\frac{\pi}{2}}\sin^{n-1}x\mathrm{d}(-\cos x)\\&=(-\sin^{n-1}x\cos x)\big|_0^{\frac{\pi}{2}}+\int_0^{\frac{\pi}{2}}\cos x\mathrm{d}(\sin^{n-1}x)\\&=\int_0^{\frac{\pi}{2}}(n-1)\cos^2 x\sin^{n-2}x\mathrm{d}x\\&=(n-1)\int_0^{\frac{\pi}{2}}(1-\sin^2 x)\cdot\sin^{n-2}x\mathrm{d}x\\&=(n-1)\int_0^{\frac{\pi}{2}}\sin^{n-2}x\mathrm{d}x-(n-1)\int_0^{\frac{\pi}{2}}\sin^n x\mathrm{d}x,\end{aligned}$$

即

$$I_n=(n-1)I_{n-2}-(n-1)I_n,$$

整理得

$$I_n=\frac{n-1}{n}I_{n-2}.$$

由此得

$$I_{n-2}=\frac{n-3}{n-2}I_{n-4},$$

于是

$$I_n=\frac{n-1}{n}\cdot\frac{n-3}{n-2}I_{n-4}.$$

这样依次进行下去．每用一次递推公式 $I_n=\frac{n-1}{n}I_{n-2}$，n 减少2，继续下去最后减至 $I_0=\frac{\pi}{2}$（n 为偶数）或 $I_1=1$（n 为奇数），最后得到：

（1）当 n 为奇数时，

$$\boxed{I_n=\frac{n-1}{n}\cdot\frac{n-3}{n-2}\cdot\cdots\cdot\frac{4}{5}\cdot\frac{2}{3}\cdot 1} \tag{5.7}$$

（2）当 n 为偶数时，

$$\boxed{I_n=\frac{n-1}{n}\cdot\frac{n-3}{n-2}\cdot\cdots\cdot\frac{3}{4}\cdot\frac{1}{2}\cdot\frac{\pi}{2}} \tag{5.8}$$

由于 $I_n=\int_0^{\frac{\pi}{2}}\sin^n x\mathrm{d}x=\int_0^{\frac{\pi}{2}}\cos^n x\mathrm{d}x$，因此在计算 $\int_0^{\frac{\pi}{2}}\cos^n x\mathrm{d}x$ 时，也用上述递推公式．

例 5.18 求 $\int_0^{\frac{\pi}{2}}\sin^7 x\mathrm{d}x$．

解 由公式(5.7)知

$$\int_0^{\frac{\pi}{2}}\sin^7 x\mathrm{d}x=\frac{6}{7}\cdot\frac{4}{5}\cdot\frac{2}{3}\cdot 1=\frac{16}{35}.$$

例 5.19 求 $\int_{-\frac{\pi}{2}}^{\frac{\pi}{2}}(\cos^4\theta+\sin^3\theta)\mathrm{d}\theta$．

解 因为积分区间 $\left[-\frac{\pi}{2},\frac{\pi}{2}\right]$ 为对称区间，且被积函数 $\cos^4\theta+\sin^3\theta$ 中 $\cos^4\theta$ 为偶函数，$\sin^3\theta$ 为奇函数，所以

$$\int_{-\frac{\pi}{2}}^{\frac{\pi}{2}}(\cos^4\theta+\sin^3\theta)\mathrm{d}\theta=\int_{-\frac{\pi}{2}}^{\frac{\pi}{2}}\cos^4\theta\mathrm{d}\theta+\int_{-\frac{\pi}{2}}^{\frac{\pi}{2}}\sin^3\theta\mathrm{d}\theta$$

$$=2\int_0^{\frac{\pi}{2}}\cos^4\theta\mathrm{d}\theta=2\cdot\frac{3}{4}\cdot\frac{1}{2}\cdot\frac{\pi}{2}=\frac{3}{8}\pi.$$

习　题　5.3

1. 计算下列定积分：

（1）$\int_0^1\frac{\sqrt{x}}{1+\sqrt{x}}\mathrm{d}x$；　　（2）$\int_0^1\sqrt{4+5x}\mathrm{d}x$；

（3）$\int_4^9\frac{\sqrt{x}}{\sqrt{x}-1}\mathrm{d}x$；　　（4）$\int_0^1 \mathrm{e}^{x+\mathrm{e}^x}\mathrm{d}x$；

（5）$\int_0^1\frac{1}{\sqrt{4+5x}-1}\mathrm{d}x$；　　（6）$\int_1^{\mathrm{e}}\frac{1}{x\sqrt{1+\ln x}}\mathrm{d}x$；

（7）$\int_0^{\frac{\pi}{2}}\cos^5 x\sin 2x\mathrm{d}x$；　　（8）$\int_{-\sqrt{2}}^{\sqrt{2}}\sqrt{8-2y^2}\mathrm{d}y$；

（9）$\int_0^1\sqrt{(1-x^2)^3}\mathrm{d}x$；　　（10）$\int_{-1}^1\frac{x}{\sqrt{5-4x}}\mathrm{d}x$；

(11) $\int_0^1 te^{-\frac{t^2}{2}}dt$；　　(12) $\int_0^a x^2\sqrt{a^2-x^2}dx$；

(13) $\int_{\frac{3}{4}}^1 \frac{1}{\sqrt{1-x}-1}dx$；　　(14) $\int_0^5 \frac{1}{\sqrt{x+2}-\sqrt{x}}dx$；

(15) $\int_0^2 \frac{1}{\sqrt{x+1}+\sqrt{(x+1)^3}}dx$；　　(16) $\int_{\frac{1}{\sqrt{2}}}^1 \frac{\sqrt{1-x^2}}{x^2}dx$；

(17) $\int_1^2 x\sqrt{x-1}dx$；　　(18) $\int_0^3 \frac{x}{\sqrt{x+1}}dx$；

(19) $\int_{-2}^0 \frac{1}{x^2+2x+2}dx$；　　(20) $\int_{-\frac{\pi}{2}}^{\frac{\pi}{2}} \cos x\cos 2x dx$.

2. 用分部积分法计算下列定积分：

(1) $\int_0^{\pi} x\cos x dx$；　　(2) $\int_0^1 xe^{-x}dx$；

(3) $\int_1^e x\ln x dx$；　　(4) $\int_0^{e-1} \ln(x+1)dx$；

(5) $\int_1^4 \frac{\ln x}{\sqrt{x}}dx$；　　(6) $\int_0^1 x\arctan x dx$；

(7) $\int_0^{\pi} (x\sin x)^2 dx$；　　(8) $\int_1^3 \ln x dx$；

(9) $\int_0^{\frac{\pi}{2}} e^x\cos x dx$；　　(10) $\int_0^{\frac{\pi^2}{4}} \cos\sqrt{x}dx$；

(11) $\int_1^2 x\log_2 x dx$；　　(12) $\int_0^{\frac{\pi}{2}} e^{2x}\cos x dx$.

3. 用函数的奇偶性计算下列积分：

(1) $\int_{-1}^1 (1-x^2)^5\sin^7 x dx$；　　(2) $\int_{-\pi}^{\pi} x^4\sin x dx$；

(3) $\int_{-6}^6 \frac{x}{\sqrt{1-e^{x^2}}}dx$；　　(4) $\int_{-\frac{\pi}{2}}^{\frac{\pi}{2}} 4\cos^4\theta d\theta$；

(5) $\int_{-\pi}^{\pi} \sin 10x dx$；　　(6) $\int_{-\sqrt{2}}^{\sqrt{2}} xe^{x^2}dx$；

(7) $\int_{-3}^3 \frac{x^2\sin^3 x}{1+x^4}dx$；　　(8) $\int_{-\frac{1}{2}}^{\frac{1}{2}} \frac{(\arcsin x)^2}{\sqrt{1-x^2}}dx$.

4. 设 $f(x)$ 在区间 $[-b,b]$ 上连续，证明：

$$\int_{-b}^b f(x)dx=\int_{-b}^b f(-x)dx.$$

5.4 反常积分

定义 5.2 设函数$f(x)$在 $[a, +\infty)$ 上连续，取 $b>a$，我们把极限 $\lim\limits_{b\to+\infty}\int_a^b f(x)\,\mathrm{d}x$ 称$f(x)$在$[a,+\infty)$上的**反常积分**，记为

$$\boxed{\int_a^{+\infty} f(x)\,\mathrm{d}x = \lim_{b\to+\infty}\int_a^b f(x)\,\mathrm{d}x} \tag{5.9}$$

若极限存在，称反常积分 $\int_a^{+\infty} f(x)\,\mathrm{d}x$ **收敛**；若极限不存在，则称 $\int_a^{+\infty} f(x)\,\mathrm{d}x$ **发散**.

类似地，可以定义在$(-\infty,b]$上的反常积分为

$$\boxed{\int_{-\infty}^{b} f(x)\,\mathrm{d}x = \lim_{a\to-\infty}\int_a^b f(x)\,\mathrm{d}x} \tag{5.10}$$

$f(x)$在$(-\infty,+\infty)$上的反常积分定义为

$$\boxed{\int_{-\infty}^{+\infty} f(x)\,\mathrm{d}x = \int_{-a}^{c} f(x)\,\mathrm{d}x + \int_c^{+\infty} f(x)\,\mathrm{d}x} \tag{5.11}$$

其中 c 为任意常数，当右边的两个反常积分都收敛时，反常积分 $\int_{-\infty}^{+\infty} f(x)\,\mathrm{d}x$ 才是收敛的，否则是发散的.

例 5.20 计算反常积分 $\int_0^{+\infty} x\mathrm{e}^{-x^2}\mathrm{d}x$.

解 $$\int_0^{+\infty} x\mathrm{e}^{-x^2}\mathrm{d}x = \lim_{b\to+\infty}\int_0^b x\mathrm{e}^{-x^2}\mathrm{d}x = -\frac{1}{2}\lim_{b\to+\infty}\left(\mathrm{e}^{-x^2}\right)\Big|_0^b = \frac{1}{2}.$$

为了书写简便，在运算过程中常常省去极限符号，将∞当成“数”，使用牛顿－莱布尼茨公式的格式，即有

$$\int_a^{+\infty} f(x)\,\mathrm{d}x = F(x)\Big|_a^{+\infty} = F(\infty) - F(a),$$

$$\int_{-\infty}^{b} f(x)\,\mathrm{d}x = F(x)\Big|_{-\infty}^{b} = F(b) - F(-\infty),$$

$$\int_{-\infty}^{+\infty} f(x)\,\mathrm{d}x = F(x)\Big|_{-\infty}^{+\infty} = F(+\infty) - F(-\infty),$$

其中 $F(x)$是$f(x)$的一个原函数，记号 $F(\pm\infty)$应理解为 $F(\pm\infty) = \lim\limits_{x\to\pm\infty} F(x)$.

例 5.21 讨论 $\int_2^{+\infty}\frac{\mathrm{d}x}{x\ln x}$的敛散性.

解 $$\int_2^{+\infty}\frac{\mathrm{d}x}{x\ln x} = \int_2^{+\infty}\frac{\mathrm{d}(\ln x)}{\ln x} = \ln|\ln x|\Big|_2^{+\infty} = \ln|\ln(+\infty)| - \ln|\ln 2| = +\infty,$$

所以 $\int_2^{+\infty}\frac{\mathrm{d}x}{x\ln x}$ 发散.

例 5.22 计算反常积分 $\int_{-\infty}^{+\infty}\frac{\mathrm{d}x}{1+x^2}$.

解 $\int_{-\infty}^{+\infty} \frac{\mathrm{d}x}{1+x^2} = \arctan x \Big|_{-\infty}^{+\infty} = \frac{\pi}{2} - \left(-\frac{\pi}{2}\right) = \pi.$

例 5.23 讨论 $\int_a^{+\infty} \frac{1}{x^p}\mathrm{d}x$ 的敛散性($a>0$).

解 (1) 当 $p>1$ 时，$\int_a^{+\infty} \frac{1}{x^p}\mathrm{d}x = \frac{1}{1-p}x^{1-p}\Big|_a^{+\infty} = \frac{1}{(p-1)a^{p-1}}$(收敛)；

(2) 当 $p=1$ 时，$\int_a^{+\infty} \frac{1}{x^p}\mathrm{d}x = \int_a^{+\infty} \frac{1}{x}\mathrm{d}x = \ln x \Big|_a^{+\infty} = +\infty$(发散)；

(3) 当 $p<1$ 时，$\int_a^{+\infty} \frac{\mathrm{d}x}{x^p} = \frac{1}{1-p}x^{1-p}\Big|_a^{+\infty} = +\infty$(发散).

综上可得，

$$\int_a^{+\infty} \frac{1}{x^p}\mathrm{d}x = \begin{cases} \frac{1}{(p-1)a^{p-1}}, & p>1(\text{收敛}), \\ +\infty, & p\leqslant 1(\text{发散}). \end{cases} \tag{5.12}$$

习 题 5.4

计算下列各反常积分：

(1) $\int_1^{+\infty} \frac{1}{x}\mathrm{d}x$；

(2) $\int_e^{+\infty} \frac{1}{x\ln^2 x}\mathrm{d}x$；

(3) $\int_{-\infty}^{0} e^x\mathrm{d}x$；

(4) $\int_1^{+\infty} x^{-4}\mathrm{d}x$；

(5) $\int_{\frac{2}{\pi}}^{+\infty} \frac{1}{x^2}\sin\frac{1}{x}\mathrm{d}x$；

(6) $\int_{-\infty}^{0} \cos x\mathrm{d}x$；

(7) $\int_0^{+\infty} \frac{x}{1+x^2}\mathrm{d}x$；

(8) $\int_e^{+\infty} \frac{1}{x\ln x}\mathrm{d}x$；

(9) $\int_1^{+\infty} \frac{1}{\sqrt{x}}\mathrm{d}x$；

(10) $\int_0^{+\infty} e^{-ax}\mathrm{d}x \quad (a>0)$；

(11) $\int_{-\infty}^{+\infty} \frac{1}{x^2+2x+2}\mathrm{d}x$；

(12) $\int_{-\infty}^{+\infty} \frac{1}{a^2+x^2}\mathrm{d}x$.

5.5 定积分的应用

我们已经看到，定积分可用来求曲边梯形的面积. 事实上，定积分被广泛地应用在各领域中. 例如，德国天文学家、数学家开普勒1615年发表的《测量酒桶体积的新科学》一文中，应用微元法可计算大量复杂图形的面积和旋转体的体积. 下面我们将用微元法讨论定积分的应用.

5.5.1 平面图形的面积

1. 定积分的微元法

本节先来介绍如何化所求量为定积分的一般思想和方法，这就是所谓的“微元法”.

由定积分的概念可知，定积分所要解决的问题是求一些非均匀分布的整体量. 解决的方法是以下四个步骤(设整体量为 Q)：

第一步，“分割”．把所要求的整体量 Q 分割成许多部分量 ΔQ_i，这里首先需要选择一个被分割的变量 x 和被分割的区间$[a,b]$．例如，对于求曲边梯形面积 A，我们选择曲边 $y=f(x)$ 中的自变量 x 作为被分割的变量，被分割的区间是$[a,b]$．

第二步，“近似代替”．也就是求取任一小区间$[x_i,x_{i+1}]$上 Q 的部分量 ΔQ_i 的近似值．例如，对曲边梯形面积 A，在小区间$[x_i,x_{i+1}]$上，用直线 $y=f(\xi_i)$代替曲线 $y=f(x)$，即以小矩形面积 $f(\xi_i)\Delta x_i$ 代替小曲边梯形面积 ΔA_i，得 $\Delta A_i\approx f(\xi_i)\Delta x_i$．

第三步，“求和”．可得 $Q=\sum\limits_i \Delta Q_i\approx\Delta\sum\limits_i f(\xi_i)\Delta x_i$．

第四步，“取极限”．可得 $Q=\lim\limits_{\lambda\to 0}\sum\limits_i f(\xi_i)\Delta x_i=\int_a^b f(x)\,\mathrm{d}x$．

可以看出，以上四步中，第二步是关键，因为最后的被积表达式的形式就是在这一步被确定的，这只要把近似式 $f(\xi_i)\Delta x_i$ 中的变量记号改变一下即可(ξ_i 换为 x;Δx_i 换为 $\mathrm{d}x$)；而第三、第四两步可以合并成一步——在区间$[a,b]$上无限累加，即在$[a,b]$上积分；至于第一步，它指明所求的量具有可加性，这是 Q 能用定积分计算的前提．

于是，实际中通常把上述四个步骤简化成以下的三步．

第一步，“选变量”．选取某个变量 x(或 y 等)作为被分割的变量，它就是积分变量；并确定 x 的变化范围$[a,b]$，它就是被分割的区间，也就是积分区间．

第二步，“求微元”．设想把区间$[a,b]$分成 n 个小区间，其中任意一个小区间用$[x,x+\mathrm{d}x]$表示，小区间的长度 $\Delta x=\mathrm{d}x$，所求的量 Q 对应于小区间$[x,x+\mathrm{d}x]$的部分量记作 ΔQ，并取 $\xi=x$，求出部分量 ΔQ 的近似值 $\Delta Q\approx f(x)\Delta x$．

我们将近似值 $f(x)\Delta x$ 称为整体量 Q 的**微元**(或**元素**)，记作 $\mathrm{d}Q$，即 $\mathrm{d}Q=f(x)\,\mathrm{d}x$．这里必须指出(但不作证明)，$\mathrm{d}Q$ 作为 ΔQ 的近似值，其误差 $\Delta Q-\mathrm{d}Q$ 应是小区间长度 Δx 的高阶无穷小，即 $\mathrm{d}Q=f(x)\,\mathrm{d}x=f(x)\Delta x$ 应满足：$\Delta Q=\mathrm{d}Q+o(\Delta x)=f(x)\Delta x+o(\Delta x)$．

第三步，“列积分”．以整体量 Q 的微元 $f(x)\,\mathrm{d}x$ 为被积表达式，在$[a,b]$上积分，即得所求量 $Q=\int_a^b f(x)\,\mathrm{d}x$．

上述把某个量表达为定积分的方法称为**定积分的微元法**(或**元素法**)．

下面将用微元法来讨论定积分在几何等方面的一些应用．

2. 平面图形的面积

(1) 直角坐标系情形．

(a) 连续曲线 $y=f(x)\ (f(x)\geqslant 0)$，$x=a$，$x=b$ 及 x 轴所围图像(图 5.6)的面积微元 $\mathrm{d}A=f(x)\,\mathrm{d}x$，面积

$$\boxed{A=\int_a^b f(x)\,\mathrm{d}x} \tag{5.13}$$

(b) 由上、下两条连续曲线 $y=f(x)$，$y=g(x)\ (f(x)\geqslant g(x))$及 $x=a$，$x=b$ 所围成的图像(图 5.7)的面积微元 $\mathrm{d}A=[f(x)-g(x)]\,\mathrm{d}x$，面积

$$\boxed{A=\int_a^b [f(x)-g(x)]\,\mathrm{d}x} \tag{5.14}$$

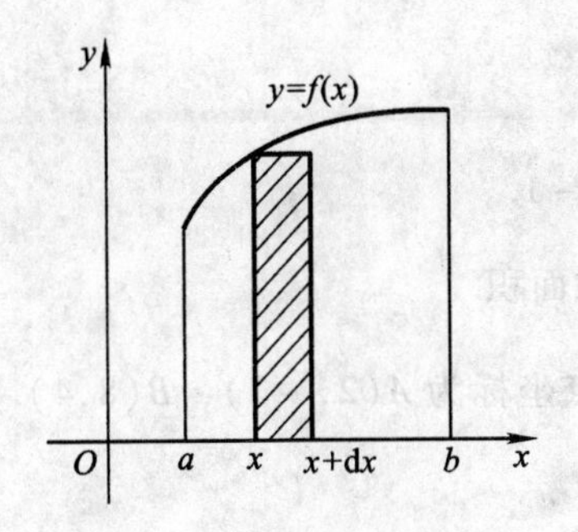

图 5.6

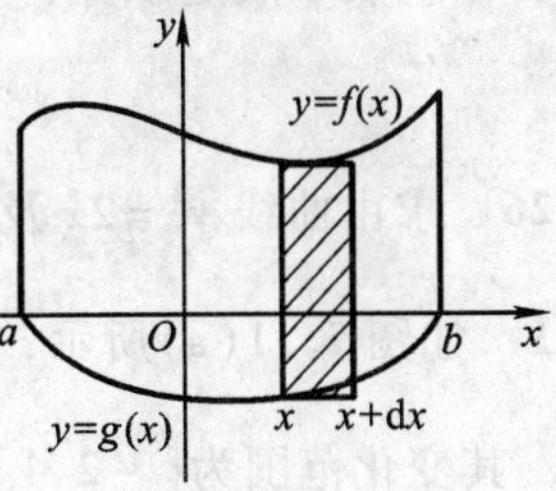

图 5.7

(c) 由左、右两条连续曲线 $x=\psi(y)$，$x=\varphi(y)$ $(\varphi(y)\geqslant\psi(y))$ 及 $y=c$，$y=d$ 所围图像(图 5.8)的面积微元(注意,这时应取横条矩形为 $\mathrm{d}A$,即取 y 为积分变量) $\mathrm{d}A=[\varphi(y)-\psi(y)]\mathrm{d}y$，面积

$$A=\int_c^d[\varphi(y)-\psi(y)]\mathrm{d}y \tag{5.15}$$

例 5.24 求由抛物线 $y=x^2$ 与直线 $y=2x$ 围成的图形的面积.

解 (1) 画出图像简图(图 5.9)，求曲线交点以确定积分区间：

联立两曲线方程：$\begin{cases}y=x^2\\y=2x\end{cases}$，解出它们的交点 $O(0,0)$，$A(2,4)$.

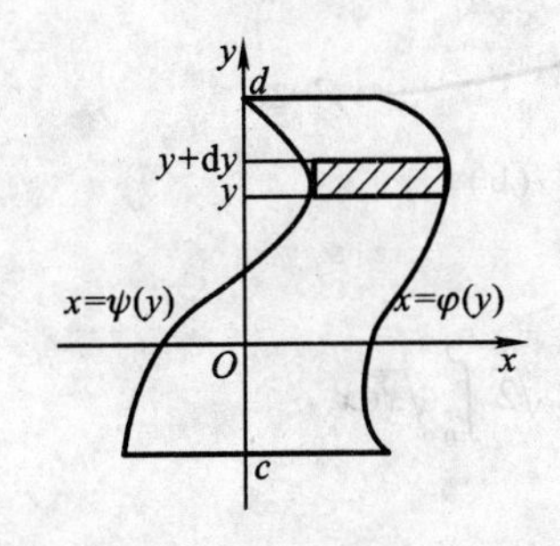

图 5.8

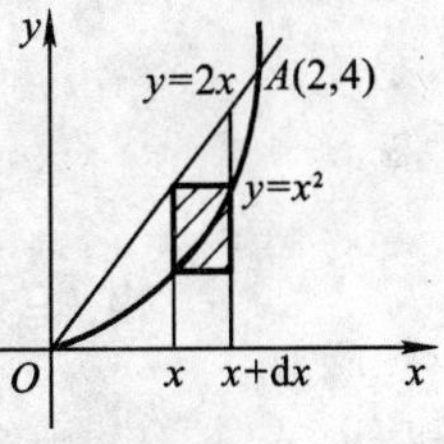

图 5.9

(2) 选择积分变量，写出面积微元：本题选择积分变量为横坐标 x，积分区间为 $[0,2]$，对应于小区间 $[x,x+\mathrm{d}x]$ 的窄条面积的近似值，即面积微元 $\mathrm{d}A=(2x-x^2)\mathrm{d}x$，即阴影部分小矩形的面积.

(3) 将面积表示成定积分，并计算. 于是 $y=x^2$ 与 $y=2x$ 所围图像面积为

$$A=\int_0^2(2x-x^2)\mathrm{d}x=\left[x^2-\frac{1}{3}x^3\right]\Big|_0^2=\frac{4}{3}.$$

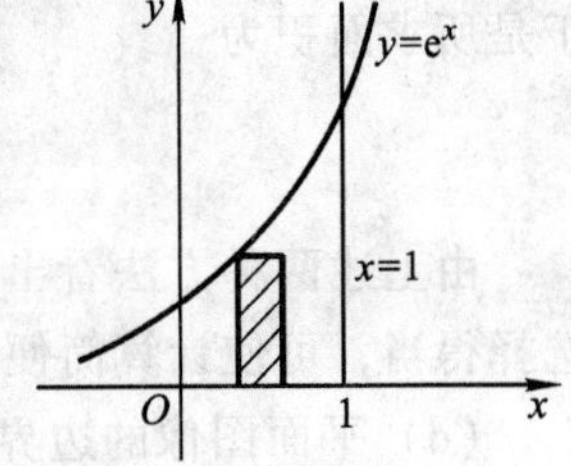

图 5.10

例 5.25 求曲线 $y=\mathrm{e}^x$，直线 $x=0$，$x=1$ 及 x 轴所围成的平面图像的面积.

解 (1) 画出图像简图(图 5.10)；

(2) 选择积分变量，写出面积微元：选择积分变量 x，积分区间为 $[0,1]$，即面积微元

$dA = e^x dx$.

(3) 将面积表示成定积分：于是所求面积

$$A = \int_0^1 e^x dx = e^x \Big|_0^1 = e - 1.$$

例 5.26 求由曲线 $y^2 = 2x$ 及 $y = x - 4$ 所围成的图像面积.

解法 1 如图 5.11(a)所示，方程组$\begin{cases} y^2 = 2x, \\ y = x - 4 \end{cases}$的交点坐标为 $A(2, -2)$，$B(8,4)$. 取 y 为积分变量，其变化范围为$[-2,4]$，于是得

$$dA = \left[(y+4) - \frac{1}{2}y^2\right]dy,$$

从而
$$A = \int_{-2}^4 \left[(y+4) - \frac{1}{2}y^2\right]dy = \left(\frac{1}{2}y^2 + 4y - \frac{1}{6}y^3\right)\Bigg|_{-2}^4 = 18.$$

解法 2 取 x 为积分变量，积分区间为$[0,8]$，此时图像的下方边界由两条不同的曲线组成，需要以直线 $x = 2$ 把图像分成 A_1 和 A_2 两部分，如图 5.11(b)所示，分别求出它们的面积为

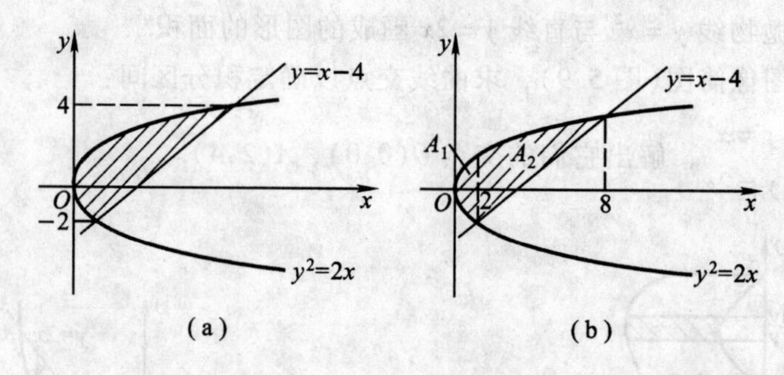

图 5.11

$$A_1 = \int_0^2 [\sqrt{2x} - (-\sqrt{2x})]dx = 2\sqrt{2}\int_0^2 \sqrt{x}dx$$
$$= \frac{4\sqrt{2}}{3}x^{\frac{3}{2}}\Bigg|_0^2 = \frac{16}{3},$$

$$A_2 = \int_2^8 [\sqrt{2x} - (x-4)]dx = \left(\frac{2\sqrt{2}}{3}x^{\frac{3}{2}} - \frac{x^2}{2} + 4x\right)\Bigg|_2^8 = \frac{38}{3},$$

于是所求面积为

$$A = A_1 + A_2 = \frac{16}{3} + \frac{38}{3} = 18.$$

由上述两种方法看出，同一个问题可以选择不同的积分变量，所得结果一样，但积分变量选择得当，可使计算简便.

(d) 平面图像的边界曲线由参数方程给出：

边界曲线的参数方程是$\begin{cases} x = \varphi(t), \\ y = \psi(t), \end{cases}$则平面图形的面积为

$$A = \int_a^b y\mathrm{d}x = \int_\alpha^\beta \psi(t)\varphi'(t)\mathrm{d}t \tag{5.16}$$

其中 α，β 可由 $x=\varphi(t)$ 确定，即 $\varphi(\alpha)=a$，$\varphi(\beta)=b$.

例 5.27 计算椭圆 $\frac{x^2}{a^2}+\frac{y^2}{b^2}=1$ 的面积 S.

解 如图 5.12 所示，由于椭圆关于 x 轴、y 轴对称，所以 $S=4S_1$，其中 S_1 是这个椭圆位于第一象限部分的面积.

椭圆的参数方程为 $\begin{cases} x=a\cos t, \\ y=b\sin t, \end{cases}$ 且当 $x=0$ 时，$t=\frac{\pi}{2}$；$x=a$ 时，$t=0$. 按公式(5.16)，得所求面积为

$$S=4S_1=4\int_0^a y\mathrm{d}x=4\int_{\frac{\pi}{2}}^0 b\sin t(-a\sin t)\mathrm{d}t$$

$$=4ab\int_0^{\frac{\pi}{2}}\sin^2 t\mathrm{d}t=4ab\cdot\frac{1}{2}\cdot\frac{\pi}{2}=\pi ab.$$

(2) 极坐标系情形.

有些平面图像的面积，用极坐标计算比较简便.

设由平面曲线 $r=r(\theta)\,(r(\theta)\geqslant 0)$ 及两条射线 $\theta=\alpha$，$\theta=\beta\,(\beta>\alpha)$ 围成一平面图像(图 5.13)，这种图像称为“曲边扇形”.

下面用微元法推导在极坐标系下“曲边扇形”的面积公式.

取 θ 为积分变量，其变化区间为 $[\alpha,\beta]$. 在 $[\alpha,\beta]$ 上任取微小区间 $[\theta,\theta+\mathrm{d}\theta]$，于其上“以常代变”，即以中心角为 $\mathrm{d}\theta$、半径为 $r=r(\theta)$ 的小圆扇形面积 $\mathrm{d}A$(图 5.13 中的阴影部分)作为小曲边扇形面积的近似值，即得面积微元为

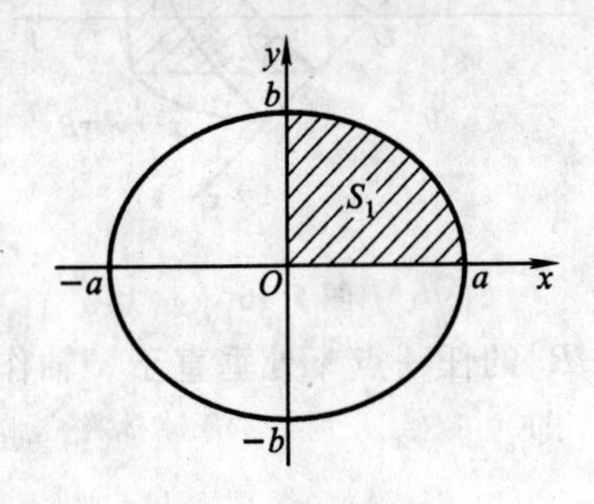

图 5.12

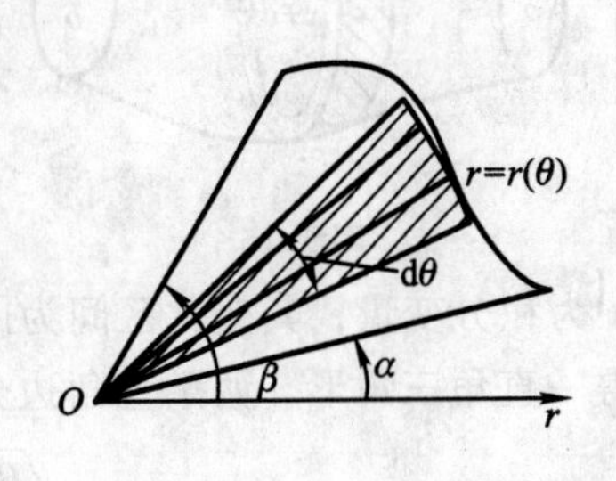

图 5.13

$$\mathrm{d}A=\frac{1}{2}r^2(\theta)\mathrm{d}\theta.$$

再将 $\mathrm{d}A$ 在 $[\alpha,\beta]$ 上积分，便得所求的曲边扇形面积为

$$A=\frac{1}{2}\int_\alpha^\beta r^2(\theta)\mathrm{d}\theta \tag{5.17}$$

例 5.28 计算双纽线 $r^2=a^2\cos 2\theta\,(a>0)$ 所围成的图形的面积(图 5.14).

解 由图像的对称性，只需求其在第一象限中的面积，然后再 4 倍即可. θ 在第一象限的

变化范围为$\left[0,\frac{\pi}{4}\right]$，于是由公式(5.17)即得所求图形的面积为

$$A=4\times\frac{1}{2}\int_0^{\frac{\pi}{4}}a^2\cos 2\theta\mathrm{d}\theta=a^2\sin2\theta\Big|_0^{\frac{\pi}{4}}=a^2.$$

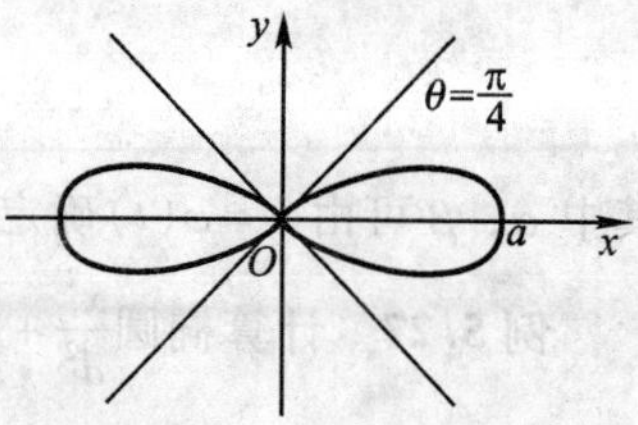

图 5.14

5.5.2 立体的体积

1. 平行截面面积为已知的立体体积

如果一物体被垂直于某直线的平面所截的面积可求，则该物体可用定积分求其体积.

对于一个空间立体，不妨设它与轴线 x 轴相垂直的平面的截面面积 $A(x)(a\leqslant x\leqslant b)$ 是已知的连续函数(图 5.15)，那么可求得该立体介于 $x=a$ 和 $x=b(a<b)$ 之间的体积.

先求体积微元，为此在微小区间$[x,x+\mathrm{d}x]$上视 $A(x)$ 不变，即把$[x,x+\mathrm{d}x]$上的立体薄片近似看作以 $A(x)$ 为底、$\mathrm{d}x$ 为高的柱片，于是得体积微元：$\mathrm{d}V=A(x)\mathrm{d}x$，再对 $\mathrm{d}V$ 在 x 的变化区间$[a,b]$上积分，则得体积公式：

$$\boxed{V=\int_a^b A(x)\mathrm{d}x} \tag{5.18}$$

例 5.29 设有底圆半径为 R 的圆柱，被一与圆柱面交成 α 角且过底圆直径的平面所截，求截下的楔形体积(图 5.16).

解 取坐标系(图 5.16)，则底圆方程为：$x^2+y^2=R^2$.

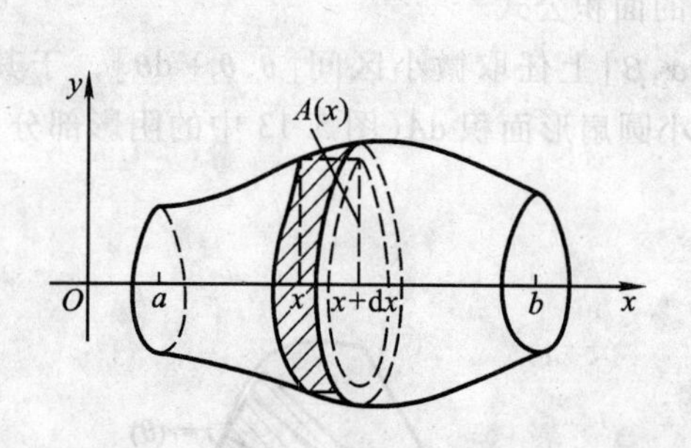

图 5.15

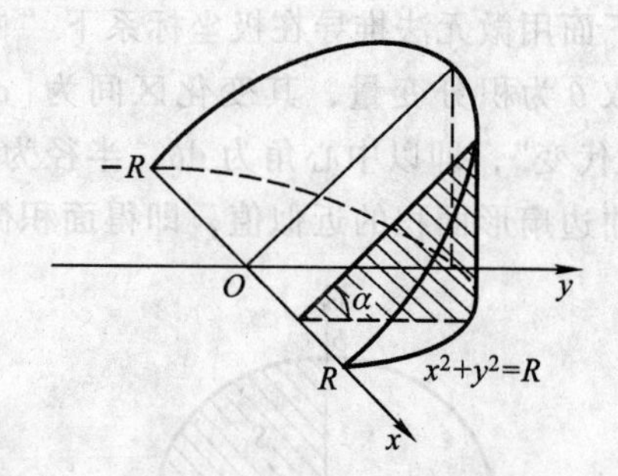

图 5.16

取 x 为积分变量，其变化区间为$[-R,R]$. 在$[-R,R]$的任一点 x 处垂直于 x 轴作立体的截面，得一直角三角形，两条直角边分别为 y 及 $y\tan\alpha$，即

$$\sqrt{R^2-x^2}\text{及}\sqrt{R^2-x^2}\tan\alpha,$$

此直角三角形面积为 $A(x)=\frac{1}{2}(R^2-x^2)\tan\alpha$.

从而根据公式(5.18)，得楔形体积为

$$V=\int_{-R}^{R}\frac{1}{2}(R^2-x^2)\tan\alpha\mathrm{d}x=\tan\alpha\int_0^R(R^2-x^2)\mathrm{d}x$$

$$=\tan\alpha\left(R^2x-\frac{x^3}{3}\right)\Big|_0^R=\frac{2}{3}R^3\tan\alpha.$$

2. 旋转体体积

旋转体是由某平面内的一个图像绕该平面内的一条定直线旋转一周而成的立体，这条定直

线称为旋转体的轴. 例如，圆柱、圆锥、球体可以分别看成是由矩形绕它的一条边、直角三角形绕它的直角边、半圆绕它的直径旋转一周而成的立体，所以它们都是旋转体.

设一旋转体是由连续曲线 $y=f(x)$ 和直线 $x=a$，$x=b(a<b)$ 及 x 轴所围成的曲边梯形绕 x 轴旋转而成(图 5.17)，下面来求它的体积 V.

这是已知平行截面面积求立体体积的特殊情况，这时截面面积 $A(x)$ 是圆面积，即在区间 $[a,b]$ 上点 x 处垂直 x 轴的截面面积为

$$A(x)=\pi f^2(x).$$

在 x 的变化区间 $[a,b]$ 上积分，得旋转体体积为

$$\boxed{V=\pi\int_a^b f^2(x)\,\mathrm{d}x} \tag{5.19}$$

类似地，由曲线 $x=\varphi(y)$，直线 $y=c$，$y=d(c<d)$ 及 y 轴所围成的曲边梯形绕 y 轴旋转，所得旋转体体积(图 5.18)为

$$\boxed{V=\pi\int_c^d \varphi^2(y)\,\mathrm{d}y} \tag{5.20}$$

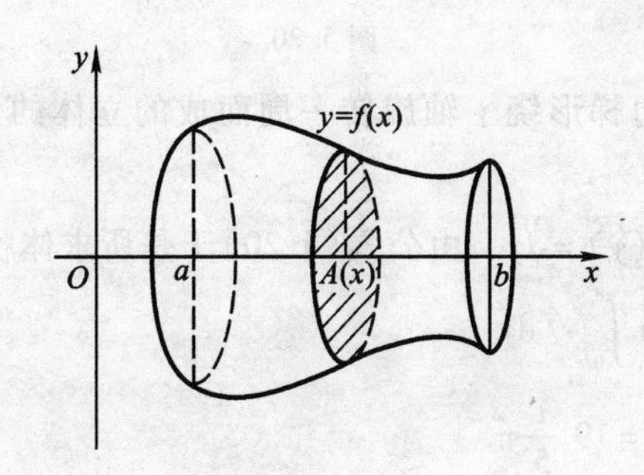

图 5.17

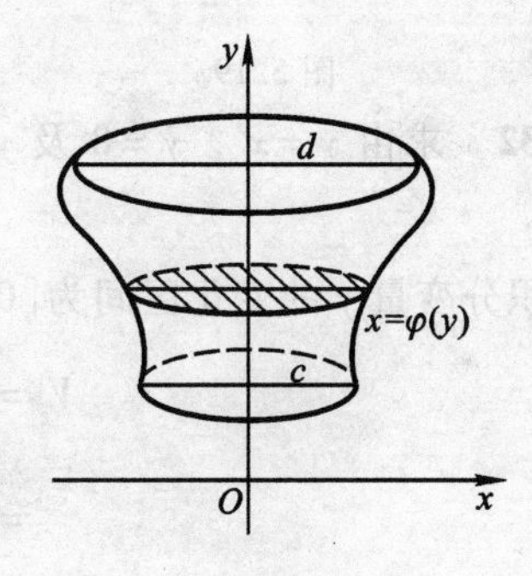

图 5.18

例 5.30 连接坐标原点 O 与点 $p(h,r)$ 的直线，直线 $x=h$ 及 x 轴围成一个直角三角形，求将它绕 x 轴旋转一周而成的圆锥体的体积.

解 如图 5.19 所示，积分变量 x 的变化区间为 $[0,h]$，此时 $y=f(x)$ 为直线 op 的方程：$y=\dfrac{r}{h}x$，由公式(5.19)得圆锥体的体积为

$$\begin{aligned} V &= \int_0^h \pi\left(\frac{r}{h}x\right)^2 dx=\pi\frac{r^2}{h^2}\int_0^h x^2 dx \\ &=\pi\frac{r^2}{h^2}\cdot\frac{x^3}{3}\bigg|_0^h=\frac{\pi r^2}{3}h. \end{aligned}$$

例 5.31 求由椭圆 $\dfrac{x^2}{a^2}+\dfrac{y^2}{b^2}=1(a>0,\ b>0)$ 所围成的图像绕 x 轴旋转而成的旋转球体的体积(图 5.20).

解 旋转椭球体如图 5.20 所示，其可看作由上半椭圆 $y=\frac{b}{a}\sqrt{a^2-x^2}$ 及 x 轴围成的图像绕 x 轴旋转而成的. 于是由公式(5.19)可得所求体积为

$$V_x=\pi\int_{-a}^{a}y^2\mathrm{d}x=2\pi\int_0^a\left(\frac{b}{a}\sqrt{a^2-x^2}\right)^2\mathrm{d}x$$

$$=2\pi\frac{b^2}{a^2}\int_0^a(a^2-x^2)\mathrm{d}x$$

$$=\frac{4}{3}\pi ab^2.$$

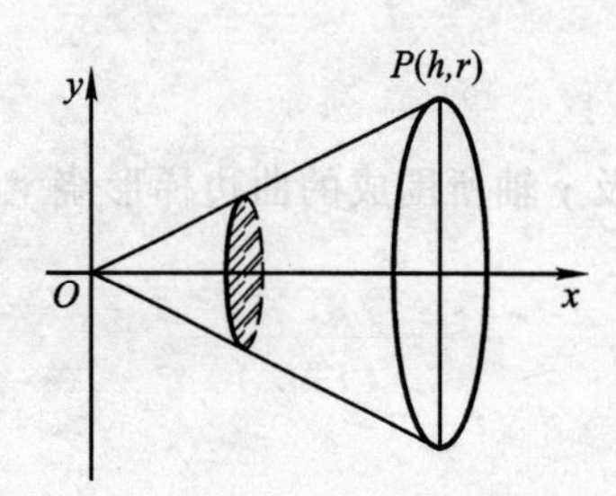

图 5.19

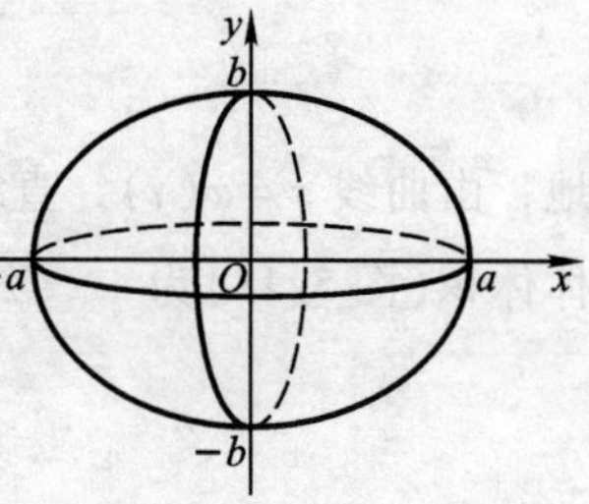

图 5.20

例 5.32 求由 $y=x^3$，$y=8$ 及 y 轴所围成的曲边梯形绕 y 轴旋转一周而成的立体的体积(图 5.21).

解 积分变量 y 的变化区间为[0,8]，此时 $x=\varphi(y)=\sqrt[3]{y}$. 由公式(5.20)于是所求体积为

$$V=\int_0^8\pi(\sqrt[3]{y})^2\mathrm{d}y=\pi\int_0^8 y^{\frac{2}{3}}\mathrm{d}y$$

$$=\pi\frac{3}{5}y^{\frac{5}{3}}\bigg|_0^8=\frac{96}{5}\pi=19\frac{1}{5}\pi.$$

例 5.33 求圆 $(x-b)^2+y^2=a^2(0<a<b)$ 绕 y 轴旋转一周所成的旋转体(环体)的体积(图 5.22).

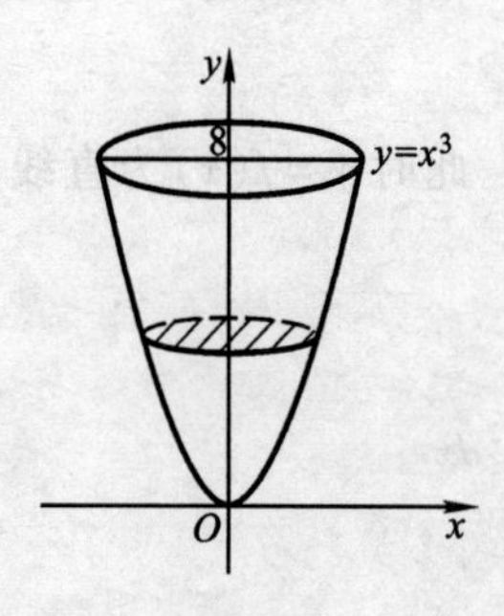

图 5.21

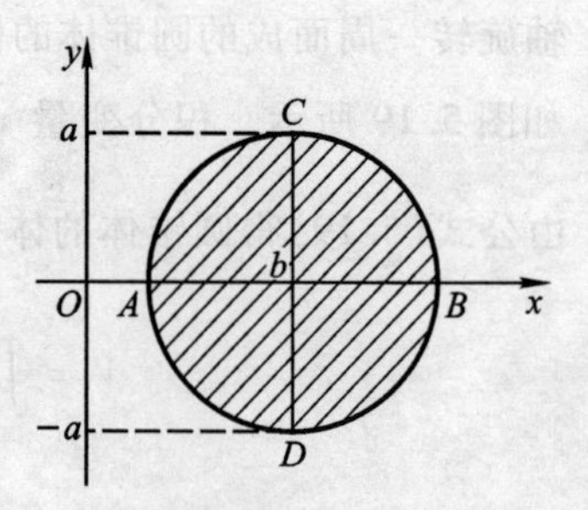

图 5.22

解 将圆方程改写为 $x=b\pm\sqrt{a^2-y^2}$，右半圆弧 DBC 方程为

$$x=x_1(y)=b+\sqrt{a^2-y^2},$$

左半圆弧 DAC 方程为

$$x=x_2(y)=b-\sqrt{a^2-y^2},$$

环体是这两个半圆在 y 轴的区间 $[-a,a]$ 上所围成的曲边梯形绕 y 轴旋转所得体积之差. 于是得体积微元为

$$\mathrm{d}V=\pi[x_1(y)]^2\mathrm{d}y-\pi[x_2(y)]^2\mathrm{d}y=\pi(x_1^2-x_2^2)\mathrm{d}y,$$

从而可得环体体积为

$$\begin{aligned}V&=\pi\int_{-a}^{a}(x_1^2-x_2^2)\mathrm{d}y\\&=\pi\int_{-a}^{a}\left[\left(b+\sqrt{a^2-y^2}\right)^2-\left(b-\sqrt{a^2-y^2}\right)^2\right]\mathrm{d}y\\&=8b\pi\int_0^a\sqrt{a^2-y^2}\mathrm{d}y=8b\pi\frac{1}{4}\pi a^2\\&=2a^2b\pi^2.\end{aligned}$$

注 (1) 不要把 $\mathrm{d}V$ 错误地写为 $\mathrm{d}V=\pi(x_1-x_2)^2\mathrm{d}y$;

(2) 上面计算用到了 $\int_0^a\sqrt{a^2-x^2}\mathrm{d}x=\frac{1}{4}\pi a^2$, 这是由该积分的几何意义得出的, 涉及圆的有关计算常遇到这个积分, 不妨可作为公式记住.

习 题 5.5

1. 求出下列各曲线所围成的平面图像的面积.

(1) $y=x^2$, $x+y=2$;

(2) $y=\ln x$ 与直线 $x=0$, $y=\ln a$, $y=\ln b(b>a>0)$;

(3) $y=\mathrm{e}^x$, $y=\mathrm{e}^{-x}$ 与直线 $y=\mathrm{e}^2$;

(4) $y=\frac{1}{x}$ 与直线 $y=x$ 及 $x=2$;

(5) $y=x^3$ 与 $y=\sqrt{x}$;

(6) $y=\cos x$ 与 $y=0$, $x\in\left[\frac{\pi}{2},\frac{3}{2}\pi\right]$;

(7) $y=3-2x-x^2$ 与 x 轴;

(8) $y=x$ 与 $y=\sqrt{x}$;

(9) $y=x^3$, $y=1$ 及 $x=0$;

(10) $y^2=x$ 与 $x=1$;

(11) $y+1=x^2$ 与 $y=1+x$;

(12) $x=y^2+1$, $y=-1$, $y=1$ 及 $x=0$;

(13) $y=x$, $y=2x$ 及 $y=2$;

(14) $y=\sqrt{2x-x^2}$ 与直线 $y=x$.

2. 求由下列各曲线所围成的图像的面积.

(1) $\rho=4\cos\theta$;

(2) $\rho=2\sin\theta$.

3. 求星形线 $x=a\cos^3 t$，$y=a\sin^3 t$ 所围成的图像的面积.

4. 求下列曲线所围成的图像，按指定的轴旋转产生的旋转体的体积.

（1）$y=x^2$，$y=0$，$x=2$，绕 x 轴；

（2）$y=x$，$x=1$，$y=0$，绕 x 轴；

（3）$y=\sqrt{x}$，$x=4$，$y=0$，绕 x 轴；

（4）$y=\mathrm{e}^x$，$x=0$，$x=1$ 及 $y=0$，绕 x 轴；

（5）$x=5-y^2$，$x=1$，绕 y 轴；

（6）$y=x^2$，$x=4$，$x=0$，绕 y 轴；

（7）$y=x^3$，$y=1$，$x=0$，绕 y 轴；

（8）$y=\sqrt{2x-x^2}$，$y=\sqrt{x}$，绕 x 轴；

（9）$y=x^2$，$x=-1$，$x=1$，$y=0$，绕 x 轴；

（10）$x=\sqrt{1-y^2}$，$x=1-\sqrt{1-y^2}$，绕 y 轴.

5.6 应用与实践

5.6.1 应用

定积分及其应用是微积分学的又一重点. 深刻理解定积分的概念，熟练掌握定积分的计算方法，学会用定积分解决实际问题，对于学好一元微积分和多元微积分都是十分重要的. 掌握用定积分解决实际问题的思想方法具体是指掌握定积分的微元法，它是数学建模思想方法在定积分中的具体体现. 定积分的概念是从实际问题中抽象出来的，定积分在几何、物理，以及其他工程技术中有着广泛的应用.

1. 变力沿直线段作功

例 5.34 在原点 O 有一个带电量为 $+q$ 的点电荷，它所产生的电场对周围电荷有作用力. 现有一单位正电荷从距原点 a 处沿射线方向移至距点 O 为 $b(a<b)$ 的地方，求电场力所作的功. 又如果把该单位电荷移至无穷远处，电场力作了多少功?

解 取电荷移动的射线方向为 x 轴正向，那么电场力为 $F=k\dfrac{q}{x^2}$（k 为常数），这是一个变力. 在微小区间 $[x,x+\mathrm{d}x]$ 上，以“常代变”得功微元为

$$\mathrm{d}W=\frac{kq}{x^2}\mathrm{d}x.$$

于是可得电场力的功为

$$W=\int_a^b\frac{kq}{x^2}\mathrm{d}x=kq\left(-\frac{1}{x}\right)\bigg|_a^b=kq\left(\frac{1}{a}-\frac{1}{b}\right).$$

若移至无穷远处，则作功为

$$W=\int_a^{+\infty}\frac{kq}{x^2}\mathrm{d}x=-kq\,\frac{1}{x}\bigg|_a^{+\infty}=\frac{kq}{a}.$$

在物理学中，把上述移至无穷远处所作的功叫做电场在点 a 处的电位，于是知电场在点 a 处的电位为 $V=\dfrac{kq}{a}$.

2. 液体对平面薄板的压力

例 5.35 一个横放的半径为 R 的圆柱形油桶，里面盛有半桶油，计算桶的一个端面所受的压力(设油密度为 ρ).

解 桶的一端面是圆板，现在要计算当油面过圆心时，垂直放置的一个半圆板的一侧所受的压力. 选取坐标系，如图 5.23 所示.

此时圆的方程为 $x^2+y^2=R^2$. 取 x 为积分变量，在 x 的变化区间 $[0,R]$ 内任取微小区间 $[x,x+\mathrm{d}x]$，视该细条上压强不变，所受的压力的近似值即为压力微元：

$$\mathrm{d}F=\rho x\mathrm{d}S=2\rho x\sqrt{R^2-x^2}\mathrm{d}x,$$

于是，端面所受的压力为

$$F=\int_0^R 2\rho x\sqrt{R^2-x^2}\mathrm{d}x=-\rho\int_0^R (R^2-x^2)^{\frac{1}{2}}\mathrm{d}(R^2-x^2)$$

$$=-\rho\left[\frac{2}{3}(R^2-x^2)^{\frac{3}{2}}\right]\bigg|_0^R=\frac{2}{3}\rho R^3.$$

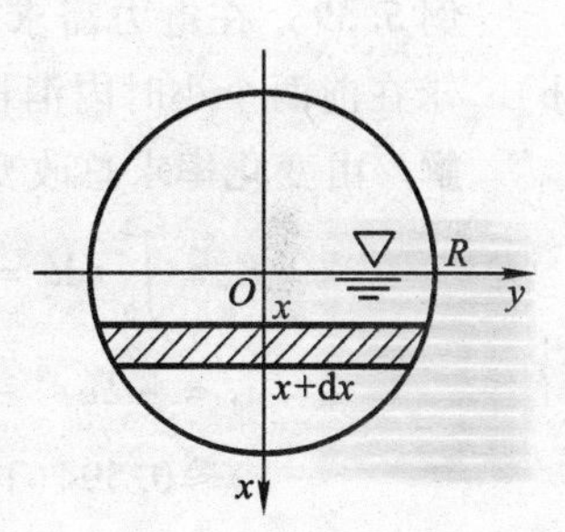

图 5.23

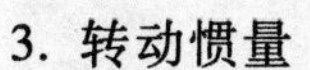

3. 转动惯量

例 5.36 一均匀细杆长为 l，质量为 m，试求细杆绕过它的中点且垂直于杆的轴的转动惯量.

解 选择坐标系，如图 5.24 所示，我们仍采用微元法.

先求转动惯量微元 $\mathrm{d}I$，为此考虑细杆上 $[x,x+\mathrm{d}x]$ 的一段，它的质量为 $\dfrac{m}{l}\mathrm{d}x$，把这一小段杆设想为位于 x 处的一个质点，它到转动轴距离为 $|x|$，于是得微元为

$$\mathrm{d}I=\frac{m}{l}x^2\mathrm{d}x,$$

再沿细杆从 $-\dfrac{l}{2}$ 到 $\dfrac{l}{2}$ 积分，便得整个细杆转动惯量为

$$I=\int_{-\frac{l}{2}}^{\frac{l}{2}}\frac{m}{l}x^2\mathrm{d}x=\frac{m}{l}\frac{x^3}{3}\bigg|_{-\frac{l}{2}}^{\frac{l}{2}}=\frac{1}{12}ml^2.$$

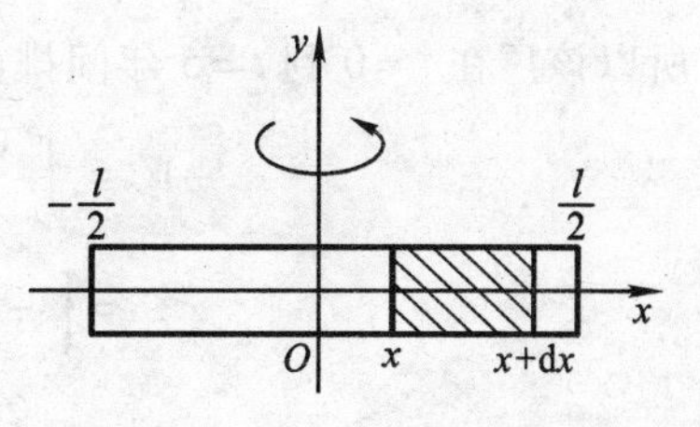

图 5.24

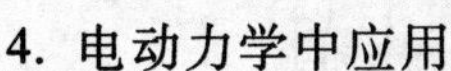

4. 电动力学中应用

例 5.37 某种空心圆柱形导线载有电流 I，电流均匀分布在导线横截面上，计算离轴线距离为 R(导线的内径为 a，外径为 b，$a<R<b$)的截面 S(S 为一圆环面)的电流.

解 由已知可得通过导线截面的电流为

$$I_R=\int_a^R i\mathrm{d}S=\int_a^R\frac{I}{\pi(b^2-a^2)}\mathrm{d}S=\frac{I(R^2-a^2)}{b^2-a^2}.$$

5. 润滑油的储存量

例 5.38 某制造公司在生产了一批超音速运输机之后就停止了这种产品的生产，但该公司承诺为客户终身提供一种适用于该机型的特殊润滑油，停产后，该批飞机的用油率为

$r(t)=300t^{-\frac{3}{2}}$(单位:升/年),t 表示从停产起的年数($t\geqslant 1$). 该公司要一次性生产该批运输机所需的润滑油并在停产一年后于客户需要时分发出去,问需要生产此种润滑油多少升?

解 该问题是已知用油率 $r(t)$ 来求用油量,类似于已知直线运动的运动速度,求运动路程,故属积分问题. 从停产后第一年起到第 t 年,此种润滑油的需要量为

$$\int_1^t r(t)\,dt=\int_1^t 300t^{-\frac{3}{2}}dt=-2\times 300t^{-\frac{1}{2}}\Big|_1^t=600(1-t^{-\frac{1}{2}}).$$

由于公司提供的是终身服务,即 $t\to+\infty$,故需要一次性生产该种润滑油

$$\int_1^{+\infty} r(t)\,dt=\lim_{t\to+\infty}\int_1^t r(t)\,dt=\lim_{t\to+\infty}600(1-t^{-\frac{1}{2}})=600(\text{升}).$$

6. 电能

例 5.39 在电力需求的高峰时期,消耗电能的速度 r 可以近似地表示为 $r=te^{-t}$(t 单位:h). 求在前两个小时内消耗的总电能 E(单位:J).

解 由变化率求总改变量得

$$\begin{aligned}E&=\int_0^2 r\,dt=\int_0^2 te^{-t}dt=\int_0^2(-t)\,de^{-t}=(-te^{-t})\Big|_0^2-\int_0^2 e^{-t}d(-t)\\&=-2e^{-2}-0-(e^{-t})\Big|_0^2\\&\approx 0.594(\text{J}).\end{aligned}$$

7. 污染

例 5.40 某工厂排出大量废气,造成了严重空气污染,于是工厂通过减产来控制废气的排放量,若第 t 年废气的排放量为 $C(t)=\dfrac{20\ln(t+1)}{(t+1)^2}$,求该厂在 $t=0$ 到 $t=5$ 年间排出的总废气量.

解 因为该厂在第$[t,t+\Delta t]$排出的废气量(废气量微元)为

$$dW=\frac{20\ln(t+1)}{(t+1)^2}dt,$$

所以该厂在 $t=0$ 到 $t=5$ 年间排出的总废气量为

$$\begin{aligned}W&=\int_0^5\frac{20\ln(t+1)}{(t+1)^2}dt=20\int_0^5\ln(t+1)\,d\left(-\frac{1}{t+1}\right)\\&=\left[-\frac{20}{t+1}\ln(t+1)\right]\Big|_0^5+20\int_0^5\frac{1}{t+1}d\ln(t+1)\\&=-\frac{20}{6}\ln 6+20\int_0^5\frac{1}{(t+1)^2}dt=-\frac{20}{6}\ln 6-20\left(\frac{1}{t+1}\right)\Big|_0^5\\&\approx 10.6941.\end{aligned}$$

习 题 5.6.1

1. 设某产品的总产量变化率为 $f(t)=100+10t-0.45t^2$ (t/h),求

(1) 总产品函数 $Q(t)$;

(2) 从 $t_0=4$ 到 $t_1=8$ 这段时间内的产量.

2. 有一半球形水池,直径为 6 cm,水池中蓄满水. 现将水池内的水抽干,要作多少功?

3. 一底为 8 cm,高为 6 cm 的等腰三角形,垂直沉入水中,顶在上、底在下且与水面平行,而顶离水面 3 cm,试求它侧面所受的压力.

5.6.2 实践

Mathematica 软件使用(5)

用 Mathematica 计算定积分与反常积分，其命令及其功能如表 5.1 所示.

表 5.1

命令	功能
Integrate[f, {x, a, b}]	计算定积分 $\int_a^b f(x)\,\mathrm{d}x$
Integrate[f, {x, a, Infinity}]	计算反常积分 $\int_a^{+\infty} f(x)\,\mathrm{d}x$
Integrate[f, {x, − Infinity, b}]	计算反常积分 $\int_{-\infty}^{b} f(x)\,\mathrm{d}x$
Integrate[f, {x, − Infinity, Infinity}]	计算反常积分 $\int_{-\infty}^{+\infty} f(x)\,\mathrm{d}x$

注 利用 Mathematica 计算定积分与反常积分时，也可以使用模板 $\int_{\square}^{\square}\square\mathrm{d}\square$.

例 计算下列积分：

(1) $\int_1^4 \frac{1}{x+\sqrt{x}}\mathrm{d}x$;　　(2) $\int_0^{\frac{\pi}{2}} x^2\cos x\mathrm{d}x$;

(3) $\int_0^{+\infty} \mathrm{e}^{-x}\mathrm{d}x$;　　(4) $\int_{-\infty}^{+\infty} \frac{1}{1+x^2}\mathrm{d}x$.

其结果见演示 5.1.

演示 5.1

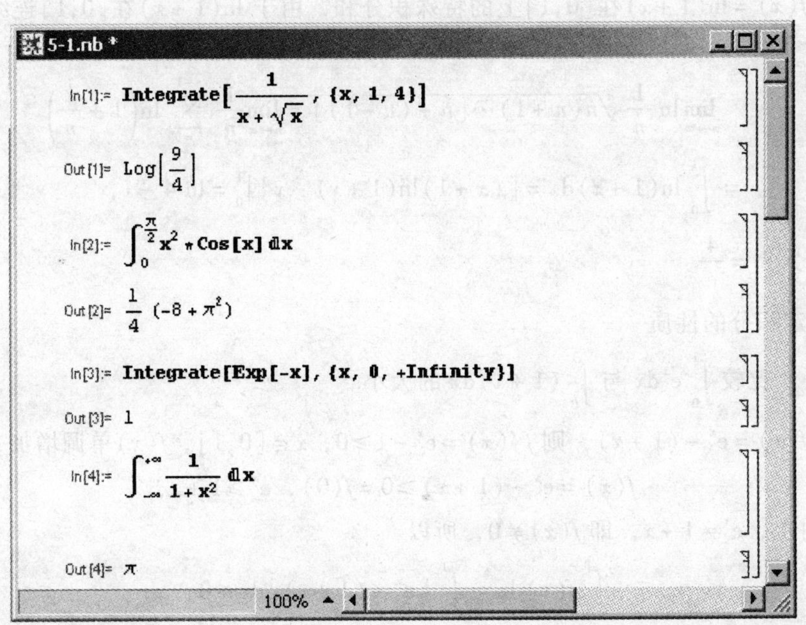

习　题　5.6.2

计算下列积分：

(1) $\int_{-\frac{\pi}{2}}^{\frac{\pi}{2}} \sqrt{1-\cos 2x}\mathrm{d}x$；　　(2) $\int_1^2 \frac{\sqrt{x^2-1}}{x^4}\mathrm{d}x$；

(3) $\int_0^{+\infty} x\mathrm{e}^{-x}\mathrm{d}x$；　　(4) $\int_{-\infty}^{+\infty} \frac{1}{x^2+2x+2}\mathrm{d}x$；

(5) $\int_0^{\frac{\pi}{4}} \frac{1-\cos^4 x}{2}\mathrm{d}x$；　　(6) $\int_1^2 \sqrt{x}\ln x\mathrm{d}x$；

(7) $\int_1^{+\infty} \frac{\arctan x}{x^2}\mathrm{d}x$；　　(8) $\int_1^2 \frac{x}{\sqrt{1-x^2}}\mathrm{d}x$；

(9) $\int_1^2 \frac{1}{x\sqrt{x^2-1}}\mathrm{d}x$；　　(10) $\int_1^{\mathrm{e}} \frac{1}{x\sqrt{1-\ln^2 x}}\mathrm{d}x$.

5.7 提示与提高

1. 定积分是特殊和式的极限，因此，有些极限问题可转化为定积分的问题

例 5.41　求$\lim\limits_{n\to\infty}\frac{1}{n}\sqrt[n]{n(n+1)\cdots[n+(n-1)]}$.

解　考虑

$$\ln\frac{1}{n}\sqrt[n]{n(n+1)\cdots[n+(n-1)]}=\ln\left(\frac{n(n+1)\cdots[n+(n-1)]}{n^n}\right)^{\frac{1}{n}}$$
$$=\frac{1}{n}\ln\left(\frac{n}{n}\cdot\frac{n+1}{n}\cdot\cdots\cdot\frac{n+(n-1)}{n}\right)=\frac{1}{n}\sum_{k=0}^{n-1}\ln\left(1+\frac{k}{n}\right).$$

此和是$f(x)=\ln(1+x)$在$[0,1]$上的特殊积分和，由于$\ln(1+x)$在$[0,1]$连续，从而可积得

$$\lim_{n\to\infty}\ln\frac{1}{n}\sqrt[n]{n(n+1)\cdots[n+(n-1)]}=\lim_{n\to\infty}\frac{1}{n}\sum_{k=0}^{n-1}\ln\left(1+\frac{k}{n}\right)$$
$$=\int_0^1\ln(1+x)\mathrm{d}x=[(x+1)\ln(1+x)-x]\Big|_0^1=\ln 4-1,$$

则原极限$=\mathrm{e}^{\ln 4-1}=\frac{4}{\mathrm{e}}$.

2. 利用定积分的性质

例 5.42　比较$\int_0^1\mathrm{e}^x\mathrm{d}x$与$\int_0^1(1+x)\mathrm{d}x$的大小.

解　设$f(x)=\mathrm{e}^x-(1+x)$，则$f'(x)=\mathrm{e}^x-1\geqslant 0$，$x\in[0,1]$，$f(x)$单调增加，从而

$$f(x)=\mathrm{e}^x-(1+x)\geqslant 0=f(0),\ \mathrm{e}^x\geqslant 1+x,$$

又因在$[0,1]$上，$\mathrm{e}^x\neq 1+x$，即$f(x)\not\equiv 0$，所以

$$\int_0^1 f(x)\mathrm{d}x=\int_0^1[\mathrm{e}^x-(1+x)]\mathrm{d}x>0,$$

即有
$$\int_0^1 e^x dx > \int_0^1 (1+x)dx.$$

3. 被积函数是分段函数或被积函数带有绝对值的定积分的计算

当被积函数是分段函数时，利用定积分对区间的可加性
$$\int_a^b f(x)dx = \int_a^c f(x)dx + \int_c^b f(x)dx$$
计算定积分. 注意绝对值函数与最大(小)值函数，本质上都是分段函数，被积函数含有绝对值符号，一般令绝对值之内的式子为零，求出积分区间的零点，把被积函数化为分段函数再求解.

例 5.43 设 $f(x)=\begin{cases}1+x^2, & x<0,\\ e^{-x}, & x\geqslant 0,\end{cases}$ 求 $\int_1^3 f(x-2)dx$.

解 被积函数是复合函数，故先用换元法将 $f(x-2)$ 化为 $f(t)$，再用分段函数的积分方法计算. 令 $t=x-2$，则
$$\int_1^3 f(x-2)dx = \int_{-1}^1 f(t)dt = \int_{-1}^0 (1+t^2)dt + \int_0^1 e^{-t}dt$$
$$= t\Big|_{-1}^0 + \frac{1}{3}t^3\Big|_{-1}^0 - e^{-t}\Big|_0^1 = \frac{7}{3} - e^{-1}.$$

例 5.44 求 $\int_{-\frac{\pi}{2}}^{\frac{\pi}{2}} \sqrt{1-\cos 2x}dx$.

解
$$\sqrt{1-\cos 2x} = \sqrt{2\sin^2 x} = \sqrt{2}|\sin x|,$$
在区间 $\left[-\frac{\pi}{2},0\right]$ 上，$|\sin x| = -\sin x$；在区间 $\left[0,\frac{\pi}{2}\right]$ 上，$|\sin x| = \sin x$，所以
$$\int_{-\frac{\pi}{2}}^{\frac{\pi}{2}} \sqrt{1-\cos 2x}dx = -\int_{-\frac{\pi}{2}}^0 \sqrt{2}\sin x dx + \int_0^{\frac{\pi}{2}} \sqrt{2}\sin x dx$$
$$= \sqrt{2}\cos x\Big|_{-\frac{\pi}{2}}^0 - \sqrt{2}\cos x\Big|_0^{\frac{\pi}{2}} = \sqrt{2}(1-0) - \sqrt{2}(0-1) = 2\sqrt{2}.$$

4. 变限积分函数求导

若 $f(x)$ 在 $[a,b]$ 上连续，则有下列结论：

(1) $\left[\int_a^x f(t)dt\right]' = f(x)$；

(2) $\left[\int_x^b f(t)dt\right]' = -f(x)$；

(3) $\left[\int_a^{\varphi(x)} f(t)dt\right]' = f(\varphi(x))\varphi'(x)$ ($\varphi'(x)$存在)；

(4) $\left[\int_{\psi(x)}^{\varphi(x)} f(t)dt\right]' = f(\varphi(x))\varphi'(x) - f(\psi(x))\psi'(x)$ ($\varphi'(x),\psi'(x)$存在).

例 5.45 设 $y=\int_1^{x^2}\sqrt{1+t^3}dt$，求 $\frac{dy}{dx}$.

解 积分上限是 x 的函数，所以变上限积分是 x 的复合函数，根据复合函数求导法则，设 $u=x^2$，则

$$\frac{dy}{dx}=\left[\int_1^{x^2}\sqrt{1+t^3}dt\right]'=\left(\frac{d}{du}\int_1^u\sqrt{1+t^3}dt\right)\cdot\frac{du}{dx}$$

$$=(\sqrt{1+u^3})\cdot(x^2)'=2x\sqrt{1+x^6}.$$

例 5.46 设 $H(x)=\int_x^{\sin x}\frac{\ln t}{t}dt$，求 $H'(x)$.

解 $H'(x)=\left[\int_x^{\sin x}\frac{\ln t}{t}dt\right]'=\left[\int_x^a\frac{\ln t}{t}dt+\int_a^{\sin x}\frac{\ln t}{t}dt\right]'$

$$=\left[-\int_a^x\frac{\ln t}{t}dt+\int_a^{\sin x}\frac{\ln t}{t}dt\right]'=-\frac{\ln x}{x}+\frac{\ln(\sin x)}{\sin x}\cdot\cos x.$$

例 5.47 设 $F(x)=\int_0^{\sqrt{x}}tf(x+t^2)dt$，求 $F'(x)$.

解 令 $x+t^2=u$，则 $du=2tdt$(因为积分时，x 固定不变)；当 $t=0$ 时，$u=x$；$t=\sqrt{x}$时，$u=2x$. 于是

$$F(x)=\int_x^{2x}\frac{1}{2}f(u)du$$

$$F'(x)=\frac{1}{2}[f(2x)\cdot 2-f(x)]=f(2x)-\frac{1}{2}f(x).$$

5. 使用定积分换元积分法时的注意事项

(1) 积分限是积分变量的变化范围，如果积分变量改变了，则积分限必须同时改变，“换元必换限”，(原)上限对(新)上限，(原)下限对(新)下限.

(2) 所作代换必须满足换元法中所限定的条件.

(3) 如果积分变量不变(例如用凑微分法时)，则积分限不变，即“凑元不换限”.

例 5.48 求 $\int_0^2 x^3\sqrt{4-x^2}dx$.

解法 1 令 $x=2\sin t$，$t=\arcsin\frac{x}{2}$，$x=0$ 时，$t=0$，$x=2$ 时，$t=\frac{\pi}{2}$. 于是

$$\int_0^2 x^3\sqrt{4-x^2}dx=\int_0^{\frac{\pi}{2}}8\sin^3 t\cdot 4\cos^2 tdt=32\int_0^{\frac{\pi}{2}}(1-\cos^2 t)\cos^2 t(-d\cos t)$$

$$=32\left(-\frac{1}{3}\cos^3 t+\frac{1}{5}\cos^5 t\right)\Big|_0^{\frac{\pi}{2}}=\frac{64}{15}.$$

解法 2 $\int_0^2 x^3\sqrt{4-x^2}dx=\int_0^2 x^2\sqrt{4-x^2}\cdot\frac{1}{2}d(x^2)$，

令 $\sqrt{4-x^2}=u$，$x^2=4-u^2$，则 $d(x^2)=-2udu$；当 $x=0$ 时，$u=2$，$x=2$ 时，$u=0$. 于是

$$\int_0^2 x^3\sqrt{4-x^2}dx=\frac{1}{2}\int_0^2 x^2\sqrt{4-x^2}d(x^2)=\frac{1}{2}\int_2^0(4-u^2)u(-2u)du$$

$$=\int_0^2(4u^2-u^4)du=\left(\frac{4}{3}u^3-\frac{1}{5}u^5\right)\Big|_0^2=\frac{64}{15}.$$

解法 3 $\int_0^2 x^3\sqrt{4-x^2}dx=\frac{1}{2}\int_0^2 x^2\sqrt{4-x^2}d(x^2)$

$$=\frac{1}{2}\int_0^2[4-(4-x^2)]\sqrt{4-x^2}(-1)\mathrm{d}(4-x^2)$$

$$=\frac{1}{2}\int_0^2[(4-x^2)^{\frac{3}{2}}-4(4-x^2)^{\frac{1}{2}}]\mathrm{d}(4-x^2)$$

$$=\frac{1}{2}\left(\frac{2}{5}(4-x^2)^{\frac{5}{2}}-\frac{8}{3}(4-x^2)^{\frac{3}{2}}\right)\Bigg|_0^2=\frac{64}{15}.$$

6. 定积分的证明

例 5.49 证明$\int_0^{\frac{\pi}{2}}f(\sin x)\mathrm{d}x=\int_0^{\frac{\pi}{2}}f(\cos x)\mathrm{d}x.$

证 比较两边被积函数，令$x=\frac{\pi}{2}-t$，$\mathrm{d}x=-\mathrm{d}t$；当$x=0$时，$t=\frac{\pi}{2}$；当$x=\frac{\pi}{2}$时，$t=0$；于是

$$\int_0^{\frac{\pi}{2}}f(\sin x)\mathrm{d}x=-\int_{\frac{\pi}{2}}^0 f\left[\sin\left(\frac{\pi}{2}-t\right)\right]\mathrm{d}t=\int_0^{\frac{\pi}{2}}f(\cos t)\mathrm{d}t=\int_0^{\frac{\pi}{2}}f(\cos x)\mathrm{d}x.$$

7. 利用函数的奇偶性在对称区间上的积分

例 5.50 计算定积分$\int_{-1}^1\frac{|x|}{x-\sqrt{x^2+1}}\mathrm{d}x.$

解 $\int_{-1}^1\frac{|x|}{x-\sqrt{x^2+1}}\mathrm{d}x=\int_{-1}^1\frac{|x|(x+\sqrt{x^2+1})}{x^2-(x^2+1)}\mathrm{d}x=-\int_{-1}^1 x|x|\mathrm{d}x-\int_{-1}^1|x|\sqrt{x^2+1}\mathrm{d}x$

$$=-2\int_0^1 x\sqrt{x^2+1}\mathrm{d}x=-\int_0^1\sqrt{x^2+1}\mathrm{d}(x^2+1)=-\frac{2}{3}(x^2+1)^{\frac{3}{2}}\Big|_0^1$$

$$=\frac{2}{3}-\frac{4}{3}\sqrt{2}.$$

8. 比较复杂的面积及体积问题

前面我们介绍了简单的利用定积分求面积和体积，现在介绍比较复杂的面积和体积问题的求解.

例 5.51 求由抛物线$y=-x^2+4x-3$及其在点$(0,-3)$和$(3,0)$处的切线所围成图像的面积.

解 由$y'=-2x+4$，$y'|_{x=0}=4$，$y'|_{x=3}=-2$可知，在$(0,-3)$处切线方程为

$$4x+y-3=0,$$

在$(3,0)$处的切线方程为

$$2x+y-6=0,$$

解方程组$\begin{cases}4x-y-3=0,\\2x+y-6=0\end{cases}$得

$$\begin{cases}x=\frac{3}{2},\\y=3.\end{cases}$$

取积分变量为x，积分区间为$\left[0,\frac{3}{2}\right]\cup\left[\frac{3}{2},3\right]$，于是所求面积为

$$S=\int_0^{\frac{3}{2}}[4x-3-(-x^2+4x-3)]\mathrm{d}x+\int_{\frac{3}{2}}^{3}[6-2x-(-x^2+4x-3)]\mathrm{d}x$$

$$=\int_0^{\frac{3}{2}}x^2\mathrm{d}x+\int_{\frac{3}{2}}^{3}(x^2-6x+9)\mathrm{d}x=\left[\frac{x^3}{3}\right]_0^{\frac{3}{2}}+\left[\frac{x^3}{3}-3x^2+9x\right]_{\frac{3}{2}}^{3}=\frac{9}{4}.$$

9. 一题多解

例 5.52 求$\int_0^{\frac{\pi}{2}}\frac{1}{1+\sin x}\mathrm{d}x$.

解法 1 $\int_0^{\frac{\pi}{2}}\frac{1}{1+\sin x}\mathrm{d}x=\int_0^{\frac{\pi}{2}}\frac{1}{\left(\sin\frac{x}{2}+\cos\frac{x}{2}\right)^2}\mathrm{d}x=\int_0^{\frac{\pi}{2}}\frac{1}{\left(\tan\frac{x}{2}+1\right)^2\cos^2\frac{x}{2}}\mathrm{d}x$

$$=2\int_0^{\frac{\pi}{2}}\frac{\mathrm{d}\left(\tan\frac{x}{2}+1\right)}{\left(\tan\frac{x}{2}+1\right)^2}=-2\left.\frac{1}{\tan\frac{x}{2}+1}\right|_0^{\frac{\pi}{2}}=1.$$

解法 2 令 $t=\tan\frac{x}{2}$，$\sin x=\frac{2t}{1+t^2}$，$\mathrm{d}x=\frac{2\mathrm{d}t}{1+t^2}$，所以，当 $x=0$ 时，$t=0$；当 $x=\frac{\pi}{2}$时，$t=1$，于是

$$\int_0^{\frac{\pi}{2}}\frac{1}{1+\sin x}\mathrm{d}x=\int_0^1\frac{2}{1+2t+t^2}\mathrm{d}t=2\int_0^1\frac{1}{(1+t)^2}\mathrm{d}t=-\left.\frac{2}{1+t}\right|_0^1=1.$$

解法 3 令 $u=1+\sin x$，$x=\arcsin(u-1)$，则

$$\mathrm{d}x=\frac{1}{\sqrt{1-(u-1)^2}}\mathrm{d}u,$$

所以，当 $x=0$ 时，$u=1$；当 $x=\frac{\pi}{2}$时，$u=2$，则

$$\int_0^{\frac{\pi}{2}}\frac{1}{1+\sin x}\mathrm{d}x=\int_1^2\frac{1}{u\sqrt{1-(u-1)^2}}\mathrm{d}u,$$

再令 $t=\frac{1}{u}$，$\mathrm{d}u=-\frac{1}{t^2}\mathrm{d}t$，所以，当 $u=1$ 时，$t=1$；当 $u=2$ 时，$t=\frac{1}{2}$，则

$$\int_0^{\frac{\pi}{2}}\frac{1}{1+\sin x}\mathrm{d}x=\int_1^{\frac{1}{2}}\frac{-1}{\sqrt{2t-1}}\mathrm{d}t=-\left.\sqrt{2t-1}\right|_1^{\frac{1}{2}}=1.$$

习 题 5.7

1. 计算下列极限：

(1) $\lim\limits_{n\to\infty}\frac{1}{n}\sum\limits_{i=1}^{n}\sqrt{1+\frac{i}{n}}$；　　(2) $\lim\limits_{n\to\infty}\frac{1^p+2^p+\cdots+n^p}{n^{p+1}}\quad(p>0)$.

2. 估计下列各积分的值：

(1) $\int_{-1}^{2}(4-x^2)\mathrm{d}x$；　　(2) $\int_{-1}^{1}\mathrm{e}^{-x^2}\mathrm{d}x$；

(3) $\int_{\frac{1}{\sqrt{3}}}^{\sqrt{3}}x\arctan x\mathrm{d}x$.

3. 不计算积分，比较下列各组积分值的大小：

(1) $\int_1^2 x^2 dx$ 与 $\int_1^2 x^3 dx$；　　(2) $\int_1^2 \ln x dx$ 与 $\int_1^2 (\ln x)^2 dx$；

(3) $\int_0^1 x dx$ 与 $\int_0^1 \ln(1+x) dx$.

4. 设$f(x)$为连续函数，且 $F(x)=\int_{\frac{1}{x}}^{\ln x} f(t) dt$，求 $F'(x)$.

5. 计算下列定积分：

(1) $\int_0^{\frac{\pi}{4}} \ln(1+\tan x) dx$；　　(2) $\int_0^{\frac{\pi}{2}} \frac{1}{1+\cos^2 x} dx$.

6. 设$f(x)=\begin{cases} \frac{1}{1+x}, & x \geqslant 0, \\ \frac{1}{1+e^x}, & x<0, \end{cases}$ 求 $\int_0^2 f(x-1) dx$.

7. 计算定积分 $\int_0^{\frac{\pi}{2}} \sqrt{1-\sin 2x} dx$.

8. 证明：(1) $\int_0^1 x^m (1-x)^n dx=\int_0^1 x^n (1-x)^m dx$；

(2) 设$f(x)$为连续函数，证明：$\int_0^x f(t)(x-t) dt=\int_0^x \left(\int_0^t f(u) du\right) dt$.

9. 计算下列积分：

(1) $\int_{-2}^2 (x-2) \sqrt{(4-x^2)^3} dx$；　　(2) $\int_{-1}^1 (2x+|x|+1)^2 dx$.

10. 求下列反常积分：

(1) $\int_0^2 \frac{1}{(1-x)^2} dx$；　　(2) $\int_1^e \frac{1}{x \sqrt{1-(\ln x)^2}} dx$.

11. 求抛物线 $y^2=2px$ 及其在点$\left(\frac{p}{2}, p\right)$处的法线所围成的图像的面积.

复习题五[A]

1. 填空题.

(1) $\frac{d}{dx}\left(\int_a^b f(x) dx\right)=$________.

(2) $\int_{-1}^1 \frac{\sin x \cdot \cos x}{1+|x|} dx=$________.

(3) 已知 $\Phi(x)=\int_1^x t dt$，则 $\Phi(2)=$________.

(4) $\frac{d}{dx} \int_x^1 \ln(1+t^2) dt=$________.

(5) 求极限$\lim\limits_{x\to 0}\dfrac{\int_0^x \sin t\mathrm{d}t}{x^2}=$________.

(6) 已知$\int_a^b f(x)\mathrm{d}x=1$，则$\int_a^b f(x)\mathrm{d}x-\int_b^a f(x)\mathrm{d}x=$________.

(7) 已知$f(x)=x^3+1$，则$\int_{-2}^2 f(x)\mathrm{d}x=$________.

(8) 设k为常数，且$\int_0^1(2x+k)\mathrm{d}x=3$，则$k=$________.

(9) $\int_0^{\pi}\sqrt{1-\sin^2 x}\mathrm{d}x=$________.

(10) 反常积分$\int_0^{+\infty}\dfrac{x}{1+x^4}\mathrm{d}x=$________.

2. 选择题.

(1) 定积分$\int_a^b f(x)\mathrm{d}x$是(　　).

A. $f(x)$的一个原函数　　B. $f(x)$的全体原函数

C. 任意常数　　D. 确定的常数

(2) 如果$f(x)$在区间$[a,b]$上可积，则$\int_a^b f(x)\mathrm{d}x-\int_b^a f(x)\mathrm{d}x$的值必定等于(　　).

A. 0　　B. $\int_a^b f(x)\mathrm{d}x$　　C. $2\int_a^b f(x)\mathrm{d}x$　　D. $2\int_b^a f(x)\mathrm{d}x$

(3) 设$f(x)$在$[a,b]$上连续，且$f(x)>0$，则$\int_a^b f(x)\mathrm{d}x$(　　).

A. >0　　B. $\geqslant 0$　　C. <0　　D. $\leqslant 0$

(4) 函数$f(x)$在区间$[a,b]$上有界是$f(x)$在该区间上可积的(　　).

A. 必要条件　　B. 充分条件　　C. 充分必要条件　　D. 无关条件

(5) 已知$f(x)=\begin{cases}x^2, & x\geqslant 0,\\ x, & x<0,\end{cases}$则$\int_{-1}^1 f(x)\mathrm{d}x=$(　　).

A. $\int_{-1}^0 x\mathrm{d}x$　　B. $\int_{-1}^0 x\mathrm{d}x+\int_0^1 x^2\mathrm{d}x$

C. $2\int_0^1 x^2\mathrm{d}x$　　D. $\int_{-1}^0 x^2\mathrm{d}x+\int_0^1 x^2\mathrm{d}x$

(6) 已知$f(x)=\int_0^x(t-1)(t-2)\mathrm{d}t$，$f'(0)=$(　　).

A. 0　　B. 1　　C. -2　　D. 2

(7) 设$\int f(x)\mathrm{d}x=x^3+C$，则$\int_0^2 f(x)\mathrm{d}x=$(　　).

A. 2　　B. 4　　C. 6　　D. 8

(8) 已知$f(x)$在$[0,1]$上连续，令$t=2x$，则$\int_0^1 f(2x)\mathrm{d}x=$( ).

A. $\int_0^2 f(t)\mathrm{d}t$ B. $2\int_0^2 f(t)\mathrm{d}t$ C. $\frac{1}{2}\int_0^2 f(t)\mathrm{d}t$ D. $\frac{1}{2}\int_0^1 f(t)\mathrm{d}t$

3. 计算下列积分.

(1) $\int_4^9 \sqrt{x}(1+\sqrt{x})\mathrm{d}x$； (2) $\int_{-1}^0 \frac{3x^4+3x^2+1}{x^2+1}\mathrm{d}x$

(3) $\int_{-\pi}^{\pi} \sqrt{1-\cos x}\mathrm{d}x$； (4) $\int_0^1 \left(x+\frac{1}{2}\right)\arctan x\mathrm{d}x$；

(5) $\int_0^{\pi^2} (\sin\sqrt{x})^2\mathrm{d}x$.

4. 计算由曲线$y=4-x^2$、x轴、y轴及直线$x=4$所围图像的面积.

5. 把抛物线$y^2=4ax$及直线$x=x_0(x_0>0)$所围成的图像绕x轴旋转，计算所得旋转抛物体的体积.

复习题五[B]

1. 填空题.

(1) $\int_0^1 \frac{x^2}{1+x^2}\mathrm{d}x=$________.

(2) 当$b\neq 0$时，$\int_1^b \ln x\mathrm{d}x=1$，则$b=$________.

(3) 设$f(x)$为连续函数，则$\int_{-a}^a x^2[f(x)-f(-x)]\mathrm{d}x=$________.

(4) 设$f(x)=\int_0^{x^2} t\sqrt[3]{1+t^2}\mathrm{d}t$，则$f'(x)=$________.

(5) 如果$F'(x)=f(x)$，则$\int_a^b x\cdot f'(x)\mathrm{d}x=$________.

(6) 若反常积分$\int_{-\infty}^{+\infty}\frac{k}{1+x^2}\mathrm{d}x=1$，则常数$k=$________.

2. 选择题.

(1) 极限$\lim\limits_{n\to\infty}\left(\frac{n}{n^2+1^2}+\frac{n}{n^2+2^2}+\cdots+\frac{n}{n^2+n^2}\right)=$( ).

A. e B. $e-1$ C. $\frac{\pi}{2}$ D. $\frac{\pi}{4}$

(2) $\int_0^1 \frac{x^3}{1+x^2}\mathrm{d}x=$( ).

A. $-2(1-\ln 2)$ B. $-(1+\ln 2)$ C. $\frac{1}{2}(1-\ln 2)$ D. $\frac{1}{2}(1+\ln 2)$

(3) 设$P=\int_0^{\frac{\pi}{2}}\sin^2 x\mathrm{d}x$，$Q=\int_0^{\frac{\pi}{2}}\cos^2 x\mathrm{d}x$，$R=\frac{1}{2}\int_{-\frac{\pi}{2}}^{\frac{\pi}{2}}\sin^2 x\mathrm{d}x$，则( ).

A. $P=Q=R$　　B. $P=Q<R$　　C. $P<Q<R$　　D. $P>Q>R$

(4) 设$f(x)$为连续函数，则$\int_{\frac{1}{n}}^{n}\left(1-\frac{1}{t^2}\right)f\left(t+\frac{1}{t}\right)\mathrm{d}t$ 等于(　　).

A. 0　　B. 1　　C. n　　D. $\frac{1}{n}$

(5) 设$\int_0^x f(t)\,\mathrm{d}t=a^{2x}$，则$f(x)$等于(　　).

A. $2a^{2x}$　　B. $a^{2x}\ln a$　　C. $2xa^{2x-1}$　　D. $2a^{2x}\ln a$

(6) 下列反常积分收敛的是(　　).

A. $\int_1^{+\infty}\cos x\mathrm{d}x$　　B. $\int_1^{+\infty}\frac{1}{x^3}\mathrm{d}x$　　C. $\int_1^{+\infty}\ln x\mathrm{d}x$　　D. $\int_1^{+\infty}\mathrm{e}^x\mathrm{d}x$

(7) 设函数$f(x)$在$[a,b]$上连续，则由曲线$y=f(x)$与直线$x=a$，$x=b$，$y=0$所围平面图像的面积为(　　).

A. $\int_a^b f(x)\,\mathrm{d}x$　　B. $\left|\int_a^b f(x)\,\mathrm{d}x\right|$　　C. $\int_a^b |f(x)|\,\mathrm{d}x$　　D. $f(\xi)(b-a)$，$a<\xi<b$

3. 计算下列各题.

(1) $\int_{\ln 2}^{\ln 6}\frac{\mathrm{e}^x\sqrt{\mathrm{e}^x-2}}{\mathrm{e}^x+2}\mathrm{d}x$；　　(2) $\int_0^2 x\sqrt{2x-x^2}\mathrm{d}x$；

(3) $\int_0^1\frac{x^3}{\sqrt{4-x^2}}\mathrm{d}x$；　　(4) $\int_0^1\arcsin x\arccos x\mathrm{d}x$.

4. (1) 证明$\int_0^{\pi}xf(\sin x)\,\mathrm{d}x=\frac{\pi}{2}\int_0^{\pi}f(\sin x)\,\mathrm{d}x$；

(2) 设$f(x)$在$[a,b]$上连续，在(a,b)内可导，且$f'(x)>0$，$F(x)=\frac{1}{x-a}\int_a^x f(t)\,\mathrm{d}t$，证明在$(a,b)$内$F'(x)>0$.

5. 设$f(x)$为连续函数，当$x>0$时满足$\int_0^x f(t)\frac{\sin t}{2+\cos t}\mathrm{d}t=f^2(x)$，求$f(x)$.

6. 由$0\leqslant y\leqslant\sin x$和$0\leqslant x\leqslant\pi$围成一平面图像，求：

(1) 该平面图像的面积；

(2) 该平面图像绕y轴旋转所得旋转体的体积.

附录　常用数学公式

一、乘法与因式分解公式

1.1　$a^2-b^2=(a-b)(a+b)$.

1.2　$a^3\pm b^3=(a\pm b)(a^2\mp ab+b^2)$.

1.3　$a^n-b^n=\begin{cases}(a-b)(a^{n-1}+a^{n-2}b+a^{n-3}b^2+\cdots+ab^{n-2}+b^{n-1}) & (n\text{ 为正整数}),\\(a+b)(a^{n-1}-a^{n-2}b+a^{n-3}b^2-\cdots+ab^{n-2}-b^{n-1}) & (n\text{ 为偶数}).\end{cases}$

1.4　$a^b+b^n=(a+b)(a^{n-1}-a^{n-2}b+a^{n-3}b^2-\cdots-ab^{n-2}+b^{n-1})$　(n 为奇数).

二、三角不等式

2.1　$|a+b|\leqslant|a|+|b|$.

2.2　$|a-b|\leqslant|a|+|b|$.

2.3　$|a-b|\geqslant|a|-|b|$.

2.4　$-|a|\leqslant a\leqslant|a|$.

2.5　$|a|\leqslant b\Leftrightarrow -b\leqslant a\leqslant b$.

三、一元二次方程 $ax^2+bx+c=0$ 的解

3.1　$x_1=\dfrac{-b+\sqrt{b^2-4ac}}{2a}$，$x_2=\dfrac{-b-\sqrt{b^2-4ac}}{2a}$.

3.2　根与系数的关系(韦达定理)：

$x_1+x_2=-\dfrac{b}{a}$，$x_1x_2=\dfrac{c}{a}$.

3.3　判别式：$b^2-4ac\begin{cases}>0, & \text{方程有相异二实根},\\=0, & \text{方程有相等二实根},\\<0, & \text{方程有共轭复数根}.\end{cases}$

四、某些数列的前 n 项和

4.1　$1+2+3+\cdots+n=\dfrac{n(n+1)}{2}$.

4.2　$1+3+5+\cdots+(2n-1)=n^2$.

4.3　$2+4+6+\cdots+2n=n(n+1)$.

4.4　$1^2+2^2+3^2+\cdots+n^2=\dfrac{n(n+1)(2n+1)}{6}$.

4.5　$1^2+3^2+5^2+\cdots+(2n-1)^2=\dfrac{n(4n^2-1)}{3}$.

4.6 $1^3+2^3+3^3+\cdots+n^3=\dfrac{n^2(n+1)^2}{4}$.

4.7 $1^3+3^3+5^3+\cdots+(2n-1)^3=n^2(2n^2-1)$.

4.8 $1\cdot 2+2\cdot 3+\cdots+n\cdot(n+1)=\dfrac{n(n+1)(n+2)}{3}$.

4.9 $a+(a+d)+(a+2d)+\cdots+[a+(n-1)d]=n\left(a+\dfrac{n-1}{2}d\right)$.

4.10 $a+aq+aq^2+\cdots+aq^{n-1}=a\dfrac{1-q^n}{1-q}\quad(q\neq 1)$.

五、二项式展开公式

5.1 $(a+b)^n=a^n+na^{n-1}b+\dfrac{n(n-1)}{2!}a^{n-2}b^2+\dfrac{n(n-1)(n-2)}{3!}a^{n-3}b^3+\cdots+\dfrac{n(n-1)\cdots(n-k+1)}{k!}a^{n-k}b^k+\cdots+b^n$.

六、三角函数公式

1. 两角和公式

6.1 $\sin(\alpha\pm\beta)=\sin\alpha\cos\beta\pm\cos\alpha\sin\beta$.

6.2 $\cos(\alpha\pm\beta)=\cos\alpha\cos\beta\mp\sin\alpha\sin\beta$.

6.3 $\tan(\alpha\pm\beta)=\dfrac{\tan\alpha\pm\tan\beta}{1\mp\tan\alpha\tan\beta}$.

6.4 $\cot(\alpha\pm\beta)=\dfrac{\cot\alpha\cot\beta\mp 1}{\cot\beta\pm\cot\alpha}$.

2. 倍角公式

6.5 $\sin 2\alpha=2\sin\alpha\sin\beta$.

6.6 $\cos 2\alpha=\cos^2\alpha-\sin^2\alpha=2\cos^2\alpha-1=1-2\sin^2\alpha$.

6.7 $\tan 2\alpha=\dfrac{2\tan\alpha}{1-\tan^2\alpha}$.

6.8 $\cot 2\alpha=\dfrac{\cot^2\alpha-1}{2\cot\alpha}$.

3. 半角公式

6.9 $\sin\dfrac{\alpha}{2}=\pm\sqrt{\dfrac{1-\cos\alpha}{2}}$.

6.10 $\cos\dfrac{\alpha}{2}=\pm\sqrt{\dfrac{1+\cos\alpha}{2}}$.

6.11 $\tan\dfrac{\alpha}{2}=\pm\sqrt{\dfrac{1-\cos\alpha}{1+\cos\alpha}}=\dfrac{1-\cos\alpha}{\sin\alpha}=\dfrac{\sin\alpha}{1+\cos\alpha}$.

6.12 $\cot\dfrac{\alpha}{2}=\pm\sqrt{\dfrac{1+\cos\alpha}{1-\cos\alpha}}=\dfrac{\sin\alpha}{1-\cos\alpha}=\dfrac{1+\cos\alpha}{\sin\alpha}$.

4. 和差化积公式

6.13 $2\sin\alpha\cos\beta=\sin(\alpha+\beta)+\sin(\alpha-\beta)$.

6.14 $2\cos\alpha\sin\beta=\sin(\alpha+\beta)-\sin(\alpha-\beta)$.

6.15 $2\cos\alpha\cos\beta=\cos(\alpha+\beta)+\cos(\alpha-\beta)$.

6.16 $-2\sin\alpha\sin\beta=\cos(\alpha+\beta)-\cos(\alpha-\beta)$.

6.17 $\sin\alpha+\sin\beta=2\sin\frac{\alpha+\beta}{2}\cos\frac{\alpha-\beta}{2}$.

6.18 $\sin\alpha-\sin\beta=2\cos\frac{\alpha+\beta}{2}\sin\frac{\alpha-\beta}{2}$.

6.19 $\cos\alpha+\cos\beta=2\cos\frac{\alpha+\beta}{2}\cos\frac{\alpha-\beta}{2}$.

6.20 $\cos\alpha-\cos\beta=-2\sin\frac{\alpha+\beta}{2}\sin\frac{\alpha-\beta}{2}$.

6.21 $\tan\alpha\pm\tan\beta=\frac{\sin(\alpha\pm\beta)}{\cos\alpha\cos\beta}$.

6.22 $\cot\alpha\pm\cot\beta=\pm\frac{\sin(\alpha\pm\beta)}{\sin\alpha\sin\beta}$.

七、导数与微分

1. 求导与微分法则

7.1 $(c)'=0$, $\mathrm{d}c=0$.

7.2 $(cv)'=cv'$, $\mathrm{d}(cv)=c\mathrm{d}v$.

7.3 $(u\pm v)'=u'+v'$, $\mathrm{d}(u\pm v)=\mathrm{d}u\pm\mathrm{d}v$.

7.4 $(uv)'=u'v+uv'$, $\mathrm{d}(uv)=v\mathrm{d}u+u\mathrm{d}v$.

7.5 $\left(\frac{u}{v}\right)'=\frac{vu'-uv'}{v^2}$, $\mathrm{d}\left(\frac{u}{v}\right)=\frac{v\mathrm{d}u-u\mathrm{d}v}{v^2}$.

2. 导数及微分公式

7.6 $(v^n)'=nv^{n-1}v'$, $\mathrm{d}u^n=nv^{n-1}\mathrm{d}v$,

$(\sqrt{v})'=\frac{v'}{2\sqrt{v}}$, $\mathrm{d}\sqrt{v}=\frac{\mathrm{d}v}{2\sqrt{v}}$.

7.7 $(\ln v)'=\frac{v'}{v}$, $\mathrm{d}\ln v=\frac{\mathrm{d}v}{v}$,

$(\log_a v)'=\frac{v'}{v\ln a}$, $\mathrm{d}\log_a v=\frac{\mathrm{d}v}{v\ln a}$.

7.8 $(\mathrm{e}^v)'=\mathrm{e}^v v'$, $\mathrm{d}\mathrm{e}^v=\mathrm{e}^v\mathrm{d}v$,

$(a^v)'=a^v\ln a\cdot v'$, $\mathrm{d}a^v=a^v\ln a\mathrm{d}v$.

7.9 $(\sin v)'=\cos v\cdot v'$, $\mathrm{d}\sin v=\cos v\mathrm{d}v$.

7.10 $(\cos v)'=-\sin v\cdot v'$, $\mathrm{d}\cos v=-\sin v\mathrm{d}v$.

7.11 $(\tan v)'=\sec^2 v\cdot v'$, $\mathrm{d}\tan v=\sec^2 v\mathrm{d}v$.

7.12 $(\cot v)'=-\csc^2 v\cdot v'$, $\mathrm{d}\cot v=-\csc^2 v\mathrm{d}v$.

7.13 $(\sec v)' = \sec v \tan v \cdot v'$，$\mathrm{d}\sec v = \sec v \tan v \mathrm{d}v$.

7.14 $(\csc v)' = -\csc v \cot v \cdot v'$，$\mathrm{d}\csc v = -\csc v \cot v \mathrm{d}v$.

7.15 $(\arcsin v)' = \dfrac{v'}{\sqrt{1-v^2}}$，$\mathrm{d}\arcsin v = \dfrac{\mathrm{d}v}{\sqrt{1-v^2}}$.

7.16 $(\arccos v)' = -\dfrac{v'}{\sqrt{1-v^2}}$，$\mathrm{d}\arccos v = -\dfrac{\mathrm{d}v}{\sqrt{1-v^2}}$.

7.17 $(\arctan v)' = \dfrac{v'}{1+v^2}$，$\mathrm{d}\arctan v = \dfrac{\mathrm{d}v}{1+v^2}$.

7.18 $(\operatorname{arccot} v)' = -\dfrac{v'}{1+v^2}$，$\mathrm{d}\operatorname{arccot} v = -\dfrac{\mathrm{d}v}{1+v^2}$.

7.19 $(\operatorname{arcsec} v)' = \dfrac{v'}{v\sqrt{v^2-1}}$，$\mathrm{d}\operatorname{arcsec} v = \dfrac{\mathrm{d}v}{v\sqrt{v^2-1}}$.

7.20 $(\operatorname{arccsc} v)' = -\dfrac{v'}{v\sqrt{v^2-1}}$，$\mathrm{d}\operatorname{arccsc} v = -\dfrac{\mathrm{d}v}{v\sqrt{v^2-1}}$.

八、不定积分表(基本积分)

8.1 $\int \mathrm{d}u = u + C$.

8.2 $\int u^m \mathrm{d}u = \dfrac{u^{m+1}}{m+1} + C$.

8.3 $\int \dfrac{\mathrm{d}u}{u} = \ln u + C$.

8.4 $\int \dfrac{\mathrm{d}u}{a^2+u^2} = \dfrac{1}{a}\arctan\dfrac{u}{a} + C$.

8.5 $\int \dfrac{\mathrm{d}u}{u^2-a^2} = \dfrac{1}{2a}\ln\dfrac{u-a}{u+a} + C$.

8.6 $\int \dfrac{\mathrm{d}u}{(u+a)(u+b)} = \dfrac{1}{b-a}\ln\dfrac{u+a}{u+b} + C$.

8.7 $\int \dfrac{\mathrm{d}u}{\sqrt{a^2-u^2}} = \arcsin\dfrac{u}{a} + C$.

8.8 $\int \mathrm{e}^v \mathrm{d}u = \mathrm{e}^v + C$.

8.9 $\int a^v \mathrm{d}u = \dfrac{a^v}{\ln a} + C$.

8.10 $\int \sin u \mathrm{d}u = -\cos u + C$.

8.11 $\int \cos u \mathrm{d}u = \sin u + C$.

8.12 $\int \tan u \mathrm{d}u = -\ln\cos u + C$.

8.13　$\int \cot u\mathrm{d}u = \ln\sin u + C.$

8.14　$\int \sec^2 u\mathrm{d}u = \int \frac{\mathrm{d}u}{\cos^2 u} = \tan u + C.$

8.15　$\int \csc^2 u\mathrm{d}u = \int \frac{\mathrm{d}u}{\sin^2 u} = -\cot u + C.$

8.16　$\int \sec u\mathrm{d}u = \int \frac{\mathrm{d}u}{\cos u} = \ln(\sec u + \tan u) + C = \ln\tan\left(\frac{u}{2} + \frac{\pi}{4}\right) + C.$

8.17　$\int \csc u\mathrm{d}u = \int \frac{\mathrm{d}u}{\sin u} = \ln(\csc u - \cot u) + C = \ln\tan\frac{u}{2} + C.$

8.18　$\int \sec u\tan u\mathrm{d}u = \sec u + C.$

8.19　$\int \csc u\cot u\mathrm{d}u = -\csc u + C.$

8.20　$\int \frac{\mathrm{d}u}{u\sqrt{u^2 - a^2}} = \frac{1}{a}\operatorname{arcsec}\frac{u}{a} + C.$

习题参考答案

第一章习题答案

习题 1.1

1. (1) $(-\infty,-3)\cup(-3,1)\cup(1,2)\cup(2,+\infty)$；(2) $[-1,+\infty)$；
   (3) $(-\infty,-1)\cup(1,\infty)$；(4) $[-2,1)\cup(-1,1)\cup(1,2]$；(5) $(1,\mathrm{e})\cup(\mathrm{e},+\infty)$；
   (6) $[-2,2]$；(7) $[2,+\infty]$；(8) $[-1,2]$；(9) $(3,4)\cup(6,7)$.
2. $-1<x<2$.
3. $f(5)=2$，$f(-2)=4$.
4. $f(x)=2x-4x^3$.
5. $f(x)=x^2-2$.
6. (1) $y=\frac{1}{\sqrt{x}}$；(2) $y=\frac{1-x}{1+x}$；(3) $y=\ln(x+\sqrt{x^2+1})$.
7. $f(x)=\begin{cases}x^2+1, & x>0,\\ 1, & x=0,\\ -(x^2+1), & x<0.\end{cases}$
8. (1) 奇；(2) 奇；(3) 奇；(4) 偶；(5) 奇.
9. (1) $T=4\pi$；(2) $T=\frac{2}{3}\pi$；(3) $T=\pi$.
10. $\frac{x-1}{x}$.
11. (1) $y=w^3$，$w=1-x$；(2) $y=w^2$，$w=\sin x$；
    (3) $y=\mathrm{e}^w$，$w=\sqrt{v}$，$v=2+x^2$；(4) $y=\ln w$，$w=\arcsin v$，$v=\frac{1}{1+x}$；
    (5) $y=\arcsin w$，$w=\sqrt{v}$，$v=\cos x$；(6) $y=\ln w$，$w=\ln x$；
    (7) $y=w^3$，$w=\tan v$，$v=\mathrm{e}^t$，$t=3x$；(8) $y=\arctan w$，$w=\sqrt{v}$，$v=\ln t$，$t=1+x^2$.

习题 1.2

1. (1) 存在；(2) 不存在；(3) 不存在；(4) 存在.
2. (1) 1；(2) $-\frac{2}{3}$；(3) $-\frac{\sqrt{3}}{9}$；(4) $\frac{1}{2}$；(5) $3x^2$；(6) $\frac{3}{2}$；(7) 4；(8) 1；
   (9) $\frac{2\sqrt{2}}{3}$；(10) $\frac{\sqrt{2}}{2}$；(11) 3；(12) 0；(13) 3；(14) $\frac{1}{5}$；(15) 1；(16) $-\frac{1}{2}$；(17) $\frac{3}{2}$.
3. (1) $\frac{2}{3}$；(2) 1；(3) x；(4) 0；(5) 8；(6) -6；

(7) $\frac{1}{2}$；(8) e；(9) e^6；(10) $e^{-\frac{5}{2}}$；(11) e^{-6}；(12) e^{-1}；

(13) 1；(14) e；(15) e^{-2}；(16) e^{-6}；(17) e.

4. (1) 同阶无穷小；(2) 同阶无穷小；(3) 高阶无穷小；(4) 同阶无穷小；(5) 等价无穷小.

习题 1.3

1. $a=-1$.

2. (1) 补充 $f(0)=\frac{1}{2}$；(2) 补充 $f(0)=8$.

3. (1) $\frac{3\sqrt{2}}{4}$；(2) $\frac{\pi}{6}$；(3) 2；(4) $-\frac{\pi}{4}$；(5) $-\sqrt{2}$；(6) 1；(7) e^{12}.

习题 1.4.1

1. $f(t)=\begin{cases}1\,500t, & 0\leqslant t\leqslant 1,\\ 1\,500, & 1<t\leqslant 3,\\ 1\,500t-3\,000, & t>3.\end{cases}$

2. $f(t)=\begin{cases}0.4+\left[\frac{t}{3}\right]\times 0.4, & t\neq 3k,\\ 0.4\times\left[\frac{t}{3}\right], & t=3k\end{cases}\quad (k=1,2,\cdots).$

3. 114.796(美元).

4. 星期二.

5. 1.

习题 1.4.2

1. 3.097 67，2 + Cos[1]，$\sqrt{\frac{\pi}{2}+\frac{\pi^2}{4}}$，$x^4+\sqrt{x^2}$ + Cos[x^2].

2. 2.25，2.

3. $x^4-3x^2y+3x^2y^2+2x^3y^2-xy^3-6x^2y^3+6xy^4-2y^5$.

4. $(1+x)(2+2x+x^2)$.

5. 1.273 239 5，1.781 923 0.

6. 0.001 911 300 771，0，8.

7. (1) 0；(2) $\frac{1}{2\sqrt{3}}$；(3) $\frac{1}{e^2}$；(4) e^2；(5) $\frac{1}{2}$；(6) $\frac{1}{2}$；(7) 1；(8) $e^{-\frac{1}{6}}$.

习题 1.5

1. $a=1$，$b=1$.

2. $a=6$，$b=0$.

3. (1) e；(2) e.

4. (1) 4；(2) 0；(3) 1.

5. (1) $\frac{3}{2}$；(2) 2；(3) $\frac{1}{2}$；(4) 2；(5) 9；

(6) $\frac{1}{3}$; (7) 1; (8) $\frac{1}{8}$; (9) 6; (10) -2; (11) -3; (12) $\frac{1}{405}$.

6. $a=1$.

7. (1) $x=0$, 可去间断点; (2) $x=0$, 可去间断点;
(3) $x=2$, 可去间断点; $x=-2$, 无穷间断点;
(4) $x=0$, 跳跃间断点; (5) $x=0$, 跳跃间断点;
(6) $x=0$, 无穷间断点; $x=1$, 跳跃间断点;
(7) $x=0$, 跳跃间断点.

复习题一[A]

1. (1) $\{x \mid -4<x<1\}$; (2) x; (3) $\frac{1}{4}$; (4) 1; (5) $\frac{4}{3}$;
(6) 2; (7) 同阶无穷小; (8) $\frac{3}{2}$.

2. (1) A; (2) B; (3) C; (4) C; (5) C.

3. (1) $\frac{8}{3}$; (2) -2; (3) 3; (4) $\frac{1}{3}$; (5) $\frac{1}{3}$;
(6) $\sqrt{2}$; (7) 9; (8) $\frac{2}{3}$; (9) $\frac{1}{2}$; (10) e^{-9}.

4. 略.

5. $y=\begin{cases}0.3x, & x\leqslant 50,\\ 0.45x-7.5, & x>50.\end{cases}$

复习题一[B]

1. (1) $x^2+6x+15$; (2) -2; (3) 2; (4) -3;
(5) e^{-2}; (6) 4; (7) 1; (8) 一, 可去.

2. (1) C; (2) C; (3) D; (4) C.

3. (1) e; (2) 3; (3) $\frac{1}{2}$; (4) $(\ln 2-\ln 3)^2$; (5) $\frac{1}{2}$;
(6) e^3; (7) 6; (8) $\frac{1}{2}$; (9) $\frac{1}{2}$; (10) $\frac{1}{3}$.

4. $a=2$, $b=\frac{1}{4}$.

5. $f(x)=x^2-2x$.

6. 0.

7. 略.

8. $x=\pm 1$, 跳跃间断点.

9. $y(10)=\frac{45\ 000}{1+ae^{-450\ 000k}}$, 45 000.

第二章习题答案

习题 2.1

1. (1) $-f'(x_0)$; (2) $2f'(x_0)$; (3) $5f'(x_0)$.

2. $f'(x)=-\sin x$.

3. $4x+4\sqrt{2}y-4-\pi=0$.

习题 2.2

1. (1) $4x^3$; (2) $\dfrac{5}{7\sqrt[7]{x^2}}$; (3) $-\dfrac{2}{3x\sqrt[3]{x^2}}$; (4) $\dfrac{-2}{x^3}$; (5) $\dfrac{22}{9}x\sqrt[9]{x^4}$.

2. (1) $y'=5x^4-\dfrac{3}{x^4}$; (2) $y'=1-\dfrac{1}{x^2}$; (3) $y'=\dfrac{28}{3}\cdot\sqrt[3]{x}+\dfrac{55}{6\cdot\sqrt[6]{x}}+\dfrac{4}{3\cdot\sqrt[3]{x^2}}$;

(4) $y'=5x^4+5^x\ln 5$; (5) $y'=\dfrac{x-1}{2x\sqrt{x}}$; (6) $y'=-x\sin x$;

(7) $y'=\tan x+x\sec^2x-2\sec x\cdot\tan x$; (8) $y'=\cos 2x$; (9) $y'=xe^x$;

(10) $y'=2x\ln x+5x$; (11) $y'=\dfrac{-2}{x(1+\ln x)^2}$; (12) $y'=\dfrac{e^x}{(e^x+1)^2}$;

(13) $y'=\dfrac{1-x^2}{(x^2+1)^2}$; (14) $y'=\dfrac{1}{1+\cos x}$; (15) $y'=\dfrac{-\csc x}{1+\csc x}\left(或\ y'=\dfrac{-1}{1+\sin x}\right)$;

(16) $y'=\dfrac{-2\sec^2x}{(1+\tan x)^2}\left(或\ y'=\dfrac{-2}{1+\sin 2x}\right)$.

3. $-\dfrac{1}{18}$.

4. 0.

5. (1) $-\dfrac{15}{4}$; (2) $-4\dfrac{1}{8}$; (3) $\dfrac{31}{2}$.

6. 切线方程：$7x-y-4=0$，法线方程：$x+7y-22=0$.

7. 切线方程：$x-2y+\sqrt{3}-\dfrac{\pi}{3}=0$，法线方程：$x+\dfrac{1}{2}y-\dfrac{\sqrt{3}}{4}-\dfrac{\pi}{3}=0$.

8. $(\pm1,\pm1)$.

9. 9.

习题 2.3

1. (1) $y'=20(2x+1)^9$; (2) $y'=\dfrac{2}{\sqrt{4x+3}}$; (3) $y'=\dfrac{2x}{3\cdot\sqrt[3]{(1+x^2)^2}}$;

(4) $y'=-\sin x\cdot e^{\cos x}$; (5) $y'=e^{\sqrt{\sin 2x}}\cdot\dfrac{\cos 2x}{\sqrt{\sin 2x}}$; (6) $y'=\dfrac{1}{x^2}\cdot\sin\dfrac{1}{x}$;

(7) $y'=\dfrac{1}{2}\sin x$; (8) $y'=\dfrac{1}{x\cdot\ln x\cdot\ln(\ln x)}$; (9) $y'=\dfrac{1}{x\sqrt{\ln(3x^2)}}$;

(10) $y'=4\cdot e^{2x}\cdot\tan(e^{2x})\cdot\sec^2(e^{2x})$; (11) $y'=\dfrac{3}{x}\cdot\sec^3(\ln x)\cdot\tan(\ln x)$;

(12) $y'=-\sec x$; (13) $y'=\dfrac{1}{\sin x}$;

(14) $y'=\dfrac{1}{\sqrt{1-x^2}\arcsin\sqrt{1-x^2}}$或 $y'=\dfrac{-1}{\sqrt{1-x^2}\arcsin\sqrt{1-x^2}}$;

（15）$y'=\frac{2x}{1+x^4}$；（16）$y'=\frac{\cos x}{2\sqrt{\sin x-\sin^2 x}}$.

2. $\frac{1}{8}$.

3. $\frac{dy}{dx}=\sin 2x$.

4. （1）$y'=-2\cos x\cdot\sin 3x$；（2）$y'=\frac{1}{(1+x^2)^{\frac{3}{2}}}$；（3）$y'=\sin^2(\ln x)+\sin(2\ln x)$；

（4）$y'=4\cos 4x\cos 5x-5\sin 4x\sin 5x\left(或\ y'=\frac{9}{2}\cos 9x-\frac{1}{2}\cos x\right)$；

（5）$y'=\frac{2(1+\cos^2 x)}{\sin 2x}$；（6）$y'=\frac{3}{8}\sin 2x\cdot\sin 4x$；（7）$y'=-\sin 4x$；

（8）$y'=\frac{2x^2}{1-x^4}$；（9）$y'=\frac{3+2x^2}{2\sqrt{1+x^2}}$；（10）$y'=\arctan x$.

5. （1）$y'=\frac{1+y}{2y-x}$；（2）$y'=\frac{y}{1-y}$；（3）$y'=-\frac{e^y}{x\cdot e^y+1}$；

（4）$y'=\frac{3x^2-\sin(x+y)}{\sin(x+y)-3y^2}$；（5）$y'=-\frac{(2x^2+1)y}{(y+1)x}$；（6）$y'=\frac{y+x}{x-y}$；

（7）$y'=\frac{(y-xy-x\ln y)y}{x(xy+x-y\ln x)}$；（8）$y'=\frac{\cos y-\cos(x+y)}{\cos(x+y)+x\sin y}$；（9）$y'=\frac{2y}{2y-1}$；

（10）$y'=-\frac{1-2xy\sin(x^2y)}{x^2\sin(x^2y)}$；（11）$y'=\frac{2x}{2y-e^y-ye^y}$.

6. 切线方程：$2x+\sqrt{3}y-4=0$；法线方程：$2\sqrt{3}x-4y+3\sqrt{3}=0$.

7. （1）$y'=\frac{(2x-1)\sqrt[3]{x^3+1}}{(x+7)^5\sin x}\left(\frac{2}{2x-1}+\frac{x^2}{x^3+1}-\frac{5}{x+7}-\cot x\right)$；

（2）$y'=(\ln x)^x\left[\ln(\ln x)+\frac{1}{\ln x}\right]$；（3）$y'=\left(\frac{x}{1+x}\right)^x\left[\ln\frac{x}{1+x}+\frac{1}{1+x}\right]$；

（4）$y'=\frac{(x\ln y-y)y}{(y\ln x-x)x}$.

8. （1）$\frac{dy}{dx}=\frac{4t}{1+2t}$；（2）$\frac{dy}{dx}=\frac{\cos t-t\sin t}{\sin t+t\cos t}$；（3）$\frac{dy}{dx}=2t$；

（4）$\frac{dy}{dx}=-\tan t$；（5）$\frac{dy}{dx}=-\sqrt{\frac{1}{t}-1}$；

（6）$\frac{dy}{dx}=\frac{2t+t^2}{1+t}$；（7）$\frac{dy}{dx}=\frac{1}{2}\sin t$；（8）$\frac{dy}{dx}=-\frac{1}{4}\csc\frac{t}{2}$.

9. 切线方程：$x-2y+2=0$，法线方程：$2x+y-11=0$.

10. （1）$y''=6x+6$；（2）$y''=2\sec^2 x\cdot\tan x$；（3）$y''=-\sec^2 x$；

（4）$y''=2+\frac{1}{x^2}$；（5）$y''=6xe^{x^2}+4x^3e^{x^2}$；

（6）$y''=2\sec^2 x\tan x+2x\sec^4 x+4x\sec^2 x\tan^2 x$；

（7）$y''=-2\sin x-x\cos x$；（8）$y''=-2e^{-x}\cos x$；

（9）$y''=\dfrac{2-2x^2}{(1+x^2)^2}$；（10）$y''=\dfrac{1}{(1+x^2)\sqrt{1+x^2}}$；（11）$y''=6x\ln x+5x$.

11.（1）$y^{(n)}=3^n\cdot e^{3x-2}$；（2）$y^{(n)}=(n+x)e^x$；

（3）$y^{(n)}=2\cdot(-1)^{n+1}\cdot n!\ (1+x)^{-(n+1)}$；（4）$y^{(n)}=\begin{cases}(-1)^{n-2}(n-2)!\ \cdot\dfrac{1}{x^{n-1}}, & n>1,\\ \ln x+1, & n=1.\end{cases}$

习题 2.4

1. $\Delta y=0.030\ 2$，$dy=0.03$.
2. $dy\big|_{x=1,\Delta x=0.2}=0.05$.
3. （1）$dy=(\sin x+x\cdot\cos x)dx$；（2）$dy=\dfrac{1}{(1+x)^2}dx$；

（3）$dy=-2x\sin x^2dx$；（4）$dy=-\dfrac{x}{(1+x^2)\sqrt{1+x^2}}dx$.

4. （1）5.002；（2）0.874 7；（3）0.786 9.
5. 3.14.
6. 0.03.
7. 0.004，1.675 5.

习题 2.5.1

1. 0.000 56(弧度)，0.58 %.
2. 100(弧度/h).
3. 0.14(弧度/min)，$70\sqrt{2}$(m).
4. $-\dfrac{2}{9\pi}$(cm/min).

习题 2.5.2

1. （1）$x^2\mathrm{Cos}[x]+2x\mathrm{Sin}[x]$；（2）$\dfrac{1+\dfrac{x}{\sqrt{a^2+x^2}}}{x+\sqrt{a^2+x^2}}$；

（3）$-\dfrac{\mathrm{Cot}[x]}{2(1+\sqrt{x})^2\sqrt{x}}-\dfrac{\mathrm{Csc}^2[x]}{1+\sqrt{x}}$；（4）$\dfrac{3^{\sqrt{\mathrm{Log}[x]}}\mathrm{Log}[3]}{2x\sqrt{\mathrm{Log}[x]}}$.

2. （1）$-\dfrac{1}{18}$；（2）1.
3. （1）$\left\{\left\{\mathrm{Dt}[y,x]\to\dfrac{y^2}{e^y-2xy}\right\}\right\}$;（2）$\left\{\left\{\mathrm{Dt}[y,x]\to\dfrac{\mathrm{Csc}[xy](1+y\mathrm{Sin}[xy])}{x}\right\}\right\}$；

（3）$\left\{\left\{\mathrm{Dt}[y,x]\to\dfrac{-x-y}{-x+y}\right\}\right\}$;（4）$\left\{\left\{\mathrm{Dt}[y,x]\to\dfrac{y(x^yy-xy^x\ln y)}{x(xy^x-x^yy\ln x)}\right\}\right\}$.

4. $\mathrm{pD}\left[\left\{-\dfrac{6t^3}{(1+t^2)^2}+\dfrac{6t}{1+t^2},-\dfrac{6t^2}{(1+t^2)^2}+\dfrac{3}{1+t^2}\right\},\dfrac{-\dfrac{6t^3}{(1+t^2)^2}+\dfrac{6t}{1+t^2}}{-\dfrac{6t^2}{(1+t^2)^2}+\dfrac{3}{1+t^2}}\right]$,

$pD\left[\left\{\frac{12}{25},-\frac{9}{25}\right\},-\frac{4}{3}\right]$.

5. (1) $-\frac{\sqrt{1+t}}{\sqrt{1-t}}$; (2) $-\tan t$.

习题 2.6

1. $f'(0)=10!$.
2. $a=2$, $b=1$.
3. $f'(x)=\begin{cases}2x\sin\frac{1}{x}-\cos\frac{1}{x}, & x\neq 0,\\ 0, & x=0.\end{cases}$
4. 4.
5. $f'(x)=\frac{1}{1+\cos x}\left(或\frac{1}{2}\sec^2\frac{x}{2}\right)$.
6. $f'(1)=5e^3$.
7. $\frac{dy}{dx}=1$.
8. $f'(1)=\frac{1}{3}$.
9. $f''(x)=\frac{x}{\sqrt{1-x^2}}$.
10. $y''=\frac{-6x^4y+18y^5-12x^2y^3}{(3y^2-x^2)^3}$.
11. $\frac{d^2y}{dx^2}=-\frac{1}{4}\frac{\cos\frac{t}{2}\cdot\cos t+2\sin\frac{t}{2}\cdot\sin t}{\cos^3 t}$.
12. $y^{(7)}=7!$.
13. (1) $y^{(n)}=-4^{n-1}\sin\left[4x+(n-1)\frac{\pi}{2}\right]$; (2) $y^{(n)}=\frac{(-1)^n n!}{3}\left[\frac{1}{(x+1)^{n+1}}-\frac{1}{(x-2)^{n+1}}\right]$;

    (3) $y^{(n)}=(-1)^{n-1}(n-1)!\left[\frac{1}{(x+1)^n}+\frac{1}{(x+2)^n}\right]$.

复习题二[A]

1. (1) 1; (2) $x-2y+1=0$; (3) $2^x(\ln 2)^3$; (4) $-\frac{1}{4}$; (5) $\frac{1}{2t}$; (6) $-\frac{2}{x^3}dx$;

    (7) $y'(0)=\frac{1}{2}$, $y'(1)=\frac{17}{9}$, $y'(2)=15\frac{1}{2}$, $y'(3)=-\frac{3}{4}$, $y'(4)=\frac{12}{5}$.
2. (1) C; (2) D; (3) D; (4) D; (5) C.
3. $f'(1)=\frac{4}{3}$.
4. (1) $y''=\frac{2}{(1+x^2)^2}$; (2) $y''=\frac{1}{\sqrt{1+x^2}}$.

5. $\Delta v = 900\pi$.

6. $\frac{dQ}{dt} = CU_0\omega\cos\omega t$.

复习题二[B]

1. (1) $\sqrt{3}$; (2) -1; (3) $a=\frac{1}{2}$; (4) $-\frac{1}{4}$; (5) $y''=\frac{4x^3}{\sqrt{1-x^4}}$; (6) $a=1$, $b=0$.

2. (1) C; (2) B; (3) D; (4) D.

3. $f'(0)=1$.

4. (1) $y^{(n)}=(-1)^n n!\left[\frac{1}{(x+1)^{n+1}}+\frac{1}{(x-1)^{n+1}}\right]$; (2) $y^{(n)}=-2^{n-1}\sin\left(2x+\frac{(n-1)\pi}{2}\right)$;

(3) $y^{(n)}=\frac{3}{2}(-1)^n n!\left[\frac{1}{(x+1)^{n+1}}-\frac{1}{(x-1)^{n+1}}\right]$.

5. 2.5(m/s).

第三章习题答案

习题 3.1　略.

习题 3.2

1. (1) 1; (2) $\frac{2}{3}$; (3) 0; (4) $\frac{m}{n}\alpha^{m-n}$; (5) ∞; (6) 1; (7) 2; (8) 1.

习题 3.3

1. (1) 单调增加; (2) 单调增加; (3) 单调减少.

2. (1) 单增区间$(1,+\infty)$，单减区间$(-\infty,1)$;

(2) 单增区间$(0,+\infty)$，单减区间$(-\infty,0)$;

(3) 单增区间$(-\infty,1)(2,+\infty)$，单减区间$(1,2)$;

(4) 单增区间$\left(\frac{1}{2},+\infty\right)$，单减区间$\left(0,\frac{1}{2}\right)$;

(5) 单增区间$(-\infty,0)$，单减区间$(0,+\infty)$;

(6) 单增区间$\left(\frac{1}{2},+\infty\right)$，单减区间$(-\infty,-1)\left(-1,\frac{1}{2}\right)$.

习题 3.4

1. (1) 极小值为$y(2)=-5$; (2) 极小值为$f(1)=-1$，极大值为$f(0)=0$;

(3) 极小值为$f(3)=-22$，极大值为$f(-1)=10$; (4) 极小值为$f(0)=0$;

(5) 极小值为$f(-\frac{1}{2}\ln 2)=2\sqrt{2}$; (6) 极大值为$f(\frac{3}{4})=\frac{5}{4}$;

(7) 无极值; (8) 极小值为$f(0)=1$;

(9) 极小值为$y(3)=\frac{27}{4}$; (10) 极小值为$f\left(-\frac{1}{2}\right)=-\frac{27}{2}$，极大值为$f\left(-\frac{3}{2}\right)=0$.

2. 当$a>0$时，极小值为$\frac{4ac-b^2}{4a}$; 当$a<0$时，极大值为$\frac{4ac-b^2}{4a}$.

3. (1) 极大值为$f(\pi)=\dfrac{3}{2}$；(2) 极小值为$f\left(\dfrac{5}{4}\pi\right)=-\sqrt{2}$，极大值为$f\left(\dfrac{\pi}{4}\right)=\sqrt{2}$.

4. $a=-2$，$b=-\dfrac{1}{2}$.

习题 3.5

1. (1) 最小值为$f(-4)=-148$，最大值为$f(-1)=14$；

   (2) 最小值为$f(\pm1)=4$，最大值为$f(\pm2)=13$；

   (3) 最小值为$f(0)=0$，最大值为$f(1)=\dfrac{1}{2}$；

   (4) 最小值为$y(-5)=-5+\sqrt{6}$，最大值为$y\left(\dfrac{3}{4}\right)=\dfrac{5}{4}$；

   (5) 最小值为$f\left(\dfrac{\pi}{2}\right)=\dfrac{\pi}{2}$，最大值为$f\left(\dfrac{\pi}{6}\right)=\dfrac{\pi}{6}+\sqrt{3}$；

   (6) 最小值为$f(2)=\sqrt[3]{4}-\sqrt[3]{3}$，最大值为$f\left(\dfrac{1}{\sqrt{2}}\right)=\sqrt[3]{4}$.

2. 略.

3. 长为 10 m，宽为 5 m.

4. 当点 D 设在距离点 A 15 km 处时，费用最省.

习题 3.6

1. (1) 凹区间为$(-\infty,+\infty)$；(2) 凹区间为$(-\infty,+\infty)$；

   (3) 凹区间为$(0,+\infty)$，凸区间为$(-\infty,0)$；(4) 凹区间为$(-\infty,+\infty)$；

   (5) 凹区间为$(0,+\infty)$；(6) 凹区间为$(0,+\infty)$，凸区间为$(-\infty,0)$.

2. (1) 凹区间为$(2,+\infty)$，凸区间为$(-\infty,2)$，拐点为$(2,-1)$；.

   (2) 凹区间为$(-\infty,-1)(3,+\infty)$，凸区间为$(-1,3)$，拐点为$(-1,-7)$，$(3,-167)$；

   (3) 凹区间为$(2,+\infty)$，凸区间为$(-\infty,2)$，拐点为$\left(2,\dfrac{2}{e^2}\right)$；

   (4) 凹区间为$(-1,1)$，凸区间为$(-\infty,1)(1,+\infty)$，拐点为$(-1,\ln 2)(1,\ln 2)$；

   (5) 凹区间为$\left(-\infty,\dfrac{1}{2}\right)$，凸区间为$\left(\dfrac{1}{2},+\infty\right)$，拐点为$\left(\dfrac{1}{2},e^{\arctan\frac{1}{2}}\right)$；

   (6) 凹区间为$(-\infty,1)$，凸区间为$(1,+\infty)$，拐点为$(1,2)$.

3. 无拐点.

4. $a=-\dfrac{3}{2}$，$b=\dfrac{9}{2}$.

习题 3.7

1. (1) 曲线的垂直渐近线是：$x=1$；曲线的水平渐近线是：$y=0$；

   (2) 曲线的垂直渐近线是：$x=0$；曲线的水平渐近线是：$y=1$；

   (3) 曲线的垂直渐近线是：$x=1$；

   (4) 曲线的水平渐近线是：$y=0$；

   (5) 曲线的垂直渐近线是：$x=\pm1$；曲线的水平渐近线是：$y=0$.

2. 略.

习题 3.8.1

1. $\frac{\mathrm{d}W}{\mathrm{d}t}>0$；$\frac{\mathrm{d}^2W}{\mathrm{d}t^2}<0$.

2. (1) $p'(t)>0$ 表示产品的价格在上升，即通货膨胀仍然存在；

   (2) $p'(t)>0$ 表示通货膨胀存在，$p''(t)<0$ 表示通货膨胀率正在下降；

   (3) $p'(t)\to 0$ 表示产品的价格不再上升，即物价将稳定下来.

3. 最大效率为 $P(80)\approx 41\%$.

习题 3.8.2

1.

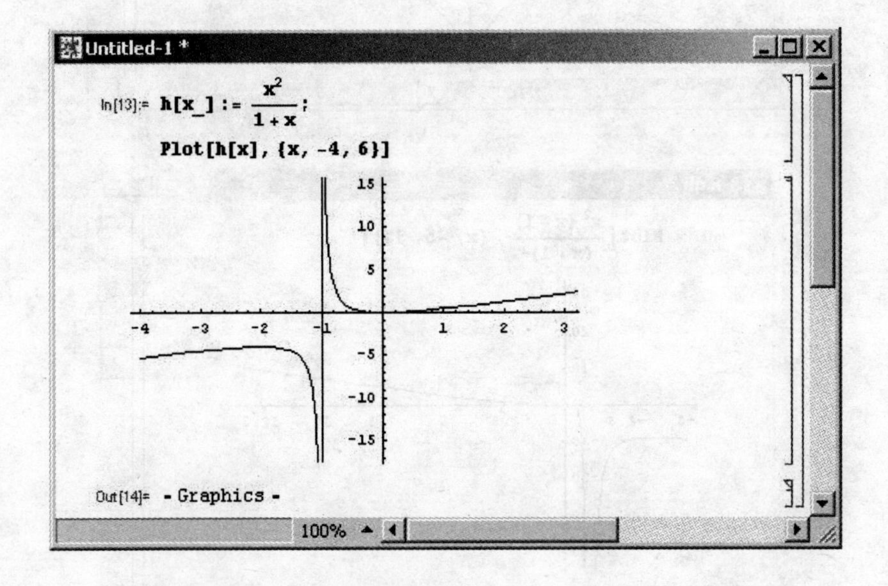

2.

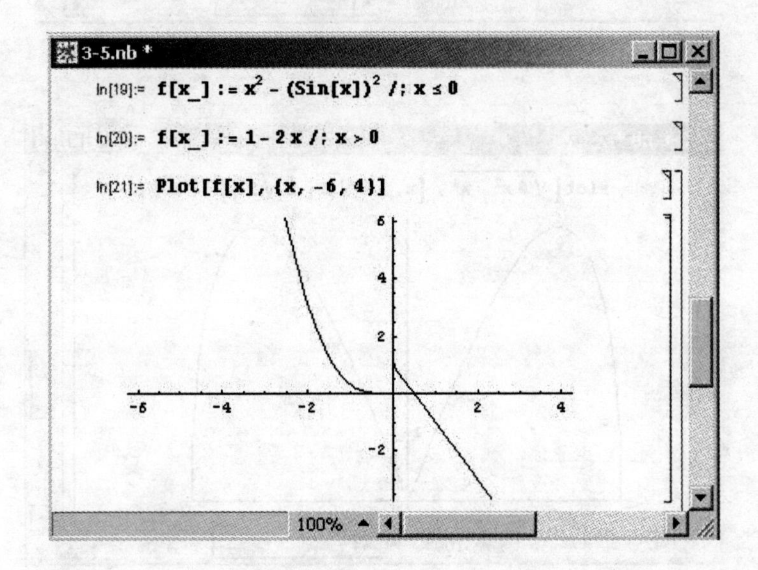

3.

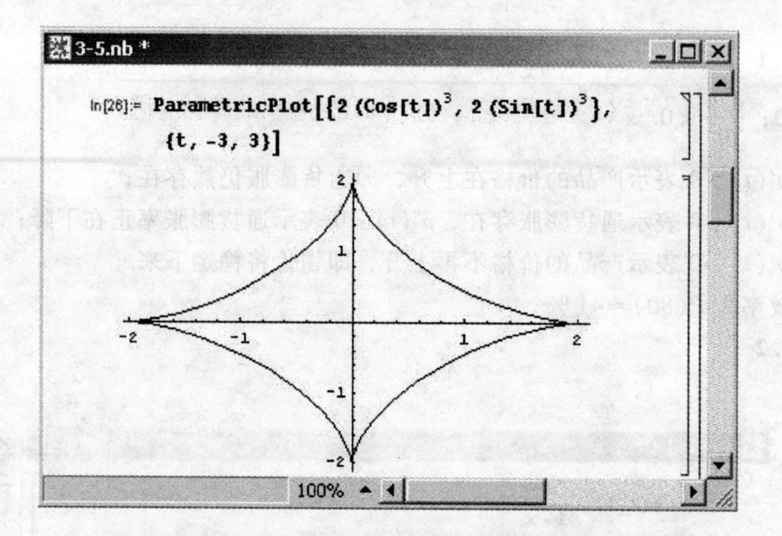
3-5.nb *
In[28]:= ParametricPlot[{2 (Cos[t])^3, 2 (Sin[t])^3},
{t, -3, 3}]
100%

4.

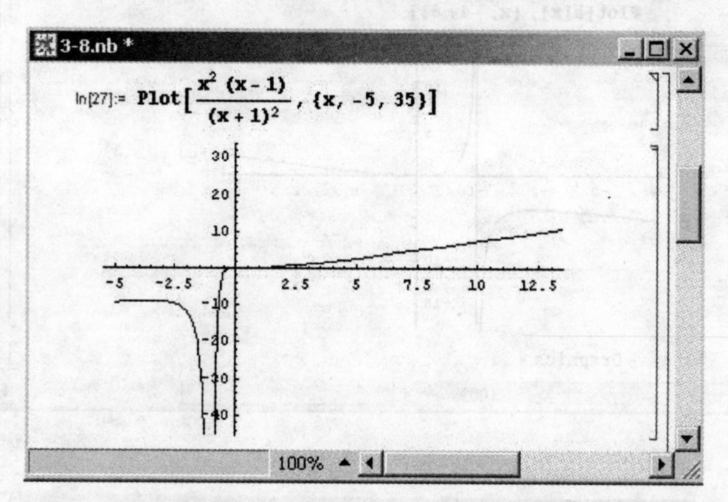
3-8.nb *
In[27]:= Plot[x^2 (x - 1)/(x + 1)^2, {x, -5, 35}]
100%

5.

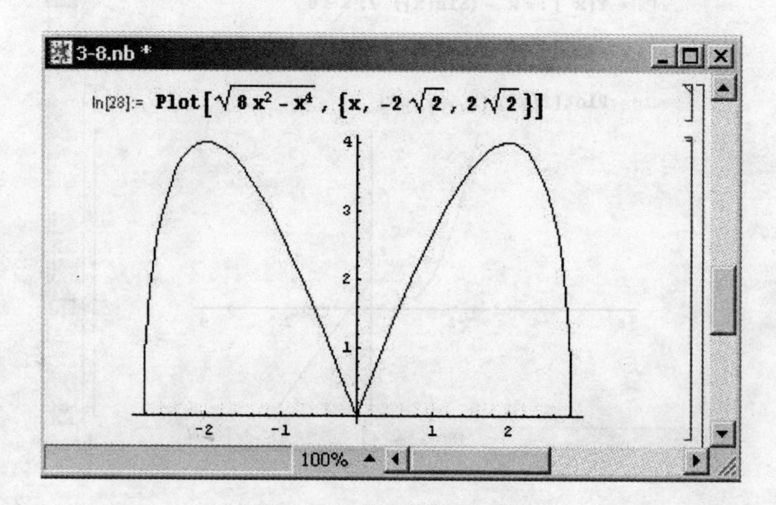
3-8.nb *
In[28]:= Plot[√(8 x^2 - x^4), {x, -2 √2, 2 √2}]
100%

6. 极大值 $f(1)=1$，极小值 $f(3)=-3$.

7. 极小值 $f(9.671\ 96)=-205.827$，极小值 $f(15.855\ 8)=-687.192$，
   极大值 $f(6.646\ 63)=78.211\ 4$，极大值 $f(12.751\ 9)=406.851$，
   极大值 $f(18.972\ 3)=1\ 051.35$.

习题 3.9

1. 略.
2. (1) $2a$；(2) 0；(3) 1；(4) 1.
3. 极大值 $y(\mathrm{e})=\dfrac{1}{\mathrm{e}}$.
4. 驻点 $x=1$ 是 $y=y(x)$ 的极小值点.
5. $y=2x+1$.

复习题三[A]

1. (1) B；(2) A；(3) B；(4) D；(5) B；(6) A；(7) A；(8) A；(9) C；(10) A.
2. (1) 充分；(2) $\dfrac{3}{2}$；(3) 等于0或不存在；(4) 平行；(5) 减少；
   (6) 水平，$y=c$；(7) $(0,1)$；(8) $\left(-\dfrac{\sqrt{2}}{2},\dfrac{\sqrt{2}}{2}\right)$.
3. (1) ∞；(2) $\dfrac{1}{2}$.
4. (1) 单调减少区间：$(0,1)$，$(\mathrm{e}^2,+\infty)$；单调增加区间：$(1,\mathrm{e}^2)$；极小值 $y(1)=0$；
   极大值 $y(\mathrm{e}^2)=\dfrac{4}{\mathrm{e}^2}$.
   (2) 单调减少区间：$(1,+\infty)$；单调增加区间：$(-\infty,1)$；极大值 $y(1)=\dfrac{\pi}{4}-\dfrac{1}{2}\ln 2$.
5. 凹区间为：$\left(-\infty,1-\dfrac{\sqrt{2}}{2}\right)$，$\left(1+\dfrac{\sqrt{2}}{2},+\infty\right)$；凸区间为：$\left(1-\dfrac{\sqrt{2}}{2},1+\dfrac{\sqrt{2}}{2}\right)$；拐点：
   $\left(1-\dfrac{\sqrt{2}}{2},\sqrt{\mathrm{e}}\right)$，$\left(1+\dfrac{\sqrt{2}}{2},\sqrt{\mathrm{e}}\right)$.
6. $y=-x^3+3x$.
7. $m=3$；最大值为 $f(-2)=-37$.
8. $\left(\dfrac{\sqrt[3]{4}}{2}p,\sqrt[3]{2}p\right)$.
9. $r=\sqrt[3]{\dfrac{V}{2\pi}}$；$h=2\sqrt[3]{\dfrac{V}{2\pi}}$；$\dfrac{r}{h}=\dfrac{1}{2}$.
10. 略.
11. 略.
12. 略.

复习题三[B]

1. (1) D; (2) B; (3) B; (4) C.

2. (1) $\frac{14}{9}$; (2) 3 ; (3) $\sqrt[3]{9}$, 0; (4) $\left(e^{\frac{\pi}{4}},\frac{\sqrt{2}}{2}e^{\frac{\pi}{4}}\right)$.

3. (1) $\frac{1}{3}$; (2) $\frac{1}{3}$; (3) 1.

4. 略.

5. 略.

6. $\xi=\frac{1}{2}$, $\xi=\sqrt{2}$.

7. 极小值: $f(\sqrt{3})=\frac{\sqrt{3}}{4}$; 极大值: $f(-\sqrt{3})=-\frac{\sqrt{3}}{4}$.

8. 极大值为 π.

9. 最大值为3; 最小值为1.

10. 略.

11. 曲线的垂直渐近线是: $x=0$; 曲线的斜渐近线是: $y=x$.

12. 取$\frac{24\pi}{4+\pi}$cm 的一段作圆, $\frac{96}{4+\pi}$cm 的一段作正方形时, 才能使圆与正方形的面积之和为最小.

13. $a=1$, $b=-6$, $c=9$, $d=2$; 图略.

14. (1) 单调减少区间: $(0,2)$; 单调增加区间: $(-\infty,0)$, $(2,+\infty)$; 极小值; $f(2)=3$.
    (2) 凹区间为: $(-\infty,0)$, $(0,+\infty)$; 无拐点.
    (3) 曲线的垂直渐近线是: $x=0$; 曲线的斜渐近线是: $y=x$.
    (4) 图略.

第四章习题答案

习题 4.1

1. (1) 成立; (2) 成立; (3) 不成立; (4) 成立.

2. (1) $\frac{1}{4}x^4+\frac{2^x}{\ln 2}+e^x+C$;　(2) $\sin x-\cos x+C$;

(3) $e^x+8\arcsin x+C$;　(4) $-\frac{2}{\sqrt{x}}-2\sqrt{x}+C$;

(5) $\frac{1}{3}x^3+\frac{2}{5}x^{\frac{5}{2}}-\frac{2}{3}x^{\frac{3}{2}}-x+C$;　(6) $\frac{4}{7}x^{\frac{7}{4}}+4x^{-\frac{1}{4}}+C$;

(7) $x-2\arctan x+C$;　(8) $2\arctan x+\frac{1}{3}x^3+C$;

(9) $4x-\frac{1}{x}-\arctan x+C$;　(10) $-\frac{1}{3^x\ln 3}-2\sqrt{x}+C$;

(11) $\sec x+\tan x+C$;　(12) $\tan x+x+C$;

(13) $x-\sin x+C$; (14) $e^{x}-x+C$.

3. $y=\ln x+1$.

习题 4.2

1. (1) $\frac{1}{4}$; (2) $\frac{1}{2}$; (3) -1; (4) $\frac{1}{5}$; (5) $\frac{1}{2}$;

(6) $-\frac{1}{5}$; (7) $\frac{1}{2}$; (8) $\frac{1}{4}$; (9) 2; (10) $\frac{1}{6}$.

2. (1) $\frac{1}{12}(3x-2)^{4}+C$; (2) $-\frac{1}{3}(1-2x)\sqrt{1-2x}+C$;

(3) $\frac{1}{2}\sin(2x+6)+C$; (4) $\frac{1}{12}(1+x^{2})^{6}+C$;

(5) $2\arcsin x+\sqrt{1-x^{2}}+C$; (6) $\ln(1+x^{2})+3\arctan x+C$;

(7) $\frac{1}{4}\sin(2x^{2}-1)+C$; (8) $2\sin\sqrt{x}+C$;

(9) $\frac{1}{4}\sin^{4}x+C$; (10) $\frac{1}{2}x+\frac{1}{8}\sin 4x+C$;

(11) $\frac{1}{3}\sec^{3}x+C$; (12) $-\ln|\cos x|-\sec x+C$;

(13) $\frac{1}{2}(1+\ln x)^{2}+C$; (14) $-\frac{1}{2}(2-e^{x})^{2}+C$;

(15) $\frac{1}{4}\ln(1+x^{4})-\frac{1}{2}\arctan x^{2}+C$; (16) $\frac{1}{3}x^{3}-x+\arctan x+C$;

(17) $\ln\left|\frac{x}{x+1}\right|+C$; (18) $\arcsin(\ln x)+C$;

(19) $\frac{1}{12}\ln\left|\frac{3+2x}{3-2x}\right|+C$; (20) $\frac{1}{12}(x+3)^{12}-\frac{3}{11}(x+3)^{11}+C$.

(21) $\frac{1}{202}(1+x^{2})^{101}+C$; (22) $\frac{\sqrt{2}}{2}\arctan\frac{x+1}{\sqrt{2}}+C$;

3. (1) $(\arctan\sqrt{x})^{2}+C$; (2) $2\sqrt{1+\sin^{2}x}+C$;

(3) $\arctan e^{x}+C$; (4) $\arctan f(x)+C$.

4. (1) $\frac{2}{5}(x+1)^{\frac{5}{2}}-\frac{2}{3}(x+1)^{\frac{3}{2}}+C$; (2) $\sqrt{2x}-\ln\left|\sqrt{2x}+1\right|+C$.

(3) $-\frac{2}{5}(2-x)^{\frac{5}{2}}+\frac{8}{3}(2-x)^{\frac{3}{2}}-8\sqrt{2-x}+C$;

(4) $(x+1)-4\sqrt{x+1}+4\ln(\sqrt{x+1}+1)+C$;

(5) $\frac{1}{2}\arcsin x+\frac{1}{2}x\sqrt{1-x^{2}}+C$; (6) $2\sqrt{x}-3\sqrt[3]{x}+6\sqrt[6]{x}-6\ln(\sqrt[6]{x}+1)+C$;

(7) $\sqrt{x^{2}-9}-3\arccos\frac{3}{x}+C$; (8) $\frac{1}{3}(1+x^{2})\sqrt{1+x^{2}}+C$;

(9) $-\frac{1}{2}\arcsin\frac{2}{x}+C$; (10) $-\ln\left|\frac{1+\sqrt{x^{2}+1}}{x}\right|+C$.

习题 4.3

(1) $x\sin x+\cos x+C$;

(2) $(x^2-2x)e^x+2e^x+C$;

(3) $x\ln x-x+C$;

(4) $x\log_2(x+1)-\frac{x}{\ln 2}+\frac{\ln(x+1)}{\ln 2}+C$;

(5) $x\arctan x-\frac{\ln(1+x^2)}{2}+C$;

(6) $x\tan x+\ln|\cos x|+C$;

(7) $\frac{x}{\ln 3}\cdot 3^x-\frac{1}{\ln^2 3}\cdot 3^x+C$;

(8) $\frac{x}{2}\sin 2x+\frac{1}{4}\cos 2x+C$;

(9) $x\ln^2 x-2x\ln x+2x+C$;

(10) $x\ln(x^2+1)-2x+2\arctan x+C$;

(11) $(x^2-2x+3)e^x+C$;

(12) $-\frac{1}{x}\arctan x+\ln\left|\frac{x}{\sqrt{x^2+1}}\right|+C$;

(13) $2(\sqrt{x}-1)e^{\sqrt{x}}+C$;

(14) $\frac{1}{2}e^{-x}(\cos x-\sin x)+C$;

(15) $-\frac{\ln x}{x}-\frac{1}{x}+C$;

(16) $\frac{1}{2\cos x}+\frac{1}{2}\ln|\csc x-\cot x|+C$.

习题 4.4

(1) $5\ln|x-3|-3\ln|x-2|+C$;

(2) $\frac{1}{2}\ln(x^2+2x+3)-\frac{3}{2}\sqrt{2}\arctan\frac{x+1}{\sqrt{2}}+C$;

(3) $\ln|x|-\frac{2}{x-1}+C$;

(4) $\ln\frac{(1-x)^2}{1+x^2}-2\arctan x+C$;

(5) $2\ln|x+1|-\ln|x-2|-\frac{2}{x-2}+C$;

(6) $\ln|x|-7\ln|x-2|+6\ln|x-3|+C$;

(7) $2\ln|x-1|-\frac{3}{x-1}-\frac{1}{(x-1)^2}+C$;

(8) $\frac{1}{2}x^2+\arctan x+C$;

(9) $\frac{x^2}{2}-4x+16\ln|x+4|+C$;

(10) $\frac{x^2}{2}+\ln|x|-\ln|x-1|-\frac{1}{x-1}+C$.

习题 4.5.1

1. (1) 速度 v 与时间 t 的函数关系：$v(t)=4t^3+3\cos t+2$;

   (2) 路程 s 与时间 t 的函数关系：$s(t)=t^4+3\sin t+2t+3$.

2. 质子的运动速度：$v(t)=10(1+2t)^{-1}-9.7$.

3. 伤口的表面积：$A(t)=\frac{5}{t}$, $A(5)=1\ \text{cm}^2$.

4. 电量 $Q(t)$ 与 t 的关系式：$Q(t)=-\frac{2}{\omega}\cos\omega t+\frac{2}{\omega}$.

5. 总电能 E 与 t 的关系式：$E=-te^{-t}-e^{-t}+1$.

习题 4.5.2

(1) $\frac{2(-3+x^2)}{3\sqrt{x}}$;

(2) $2x+2\sec[x]-2\tan[x]$;

(3) $\frac{1}{2}(-x+(1+x^2)\arctan[x])$;

(4) $3\arctan[x]+\log[1+x^2]$;

(5) $-\frac{1}{2}\ln\cos x+\frac{1}{2}\ln\sin x+\frac{1}{2}\tan x+C$;　(6) $\sqrt{3x^2-5x+6}+C$;

(7) $3\sin\frac{x}{6}+\frac{3}{5}\sin\frac{5}{6}x+C$;　(8) $-\sqrt{1+x^2}+x\ln(x+\sqrt{1+x^2})+C$;

(9) $\dfrac{4\arctan\dfrac{\tan\frac{x}{2}}{\sqrt{3}}}{\sqrt{3}}+\ln(2+\cos x)+C$;

(10) $-\frac{1}{48}\sec^4 x(-12x+4\sin 2x+\sin 4x)+C$.

习题 4.6

1. $F(x)=\begin{cases}\dfrac{1-\cos 2x}{2}, & x<0,\\ 0, & x=0\\ x\ln(2x+1)+\dfrac{1}{2}\ln(2x+1)-x, & x>0.\end{cases}$.

2. $\int f(x)\,dx=\begin{cases}2x+C_1, & x>1,\\ \dfrac{x^2}{2}+C_2, & 0\leqslant x<1,\\ -\cos x+1+C_2, & x<0\end{cases}$ (C_1 与 C_2 是两个相互独立的常数).

3. (1) $-\frac{\ln x}{x}+C$;　(2) $\ln|\ln\sin x|+C$;

(3) $-\frac{\arctan x}{x}-\frac{1}{2}(\arctan x)^2+\frac{1}{2}\ln\frac{x^2}{1+x^2}+C$;

(4) $\ln\left|2\tan\frac{x}{2}-1\right|-\ln\left|\tan\frac{x}{2}+2\right|+C$;

(5) $\frac{1}{6}\cos^5 x\sin x+\frac{5}{24}\cos^3 x\sin x+\frac{15}{96}\sin 2x+\frac{15}{48}x+C$;

(6) $\frac{1}{\sqrt{2}}\arcsin\left(\sqrt{\frac{2}{3}}\sin x\right)+C$;　(7) $\frac{1}{3}x\tan^3 x-\frac{1}{6}\tan^2 x-\frac{1}{3}\ln|\cos x|+C$;

(8) $-\cot x\ln(\sin x)-\cot x-x+C$ (提示:令 $u=\ln(\sin x)$, $dv=\frac{1}{\sin^2 x}dx$).

4. $\int f(x)\,dx=x-(1+e^{-x})\ln(1+e^x)+C$.

复习题四[A]

1. (1) $F'(x)\,dx$; $f(x)+C$;　(2) $-\frac{x\sin x+\cos x}{x^2}+C$;

(3) $xf(x)-F(x)+C$;　(4) $\frac{1}{2}f(2x)+C$;

(5) $\frac{2}{5}(\sqrt{x})^5+1$;　(6) $x\sin x+\cos x+C$;

(7) $-\sin 2x$; (8) $2\sqrt{x}+C$;

(9) $xf'(x)-f(x)+C$; (10) $x\ln\frac{x}{2}-x+C$.

2. (1) B; (2) D; (3) D; (4) C; (5) B;

(6) B; (7) B; (8) C; (9) C; (10) A.

3. (1) $-2x^{-\frac{1}{2}}+\frac{2}{3}x^{\frac{3}{2}}-2\ln|x|+C$; (2) $\frac{1}{44}(2x-1)^{11}+\frac{1}{40}(2x-1)^{10}+C$;

(3) (提示:令 $u=e^{\frac{x}{2}}$) $-2e^{-\frac{x}{2}}+2\ln(1+e^{-\frac{x}{2}})+C$; (4) $\frac{1}{2}\ln^2\tan\frac{x}{2}+C$;

(5) $-\arctan(\cos x)-\frac{1}{2}\ln(1+\cos^2 x)+C$;

(6) $\frac{1}{3}x^3\arctan x-\frac{1}{6}x^2+\frac{1}{6}\ln(1+x^2)+C$;

(7) $f(x)=-\ln(1-x)-x^2+C$.

4. (1) 在 3 s 后物体离开出发点的距离:

$$s(3)=3^3=27(\text{m});$$

(2) 物体走完 360 m 所需时间为

$$t=\sqrt[3]{360}\approx 7.11(\text{s}).$$

复习题四[B]

1. (1) $e^{2x}-e^{-2x}-1$; (2) $e^{-\tan^2 x}+C$; (3) 2π, 0;

(4) $2\arcsin\frac{\sqrt{x}}{2}+C$ 或 $\arcsin\frac{x-2}{2}+C$;

(5) $\frac{1}{2}\ln(x^2-6x+13)+4\operatorname{arccot}\frac{x-3}{2}+C$.

2. (1) B; (2) A; (3) A; (4) D; (5) C; (6) B.

3. (1) $f(x)=\begin{cases}x, & x\leqslant 0,\\ e^x-1, & x>0;\end{cases}$ (2) $e^x\ln x+C$; (3) $-x\cot x+\frac{x}{\sin x}+C$.

4. (提示:先用分部积分公式,再设 $t=f^{-1}(x)$,则 $x=f(t)$).

5. (1) $\int\varphi(x)dx=2\ln(x-1)+x+C$ (提示: $f(x^2-1)=\ln\frac{(x^2-1)+1}{(x^2-1)-1}$,故 $f(x)=\ln\frac{x+1}{x-1}$);

(2) $a=2$, b 为任意实数; (3) $f(x)=\frac{xe^{\frac{x}{2}}}{2(1+x)^{\frac{3}{2}}}$.

6. 质点所在的位置为 $(10-5\cos t, 2\sin t)$.

质点运动的轨迹方程为 $s=\sqrt{104-100\cos t+21\cos^2 t}$.

第五章习题答案

习题 5.1

1. (1) $\int_1^2 x^2dx$; (2) $\int_{\frac{\pi}{3}}^{\pi}\sin xdx$; (3) $\int_1^e\ln xdx$.

2. 略.

3. (1) 2π; (2) 2π.

习题 5.2

1. (1) $\sin x^2$; (2) $-e^{2x}\sin x$; (3) $-\sqrt{1-x^3}$; (4) 0; (5) $2xe^{x^4}$.

2. (1) $\frac{1}{3}$; (2) 2; (3) e; (4) $-\frac{1}{2e}$.

3. (1) $e-1$; (2) 1; (3) $1+\frac{\pi}{4}$; (4) $\frac{\pi}{4}-\frac{1}{2}$; (5) $\frac{1}{2}$; (6) $\frac{1}{101}$;

(7) $4-2\sqrt{2}$; (8) 1; (9) $2+\ln(1+e^{-2})-\ln 2$; (10) $\frac{1}{3}$; (11) $\frac{1}{2}\ln 2$;

(12) 1; (13) 4; (14) 4.

4. $\frac{58}{3}$.

习题 5.3

1. (1) $2-\frac{\pi}{2}$; (2) $\frac{38}{15}$; (3) $7+2\ln 2$; (4) e^e-e; (5) $\frac{2}{5}(1+\ln 2)$;

(6) $2(\sqrt{2}-1)$; (7) $\frac{2}{7}$; (8) $\sqrt{2}(\pi+2)$; (9) $\frac{3}{16}\pi$; (10) $\frac{1}{6}$;

(11) $-e^{-\frac{1}{2}}+1$; (12) $\frac{\pi}{16}a^4$; (13) $1-2\ln 2$; (14) $\frac{1}{3}(7\sqrt{7}+5\sqrt{5}-2\sqrt{2})$;

(15) $\frac{\pi}{6}$; (16) $1-\frac{\pi}{4}$; (17) $\frac{16}{15}$; (18) $\frac{8}{3}$; (19) $\frac{\pi}{2}$; (20) $\frac{2}{3}$.

2. (1) -2; (2) $1-\frac{2}{e}$; (3) $\frac{1}{4}(e^2+1)$; (4) 1; (5) $8\ln 2-4$; (6) $\frac{\pi}{4}-\frac{1}{2}$;

(7) $\frac{\pi^2}{6}-\frac{\pi}{4}$; (8) $3\ln 3-2$; (9) $\frac{1}{2}(e^{\frac{\pi}{2}}+1)$; (10) $\pi-2$; (11) $2-\frac{3}{4\ln 2}$;

(12) $\frac{1}{5}(e^{\pi}-2)$.

3. (1) 0; (2) 0; (3) 0; (4) $\frac{3}{2}\pi$; (5) 0; (6) 0; (7) 0; (8) $\frac{\pi^3}{324}$.

4. 略.

习题 5.4

(1) 发散; (2) 1; (3) 1; (4) $\frac{1}{3}$; (5) 1; (6) 发散; (7) 发散;

(8) 发散; (9) 发散; (10) $\frac{1}{a}$; (11) π; (12) $\frac{\pi}{a}$.

习题 5.5

1. (1) $\frac{9}{2}$; (2) $b-a$; (3) $2e^2+2$; (4) $\frac{3}{2}-\ln 2$; (5) $\frac{5}{12}$; (6) 2; (7) $10\frac{2}{3}$;

(8) $\frac{1}{6}$; (9) $\frac{3}{4}$; (10) $\frac{4}{3}$; (11) $\frac{9}{2}$; (12) $\frac{8}{3}$; (13) 1; (14) $\frac{\pi}{4}-\frac{1}{2}$.

2. (1) 4π; (2) π.

3. $\frac{3}{8}\pi a^2$.

4. (1) $\frac{32}{5}\pi$; (2) $\frac{\pi}{3}$; (3) 8π; (4) $\frac{\pi}{2}(e^2-1)$; (5) $\frac{832}{15}\pi$; (6) 8π;

(7) $\frac{3}{5}\pi$; (8) $\frac{\pi}{6}$; (9) $\frac{2}{5}\pi$; (10) $\frac{2}{3}\pi^2-\frac{\sqrt{3}}{2}\pi$.

习题 5.6.1

1. (1) $Q(t)=100t+5t^2-0.15t^2$(t); (2) 572.8(t).
2. $W=198.45\pi\approx 623$ kJ.
3. $168\gamma g$;

习题 5.6.2

(1) $2\sqrt{2}$; (2) $\frac{\sqrt{3}}{8}$; (3) 1; (4) π; (5) $\frac{1}{64}(-8+5\pi)$;

(6) $\frac{4}{9}(1-2\sqrt{2}+\sqrt{2}\ln 8)$; (7) $\frac{1}{4}(\pi+\ln 4)$; (8) $-\sqrt{3}\mathrm{i}+C$; (9) $\frac{\pi}{3}$; (10) $\frac{\pi}{2}$.

习题 5.7

1. (1) $\frac{2}{3}(2\sqrt{2}-1)$; (2) $\frac{1}{p+1}$.

2. (1) $0\leqslant\int_{-1}^{2}(4-x^2)\mathrm{d}x\leqslant 12$; (2) $\frac{2}{e}\leqslant\int_{-1}^{1}e^{-x^2}\mathrm{d}x\leqslant 2$; (3) $\frac{\pi}{9}\leqslant\int_{\frac{1}{\sqrt{3}}}^{\sqrt{3}}x\arctan x\mathrm{d}x\leqslant\frac{2}{3}\pi$.

3. (1) $\int_1^2 x^2\mathrm{d}x<\int_1^2 x^3\mathrm{d}x$; (2) $\int_1^2\ln x\mathrm{d}x>\int_1^2(\ln x)^2\mathrm{d}x$; (3) $\int_0^1 x\mathrm{d}x>\int_0^1\ln(1+x)\mathrm{d}x$.

4. $F'(x)=f\left(\frac{1}{x}\right)\frac{1}{x^2}+f(\ln x)\frac{1}{x}$.

5. (1) $\frac{\pi}{8}\ln 2$; (2) $\frac{\pi}{2\sqrt{2}}$.

6. $\int_0^2 f(x-1)\mathrm{d}x=\ln(e+1)$.

7. $2(\sqrt{2}-1)$.

8. 略.

9. (1) -12π; (2) $\frac{22}{3}$.

10. (1) $+\infty$; (2) $\frac{\pi}{2}$.

11. $A=\frac{16}{3}p^2$.

复习题五[A]

1. (1) 0; (2) 0; (3) $\frac{3}{2}$; (4) $-\ln(1+x^2)$; (5) $\frac{1}{2}$; (6) 2; (7) 4; (8) 2;

(9) 2; (10) $\frac{\pi}{4}$.

2. (1) D; (2) C; (3) A; (4) A; (5) B; (6) D; (7) D; (8) C.

3. (1) $45\frac{1}{6}$; (2) $1+\frac{\pi}{4}$; (3) $4\sqrt{2}$; (4) $\frac{3\pi}{8}-\frac{1}{2}-\frac{1}{4}\ln 2$; (5) $\frac{1}{2}\pi^2$.

4. 16.

5. $2a\pi x_0^2$.

复习题五[B]

1. (1) $1-\frac{\pi}{4}$; (2) $b=\mathrm{e}$; (3) 0; (4) $2x^3\sqrt[3]{1+x^4}$;

(5) $bF'(b)-aF'(a)-F(b)+F(a)$; (6) $k=\frac{1}{\pi}$.

2. (1) D; (2) C; (3) A; (4) A; (5) D; (6) B; (7) C.

3. (1) $4-\pi$; (2) $\frac{\pi}{2}$; (3) $\frac{16}{3}-3\sqrt{3}$; (4) $2-\frac{\pi}{2}$.

4. 略.

5. $f(x)=0$ 或 $f(x)=\frac{1}{2}\ln\frac{3}{2+\cos x}$.

6. (1) 2; (2) $2\pi^2$.

参考文献

1. 同济大学数学教研室. 高等数学(上册、下册). 3版. 北京：高等教育出版社. 1996.
2. 同济大学、天津大学，等. 高等数学. 北京：高等教育出版社，2001.
3. 天津中德职业技术学院. 高等数学简明教程. 北京：机械工业出版社，2003.
4. 吉林工学院数学教研室. 高等数学. 3版. 武汉：华中科技大学出版社，2001.
5. 侯风波. 高等数学. 北京：高等教育出版社，2000.
6. 盛祥耀. 高等数学. 2版. 北京：高等教育出版社，1996.
7. 滕桂兰、郭洪芝，等. 高等数学(上册). 天津：天津大学出版社，2000.
8. 同济大学数学教研室. 线性代数. 2版. 北京：高等教育出版社，1991.
9. 韩伯棠，吴祈宗，李金林. 管理数学. 北京：北京理工大学出版社，1997.
10. 刘树利，孙云龙，王家玉. 计算机数学基础. 北京：高等教育出版社，2001.
11. 齐毅，熊章绪，姜兴武，等. 经济应用数学——线性代数与线性规划. 北京：高等教育出版社，2002.
12. 张耀梓. 微积分学. 天津：天津大学出版社，2002.
13. 辽宁教育学院数学系. 解析几何讲义. 北京：高等教育出版社，1988.
14. 朱鼎勋. 空间解析几何. 上海：上海科学技术出版社，1981.
15. 邱之怀. 机械设计. 4版. 北京：高等教育出版社，1997.
16. 林平勇. 电工电子技术. 北京：高等教育出版社，2000.
17. 邵裕森. 过程控制系统及仪表. 北京：机械工业出版社，1997.
18. A. D 亚历山大洛夫，等. 数学：它的内容、方法和意义. 北京：科学出版社，2001.
19. 龚冬保，武忠祥，毛怀遂，等. 高等数学典型题解法·技巧·注释. 2版. 西安：西安交大出版社，2000.
20. 韩云瑞. 高等数学典型题精讲. 大连：大连理工大学出版社，2002.
21. 胡金德. 高等数学复习指导. 2版. 北京：国家行政学院出版社，2000.
22. 陆少华. 高等数学题典. 上海：上海交通大学出版社，2002.
23. (美)莫里斯·克莱因. 古今数学思想. 张理京，等，译. 上海：上海科学技术出版社，2002.